Mary Balogh

Originaire du pays de Galles, elle grandit à Swansea, où elle développe très tôt un goût pour l'écriture. Tout en rêvant de devenir écrivaine, elle se consacre tout d'abord à sa carrière d'enseignante d'anglais dans le secondaire. Elle entreprend alors de voyager, saisissant l'opportunité de partir enseigner au Canada pour deux ans, quand un contrat s'offre à elle. C'est là qu'elle fait la connaissance de son mari avec qui elle aura trois enfants. Ils partagent aujourd'hui leur vie entre leur appartement de Kipling et leur propriété de Regina, une ville constituée de fermiers. Elle publie son premier roman en 1985 et en 1988, elle ne se consacre plus qu'à l'écriture, laissant derrière elle sa carrière d'enseignante. Férue de musique galloise, il lui arrive de l'évoquer dans ses romans. En outre, à travers ses œuvres, elle témoigne d'une volonté de recréer le monde romantique de l'Angleterre de la Régence, comme dans la série de *Ces demoiselles de Bath*.

AU MÉPRIS
DES CONVENANCES

MARY BALOGH

LES DEMOISELLES DE BATH

AU MÉPRIS DES CONVENANCES

Traduit de l'américain par Béatrice Pierre

J'AI LU

POUR elle

Titre original :

Simply Perfect

A Dell book published by Bantam Dell, a division of
Random House, Inc., New York.

© Mary Balogh, 2008

Pour la traduction française :
© Éditions J'ai lu, 2010

1

Claudia Martin avait eu une dure journée.

Tout d'abord, Mlle Pierre, l'une des institutrices qui ne résidaient pas dans l'école, avait envoyé juste avant le petit déjeuner un message pour prévenir que, souffrant d'une migraine, elle n'était pas en état de travailler, si bien que Claudia, en tant que propriétaire et directrice de l'établissement, avait dû se charger des leçons de français et de musique en plus de ses propres matières. Si enseigner le français ne lui posait pas de problème, la musique, en revanche, tenait du défi. Pire, elle n'avait pu toucher au livre de comptes qu'elle pensait mettre à jour entre deux leçons.

Puis, juste avant le déjeuner, Paula Hern avait décidé que la façon dont Molly Wiggins la «regardait» ne lui plaisait pas, et avait exprimé son déplaisir avec éloquence. Or, le père de Paula était un homme d'affaires fortuné, si bien que celle-ci prenait de grands airs, tandis que Molly – la plus jeune et la plus timide des pupilles élevées par charité – ne savait même pas qui était son père. Résultat, Agnes Ryde s'était sentie obligée de se jeter dans la bagarre en une vigoureuse défense de l'opprimée, son accent cockney refaisant surface avec une netteté discordante. Claudia avait été contrainte de régler le problème et d'extirper des excuses, sincères ou non, à toutes les parties impliquées et d'infliger des punitions à tout le monde, Molly exceptée.

Une heure plus tard, au moment où Mlle Walton s'apprêtait à emmener le groupe des plus jeunes à l'abbaye de Bath où elle comptait leur donner une leçon informelle sur l'art et l'architecture, les cieux s'étaient ouverts sur l'averse des averses, et il avait fallu trouver en hâte une autre occupation pour les fillettes et une salle pour les accueillir. Non que cela ait été le problème de Claudia, mais elle n'avait pu ignorer les récriminations bruyantes des enfants de l'autre côté de la porte tandis qu'elle s'efforçait d'enseigner aux plus âgées quelques-uns des verbes irréguliers français. Elle avait fini par sortir dans le couloir pour les informer que, si elles avaient des plaintes à formuler concernant la survenue inopportune de la pluie, elles pourraient en référer à Dieu lors de leurs prières du soir, mais qu'en attendant elles devaient se *taire* jusqu'à ce que Mlle Walton ait refermé derrière elles la porte de la salle de classe.

Puis, juste après la fin des leçons de l'après-midi, alors que les élèves étaient montées se recoiffer et se laver les mains avant de prendre le thé, la poignée de l'un des dortoirs s'était bloquée, et huit filles s'étaient retrouvées enfermées à l'intérieur. Elles avaient d'abord pouffé de rire, puis hurlé et secoué la porte jusqu'à ce que M. Keeble, le vieux portier, vienne les libérer. Mlle Thompson avait fait face à la crise en leur lisant un sermon sur la patience d'une voix qui pouvait être entendue de l'intérieur du dortoir – et par conséquent de presque toute l'école, y compris du bureau de Claudia.

Non, cela n'avait *vraiment pas* été la meilleure des journées, ainsi que Claudia venait de l'avouer – sans être contredite – à Eleanor Thompson et à Lila Walton qu'elle avait conviées à prendre le thé dans son petit salon privé.

Et maintenant cela !

Maintenant, pour couronner le tout et rendre pire encore une journée déjà éprouvante, voilà qu'un marquis l'attendait dans le salon du rez-de-chaussée réservé aux visiteurs.

Un *marquis*, pour l'amour du ciel !

C'était ce qui était écrit sur la carte de visite aux bords argentés qu'elle tenait entre deux doigts : *Marquis d'Attingsborough*. Le portier venait de la lui apporter, l'air revêche et désapprobateur – expression habituelle chez lui lorsqu'une personne de sexe masculin qui n'avait rien à enseigner envahissait son domaine.

— Un marquis, fit-elle en fronçant les sourcils. Que peut-il bien vouloir ? Vous l'a-t-il dit, monsieur Keeble ?

— Non, mademoiselle, et je ne lui ai rien demandé, répondit le portier. Mais, si vous voulez mon avis, il n'apporte rien de bon. Il m'a souri.

— Un péché capital, en effet, commenta Claudia avec flegme tandis qu'Eleanor s'esclaffait.

— Peut-être a-t-il une fille qu'il aimerait nous confier, suggéra Lila.

— Un marquis ? s'écria Claudia en arquant un sourcil, et Lila parut vouloir rentrer sous terre.

— Peut-être même a-t-il *deux* filles, renchérit Eleanor, les yeux pétillant de malice.

Claudia émit un reniflement méprisant, soupira, prit une autre gorgée de thé, puis se leva à contre-cœur.

— Autant aller voir ce qu'il veut. Ce sera plus productif que de rester assise à émettre des suppositions. Mais, franchement, après une journée pareille, il ne manquait plus que cela. Un marquis, doux Jésus !

Le rire d'Eleanor fusa de nouveau.

— Pauvre homme. Je le plains.

Claudia n'estimait guère les aristocrates – des gens paresseux, arrogants, égoïstes et grossiers –

bien que le mariage de deux de ses institutrices et amies proches avec des messieurs titrés l'ait forcée à admettre que peut-être certains d'entre eux pouvaient être des individus agréables et même respectables. Mais que l'un d'eux, un parfait inconnu, fasse irruption chez elle à la fin d'une journée difficile, ne l'amusait pas du tout.

Elle ne croyait pas une seconde que ce marquis songeait à lui confier l'éducation de sa fille.

Dans sa hâte à régler cet ultime problème, elle précéda M. Keeble dans l'escalier. Elle aurait dû, supposait-elle, aller d'abord dans sa chambre afin de vérifier qu'elle avait l'air respectable, ce qui n'était peut-être pas le cas après une telle journée. Mais un *marquis* ne méritait pas un pareil effort, d'autant qu'elle risquait d'apparaître obséquieuse à ses propres yeux.

Le temps qu'elle atteigne la porte du salon des visiteurs, elle bouillonnait d'une indignation parfaitement injustifiée. Comment cet aristocrate osait-il la déranger dans son domaine, quelle que soit l'affaire qui l'y amenait ? Telle était la question qui la taraudait.

Elle baissa les yeux sur la carte de visite qu'elle tenait toujours à la main.

— Marquis d'Attingsborough ? dit-elle d'une voix semblable à celle qu'elle avait prise pour sermonner Paula Hern un peu plus tôt dans la journée, et qui indiquait sans ambiguïté qu'elle n'allait pas se laisser impressionner par la prétention à une quelconque grandeur.

— Pour vous servir. Mademoiselle Martin, je présume ?

L'intrus se tenait près de la fenêtre. Il s'inclina poliment.

L'indignation de Claudia grandit démesurément. Un regard ne suffisait pas à se forger un jugement éclairé, bien sûr, mais, vraiment, si cet homme souffrait d'une imperfection quelconque de corps, de visage ou d'allure, elle n'était aucunement apparente.

Il était grand, large d'épaules, et mince de la taille et des hanches. Ses jambes étaient longues et finement musclées, ses cheveux noirs, épais et soyeux, son visage séduisant, son regard ouvert. Il était vêtu avec élégance, mais sans la moindre ostentation. Ses bottes à elles seules valaient sans doute une petite fortune, et Claudia devinait que, si elle se penchait dessus, elle verrait son visage s'y refléter – ainsi probablement que ses cheveux plats et mal coiffés, et le col froissé de sa robe.

Craignant de vérifier cette supposition en touchant les pointes de son col, elle garda les mains à hauteur de la taille, la carte de visite coincée entre le pouce et l'index.

— Que puis-je pour vous, monsieur ? s'enquit-elle en évitant délibérément le « milord » – une affectation ridicule, selon elle.

Il lui sourit, et si la perfection pouvait être améliorée, c'est ce qui se produisit, car il avait une denture irréprochable. Claudia se raidit pour résister à cet assaut de charme.

— Je suis venu en messager, madame, de la part de lady Whitleaf.

Il sortit d'une poche intérieure une feuille cachetée.

— De la part de Susanna ? fit Claudia en s'avançant d'un pas.

Susanna Osbourne avait enseigné dans son école jusqu'à son mariage, l'an passé, avec le vicomte Whitleaf. Claudia s'était réjouie que Susanna ait la chance de faire à la fois un beau mariage et un mariage d'amour, elle souffrait cependant d'avoir perdu une amie très chère, une collègue *et* une bonne institutrice. C'était la troisième qu'elle perdait pour ces mêmes raisons en l'espace de quatre ans. Parfois, il était difficile de ne pas en éprouver un chagrin égoïste.

— Lorsqu'elle a appris que je venais passer quelques jours chez mes parents, qui prennent les eaux à Bath, elle m'a prié d'aller vous présenter mes hommages, expliqua le marquis. Et elle m'a donné cette lettre, peut-être pour vous convaincre que je ne suis pas un imposteur.

Un sourire éclaira de nouveau son regard tandis qu'il traversait le salon et posait la lettre dans la main de Claudia. Et, bien sûr, ses yeux n'étaient pas couleur de boue ni d'autre chose tout aussi quelconque, mais bleu vif, comme un ciel d'été.

Susanna l'avait prié de venir lui présenter ses hommages ? *Pourquoi donc, grands dieux ?*

— Whitleaf est cousin de l'une de mes cousines, enchaîna le marquis. Ou d'une *presque* cousine, en tout cas. C'est compliqué, comme le sont souvent les relations familiales. Lauren Butler, vicomtesse Ravensberg, est ma cousine en raison du fait que sa mère a épousé le beau-frère de ma tante. Nous avons été proches dès l'enfance. Et Whitleaf est le cousin germain de Lauren. Ainsi donc, en un sens, son épouse et lui peuvent revendiquer un lien familial fort avec moi.

S'il était marquis, songea Claudia, suspicieuse, et que son père était toujours en vie, quel était le titre de ce dernier ? Mais il était là à la requête de Susanna et cela l'obligeait à faire montre d'un petit plus qu'une politesse glaciale.

— Merci d'être venu en personne m'apporter cette lettre. Je vous en suis très reconnaissante, monsieur. Puis-je vous offrir une tasse de thé ? acheva-t-elle en souhaitant qu'il refuse.

— Ne vous donnez pas cette peine, madame. J'ai cru comprendre que vous deviez partir pour Londres dans deux jours ?

Ah. Susanna avait dû le lui dire. M. Hatchard, son homme d'affaires à Londres, avait trouvé des places pour deux de ses élèves seniors, des pupilles élevées par charité, mais il avait été fort évasif quant à l'identité des futurs employeurs – ce qui ne lui ressemblait guère. Les élèves payantes avaient des familles pour veiller sur leurs intérêts. Pour les autres, c'était Claudia qui assumait ce rôle, et elle ne les laissait partir que si elle était certaine qu'un travail honnête et une maison de confiance les attendaient.

Eleanor lui avait suggéré d'accompagner Flora Bains et Edna Wood à Londres afin qu'elle sache chez qui elles seraient placées comme gouvernantes et refuse son consentement si elle n'était pas satisfaite. L'année scolaire n'était pas terminée, mais Eleanor lui avait assuré qu'elle était parfaitement capable de s'occuper de tout pendant son absence, laquelle durerait sûrement plus d'une semaine. Claudia avait accepté de partir, d'autant plus volontiers qu'elle avait à parler à M. Hatchard.

— C'est exact, répondit-elle au marquis.

— Whitleaf comptait vous envoyer une voiture, mais je lui ai dit que ce n'était pas nécessaire.

— Bien sûr que non. J'en ai déjà réservé une.

— Je me chargerai de la décommander, si je puis me permettre, madame. Je compte en effet regagner la capitale le même jour que vous et je serai heureux de vous offrir ma protection et le confort de ma voiture.

« Ô mon Dieu, que le ciel m'en préserve ! » songea Claudia.

— Ce sera tout à fait inutile, monsieur, déclara-t-elle fermement. J'ai déjà tout organisé.

— Les voitures de louage sont connues pour leur absence de propreté et de confort. Je vous prie de reconsidérer ma proposition.

— Peut-être n'avez-vous pas tout compris, monsieur. Je serai accompagnée de deux de mes élèves.

— C'est ce que lady Whitleaf m'a dit. Est-ce qu'elles jacassent ? Ou, pire, est-ce qu'elles gloussent ? Les jeunes filles ont une affreuse tendance à faire les deux.

— Mes élèves ont appris à se comporter convenablement en public, lord Attingsborough, répliqua-t-elle avec raideur.

Trop tard, elle surprit l'éclat malicieux dans son regard et comprit qu'il plaisantait.

— Je n'en doute pas, madame, et je vous crois sur parole. Permettez-moi de vous escorter toutes les trois jusqu'à la porte de lady Whitleaf. Ma galanterie l'impressionnera, et elle ne manquera pas de s'en faire l'écho dans ma famille et auprès de mes amis.

Voilà qu'il disait n'importe quoi ! Mais comment refuser ? Elle chercha désespérément un argument irréfutable à lui opposer. Hélas, rien ne lui vint à l'esprit, qui ne paraisse désagréable, ou même carrément grossier. Mais elle préférerait parcourir des milliers de kilomètres dans un véhicule sale et inconfortable plutôt que d'aller à Londres en la compagnie de cet homme.

Pourquoi ?

Son titre et sa fortune l'impressionnaient-ils à ce point ? Cette seule idée la fit se hérisser.

Sa... virilité, alors ?

Mais ce serait ridicule ! Ce n'était qu'un gentleman proposant de rendre service à une vieille fille, laquelle se trouvait être l'amie de la femme du cousin de sa presque cousine – Seigneur, c'était là un lien fort ténu ! Cela dit, elle tenait entre le pouce et l'index une lettre de Susanna. Cette dernière avait de toute évidence confiance en lui.

Une *vieille fille* ? Ils avaient probablement le même âge. Mais si lui était manifestement dans la fleur de l'âge – la trentaine – en termes de séduction masculine, ce n'était pas son cas à elle.

Il la regardait, les sourcils arqués et le regard interrogateur.

— Oh, très bien, fit-elle avec brusquerie. Mais vous risquez de le regretter.

Le sourire du marquis s'élargit et il sembla à une Claudia indignée qu'il n'y avait pas de limites à la séduction dont cet homme était doté. Elle garderait un œil sur ses élèves durant le voyage, décida-t-elle.

— Je ne l'espère pas, madame, répondit-il. Que diriez-vous de partir tôt le matin ?

— C'est ce que j'avais prévu. Je vous remercie, lord Attingsborough, ajouta-t-elle à contrecœur. C'est très aimable à vous.

— C'est un plaisir, mademoiselle Martin, assura-t-il en s'inclinant de nouveau. Puis-je vous demander une petite faveur en retour ? J'aimerais beaucoup visiter votre école. J'avoue que l'idée d'une institution fournissant une véritable *éducation* aux filles me fascine. Lady Whitleaf m'a parlé avec enthousiasme de votre établissement. Elle a enseigné ici, si j'ai bien compris.

Claudia inspira à fond. Quelle raison pouvait avoir cet aristocrate de visiter une école de filles, sinon la simple curiosité – ou pire ? Son instinct la poussait à lui opposer une fin de non-recevoir. Mais elle venait d'accepter ses services, et ils n'étaient pas négligeables – sa voiture était sûrement beaucoup plus confortable que celle qu'elle avait réservée, et ses élèves et elle seraient traitées avec plus de respect à chaque octroi et à chaque auberge où ils s'arrêteraient pour changer de chevaux. En outre, c'était un ami de Susanna.

Mais quand même !

Elle n'imaginait pas que sa journée puisse empirer. Elle s'était trompée.

— Certainement, répondit-elle avant de se tourner vers la porte. Si vous voulez bien me suivre.

Elle tendait la main vers la poignée lorsque, l'enveloppant du parfum d'une eau de toilette enivrante et certainement scandaleusement onéreuse, il la devança, puis lui fit signe en souriant de le précéder dans le hall.

Au moins, songea-t-elle, les leçons étaient finies et les filles étaient en sécurité dans le réfectoire, en train de prendre leur thé.

Bien sûr, là encore, elle se trompait, découvrit-elle en ouvrant la porte de la salle réservée aux beaux-arts. La fête de fin d'année approchant, toutes sortes de préparatifs et de répétitions s'y déroulaient, soir après soir depuis une semaine.

Quelques élèves travaillaient avec M. Upton sur une toile qui servirait d'arrière-plan à la scène. Elles se retournèrent pour voir qui entrait et demeurèrent bouche bée devant l'élégant visiteur. Claudia fut obligée de présenter les deux hommes l'un à l'autre. Ils se serrèrent la main, puis le marquis s'approcha pour regarder l'œuvre en cours et posa quelques questions pertinentes. C'est suivi du sourire enchanté de M. Upton, et sous le regard adorateur des filles, qu'il quitta la pièce quelques minutes plus tard.

Dans la salle de musique, ils tombèrent sur la chorale qui, en l'absence de Mlle Pierre, répétait sous la direction de Mlle Wilding. Un couac sonore se fit entendre au moment précis où Claudia ouvrait la porte. Les filles pouffèrent tandis que Mlle Wilding rougissait, l'air consterné.

Haussant les sourcils, Claudia présenta l'institutrice au marquis, et expliqua que le chef de chœur en titre était malade. Tout en se reprochant de se sentir obligée de fournir une explication.

— Une chorale peut être la plus satisfaisante comme la plus frustrante des activités, vous ne trouvez pas ? dit-il. Il y a une seule autre personne qui chante la même mélodie que nous, et six ou huit qui hurlent des airs complètement différents. Si cet unique allié se trompe, c'est la catastrophe. Je n'ai jamais maîtrisé cet art quand j'étais au collège, je dois avouer. Dès la première répétition, on m'a suggéré de m'inscrire dans l'équipe de cricket – qui s'entraînait justement au même moment.

Les filles éclatèrent de rire, et l'atmosphère se détendit de manière perceptible.

— Je parie qu'il y a dans votre répertoire un morceau que vous connaissez parfaitement, reprit-il. Me ferez-vous l'honneur de le chanter ?

Il adressa un sourire rassurant à Mlle Wilding.

— *Le Coucou*, mademoiselle, suggéra Sylvia Hetheridge.

Un murmure d'approbation s'éleva du petit groupe.

Et elles chantèrent à cinq voix sans un seul bredouillement ni une seule fausse note, une averse triomphante de « coucou » qui ricocha joyeusement sur les murs.

La chanson achevée, toutes se tournèrent vers le marquis d'Attingsborough, comme s'il était un prince de sang en visite.

— Bravo ! s'écria-t-il en applaudissant. Votre talent me submerge, sans parler de la beauté de vos voix. Je suis plus que jamais convaincu que j'ai eu raison d'opter pour le cricket.

Les filles riaient et le regardaient avec adoration lorsqu'il sortit avec Claudia.

Dans la salle de danse, M. Huckerby enseignait à des élèves les pas compliqués qu'elles devraient exécuter lors du spectacle de fin d'année. Le marquis lui serra la main, sourit aux filles, les félicita de leur prestation, et les charma jusqu'à ce que toutes se répandent en sourires et – bien sûr – le regardent avec adoration.

Il posa des questions intelligentes et perspicaces à Claudia tandis qu'elle lui montrait des salles de classe vides et la bibliothèque. Sans se presser, il examina chaque pièce et lut les titres de nombreux livres.

— J'ai remarqué qu'il y avait un pianoforte dans la salle de musique, ainsi que d'autres instruments, dit-il comme ils se dirigeaient vers la salle de couture. Proposez-vous à vos élèves des leçons particulières de musique, mademoiselle Martin ?

— Oui. Nous leur offrons tout ce qui est nécessaire pour faire d'elles des jeunes filles accomplies, en même temps que des personnes dotées d'une solide éducation académique.

Il balaya du regard la salle de couture sans y entrer.

— En plus de la couture et la broderie, vous enseignez d'autres choses ? s'enquit-il. Le tricot, peut-être ? La dentelle ? Le crochet ?

— Les trois.

La suite de la visite les conduisit dans la salle de spectacle, qui avait été une salle de bal à l'époque où le bâtiment était un hôtel particulier.

— C'est une belle pièce, déclara-t-il en tournant sur lui-même avant de lever les yeux vers le plafond haut. Vraiment, toute l'école me plaît beaucoup, mademoiselle Martin. Il y a beaucoup de fenêtres et de lumière, et l'atmosphère est agréable. Merci de me l'avoir fait visiter.

Il la gratifia de son sourire le plus charmeur, et Claudia, les doigts crispés sur sa carte de visite et la lettre de Susanna, lui retourna un regard volontairement sévère.

— Je suis enchantée qu'elle vous plaise.

— Je vous demande pardon, dit-il avec un petit rire. J'ai pris assez de votre temps.

Il désigna la porte, et Claudia le précéda, consciente – et se le reprochant – d'avoir été quelque peu grossière, car ses derniers mots avaient été prononcés sur un ton ironique et il s'en était rendu compte.

Ils durent s'arrêter en chemin, car les élèves les plus jeunes sortaient en bon ordre du réfectoire pour se rendre à la salle d'étude où elles achèveraient leur travail, liraient, écriraient une lettre ou manieraient l'aiguille.

Bien sûr, le marquis d'Attingsborough leur sourit chaleureusement, à quoi elles répondirent en gloussant et minaudant tout en s'égaillant.

Tout cela prouvait, songea Claudia, que même des fillettes de onze ou douze ans ne pouvaient résister au charme d'un bel homme. Ce qui ne présageait rien de bon – ou plutôt, *continuait* de ne présager rien de bon – pour l'avenir de la moitié féminine de l'humanité.

M. Keeble, les sourcils furieusement froncés, bénit soit-il, le chapeau et la canne du marquis dans les mains, se tenait près de la porte d'entrée comme pour défier le visiteur d'oser prolonger sa visite.

— À dans deux jours, aux premières heures du matin, mademoiselle Martin ? fit le marquis.

Il prit son chapeau et sa canne, et se tourna vers Claudia tandis que M. Keeble ouvrait la porte, prêt à la refermer dès que possible derrière l'intrus.

— Nous serons prêtes, répondit-elle en inclinant la tête.

Et, enfin, il partit.

Furieuse contre elle-même, Claudia regretta de ne pouvoir revenir en arrière d'une demi-heure et refuser sa proposition.

Elle regagna son bureau et s'examina dans le petit miroir qu'elle utilisait rarement.

Juste ciel! Comme elle l'avait craint, ses cheveux étaient plats et ternes. Des mèches s'étaient échappées de son chignon bas. Il restait une trace grise sur le côté de son nez, là où, à un moment donné de cette dure journée, elle avait tenté d'effacer une tache d'encre à l'aide de son mouchoir. Et, comme elle l'avait supposé, son col était légèrement de travers et une pointe rebiquait. Elle l'arrangea, carrément trop tard, bien sûr.

Pas étonnant que l'odieux marquis ait eu en permanence cette lueur rieuse dans le regard.

Se souvenant de la lettre de Susanna, elle rompit le cachet. Joseph Fawcitt, marquis d'Attingsborough, était le fils du duc d'Anburey, apprit-elle dès le premier paragraphe – précision qui lui arracha un tressaillement. Il allait proposer d'emmener Claudia et les jeunes filles à Londres, et il ne fallait pas hésiter à accepter. C'était un gentleman charmant, et de toute confiance.

Claudia haussa les sourcils et pinça les lèvres.

La principale raison de la lettre, cependant, était tout autre : Francesca et Lucius – le comte d'Edgecombe, son mari – étaient de retour du continent, et Susanna et Peter organisaient chez eux un concert au cours duquel Francesca chanterait. Claudia devait absolument rester à Londres pour l'écouter, et plus longtemps même, afin de profiter de quelques-unes des festivités de la Saison. Si Eleanor Thompson avait proposé de s'occuper de l'école pendant une semaine, elle accepterait sûrement de s'en charger une ou deux semaines supplémentaires, c'est-à-dire jusqu'à la fin de l'année scolaire.

L'invitation était extrêmement tentante, dut admettre Claudia. Francesca avait été la première de ses institutrices et amies à se marier. Grâce aux encouragements d'un époux remarquablement éclairé, elle était devenue une cantatrice célèbre et recherchée dans toute l'Europe. Son mari et elle voyageaient plusieurs mois par an, allant de concert en concert d'une capitale européenne à l'autre. Cela faisait un an que Claudia ne l'avait pas vue. Ce serait merveilleux de passer quelques moments avec Susanna et elle, mais...

Elle avait laissé ouverte la porte de son bureau. Eleanor passa la tête après avoir gratté sur le battant.

— Je me charge de l'étude de ce soir, Claudia, dit-elle. Vous avez eu une dure journée. Votre visiteur aristocratique ne vous a pas mangée toute crue, alors ? L'école entière bourdonne de louanges à son sujet.

— C'est Susanna qui l'a envoyé, expliqua Claudia. Il a proposé de nous emmener à Londres, Edna, Flora et moi, dans sa voiture.

— Ô Seigneur! s'exclama Eleanor en pénétrant dans la pièce. Et dire que je l'ai manqué! J'espère qu'il est grand, beau et ténébreux.

— Les trois. Il est aussi le fils d'un duc!

— Assez, déclara Eleanor en levant les mains. Ce doit être le plus noir des scélérats. Bien qu'un jour j'espère vous convaincre que mon beau-frère, le duc de Bewcastle, ne l'est pas le moins du monde.

— Hmm, fit Claudia.

Le duc de Bewcastle avait été son employeur lorsqu'elle avait été très brièvement la préceptrice de sa petite sœur, lady Freyia Bedwyn. Ils ne s'étaient pas séparés en bons termes, c'était le moins que l'on puisse dire et, depuis, elle le détestait, ainsi que tous ceux de son rang. Bien que, pour dire la vérité, son antipathie à l'égard des ducs n'ait pas commencé avec lui...

Elle plaignait de tout son cœur la sœur cadette d'Eleanor, d'avoir épousé un homme pareil. La pauvre duchesse était une femme charmante – qui, elle aussi, avait été institutrice avant de se marier.

— Francesca est rentrée en Angleterre, annonça-t-elle. Elle va chanter lors d'un concert qu'organisent Susanna et le vicomte. Susanna voudrait que je reste pour y assister ainsi qu'à d'autres réceptions. C'est dommage que cela n'ait pas lieu après la fin de l'année scolaire. Mais, à ce moment-là, bien sûr, la Saison sera finie elle aussi. Bien sûr, je n'ai aucune envie d'aller dans le *monde*. L'idée seule me fait frissonner. Seulement, j'aurais été ravie de revoir Susanna et Francesca, et de passer un peu de temps en leur compagnie. Cela dit, je pourrai le faire à une autre occasion – à la campagne de préférence.

Eleanor fit claquer sa langue.

— Vous devez absolument prolonger votre séjour à Londres, Claudia! Je suis parfaitement capable de m'occuper de l'école pendant quelques semaines, et de faire un discours à la fois convaincant et émouvant de votre part lors de la fête de fin d'année. Et si vous souhaitez vous attarder à Londres, n'ayez aucun scrupule. Lila et moi resterons tout l'été pour veiller sur les pupilles, et Christine a renouvelé son invitation à les emmener à Lindsey Hall pendant que Wulfric et elle iraient inspecter leurs autres domaines. Cela me permettra de passer un peu de temps avec ma mère.

Wulfric et Christine étaient le duc et la duchesse de Bewcastle, et Lindsey Hall, leur résidence principale dans le Hampshire. L'invitation avait stupéfié Claudia, et elle s'était demandé si la duchesse avait consulté son mari avant de la lancer. Puis elle s'était rappelé que les pupilles avaient déjà séjourné à Lindsey Hall un an auparavant, lors du mariage de Susanna, et que le duc était là.

— Promettez-moi de rester au moins deux semaines, reprit Eleanor. Sinon, je me sentirais offensée. Je penserai que vous n'avez pas confiance en moi.

— Oh, mais j'ai une totale confiance en vous ! protesta Claudia, qui se sentait vaciller. Ce serait agréable, je dois l'admettre…

— Bien sûr que ça le serait. Eh bien, ça le *sera*. La chose est entendue. Et je dois me dépêcher de gagner la salle d'étude. Vu la façon dont s'est déroulée la journée, je crains le pirc si je ne me hâte pas.

Eleanor partie, Claudia s'assit à son bureau et replia la lettre de Susanna. Quelle étrange journée ! Elle lui semblait avoir duré au moins quarante-huit heures.

De quoi diable allait-elle parler durant le voyage ? Et comment empêcherait-elle Flora de minauder et Edna de glousser ? Elle regrettait vivement que le marquis d'Attingsborough n'ait pas au moins soixante ans et le physique d'un crapaud. Peut-être alors se sentirait-elle moins intimidée.

Le mot la hérissa.

Intimidée ?

Elle ?

Par un homme ?

Par un *marquis* ? Héritier d'un *duché* ?

Elle ne lui offrirait pas cette satisfaction, songea-t-elle, outrée, comme s'il avait exprimé ouvertement le vœu de la voir ramper servilement à ses pieds.

2

— Tu réfléchiras à ce dont nous avons parlé, dit le duc d'Anburey en serrant la main de son fils, le marquis d'Attingsborough.

— Bien sûr qu'il y réfléchira, Webster, répliqua la duchesse en embrassant son fils.

Ils avaient pris le petit déjeuner de bonne heure dans la maison de Royal Crescent, où le duc et la duchesse s'étaient installés le temps de leur séjour à Bath. L'inquiétude concernant la santé de son père – et, il fallait l'admettre, une convocation en bonne et due forme – y avait amené Joseph une semaine plus tôt. Le duc avait été victime d'un mauvais rhume durant l'hiver, et ne s'en était toujours pas débarrassé au moment où il aurait dû regagner Londres pour siéger à la Chambre des lords. Il était d'abord resté chez lui puis, cédant aux prières de sa femme, il avait accepté d'aller prendre les eaux, malgré le mépris que lui inspiraient Bath et les benêts qui venaient s'y baigner et s'y imbiber.

Joseph avait trouvé son père en meilleure forme. Il avait, en tout cas, repris assez de forces pour se plaindre de l'insipidité des parties de cartes et autres activités auxquelles il était censé se livrer, exaspération qu'exacerbait l'enthousiasme imbécile avec lequel les autres curistes accueillaient un duc parmi eux. La duchesse, au contraire, appréciait avec placidité tout ce dont se plaignait son mari. Joseph avait même l'impression qu'elle était plus heureuse qu'à Londres.

Son père affirmait cependant qu'il n'était pas aussi robuste qu'il aurait aimé l'être. Durant une conversation privée, il avait déclaré à son fils qu'il soupçonnait que son cœur avait été gravement affaibli par ce rhume prolongé, ce que son médecin ne confirmait ni ne niait. Quoi qu'il en soit, il avait commencé à mettre ses affaires en ordre.

Et au sommet de sa liste se trouvait son fils et héritier.

À trente-cinq ans, Joseph était encore célibataire. Pire – et résultat direct de ce dernier fait –, il n'avait pas de fils dans sa nursery. La succession n'était pas assurée.

Le duc d'Anburey avait entrepris de suppléer à ce manque. Avant même de convoquer son fils, il avait invité lord Balderston, et les deux hommes avaient discuté de l'opportunité d'encourager une union entre leurs enfants : le marquis d'Attingsborough et Mlle Portia Hunt. Ils étaient tombés d'accord pour faire connaître à leur progéniture leurs vœux – un euphémisme pour ordre –, et espéraient une heureuse issue avant la fin de la Saison.

D'où la convocation adressée à Joseph.

— Je vais y réfléchir, monsieur, répondit celui-ci en se libérant de l'étreinte de sa mère. Aucune jeune fille ne me semble mieux convenir comme épouse que Mlle Hunt.

Ce qui était vrai s'il songeait que cette épouse serait marquise et future duchesse d'Anburey – *et* la mère d'un futur duc. La lignée de Mlle Hunt était irréprochable. Son physique et ses manières aussi. Il ne trouvait rien à redire non plus à son caractère. Il avait même passé un certain temps avec elle quelques années plus tôt, alors qu'elle s'efforçait de montrer à la bonne société que sa rupture d'avec

Edgecombe ne lui avait pas brisé le cœur. Il avait alors admiré son courage et sa dignité. Et au cours des années suivantes, il avait souvent dansé et discuté avec elle dans les soirées. Deux ou trois semaines plus tôt, il l'avait emmenée dans son cabriolet se promener à Hyde Park à l'heure la plus mondaine de la journée. Mais jamais il n'avait sérieusement songé à la courtiser.

Maintenant, bien sûr, il le fallait. Il ne connaissait personne qu'il aurait préféré épouser. Ce qui n'était certes pas un argument puissant en faveur d'une union avec Mlle Hunt ; cela dit, la plupart des hommes de son rang se mariaient par raison plus que par affection sincère.

Dehors, il donna une accolade à son père et embrassa de nouveau sa mère en promettant de n'oublier aucun de la myriade de messages qu'il devait transmettre à la comtesse de Sutton, sa sœur Wilma. Il vérifia que tous ses bagages avaient bien été chargés et que son valet était assis à côté de John, le cocher. Puis il se hissa sur le cheval qu'il avait loué pour la première partie du voyage.

Il salua ses parents de la main, puis pressa les flancs de sa monture.

Dire adieu à ses parents était toujours pénible. Et plus encore sachant que la santé de son père risquait de décliner. En même temps, il était pressé de prendre le chemin du retour, et de revoir Lizzie.

Cela faisait onze ans qu'elle vivait dans la maison achetée treize ans plus tôt alors que, jeune fanfaron, il pensait aux innombrables maîtresses qu'il était sûr d'y loger. De maîtresse, il n'en avait pris qu'une seule. Sa gourme avait été jetée très vite.

Ses bagages contenaient quelques cadeaux pour Lizzie : un éventail à plumes et un flacon de parfum, qu'elle adorerait, il en était certain. Voir son visage s'éclairer lorsqu'il la gâtait était un plaisir auquel il ne pouvait résister.

S'il n'avait pas proposé d'emmener Mlle Martin et les deux jeunes filles, il aurait fait le voyage d'une traite. Mais il ne regrettait pas son offre. C'était un geste galant qui, à l'exception d'une journée de plus sur la route, lui coûtait peu. Néanmoins, il avait jugé préférable de louer un cheval. Se retrouver dans la voiture avec une maîtresse d'école et deux jeunes filles risquait de mettre à rude épreuve ses nerfs d'ordinaire solides – sans parler des leurs.

Il avait eu la très nette impression, deux jours plus tôt, que Mlle Martin n'avait pas une bonne opinion de lui, sans qu'il pût deviner ce qu'elle lui reprochait. D'habitude, les femmes l'aimaient bien, peut-être parce que lui les aimait bien. Mais Mlle Martin s'était montrée revêche dès le début, avant même qu'il ne demande à visiter l'école, visite qui l'avait sincèrement intéressé.

La voiture et le cheval descendirent vers la rivière, puis la longèrent avant de franchir Pulteney Bridge et de poursuivre en direction de l'école.

Les lèvres de Joseph esquissèrent un sourire tandis qu'il se souvenait de son entrevue avec Mlle Martin. Elle était la quintessence de la maîtresse d'école célibataire avec sa robe bleu-gris, plus commode qu'élégante, qui ne laissait pas voir un centimètre de peau bien qu'on fût en juin. Ses cheveux bruns étaient rassemblés en un chignon austère sur la nuque, et seules quelques mèches rebelles s'en échappaient, trahissant une dure journée de travail. Elle n'était ni particulièrement grande ni particulièrement mince, mais son port rigide en avait donné l'illusion. Ses lèvres étaient pincées lorsqu'elle ne parlait pas, et ses yeux gris dénotaient une intelligence aiguë.

C'était cette femme que Susanna avait présentée avec chaleur comme l'une de ses plus chères amies, songea-t-il, non sans amusement. La vicomtesse était petite, vive et ravissante. Et pourtant, il n'était pas impossible de l'imaginer enseignant dans cette école. La directrice avait beau paraître sévère, les élèves et les maîtres avaient tous l'air épanoui, et il régnait dans l'établissement une atmosphère qui lui avait plu. On ne s'y sentait pas oppressé comme dans la plupart des pensionnats.

Sa première impression avait été que Mlle Martin devait être assez âgée pour être la mère de Susanna. Mais il s'était ravisé. Il était fort possible qu'elle ne soit pas plus âgée que lui.

Trente-cinq ans, c'était un sale âge pour un célibataire qui se trouvait devoir hériter un jour d'un duché. La nécessité de faire son devoir en se mariant et en produisant l'héritier mâle censé lui succéder l'avait mis mal à l'aise bien avant que son père ne lui en parle. Il ne pouvait désormais plus ignorer ni repousser indéfiniment ledit devoir. Des années durant, il avait activement résisté à toutes les pressions d'ordre matrimonial. En dépit de tous ses défauts – et ils étaient légion –, il croyait aux relations monogames. Et comment se marier alors qu'il était irrévocablement lié à sa maîtresse ? Néanmoins, résister plus longtemps semblait impossible.

À l'extrémité de Great Pulteney Street, la voiture et le cheval exécutèrent une série de virages qui les amenèrent dans Daniel Street, devant la porte de l'école. Quelqu'un avait dû les guetter d'une fenêtre, car à peine la voiture se fut-elle arrêtée, que la porte s'ouvrit pour déverser sur le trottoir un flot de jeunes filles agitées.

Quelques-unes poussèrent des petits cris aigus – peut-être à la vue de la voiture, qui était effectivement magnifique, ou de son cheval, qui ne l'était pas, mais dont les jambes semblaient en bon état. Ou peut-être était-ce *lui* la cause de ces cris – pensée émouvante qu'il écarta aussitôt, se jugeant beaucoup trop âgé pour susciter des transports romantiques chez ces charmantes enfants. Quelques-unes pleuraient dans leur mouchoir, d'autres étreignaient deux jeunes filles, qui, chapeautées et enveloppées de grandes capes, devaient être les voyageuses. Une jeune fille à peine plus âgée exhortait, sans résultat apparent, la petite troupe à se mettre en rang. Une institutrice, devina Joseph.

Le vieux portier revêche, dont les bottes crissaient aussi énergiquement que deux jours plus tôt, déposa deux gros sacs sur le perron et regarda John comme pour dire que le reste du trajet lui incombait.

L'une des voyageuses parlait avec volubilité à qui voulait l'entendre – et à qui ne le voulait pas. L'autre pleurait.

Joseph contemplait la scène avec l'amusement attendri d'un vieil oncle.

Et puis Mlle Martin sortit de l'école et un *chuuut* courut dans les rangs, bien que l'une des voyageuses continuât de pleurer. Une autre dame sortit à son tour et s'adressa aux jeunes filles avec beaucoup plus d'autorité que sa jeune collègue.

— Mesdemoiselles, vous avez donc convaincu Mlle Walton de vous laisser sortir ? Je croyais que vous aviez dit adieu à Flora et à Edna pendant le petit déjeuner. Ne devriez-vous pas être en classe ?

— Nous sommes venues dire au revoir à Mlle Martin, mademoiselle, répliqua une fille plus hardie que les autres, lesquelles approuvèrent d'un murmure.

— C'est fort gentil de votre part, reconnut l'institutrice dont le regard s'éclaira. Mais Mlle Martin apprécierait encore davantage votre geste si vous vous aligniez et vous conduisiez convenablement.

Les élèves obtempérèrent avec un joyeux entrain.

Pendant ce temps, Mlle Martin avait examiné d'abord la voiture, puis le cheval de Joseph, et enfin Joseph lui-même.

— Bonjour, lord Attingsborough, le salua-t-elle d'une voix brusque.

Elle était vêtue d'une cape et d'un chapeau gris, tenue qui n'avait rien de séduisant, mais convenait au temps maussade. Derrière elle, le portier tirait une grosse malle sur le trottoir et il aurait tenté de la jucher sur le toit si John n'était intervenu.

— Bonjour, mademoiselle Martin, fit Joseph en soulevant son haut-de-forme. Je vois que je ne suis pas arrivé trop tôt pour vous.

— C'est une école, ici, et nous ne dormons pas jusqu'à midi, lui rappela-t-elle. Vous allez faire tout le trajet à cheval ?

— Peut-être pas *tout* le trajet, madame, mais vos élèves et vous aurez la voiture pour vous seules une grande partie du voyage.

Elle affichait un air si sévère qu'il était difficile de dire si elle était ou non soulagée, il l'aurait cependant parié. Elle tourna la tête.

— Edna ? Flora ? Nous ne devons pas faire attendre le marquis. Montez en voiture, s'il vous plaît. Le cocher attend.

Les pleurs jaillirent de nouveau des rangs tandis que les deux voyageuses passaient devant chaque élève pour un ultime adieu. L'institutrice qui avait mis un peu d'ordre dans le chaos les embrassa à son tour.

— Eleanor, dit Mlle Martin qui avait assisté à la scène sans émettre de commentaire, vous n'oublierez pas de…

— Je n'oublierai rien, l'interrompit l'institutrice en riant. Comment le pourrais-je, vous m'avez laissé la liste écrite de choses à faire ? Vous n'avez pas à vous inquiéter, Claudia. Partez et profitez de votre séjour à Londres.

Claudia. Un nom qui lui allait bien – il suggérait une femme forte, fière et indépendante.

Mlle Martin se tourna vers les élèves alignées.

— J'espère n'apprendre que de belles choses à votre sujet lorsque Mlle Thompson m'écrira pour me donner de vos nouvelles. Je compte en tout cas sur vous pour empêcher les plus jeunes de vos camarades de réduire l'école en cendres ou de mettre la ville à sac.

Les jeunes filles éclatèrent de rire, même celles qui avaient les yeux rouges.

— C'est promis, mademoiselle, dit l'une.

— Et je vous remercie d'être sorties pour me dire au revoir. Je suis très touchée. Vous allez rentrer avec Mlle Walton et vous travaillerez dur pour rattraper le temps perdu – *après* que vous m'aurez fait signe de la main, bien sûr. Peut-être qu'en même temps vous voudrez aussi faire signe à Edna et à Flora.

Elle était donc capable d'humour, même si c'était du genre pince-sans-rire, songea Joseph comme elle posait la main sur celle de John, soulevait un pan de sa cape et le bas de sa robe, et montait rejoindre les jeunes filles dans la voiture.

John grimpa sur son siège, et Joseph donna le signal du départ.

Et c'est ainsi que le petit convoi s'ébranla, accompagné des mouchoirs qu'agitaient une douzaine de jeunes filles, dont certaines reniflaient de nouveau tandis que d'autres criaient des adieux à leurs camarades qui allaient entrer dans le dur monde du travail et qu'elles ne reverraient sans doute jamais. Car, lui avait expliqué Susanna, elles faisaient partie de ces pupilles que Mlle Martin accueillait chaque année charitablement.

Ce spectacle avait à la fois amusé et touché Joseph, comme s'il avait jeté un coup d'œil dans un monde inconnu, dont sa naissance et sa fortune l'avaient tenu à l'écart toute sa vie.

Un monde d'enfants sans famille ni fortune sur lesquelles s'appuyer.

Lorsqu'ils s'arrêtèrent pour la nuit à l'auberge de *L'Agneau qui bêle* où elle avait réservé deux chambres communicantes, Claudia se demanda s'il aurait été possible d'avoir les articulations plus raides et certaines parties de son anatomie plus engourdies si elles avaient voyagé dans une voiture de louage, comme prévu.

L'expérience lui soufflait que oui, bien sûr. La voiture du marquis d'Attingsborough était propre, bien suspendue et luxueusement capitonnée. C'étaient le mauvais état des routes et les longues heures dans la même position qui étaient responsables de ces désagréments.

Heureusement, elles avaient eu la voiture pour elles seules. Le marquis avait chevauché toute la journée, changeant de monture chaque fois qu'on changeait les chevaux de l'attelage. Claudia ne l'avait vu qu'à de brefs moments par la fenêtre ou lors des arrêts dans les relais de poste.

Il avait fière allure à cheval, avait-elle remarqué non sans agacement. Élégant et très à l'aise en selle, même après des heures de route, il se prenait probablement pour un cadeau de Dieu à la race humaine en général, et à sa moitié féminine en particulier. Jugement totalement injuste de sa part, s'avoua-t-elle sans toutefois s'amender. Certes, mettre sa voiture à leur disposition était fort aimable, mais de son propre aveu, il ne l'avait fait que pour impressionner sa famille et ses amis.

Le service prompt et attentionné qu'ils recevaient partout où ils s'arrêtaient la choquait quelque peu. Il en aurait été tout autrement si elle était arrivée dans une voiture de louage, elle le savait. Grâce à lord Attingsborough, on leur apportait des rafraîchissements dans la voiture, ce qui leur évitait de s'aventurer dans les auberges bruyantes et enfumées où elles se feraient bousculer par les autres voyageurs.

Cela avait été néanmoins une longue et pénible journée. Visiblement déprimées, Flora et Edna étaient restées silencieuses et s'étaient peu intéressées au paysage. Une fois revigorées par les boissons du premier arrêt, elles s'étaient montrées bien élevées, et n'avaient donc parlé que pour répondre aux questions de Claudia.

Flora était restée près de cinq ans à l'école. Elle avait passé toute son enfance dans un orphelinat de Londres d'où elle avait été expulsée à l'âge de treize ans, et livrée à elle-même. Edna n'avait que onze ans quand ses parents avaient été assassinés alors qu'ils défendaient leur modeste boutique contre une bande de voleurs. Ils n'avaient que peu de biens à défendre, constata-t-on par la suite, car on n'avait pas déniché de quoi subvenir à l'entretien de leur fille unique. Heureusement, M. Hatchard l'avait trouvée, comme il avait trouvé Flora, et l'avait envoyée à Bath.

Lorsque Claudia pénétra dans l'auberge, le patron la laissa attendre, occupé qu'il était à discuter pêche avec un client. Deux autres individus – qui ne méritaient pas le nom de gentlemen – reluquèrent Flora et Edna, et ne se détournèrent en ricanant que lorsque Claudia les fusilla du regard.

Elle reporta son attention sur l'aubergiste, qui faisait semblant de ne pas la voir. Encore une minute, décida-t-elle, et on allait l'entendre.

La porte donnant sur la cour s'ouvrit soudain, et tout changea comme si quelqu'un avait agité une baguette magique. La conversation sur la pêche, s'avérant brusquement sans intérêt, s'acheva et le client bavard disparut dans le décor. Le propriétaire se confondit en frottements de mains et sourires obséquieux.

L'homme qui venait d'entrer n'était autre que le marquis d'Attingsborough, découvrit Claudia en se retournant. Et, même si le propriétaire n'avait pas encore été informé de son identité – ce qui était probable –, tout en lui désignait l'aristocrate, à commencer par cette arrogance pleine d'assurance qui irrita immédiatement Claudia.

— Bienvenue à *L'Agneau qui bêle*, l'auberge la plus accueillante de Marlborough, milord. Que puis-je pour votre service ?

Accueillante vraiment ! Claudia darda un regard noir sur le patron et ouvrit la bouche pour dire ce qu'elle en pensait. Le marquis la devança.

— Je crois que Mlle Martin et ces jeunes filles sont arrivées avant moi.

Le patron feignit, avec un art consommé, de découvrir la présence des trois femmes, à croire qu'elles venaient de se matérialiser devant lui.

Claudia en frémit d'indignation – la plus grande partie dirigée injustement sur le marquis d'Attingsborough, à qui, pourtant, on ne pouvait reprocher le mépris dans lequel l'aubergiste l'avait tenue jusqu'à ce qu'il apprenne qu'un marquis en chair et en os connaissait son nom. Mais elle n'avait assurément pas besoin que quiconque prenne sa défense.

— Mademoiselle Martin ? fit le propriétaire avec un sourire jovial auquel elle ne répondit pas. Vos chambres sont prêtes. Vous pouvez monter tout de suite.

— Merci...

— J'espère que ce sont les meilleures chambres de la maison, intervint le marquis.

— Toutes nos chambres sont de qualité supérieure, milord, assura le patron. Mais les chambres de devant ont été réservées par M. Cosman et son cousin.

Le marquis se tenait juste derrière Claudia qui, si elle ne pouvait voir son visage, voyait très bien celui du patron. Lequel, après un bref silence, s'éclaircit la voix et reprit :

— Mais je suis convaincu que ces deux messieurs ne seront que trop heureux d'échanger leurs chambres contre celles de la cour.

Les seules que Claudia connaissait. Et où l'on devait supporter le bruit et la lumière des écuries.

— Les dames doivent vraiment avoir les chambres de devant, insista l'aubergiste en souriant à Claudia. J'insiste.

Comme si elle avait protesté. Ce dont elle avait pourtant envie. Devoir son confort au marquis d'Attingsborough lui était décidément odieux. Bonté divine, elle était une femme indépendante. Elle n'avait pas besoin qu'un homme, quel qu'il soit, mène ses batailles à sa place.

— Vous avez une salle à manger privée ? demanda l'homme en question avant qu'elle ait pu dire un mot.

Les narines de Claudia frémirent. Lui fallait-il subir un surcroît d'humiliation ?

— M. Cosman… commença le patron qui, après un regard au marquis, se ressaisit, et déclara : Elle sera réservée pour les dames, ainsi que de droit, milord, mes autres clients étant tous des gentlemen.

Claudia devina ce qui s'était passé. Attingsborough avait dû hausser ses aristocratiques sourcils deux fois de suite. Et le patron en était presque tombé à genoux de complaisance. C'était méprisable, pour ne pas dire plus. Tout cela à cause d'un titre. Le marquis n'était probablement qu'un… libertin oisif, et cependant tout le monde s'inclinait devant lui uniquement parce qu'il possédait un titre et sans doute la fortune qui allait avec.

Eh bien, *elle* ne s'inclinerait pas, décréta-t-elle en pivotant sur ses talons. Il souriait, de son sourire nonchalant et plein de charme – puis, sans préambule, il lui décocha un clin d'œil.

Un clin d'œil !

Et, bien entendu, il était toujours aussi magnifique même après une journée passée en selle. Il tapotait le côté de sa botte de sa cravache, souple et viril, et… Eh bien, cela suffisait, non ? Non, car, en plus de cela, il sentait bon – un mélange particulièrement troublant d'odeurs de cheval, de cuir et d'eau de toilette.

Claudia soutint son regard, les lèvres pincées. Mais le clin d'œil l'avait décontenancée, et elle se dit qu'il était trop tard pour déclarer qu'elle se contenterait des petites chambres sur la cour et de la salle à manger publique.

Edna et Flora le regardaient elles aussi – avec adoration, bien sûr.

— Venez, mesdemoiselles, dit-elle abruptement. Nous allons nous retirer dans nos chambres.

Elle se dirigea vers leurs sacs.

— Vous ferez monter les bagages de ccs dames sans tarder, n'est-ce pas ? dit le marquis à l'adresse du patron.

— Bien sûr, milord, s'écria l'homme, qui claqua des doigts. J'allais en donner l'ordre.

Deux – non pas un, mais *deux* – valets surgirent de nulle part, ramassèrent les sacs et se hâtèrent dans l'escalier.

Claudia et les jeunes filles les suivirent.

Grandes et confortables, les chambres dominaient la ville et les champs au-delà. Elles étaient propres, claires, en un mot irréprochables. Les filles poussèrent des cris de joie et coururent à leur fenêtre pour admirer le paysage. Claudia se retira dans sa chambre et, à contrecœur, admit qu'elle était beaucoup plus agréable que celles dont elle avait l'habitude. Elle s'étendit sur le lit pour se détendre quelques minutes.

Il lui avait adressé un clin d'œil ! Elle ne se souvenait pas de la dernière fois où cela lui était arrivé. Juste ciel, cela devait remonter à sa première jeunesse.

Comment osait-il ?

Mais, oh, la chambre était silencieuse, le lit, confortable et l'air qui entrait par la fenêtre ouverte, frais. Un unique oiseau s'égosillait à proximité. Elle sommeilla un moment.

Après quoi, dans le confort et le silence relatif de la salle à manger privée, elle dîna avec Edna et Flora de tranches de rôti de bœuf, accompagnées de pommes de terre et de chou bouilli, suivies d'un pudding nappé de crème. Elle dut reconnaître après coup qu'elle était soulagée de n'avoir pas dû partager la pièce avec le marquis d'Attingsborough. Ses pupilles semblaient tomber de sommeil. Elle allait suggérer qu'elles se retirent toutes trois pour la nuit, même s'il était encore très tôt, lorsqu'on frappa à la porte.

— Bonsoir, mesdames, fit le marquis. Je suis content que cette auberge puisse s'enorgueillir de posséder au moins une salle à manger privée. J'ai été régalé durant tout le dîner de conversations sur la moisson, la chasse et la pêche.

Claudia devina que, voyageant seul, il se serait arrêté au *George et le Pélican* ou au *Château*, deux établissements qu'elle ne pouvait s'offrir. Mais qu'il ne s'attende pas à être remercié pour cette salle et leurs chambres ! Le souvenir de la façon dont il s'était fait obéir sans mot dire alors qu'elle était restée impuissante la hérissait toujours.

Les filles avaient bondi sur leurs pieds et lui faisaient la révérence. Claudia se leva aussi, mais se contenta d'un hochement de tête.

— J'espère, ajouta-t-il en entrant dans la pièce, que le voyage n'a pas été trop inconfortable et que vous n'êtes pas complètement désarticulée.

— Oh, non, milord ! s'écria Flora. Je n'imaginais pas qu'une voiture puisse être aussi confortable. J'aimerais bien que le voyage dure une semaine. Ou deux.

Il rit doucement et Edna, qui faisait penser à un petit lapin effrayé, ne put retenir un gloussement.

— Je suppose que vous êtes à la fois tristes d'avoir quitté votre école et vos amies, et terriblement excitées à la perspective de commencer une nouvelle vie.

Edna le gratifia d'une seconde révérence.

— Quelques-unes de nos camarades étaient comme des sœurs, pour nous, et cela fait mal *là*, expliqua Flora en pressant le poing sur son cœur, de savoir que nous ne nous reverrons sans doute jamais. Mais je suis prête à travailler pour gagner ma vie, milord. Nous ne pouvons pas rester éternellement à l'école, n'est-ce pas ?

Claudia étudiait le marquis, s'attendant qu'il s'étonne de voir que ces filles avaient l'audace de lui répondre par plus qu'un monosyllabe. Au lieu de quoi, il continua à sourire.

— Et quel travail allez-vous faire, mademoiselle… ?

— Bains, milord.

— Mademoiselle Bains.

— Je vais être préceptrice. J'en ai envie depuis que j'ai appris à lire et à écrire lorsque j'avais treize ans. Je trouve qu'enseigner est la chose la plus merveilleuse qu'on puisse faire dans la vie. Vous n'êtes pas d'accord, milord ?

Claudia craignait que Flora ne parle trop. Néanmoins, elle était contente de constater que, même dans l'excitation du moment, la jeune fille s'exprimait avec un accent convenable et une syntaxe correcte – qui n'avaient rien de commun avec sa façon de parler à son arrivée à Bath cinq ans plus tôt.

— Si, je le suis, acquiesça le marquis, encore que j'avoue ne pas avoir considéré mon précepteur comme un saint lorsqu'il m'apprenait à lire. Il maniait la baguette bien trop souvent à mon goût.

Edna gloussa.

— Eh bien, c'était stupide, décréta Flora. Comment apprendre correctement quand on vous bat ? Et, surtout, comment *aimer* apprendre ? Cela me

39

rappelle l'orphelinat où l'on prétendait nous apprendre à coudre en nous frappant. Résultat, je couds très mal et je n'aime pas la couture. Nous n'avons jamais été battues à l'école, et je ne battrai jamais mes élèves, même si elles se conduisent mal ou sont lentes à comprendre. Ni mes enfants – si j'en ai un jour.

Claudia pinça les lèvres. Flora était lancée. Cela dit, son enthousiasme était louable.

— Vous ferez une excellente institutrice, mademoiselle Bains, j'en suis sûr. Vos futures élèves ont de la chance. Et vous, mademoiselle...

Il haussa les sourcils à l'adresse d'Edna qui rougit, laissa échapper un gloussement étranglé et eut l'air de chercher un trou dans lequel disparaître.

— Wood, Votre Grâce, répondit-elle enfin. Je veux dire, milord.

— Mademoiselle Wood, vous aussi allez être préceptrice ?

— Oui, milord... Je... je veux dire, Votre Grâce.

— Je pense que les titres ont été inventés pour nous embrouiller. Comme si le fait d'avoir, pour beaucoup d'entre nous, au moins deux noms ne suffisait pas à déconcerter ceux que nous rencontrons à des époques différentes de nos vies ! Ainsi donc, vous aussi allez être préceptrice, mademoiselle Wood. Et, sans aucun doute, une très bonne préceptrice, puisque vous avez été instruite et formée à l'école de Mlle Martin.

Il se tourna vers Claudia afin qu'Edna ne se sente pas obligée de chercher une réponse à ses compliments. Ce qui, admit Claudia à contrecœur, était très attentionné de sa part.

— Mademoiselle Martin, je suis venu voir si vous êtes prêtes à vous retirer pour la nuit. Si c'est le cas, je vous escorterai pour traverser la salle à manger et jusqu'à vos chambres afin de veiller à ce que personne ne vous accoste au passage.

— Je vous remercie, dit Claudia. Oui, la journée a été longue, et celle de demain le sera tout autant.

Mais après les avoir emmenées à bon port, et une fois Flora et Edna en sécurité dans leur chambre, il ne se hâta pas de s'éloigner.

— Il est encore tôt, remarqua-t-il. Et, bien que je sois las après cette longue chevauchée, j'ai besoin de me dégourdir un peu les jambes. Aimeriez-vous me tenir compagnie pour une courte promenade ?

Faire un peu d'exercice, oui, elle en avait envie, mais pas avec lui.

Le problème, c'était qu'une femme seule ne pouvait se promener dans une ville inconnue alors que la nuit tombait.

Le marquis d'Attingsborough était un ami de Susanna, qui en avait dit grand bien, se rappela-t-elle. L'une des raisons qui pourraient l'empêcher de l'accompagner était qu'elle ne l'aimait pas, mais, après tout, elle ne le connaissait pas, n'est-ce pas ? Autre raison : c'était un homme – et celle-ci était manifestement ridicule. Elle était peut-être une célibataire plus très jeune, mais elle n'allait pas tourner à la vieille fille qui gémit, rougit et s'effondre dès qu'un mâle pointe son nez.

— Je vous remercie, dit-elle. Je vais chercher ma cape et mon chapeau.

— Bien, je vous attends devant l'escalier.

3

Mlle Claudia Martin avait mis la cape et le chapeau gris qu'elle avait portés toute la journée, nota
Joseph tandis qu'ils sortaient de l'auberge. Ils suivirent la rue qui longeait la cour de l'écurie, puis
bifurquèrent dans une ruelle qui les emmena en
pleine campagne. Elle marchait à grands pas, ce qui
ne l'obligeait pas à ralentir l'allure. Il ne lui proposa
pas son bras. Il avait senti que ce serait une erreur.

La nuit tombait, mais elle ne serait pas noire, car
les nuages s'étaient dissipés et la lune était déjà
haute.

— Demain sera peut-être une plus belle journée,
dit-il.

— Il faut l'espérer. Le soleil est toujours préférable
aux nuages.

Il ne savait trop pourquoi il l'avait invitée à se promener avec lui – sinon que son école l'intéressait.
Elle, en tout cas, n'avait pas donné l'impression de
l'apprécier.

— J'espère que vos chambres vous conviennent,
reprit-il.

— Oui, mais les autres m'auraient convenu aussi,
celles qui donnent sur la cour des écuries.

— Elles risquaient d'être bruyantes.

— Elles le sont. Je le sais pour y avoir logé lors de
précédents passages.

— Vous aimez le bruit ?

Il tourna la tête. Elle regardait droit devant elle, le menton en avant et le nez en l'air. Juste ciel, elle avait l'air fâchée. Contre lui ? Parce qu'il avait veillé à ce qu'elle soit traitée avec courtoisie et respect ?

— Non, répondit-elle. Je n'aime pas non plus qu'une douzaine de lanternes inondent ma chambre de lumière et que l'odeur des écuries l'envahisse. Mais ce ne sont que des chambres, et il ne s'agit que d'une nuit. Et ce sont celles que j'avais réservées.

— Êtes-vous en train de me chercher querelle, mademoiselle Martin ?

La question lui fit tourner la tête. Elle le regarda sans ciller et haussa les sourcils.

— Votre voiture est beaucoup plus confortable que l'aurait été celle que j'avais louée, dit-elle en ralentissant le pas. Les chambres dans lesquelles mes élèves et moi sommes logées sont nettement plus confortables que celles qui nous avaient été attribuées. Prendre son repas dans une salle à manger privée est certainement plus agréable que dans la salle commune. Mais ce sont là des détails dont on peut se passer. Nul doute qu'ils sont un dû pour vous et ceux de votre milieu. Je ne suis pas de votre milieu, lord Attingsborough, et n'ai aucune envie de l'être. En revanche, je suis une femme qui s'est débrouillée seule dans la vie. Je n'ai pas besoin d'un homme pour me protéger ni d'un aristocrate pour m'obtenir des faveurs spéciales.

Eh bien ! Il n'avait pas été si rondement réprimandé depuis l'enfance. Il la regarda avec un regain d'intérêt.

— Je dois m'excuser pour avoir veillé à votre confort ?

— Ne faites pas une chose pareille, ou je serai contrainte d'admettre que ma conduite est désobligeante. Je devrais vous être reconnaissante. Et je le suis.

— Non, vous ne l'êtes pas, dit-il avec un sourire.

— Non, je ne le suis pas.

Elle faillit sourire à son tour. Les commissures de sa bouche frémirent. Mais, craignant sans doute de montrer un signe de faiblesse, elle pressa les lèvres, regarda de nouveau devant elle et allongea le pas.

Il ferait mieux de changer de sujet, décida-t-il. Et de veiller à ne plus procurer de faveurs à Mlle Martin.

— Toutes les jeunes filles que j'ai vues ce matin avaient l'air tristes du départ de Mlle Bains et de Mlle Wood, reprit-il. Il n'y a jamais de conflit entre celles qui paient et celles qui sont éduquées gratuitement ?

— Si, fréquemment. Surtout quand les pupilles arrivent avec une mauvaise diction, des manières grossières et qu'elles en veulent au monde entier. Et, bien sûr, il demeurera toujours un gouffre social infranchissable entre elles une fois qu'elles auront quitté l'école et emprunté des chemins divergents. Mais mes collègues et moi-même nous efforçons de leur apprendre que nous sommes tous des êtres humains, et pas si différents que cela, abstraction faite des aléas de la naissance et des circonstances. Nous espérons inculquer à nos élèves le respect pour toutes les classes de l'humanité, en espérant qu'elles le garderont leur vie entière.

Il apprécia la réponse. Elle était à la fois noble et réaliste.

— Qu'est-ce qui vous a donné l'idée d'accueillir des pupilles ? voulut-il savoir.

— Ma propre absence de fortune. La propriété de mon père était inaliénable juridiquement, et c'est un cousin qui l'a reçue à sa mort, alors que j'avais vingt ans. Ma part d'héritage était modeste, c'est un euphémisme. Je ne pouvais donc pas distribuer des largesses comme si j'avais des fonds illimités. J'ai donc dû trouver un moyen de donner aux autres sans qu'il soit question d'argent.

Elle aurait aussi pu choisir de ne rien donner du tout.

— Et pourtant, cela doit coûter cher d'éduquer ces filles. Il faut les loger, les habiller, les nourrir. Et elles prennent la place d'enfants dont les parents peuvent payer.

— Les tarifs de l'école sont élevés. Je ne m'en excuse nullement. Ceux qui paient en ont pour leur argent, je le crois fermement, et ceux qui ne sont pas de cet avis sont libres d'envoyer leurs filles ailleurs. En outre, l'école a un très généreux bienfaiteur, qui tient malheureusement à garder l'anonymat. Cela a toujours pesé sur ma conscience de ne pouvoir le remercier en personne.

Ils avaient quitté la ville et suivaient un sentier qui serpentait entre des haies peu élevées au-delà desquelles s'étendaient des champs et des prairies. Une brise légère leur caressait le visage et soulevait le bord du chapeau de Claudia.

— Donc, vous avez des élèves payantes et d'autres qui sont éduquées gratuitement. Vous n'avez jamais pensé à aller plus loin ? À accueillir des enfants affligées d'infirmités, par exemple ?

— Qui ont des problèmes pour se déplacer, vous voulez dire ? Ou sourdes ? Ou attardées ? J'avoue que je n'y ai pas songé. Cela représenterait beaucoup de défis à relever.

— Et vous ne vous en sentez pas capable ?

Elle réfléchit une seconde avant de répondre.

Je ne sais pas. Je n'ai jamais été confrontée à une telle éventualité. J'imagine que la plupart des parents d'enfants infirmes – en particulier s'il s'agit de filles – les croient incapables d'apprendre normalement et n'essaient donc même pas de les inscrire dans une école. Si certains venaient me voir, je… Eh bien, je ne sais pas comment je réagirais. Cela dépendrait de l'infirmité, je suppose. Une enfant qui se déplace mal peut être aisément éduquée, en oubliant la danse et les jeux de plein air. Une enfant sourde ou attardée ne le pourrait pas. La question est intéressante, cependant.

Tournant la tête, elle le considéra d'un regard grave, mais peut-être approbateur.

— Je dois y réfléchir plus sérieusement.

— Je ne manquerai pas de vous reposer la question si je vous revois à Londres, déclara-t-il en souriant. Vous avez toujours voulu enseigner ?

Elle réfléchit de nouveau. Décidément, cette femme ne disait jamais rien à la légère.

— Non, répondit-elle enfin. Pas toujours. J'avais d'autres rêves lorsque j'étais enfant. Mais quand devint évident qu'ils n'étaient pas réalisables, je me suis trouvée devant un choix. Étant la fille d'un gentleman, j'aurais pu rester à la maison à la charge de mon père. Et j'imagine qu'après sa mort, mon cousin se serait senti obligé de continuer à m'entretenir. Ou bien je pouvais me faire une vie à moi. J'ai choisi la seconde option. Ensuite, il y a eu un autre choix : être dame de compagnie ou institutrice. Mais à mes yeux, la question ne se posait pas. Je n'aurais pas supporté d'être à l'entière disposition d'une vieille dame acariâtre vingt-quatre heures sur vingt-quatre chaque jour que Dieu fait. J'ai pris une place de préceptrice.

Un chien aboya au loin. L'obscurité s'épaissit autour d'eux.

Elle avait donc eu des rêves. Peut-être de mariage, peut-être d'amour aussi. Pourquoi avait-elle renoncé à ce rêve si jeune ? Encore aujourd'hui, elle ne serait pas déplaisante si seulement elle s'autorisait quelques sourires et une attitude moins guindée. Elle avait dû être une jolie fille. Et elle avait admis avoir reçu un modeste héritage. Sûrement, des hommes auraient réagi à un infime encouragement. À moins qu'il n'y ait eu un rêve particulier, un homme en particulier...

Mais cela ne le regardait aucunement, n'est-ce pas?

— De préceptrice? répéta-t-il quand il comprit qu'elle ne poursuivrait que s'il insistait.

— D'abord dans une famille de trois enfants pleins de vie. Je les adorais. Malheureusement, leur père fut envoyé aux Indes quatre mois après mon arrivée, et tous l'ont accompagné. Ensuite, je me suis occupée d'une fille affreusement mal élevée qui croyait que son rang lui donnait le droit de traiter le reste de l'humanité selon son bon plaisir.

— C'est-à-dire pas bien du tout? demanda-t-il avec un sourire narquois.

— Encore un euphémisme. Et quand j'ai fait part à son frère et tuteur des difficultés que je rencontrais pour l'éduquer correctement – je ne me plaignais pas, je me contentais de lui fournir le rapport hebdomadaire qu'il avait demandé –, il m'a informée qu'il me payait, et fort bien, pour que j'éduque sa sœur, et que, si je n'aimais pas être traitée comme un ver de terre, c'était à moi de réagir.

— Et vous l'avez fait?

Évoquer cette scène avait réveillé l'indignation de Mlle Martin. Son pas s'était accéléré. Sans doute ne voyait-elle plus rien du paysage qui les entourait.

— Je suis partie au beau milieu de l'après-midi, répondit-elle. J'ai refusé qu'on m'emmène en voiture et qu'on me donne une lettre de recommandation. J'ai même refusé le salaire de la semaine auquel j'avais droit. Et, un mois plus tard, j'ai ouvert mon école.

— Voilà qui leur a prouvé que vous n'étiez pas un ver de terre, mademoiselle Martin. Bravo.

Elle s'esclaffa de façon tout à fait inattendue, et ralentit de nouveau l'allure.

— Je suppose qu'ils n'ont pas pensé une seconde à moi dès que j'ai eu disparu de l'allée – ou même avant, sans doute.

— J'ai l'impression que, à leur corps défendant, ils vous ont rendu service.

— Je l'ai toujours pensé, oui, admit-elle. Je crois que la vie est très généreuse avec nous à partir du moment où nous manifestons la volonté d'agir. Elle est prête à nous ouvrir des portes. Mais il arrive que nous perdions courage et préférions rester du côté familier et rassurant de la porte. J'aurais pu me tapir dans cette place durant des années et souffrir à chaque instant, puis en accepter une autre du même acabit, et j'aurais, au fil des ans, perdu toute confiance en moi et toute joie dans la carrière que j'avais choisie.

— Et ce que vous faites aujourd'hui vous donne de la joie ? demanda-t-il. Enseigner, je veux dire, et diriger une école ?

Ils avaient atteint un virage. Devant eux, un échalier séparait le sentier d'une grande prairie sombre. D'un accord tacite, ils s'arrêtèrent. Il posa le coude sur la barre la plus élevée de l'échalier et le pied sur celle du bas.

— Oui, dit-elle avec brusquerie après avoir pris le temps de la réflexion. Je suis heureuse. Si j'ai décidé d'aller à Londres, c'est entre autres pour annoncer à mon homme d'affaires que je n'ai plus besoin de l'aide de mon bienfaiteur. L'école se paie toute seule, tout en me fournissant un petit bénéfice à mettre de côté pour mes vieux jours. Je suis satisfaite.

— Je vous envie, se surprit-il à dire.

— Je n'en crois rien, lord Attingsborough, répliqua-t-elle plutôt sèchement.

Il faisait trop sombre pour qu'il pût distinguer ses traits. Sans doute avait-elle pensé qu'il se moquait d'elle.

— Nous n'avons pas vu le soleil de toute la journée, mais nous aurons eu droit aux vestiges d'un beau coucher de soleil, observa-t-il en désignant l'ouest.

Elle tourna la tête pour contempler la mince ligne rouge et pourpre qui embrasait l'horizon puis, levant les yeux, le ciel sombre sur lequel se détachaient les étoiles et une lune presque pleine.

— C'est vraiment splendide, dit-elle d'une voix différente, chaude et féminine, chargée d'une nostalgie sans nom. Et dire que j'ai parlé tout le temps sans regarder autour de moi. Que de beauté nous laissons passer à notre insu !

— C'est vrai, acquiesça-t-il en la regardant, elle.

Il y avait quelque chose d'inexplicablement séduisant chez une femme qui osait se colleter avec la vie et croyait passionnément aux tâches qu'elle s'était fixées. Il ne s'agissait pas d'une séduction physique, quoique Mlle Martin ne fût pas précisément un antidote à l'amour, mais...

Eh bien, il ne regrettait pas de l'avoir invitée à se promener, finalement. À part les répliques un peu sèches auxquelles il avait eu droit, il aimait les propos qu'elle tenait. Qui lui donnaient un faible espoir...

Elle soupira sans se détourner de l'horizon en feu.

— Je ne m'étais pas rendu compte à quel point j'avais besoin de marcher. C'est beaucoup plus revigorant que de se coucher tôt.

Était-elle *réellement* heureuse ? s'interrogea-t-il. Éprouvait-elle parfois de la nostalgie en songeant à ses rêves d'enfance ? La vie était faite d'une succession de rêves, dont quelques-uns se réaliseraient, la plupart seraient écartés en cours de route, tandis qu'un ou deux seulement continueraient de nous hanter jusqu'à notre dernier souffle. Peut-être était-ce le fait de savoir quand renoncer à un rêve qui distinguait les gens heureux des personnes amères, qui ne se remettaient jamais de leurs premières déceptions. Ou des éternels rêveurs qui ne vivaient jamais vraiment.

— Je vous envie, vraiment, répéta-t-il. Plutôt que de suivre passivement une route toute tracée, vous avez emprunté celle de votre choix. C'est cela que je trouve admirable.

Posant sa main gantée sur l'échalier, pas loin de l'endroit où il avait posé le coude, elle tourna la tête pour le regarder, encore qu'il doutât qu'elle vît grand-chose avec l'obscurité grandissante.

— Et vous n'avez pas fait cela ? demanda-t-elle.

On aurait dit une maîtresse d'école demandant des comptes à son élève.

Il émit un petit rire.

— Lorsqu'on reçoit dès la naissance le titre de courtoisie de marquis et que l'on sait qu'un jour on sera duc avec toute la fortune, les privilèges et les responsabilités qui vont avec, on ne songe guère à s'évader dans une autre direction. On ne le *peut* pas. Le devoir, cela existe.

Bien qu'il ait rêvé de s'évader…

— Mais on a toujours le choix, observa-t-elle. La vie ne doit pas forcément être terne. On peut esquiver ses devoirs, ou les accomplir avec un minimum d'effort et d'enthousiasme, ou bien encore s'y atteler résolument avec l'intention d'exceller.

— J'espère qu'il n'y a pas de question en suspens, s'esclaffa-t-il. Vous n'allez pas me demander dans quelle catégorie je me range, n'est-ce pas, mademoiselle Martin ?

— Non. Je vous demande pardon. J'ai trop pris l'habitude de haranguer mes élèves. L'enthousiasme et la détermination compensent bien des défauts, je crois, et aident à franchir quantité d'obstacles. J'avoue avoir du mal à tolérer la passivité. C'est une façon d'envisager la vie si peu fructueuse.

Elle ne l'estimerait sûrement pas, dans ce cas. Il avait été un bon élève, certes, et s'était toujours efforcé à l'excellence. Et il était resté un lecteur vorace. Enfant et adolescent, il avait passé beaucoup de temps avec le régisseur de son père, se préparant activement aux tâches qui incombaient à un grand propriétaire terrien. Il s'était aussi tenu informé de ce qui se passait dans les deux Chambres du Parlement puisqu'un jour – s'il survivait à son père – il occuperait un siège à la Chambre des lords. Mais son père avait semblé contrarié par ses efforts – « À croire que vous avez hâte que je vous cède la place », avait-il jeté avec colère un jour que Joseph rentrait, trempé, couvert de boue et très heureux d'avoir été avec le régisseur inspecter un nouveau fossé de drainage à Anburey.

Depuis, la vie de Joseph avait été essentiellement oisive – ni plus ni moins que celle de ses pairs, à vrai dire. Il gardait un œil sur ce qui se passait à Willow-green, la modeste propriété que son père lui avait offerte le jour de ses vingt et un ans, mais le désir de rester auprès de Lizzie le retenait d'y séjourner long-temps. Aucun vice particulier, aucune extravagance ne caractérisait son existence – contrairement à beau-coup de ces mêmes pairs. Il payait ses domestiques et ses factures rubis sur l'ongle, et donnait généreu-sement à diverses œuvres de charité. Il ne jouait pas à l'excès. Il n'était pas coureur de jupons. Il y avait eu la succession normale de rencontres galantes lorsqu'il était jeune, puis il y avait eu Sonia, et enfin Lizzie – et juste avant Lizzie, Barbara. Tout cela bien avant qu'il ait fêté ses vingt-cinq ans.

Les yeux rivés sur la ligne pourpre à l'horizon, il serra la barre de l'échalier, puis desserra la main. Depuis un certain nombre d'années déjà, sa vie lui paraissait vide comme si toute couleur l'avait quit-tée, ne laissant que trop de gris. Une vie essentielle-ment passive.

Et voilà qu'à présent, on le poussait à faire le pas de géant qu'il avait délibérément évité des années durant. Il aurait épousé Portia Hunt avant Noël. Le mariage améliorerait-il la qualité de sa vie, lui ren-drait-il des couleurs ? Après la noce, son devoir le plus urgent serait d'assurer sa descendance. Cela pourrait aider – bien que l'idée d'engendrer un enfant l'oppressât.

Car il y aurait toujours Lizzie.

Il se rendit compte soudain qu'ils ne parlaient plus et qu'il ne cessait d'étreindre et relâcher la barre de l'échalier, sa main à quelques centimètres seulement de celle de Mlle Martin.

— Nous devrions peut-être prendre le chemin du retour, suggéra-t-il. La brise s'est rafraîchie.

Marchant à sa hauteur du même pas énergique, elle ne tenta pas de ranimer la conversation. Sa compagnie était curieusement reposante. S'il s'était promené avec Mlle Hunt ou n'importe quelle autre jeune personne de son milieu, il se serait senti obligé d'entretenir la conversation, même s'il s'agissait de parler pour ne rien dire.

Mlle Claudia Martin était une femme qui méritait le respect, songea-t-il. Elle avait du caractère, et sans doute l'apprécierait-il si l'occasion lui était donnée de la connaître mieux.

Qu'elle soit l'amie de Susanna ne le surprenait plus.

— Que diriez-vous de partir demain à la même heure ? s'enquit-il après l'avoir raccompagnée jusqu'à sa porte.

— Nous serons prêtes, répondit-elle en ôtant ses gants. Merci pour la promenade, lord Attingsborough. J'en avais besoin, mais je n'aurais pas osé m'aventurer seule dehors. Il y a de sévères désavantages à être femme, hélas.

Elle lui tendit la main mais, au lieu de la serrer, il la porta à ses lèvres.

Elle la lui retira abruptement et, sans un mot, pivota pour entrer dans sa chambre. La porte se referma avec un déclic sonore.

Il avait commis une erreur, comprit-il. Ce n'était certainement pas le genre de femmes dont on baisait la main. Ses doigts avaient serré les siens fermement au lieu d'attendre mollement qu'il fasse assaut de galanterie.

Bon sang, quel idiot il avait été !

Il regagna le rez-de-chaussée, en quête de compagnie. À en juger par le bruit qui lui parvenait de la salle commune, tous les clients ne s'étaient pas retirés pour la nuit.

Tant mieux. Bien que cela ne lui fût pas habituel, il redoutait de se retrouver en tête à tête avec lui-même.

Flora s'était endormie, la tête inclinée sur le côté, la bouche entrouverte. Edna regardait pensivement par la fenêtre de la voiture. Claudia aussi.

Son regard accrochait parfois le marquis d'Attingsborough, aussi élégant et alerte qu'au départ de Bath. Il était remarquablement beau et charmant. Il était aussi – elle détestait devoir l'admettre – de bonne compagnie. Elle avait pris plaisir à leur promenade et à la plus grande partie de leur conversation. Sortir le soir avec un gentleman était une nouveauté.

Et puis, il avait tout gâché – et rétabli la première impression qu'elle avait eue de lui – en lui baisant la main. Elle lui en avait vraiment voulu. Ils avaient conversé comme des égaux – du moins lui avait-il semblé. Elle n'avait nul besoin qu'on lui jette une miette de galanterie comme si elle n'était que quelque stupide conquête.

Il pleuvait. Ils étaient partis sous la bruine mais maintenant c'était plus que de la bruine. Et, bientôt, ce fut plus qu'une gentille averse.

La voiture s'arrêta, le cocher descendit de son siège, il y eut un bruit de voix, puis la portière s'ouvrit et le marquis grimpa dans la voiture sans l'aide du marchepied. Il s'assit à côté de Claudia qui se déplaça le plus loin possible, mais la banquette n'était pas très large, de même que l'habitacle. Il parut aussitôt l'emplir complètement. Flora se réveilla en sursaut.

— Mesdames, pardonnez-moi de m'imposer jusqu'à ce que la pluie cesse, dit-il tandis que l'eau dégoulinait sur le sol, et sans doute sur le capitonnage.

— C'est votre voiture, lui rappela Claudia.

Il lui sourit et le souvenir de la chaleur de ses lèvres sur le dos de sa main lui revint inopinément.

— Et j'espère qu'elle n'est pas trop inconfortable, ni le voyage trop ennuyeux, fit-il. Bien que ce soit un espoir vain. Les voyages sont presque toujours ennuyeux.

Claudia se sentait oppressée par sa présence – sensation vraiment ridicule. Mais pourquoi donc avait-il fallu qu'il pleuve ? Elle pouvait difficilement ignorer ces odeurs mêlées d'étoffe humide, d'eau de toilette, de cuir et de cheval. Et quels que soient ses efforts, elle ne pouvait empêcher son épaule d'entrer en contact avec celle du marquis à chaque chaos.

Fallait-il être sotte pour être soudain si troublée – comme une gamine, ou une vieille fille stupide. C'était d'un ridicule !

Il interrogea les jeunes filles sur l'école, posant des questions habiles auxquelles même Edna put répondre sans trop rougir ni glousser. Elles parurent bientôt très à l'aise avec lui. Et lui, bien sûr, avait l'air aussi parfaitement à l'aise que s'il partageait quotidiennement sa voiture avec deux filles sorties tout juste de l'école et leur directrice.

— Vous m'avez parlé hier de votre futur emploi, dit-il en se calant dans l'angle pour que ses longues jambes bottées et couvertes de boue prennent le moins de place possible – en vain. Mais quels sont vos rêves ? Nous rêvons tous. Quelle serait votre vie, à chacune, si vos rêves pouvaient se réaliser ?

Flora n'hésita pas.

— J'épouserai un prince, et je vivrais dans un palais, et je serais assise sur un trône en or, et je porterais des diamants et de la fourrure toute la journée, et je dormirais sur un matelas de plumes.

Tous les quatre sourirent.

— Pour être assise sur un trône, il faudrait que tu aies épousé un roi, lui fit remarquer Edna, réaliste.

— Ce qui peut s'arranger aisément, répliqua Flora, nullement démontée. Son père mourrait tragiquement le lendemain de nos noces. Oh, et mon prince aurait vingt frères et sœurs plus jeunes, et moi, j'aurais une douzaine d'enfants, et nous vivrions tous ensemble dans le palais, une grande famille joyeuse et très unie !

Elle laissa échapper un soupir rêveur, puis éclata de rire.

Ces derniers détails touchèrent d'autant plus Claudia qu'elle savait Flora seule au monde.

— Un rêve intéressant, commenta le marquis. Et vous, mademoiselle Wood ?

Je rêve d'avoir une boutique comme celles de mes parents. Mais une librairie. Je vivrais au milieu des livres toute la journée et je les vendrais aux gens qui aiment lire autant que moi, et…

Elle s'interrompit en rougissant.

Elle avait prononcé plus de mots à la file que depuis le début du voyage.

— Et l'un des clients serait un beau prince, ajouta Flora à sa place. Mais pas *mon* prince, s'il te plaît, Edna.

— Peut-être qu'Edna rêve d'une personne plus modeste, intervint Claudia. Un jeune homme qui aimerait les livres et l'aiderait à tenir sa librairie.

— Ce serait stupide, riposta Flora. Tant qu'à rêver, pourquoi ne pas tenter d'atteindre les étoiles ? Et vous, milord ? Quel est votre rêve ?

— Oui, renchérit Edna en le regardant avec curiosité. Mais est-ce que vous n'avez pas déjà tout ?

Elle rougit de nouveau et se mordit la lèvre.

Claudia haussa les sourcils, mais ne dit rien.

— Personne n'a tout, répondit-il. Même ceux qui ont tellement d'argent qu'ils ne savent comment le dépenser. Il y a des choses de valeur que l'argent ne peut acheter. Voyons. Quel est mon plus grand rêve?

Il croisa les bras et réfléchit. Puis Claudia, qui l'observait du coin de l'œil, vit son regard s'éclairer.

— Ah, oui! L'amour. Je rêve d'amour. D'une famille – une femme et des enfants – qui me soit aussi proche et chère que les battements de mon propre cœur.

Edna eut un soupir rêveur et Flora pressa les mains sur son sein. Claudia jeta au marquis un regard sceptique. Sa réponse avait été visiblement conçue pour les séduire. C'étaient là des sottises.

— Et vous, mademoiselle Martin? enchaîna-t-il en tournant les yeux vers elle, et, stupidement, elle se demanda ce que ce serait que d'être proche de cet homme et chère à son cœur.

— Moi? Oh, je n'ai pas de rêves! Ceux que j'avais se sont réalisés. J'ai mon école, mes élèves, mes professeurs.

— Ah, mais un rêve réalisé ne compte pas! décréta-t-il. N'est-ce pas, mesdemoiselles?

— Non, admit Flora.

— Non, mademoiselle, dit Edna. Allez.

— Ce jeu doit être joué selon les règles, ajouta le marquis d'Attingsborough en se déplaçant légèrement de façon à la regarder bien en face.

Quel jeu? Quelles règles? Mais écouter les rêves des autres l'avait indéniablement intéressée, dut reconnaître Claudia. Il était temps de se montrer bonne joueuse.

— Laissez-moi réfléchir, murmura-t-elle en s'exhortant à ne pas rougir, car l'exercice était extrêmement embarrassant.

— Nous avons tout notre temps, assura le marquis. N'est-ce pas, mesdemoiselles?

— Oui, répondirent Flora et Edna d'une seule voix.

— Voilà mon rêve, déclara Claudia au bout d'un moment. Ce serait de vivre à la campagne dans un cottage avec un toit de chaume, du chèvrefeuille, des jonquilles et des roses dans le jardin. Chaque plante à sa saison, bien sûr.

— *Seule*, mademoiselle Martin?

S'obligeant à le regarder, elle vit qu'il s'amusait énormément, à ses dépens. S'il existait gentleman plus exaspérant au monde, elle ne souhaitait certes pas le rencontrer.

— Eh bien, peut-être que j'aurais un petit *chien*, répondit-elle en arquant les sourcils, le défiant d'insister.

Il soutint son regard, puis rit doucement tandis qu'Edna s'écriait:

— Nous avions un chien! Je l'aimais plus que tout. Je pense qu'il m'en faudrait aussi un dans la librairie.

— Moi, je veux des chevaux, déclara Flora. Une écurie remplie de chevaux. Un pour chaque jour de la semaine. Avec des brides rouges qui tintent.

Le marquis jeta un coup d'œil par la fenêtre, juste à côté de Claudia.

— Je constate que la pluie a cessé. Il y a même un carré de ciel bleu, mais vous avez intérêt à regarder vite sinon vous allez le manquer.

Se levant à demi, il frappa sur la paroi de devant. La voiture s'arrêta.

— Je vais retrouver mon cheval et vous rendre votre intimité, mesdames.

— Oh… fit Edna, visiblement déçue, avant de s'empourprer.

— C'est aussi mon sentiment, dit-il. J'ai passé un moment très agréable.

La portière refermée, l'odeur de son eau de toilette s'attarda dans son sillage, mais la voiture parut vide et triste. En était-il toujours ainsi lorsqu'on se trouvait en compagnie des hommes ? s'interrogea Claudia, irritée. Est-ce qu'on en venait presque à avoir *besoin* d'eux, à *souffrir* de leur absence ?

Pourtant, lorsque M. Upton et M. Huckerby, deux de ses professeurs, partaient le soir, elle ne s'étiolait pas, ni n'avait vu personne s'étioler. Quant à M. Keeble, elle n'avait besoin de lui qu'en tant que portier.

Avec rancœur, elle regarda le marquis d'Attingsborough se hisser en selle, manœuvre qui ne nuisait aucunement à sa séduction. Elle commençait à le détester vraiment. Les messieurs n'avaient aucune raison d'essayer de charmer les dames qui ne désiraient pas l'être.

— Quel beau gentleman ! soupira Flora, qui le regardait aussi. S'il avait seulement dix ans de moins !

Edna approuva d'un soupir.

— Nous serons bientôt à Londres et nous reverrons la vicomtesse Whitleaf, lança Claudia avec un entrain délibéré.

Susanna et Peter avaient insisté pour que les jeunes filles séjournent avec Claudia dans leur hôtel particulier de Grosvenor Square avant de prendre leurs fonctions de préceptrice.

— Et le bébé ! s'écria Edna dont le visage s'éclaira. Vous croyez qu'elle nous autorisera à le voir, mademoiselle ?

— À mon avis, elle sera enchantée de vous le montrer, affirma Claudia.

Ce disant, elle éprouva quelque chose qui ressemblait désagréablement à de l'envie. Susanna avait donné le jour à son fils, Harry, un mois plus tôt.

— J'espère qu'elle nous laissera le tenir, intervint Flora. J'avais l'habitude de m'occuper des bébés à l'orphelinat. C'était ce que je préférais faire.

La voiture s'ébranla et, un court instant, le marquis d'Attingsborough chevaucha à leur hauteur. Penchant la tête, il plongea le regard dans la voiture, croisa celui de Claudia et sourit en portant le doigt à son chapeau.

Elle regretta – elle regretta *vraiment* qu'il ne soit aussi viril. Tous les hommes ne l'étaient pas à ce point sans pour autant paraître efféminés. Mais celui-ci possédait un surcroît de virilité en quantité injuste. Et il le savait. Elle pria pour que, une fois à Londres, elle ne le revoie plus jamais. Elle menait une vie paisible. Atteindre cette sérénité lui avait pris des années. Elle n'avait aucune envie d'éprouver de nouveau les émotions et les désirs qu'elle avait combattus durant sa jeunesse, et finalement anéantis.

Elle en voulait au marquis d'Attingsborough.

Il la mettait mal à l'aise.

Il lui rappelait que, quoi qu'elle ait réussi ces quinze dernières années, elle n'en était pas moins femme.

4

La voiture du marquis s'arrêta devant l'hôtel particulier du vicomte Whitleaf en fin d'après-midi. Susanna et Peter apparurent sur le seuil avant même que le cocher ait eu le temps de déplier le marche-pied.

C'était une demeure splendide, mais Claudia le remarqua à peine dans l'agitation et la chaleur de l'accueil qu'on leur fit. Susanna l'étreignit. Pour une femme qui avait accouché un mois plus tôt, elle rayonnait de santé. Puis elle embrassa Edna qui poussa un cri de joie en revoyant son ancienne institutrice. Flora cria aussi avant de se mettre à parler à toute allure, cependant que Peter, souriant, serrait la main de chacune.

Le marquis échangea quelques mots avec Susanna et Peter, dit adieu à Claudia, souhaita bonne chance à Flora et à Edna dans leurs futures carrières, et remonta à cheval.

Claudia ne fut pas fâchée de le voir partir.

Flora et Edna furent logées à l'étage de la nursery, ce qui leur permettrait de voir souvent le petit Harry. Elles prendraient leurs repas avec la gouvernante, qui sembla ravie de les accueillir.

Claudia avait pour seule tâche de se distraire, décréta Susanna.

— Et c'est un ordre, renchérit Peter. J'ai appris à ne pas discuter avec ma femme quand elle prend ce ton-là. Épouser une maîtresse d'école n'est pas sans danger, je l'ai découvert à mes dépens.

— Vous avez l'air d'un homme brimé, plaisanta Claudia.

Encore un bel homme, songea-t-elle, accablée. Charmant, séduisant, avec des yeux rieurs qui hésitaient entre le violet et le bleu.

Susanna s'esclaffa. Mais elle avait déjà prévu toutes sortes d'activités pour son amie. Une lettre de M. Hatchard informant Claudia que, devant quitter Londres quelques jours pour affaires, il ne pourrait la recevoir qu'à son retour, cette dernière se détendit, et accepta de suivre Susanna dans les boutiques, les galeries d'art et Hyde Park.

Bien sûr, si elle l'avait su, elle aurait quitté l'école une semaine plus tard, elle s'interdit cependant de se tracasser à ce sujet. D'autant qu'Eleanor était enchantée d'être seule aux commandes et de tester ses compétences. Étant venue tardivement à l'enseignement, elle y avait découvert l'amour de sa vie – selon ses propres termes.

Francesca n'était pas encore arrivée, car elle avait fait un crochet par le Gloucestershire afin de rendre visite à de vieilles tantes. Claudia s'exhorta à la patience. Elle serait là bientôt, et les trois amies pourraient ensuite passer de longs moments ensemble. Si Anne avait pu être là aussi, son bonheur aurait été complet. Mais Anne – anciennement Anne Jewell, un autre de ses professeurs – vivait au pays de Galles avec M. Butler, son mari, et leurs deux enfants.

Le jour du concert, Claudia s'habilla avec soin, partagée entre la joie de revoir Francesca, qui venait dîner avec son mari, et effrayée de découvrir que ce concert était un événement beaucoup plus important qu'elle ne l'imaginait. Une grande partie de la haute société était attendue. Se dire qu'elle méprisait toute prétention à la grandeur et n'avait pas à se sentir intimidée ne l'aidait pas vraiment. La vérité, c'était qu'elle était nerveuse. Elle ne possédait ni la garde-robe ni la conversation nécessaires pour affronter une telle compagnie. D'ailleurs, elle ne connaîtrait personne en dehors de son très petit groupe d'amis.

Elle avait songé à se faufiler au fond de la pièce à la dernière minute pour écouter Francesca, comme on l'avait suggéré à Flora et à Edna. Malheureusement, elle avait eu le tort de formuler cette pensée à voix haute, car Susanna s'y était fermement opposée, et Peter avait secoué la tête.

— Je crains de ne pouvoir vous le permettre, Claudia, avait-il déclaré. Si vous vous y essayez, je serais contraint d'aller vous chercher pour vous ramener au premier rang.

La femme de chambre personnelle de Susanna venait juste de coiffer Claudia – bien que celle-ci ait affirmé qu'elle était parfaitement capable de s'en charger seule – lorsque Susanna elle-même frappa à la porte de son boudoir.

— Vous êtes prête, Claudia ? s'enquit-elle en entrant. Oh, je constate que oui ! Et vous êtes très belle.

— Ce n'est pas la faute de Maria si je n'ai ni boucles ni anglaises, expliqua en hâte Claudia avant de se lever. Elle a insisté, elle m'a cajolée, mais j'ai refusé de prendre le risque de ressembler à un mouton déguisé en agneau.

En conséquence, ses cheveux étaient rassemblés comme d'habitude en chignon sur la nuque. Sauf que celui-ci était plus épais, plus soyeux, plus élégant. Comment la servante y était-elle arrivée, Claudia l'ignorait.

Susanna se mit à rire.

— Maria ne vous aurait pas déguisée en agneau, assura-t-elle. Elle a un goût irréprochable. Mais, ne regrettons rien, elle vous a très bien coiffée. Et j'aime beaucoup votre robe.

C'était une robe en mousseline vert sombre à taille haute, avec un décolleté modeste et des manches courtes. Claudia l'avait aimée dès qu'elle l'avait vue dans cette boutique de Milsom Street, à Bath. Elle avait acheté trois tenues pour son séjour à Londres, une extravagance qu'elle avait jugée nécessaire pour l'occasion.

— Et vous, bien sûr, vous êtes plus jolie que jamais, Susanna, dit-elle.

La vicomtesse Whitleaf était en bleu pâle, une couleur qui mettait en valeur ses boucles auburn. Aussi mince qu'une jeune fille, elle ne montrait aucun signe de ses couches récentes, à part peut-être un teint plus lumineux.

— Descendons, dit-elle. Venez voir la salle de bal avant que Francesca et Lucius arrivent.

Claudia drapa une étole de cachemire sur ses épaules, puis Susanna glissa le bras sous le sien, et toutes deux gagnèrent le rez-de-chaussée.

— Pauvre Francesca ! s'écria Susanna. Vous croyez qu'elle est horriblement nerveuse ?

— Sans doute. J'imagine qu'elle l'est avant chaque concert. Je me souviens qu'elle disait à ses élèves de la chorale que, si elles n'avaient pas le trac avant un spectacle, elles risquaient fort de mal chanter.

La salle de bal était une pièce de belles proportions, avec un plafond haut orné de dorures que faisaient scintiller les innombrables chandelles d'un énorme lustre. Un immense miroir flanquait l'un des murs, ce qui donnait l'illusion d'une pièce encore plus vaste, d'un lustre jumeau et de deux fois plus de fleurs, lesquelles étaient disposées un peu partout dans de grandes urnes. Le parquet ciré brillait entre les rangées de chaises capitonnées de rouge installées pour la soirée.

Spectacle intimidant.

Mais, songea Claudia, elle n'avait jamais cédé à la nervosité. Pourquoi le ferait-elle maintenant ? Elle méprisait la bonne société, non ? Du moins, ceux de ses membres qu'elle ne connaissait pas personnellement. Elle redressa les épaules.

Peter apparut sur le seuil, très élégant dans son habit de soirée noir, puis Francesca et Lucius se matérialisèrent derrière lui. Susanna se précipita vers eux, Claudia sur ses talons.

— Susanna ! Toujours aussi jolie ! s'exclama Francesca en la prenant dans ses bras. Et Claudia ! Mon Dieu, que vous êtes élégante !

— Et vous plus distinguée que jamais et… belle, déclara Claudia.

Et resplendissante, se dit-elle, avec son visage mince aux traits fins et son teint mat. Le succès lui allait bien.

— Claudia, nous avons été enchantés d'apprendre que vous seriez là pour le concert, fit Lucius en s'inclinant. D'autant plus que ce sera le dernier concert de Francesca pour un moment.

— Votre *dernier* concert, Francesca ? s'écria Susanna.

— Voilà qui est sage, intervint Claudia en serrant les mains de la cantatrice. Vous n'avez pas arrêté : Paris, Vienne, Rome, Berlin, Bruxelles… et j'en passe. J'espère que vous ferez une bonne pause, suffisamment longue cette fois-ci.

— Bonne *et* longue, acquiesça Francesca en regardant ses amies tour à tour, une lueur nouvelle dans les yeux. Et peut-être définitive. Il y a parfois mieux à faire dans la vie que chanter.

— *Francesca ?* s'écria Susanna en pressant les mains sur son sein.

— C'est tout pour le moment, dit Francesca. Ou nous allons faire rougir Lucius.

Elle n'avait pas besoin d'en dire davantage, bien sûr. Après plusieurs années de mariage, Francesca allait enfin être mère. Susanna lui sourit tandis que Claudia lui étreignait brièvement la main avant de la lâcher.

— Allons prendre un verre au salon avant le dîner, proposa Peter, en offrant le bras droit à Francesca et le gauche à Claudia.

Susanna prit le bras de Lucius, et tous gagnèrent le salon.

Claudia fut soudain très heureuse d'être là – même si la soirée à venir lui apparaissait comme une épreuve. Elle ressentait du bonheur à voir combien la vie avait gâté ses amies, et en même temps une légère pointe d'envie et de mélancolie qu'elle s'empressa de chasser.

Elle se demanda vaguement si le marquis d'Attingsborough assisterait à la soirée. Ne l'ayant pas revu depuis son arrivée, elle avait recouvré sa sérénité habituelle.

Lorsque Joseph entra au *White's*, le lendemain de son retour dans la capitale, il tomba sur son cousin Neville, comte de Kilbourne, en train de lire les journaux du matin.

— De retour, Joseph ? dit ce dernier bien inutilement. Comment as-tu trouvé oncle Webster ?

— En forme, et irrité par l'insipide bonne société de Bath. Et persuadé que son rhume lui a affaibli le cœur.

— Est-ce le cas ?

Joseph haussa les épaules.

— Selon lui, le médecin ne l'a pas nié, mais il n'a pas voulu que je lui parle personnellement. Comment va Lily ?

— Très bien.

— Et les enfants ?

— Toujours aussi actifs... Ainsi donc, ton père pense que sa santé se détériore et t'a convoqué à Bath. Voilà qui n'est pas innocent. Est-ce que je devine correctement ses raisons ?

— Probablement, répondit Joseph. Inutile d'être un génie, n'est-ce pas ? J'ai trente-cinq ans, après tout, et j'hériterai d'un duché. Parfois, je regrette de ne pas être le fils d'un paysan.

— Non, tu ne le regrettes pas, Joseph, fit Neville en souriant. Et je suppose que même les paysans désirent avoir une descendance. Donc, c'est le nœud coulant du pasteur qui t'attend, n'est-ce pas ? Oncle Webster a déjà une future épouse en tête ?

— Mlle Hunt, répondit Joseph en saluant de la main deux messieurs qui entraient. Son père et le mien se sont déjà mis d'accord sur le principe d'une union – Balderston a été convoqué à Bath avant moi.

— Portia Hunt.

Neville émit un petit sifflement, mais, s'abstenant de tout commentaire, il se contenta de regarder son cousin avec sympathie.

— Tu désapprouves ?

Neville leva les mains en un geste défensif.

— Cela ne me regarde aucunement. Elle est ravissante – même un homme heureusement marié ne peut manquer de le remarquer. Et elle fait toujours tout comme il faut, n'est-ce pas ?

Mais il ne l'aimait visiblement pas. Joseph fronça les sourcils.

— Et, donc, on t'a renvoyé en ville pour faire ta demande, c'est cela ? reprit Neville.

— Oui. Elle ne me déplaît pas, tu sais. Et il faut bien que j'épouse quelqu'un. Je ne peux retarder encore la chose, je m'en rends compte. Autant que ce soit Mlle Hunt.

— Voilà une adhésion bien peu vibrante, Joseph.

— Tout le monde ne peut pas avoir autant de chance que toi.

— Pourquoi pas ? Et que deviendra Lizzie une fois que tu seras marié ?

— Rien ne changera, affirma Joseph. J'ai passé la soirée d'hier avec elle, j'ai dormi sur place, et j'ai promis de revenir cet après-midi avant d'aller au théâtre avec les Brody. J'y escorterai Mlle Hunt – la campagne commence sans délai. Mais je ne négligerai pas Lizzie. Même si je me marie et que j'ai une douzaine d'enfants.

— Non, en effet, je ne peux imaginer que tu la négliges. Mais je me demande si Mlle Hunt sera d'accord pour passer l'essentiel de son temps à Londres en laissant Willowgreen inhabitée presque toute l'année.

— Il est possible que j'aie d'autres plans, répliqua Joseph.

Il n'eut pas le temps de les exposer, car ils furent interrompus par Ralph Mine, vicomte Sterne, un autre cousin, qui désirait leur parler d'une paire de bais qui allaient être vendus aux enchères chez Tattersall.

Bien qu'il ne fût apparenté ni à Whitleaf ni à sa femme, Joseph avait accepté d'assister au concert parce qu'il avait entendu dire grand bien de la comtesse d'Edgecombe. Autre raison, Lauren – la vicomtesse Ravensberg, une cousine par alliance – chez qui il était passé après le *White's*, lui avait dit que Kit et elle y seraient, ainsi que le duc et la duchesse de Portfrey. Or Elizabeth, la duchesse, était une autre de ses parentes. Enfin, il voulait y aller parce que la femme de Neville, Lily, qui était aussi en visite chez Lauren, l'avait invité à dîner avant le concert.

Il irait audit concert, découvrit-il ce soir-là, durant l'entracte, malgré le fait que Portia n'y serait *pas*. C'était regrettable, bien sûr, mais inévitable, car il avait déjà donné son accord.

Mlle Hunt lui demanda s'il allait à la réception que lady Fleming donnait quelques jours plus tard. Il y avait quelque chose de nouveau dans son comportement envers lui – une attitude de propriétaire. Son père avait dû lui parler. Il allait lui répondre par l'affirmative lorsque Laurence Brody intervint :

— Vous n'allez donc pas au concert Whitleaf, mademoiselle Hunt ? J'ai entendu dire qu'il y aurait foule. Lady Edgecombe va chanter et le monde entier rêve de l'écouter.

— Pas le monde *entier*, monsieur Brody, rectifia-t-elle avec hauteur. Je n'ai personnellement aucune envie d'y aller. Ma mère non plus, et aucune des personnes de goût de ma connaissance. Nous avons déjà accepté l'invitation de lady Fleming. J'espère y trouver une compagnie plus raffinée et des conversations à l'avenant.

Elle sourit à Joseph, qui se botta le train mentalement. Bien sûr qu'elle ne pouvait assister au concert. La comtesse d'Edgecombe avait épousé l'homme avec qui Portia avait fermement cru qu'elle se marierait. C'était après leur rupture que Joseph avait fait sa connaissance.

— Je regrette de devoir manquer cette soirée, mademoiselle Hunt, dit-il. J'ai déjà assuré lady Whitleaf de ma présence au concert.

Il aurait refusé cette invitation s'il s'était souvenu – comme il l'aurait dû – de ce qui s'était passé entre Edgecombe et Mlle Hunt. Elle lui en voulut visiblement. Elle demeura très silencieuse le reste de la soirée et, lorsqu'elle parla, ce fut presque exclusivement aux autres membres du groupe.

Lorsqu'il arriva avec Lily et Neville chez les Whitleaf, la salle de bal était déjà bondée. La première personne qu'il aperçut en entrant fut Lauren qui, le bras levé, tentait d'attirer leur attention. Kit était avec elle, ainsi qu'Elizabeth et Portfrey.

Et Mlle Martin.

Il avait pensé à elle à plusieurs reprises ces derniers jours. Il l'avait appréciée plus qu'il ne l'aurait imaginé. Elle était guindée, collet monté et sévère, certes, et farouchement indépendante. Mais elle était aussi intelligente et pince-sans-rire.

Il avait cependant d'autres raisons d'avoir pensé à elle, et comptait bien avoir une conversation avec elle avant qu'elle ne regagne Bath. Mais ce soir n'était sans doute pas le bon moment. Elle était très élégante dans sa robe de mousseline verte, nota-t-il. Et ses cheveux étaient coiffés avec un peu plus de recherche que d'ordinaire. Cela dit, personne ne pourrait la prendre pour autre chose que ce qu'elle était – une maîtresse d'école. Cela tenait à sa posture rigide, à son expression sévère, à l'absence de frous-frous, boucles et bijoux.

Lauren les salua comme Lily, Neville et lui rejoignaient son groupe. S'ensuivirent des serrements de main et des embrassades.

— Vous connaissez Mlle Martin ? Voici la comtesse de Kilbourne, et mes cousins, le marquis d'Attingsborough et le comte de Kilbourne, mademoiselle Martin.

— Bonsoir, mademoiselle Martin, fit Neville en s'inclinant.

— Je suis enchantée de faire votre connaissance, fit Lily avec un sourire chaleureux tandis que Mlle Martin inclinait la tête et leur souhaitait une bonne soirée.

— Nous nous connaissons déjà, dit Joseph qui s'interdit de porter la main qu'elle lui tendait à ses lèvres. J'ai eu le plaisir d'accompagner Mlle Martin de Bath à Londres il y a une semaine.

— Mais oui, bien sûr ! s'écria Lauren.

— Je ne vous ai pas vu depuis, Joseph, fit Elizabeth. Comment va votre père ?

— Beaucoup mieux, je vous remercie, bien qu'il ait décidé de croire l'inverse. Il va suffisamment bien pour fulminer contre tout et tout le monde. Ma mère, en revanche, a l'air d'apprécier la société de Bath.

— Voilà qui me fait plaisir, dit Elizabeth. Je sais qu'elle était déçue de ne pouvoir passer la Saison en ville.

— Si j'ai bien compris, mademoiselle Martin, la comtesse d'Edgecombe et lady Whitleaf ont toutes deux été institutrices dans votre école ? dit Portfrey.

— C'est exact, et je ne cesse de les regretter. Tout en étant très fière de mon équipe actuelle.

— Christine nous a dit que Mlle Thompson y est très heureuse, intervint Kit, parlant respectivement de la duchesse de Bewcastle et de sa sœur, Eleanor.

— Je crois qu'elle l'est, en effet, acquiesça Mlle Martin. Elle est visiblement née pour enseigner. Les élèves l'aiment, l'écoutent et lui obéissent sans discuter.

— L'idée d'une école pour filles me fascine, avoua Lily. Il faut que j'aie une conversation avec vous à ce sujet, mademoiselle Martin. J'ai une centaine de questions à vous poser.

— Elles devront attendre, ma chérie, intervint Neville. Je crois que le concert va commencer.

— Dans ce cas, nous devrions rejoindre nos places, suggéra Elizabeth.

— Voulez-vous vous asseoir à côté de moi, mademoiselle Martin ? proposa Joseph.

Elle reprit aussitôt son air guindé, collet monté, sévère.

— Merci, dit-elle, mais j'ai quelque chose à faire.

Il s'assit à côté de Lauren et se prépara à écouter les artistes qui précédaient la comtesse d'Edgecombe. Il allait faire une remarque à Lauren lorsqu'il s'aperçut que Mlle Martin, qui n'avait fait que quelques pas, s'était figée au milieu de la travée centrale comme si elle avait vu un fantôme. Il se leva en hâte.

— Mademoiselle Martin ? Vous ne vous sentez pas bien ? Puis-je…

— Non. Je vous remercie. Je vais m'asseoir à côté de vous, finalement, si c'est possible. Merci.

Elle prit place sans attendre sur le siège vide près du sien, et baissa la tête. Comme elle serrait les mains

sur ses genoux, il remarqua, étonné, qu'elles tremblaient. Elle n'était pourtant pas femme à avoir des
vapeurs. Qu'est-ce qui avait bien pu la troubler à ce
point ?

— Mlle Wood et Mlle Bains ont pris leurs fonctions ? s'enquit-il dans l'espoir de la distraire.

Elle le regarda un instant, l'air de ne pas comprendre, puis :

— Oh, non ! Pas encore. M. Hatchard, mon homme
d'affaires, n'était pas en ville. Il n'est rentré qu'aujourd'hui, et je dois aller le voir demain.

Ses joues reprenaient des couleurs, nota-t-il. Elle
redressa les épaules.

— Et vous avez bien profité de Londres dans l'in-
tervalle ?

— Oh, oui, vraiment, se contenta-t-elle de répondre.

Whitleaf s'était avancé sur l'estrade qui avait été
montée afin que les artistes soient visibles de tous
les spectateurs. Il demanda le silence. Il y eut
quelques chuts, puis le concert commença.

Joseph fut impressionné par la qualité des pres-
tations. Il y eut un quatuor à cordes, puis plusieurs
airs chantés par un jeune baryton qui devait entrer
à l'opéra de Vienne à l'automne, un récital de pianoforte par la comtesse de Raymore, qui chanta
aussi une chanson populaire de sa jolie voix de
contralto en s'accompagnant elle-même. Et enfin, il
y eut la comtesse d'Edgecombe, dont la superbe voix
de soprano se révéla à la hauteur de sa réputation.
Il comprit sans peine les raisons de son succès à
travers dans toute l'Europe.

Se levant avec le reste du public pour réclamer un
bis par des applaudissements frénétiques, Joseph se
rendit compte qu'il se serait privé d'une des grandes
expériences artistiques de sa vie s'il était allé à la
réception de lady Fleming au lieu de venir ici. Il était
aussi curieux, bien sûr, de voir de près la femme qui
avait supplanté Portia Hunt dans le cœur d'Edge-

combe. Il l'avait déjà rencontrée, certes, mais n'avait pas apprécié son exquise beauté autant que ce soir, avec son visage expressif qui semblait éclairé de l'intérieur et ses cheveux de jais qui scintillaient sous le lustre.

Du coin de l'œil, il vit Mlle Martin serrer les mains sous le menton. Ses yeux étincelaient de fierté et de tendresse. Les institutrices de son école avaient bien réussi sur le marché matrimonial, songea-t-il. Ce devait être un établissement de qualité pour attirer un personnel aussi plein de charme et de talent.

Le concert achevé, il se tourna vers elle dans l'intention de l'inviter à se joindre à sa famille et lui pour les rafraîchissements qui étaient servis dans une autre salle.

Mais elle lui agrippa le bras avant qu'il pût le lui proposer.

— Il y a une personne qui vient vers nous, à qui je ne souhaite pas parler, murmura-t-elle d'un ton pressant.

Il haussa les sourcils. La plus grande partie du public gagnait déjà l'autre salle. À l'exception d'un homme, qui remontait le courant, se dirigeant visiblement vers eux. Joseph le connaissait vaguement pour l'avoir rencontré au *White's*. C'était un dénommé McLeith, un duc écossais qui venait d'arriver à Londres.

Mlle Martin le connaissait aussi… mais ne désirait pas lui parler ?

Voilà qui était intéressant. Y avait-il un rapport avec la réaction qu'elle avait eue juste avant le début du concert ?

Il posa une main rassurante sur la sienne. Il était trop tard pour l'entraîner à l'écart.

5

Claudia avait déjà rencontré le vicomte Ravensberg et sa femme – à l'occasion de deux mariages, en fait. Celui d'Anne Jewell, qui avait épousé le frère du vicomte, et celui de Susanna, dont le mari était le cousin de la vicomtesse.

Elle avait été soulagée d'apercevoir leurs visages familiers, de voir qu'ils la reconnaissaient et traversaient la salle pour venir lui parler. D'autant que Francesca s'était isolée dans une autre pièce avec Lucius afin de se concentrer avant le concert, et que Susanna et Peter étaient occupés à accueillir les invités à l'entrée de la salle de bal. Ce n'était pas du tout confortable d'être seule au sein d'une foule, de ne connaître personne et de feindre d'y trouver grand plaisir.

Elle se prit instantanément de sympathie pour l'oncle et la tante de la vicomtesse Ravensberg, qui l'accompagnaient. Bien que de rang élevé, ils se montrèrent courtois et aimables, et s'efforcèrent de l'inclure dans la conversation. On pouvait dire la même chose du comte et de la comtesse de Kilbourne qui rejoignirent peu après leur petit groupe. Ce ne fut pas vraiment désagréable de revoir le marquis d'Attingsborough. C'était une figure familière de plus, alors qu'elle s'était convaincue qu'elle ne connaîtrait personne. Bien sûr, il était plus séduisant que jamais en habit de soirée bleu sombre, et lin blanc.

Elle ne put s'empêcher de s'amuser à la pensée que tous les membres du groupe portaient un titre, et qu'elle, Claudia Martin, était parmi eux et appréciait leur compagnie. Elle ne manquerait pas de le raconter à Eleanor à son retour, en riant d'elle-même.

Mais son amusement vira à l'embarras lorsque la duchesse de Portfrey suggéra qu'ils prennent place et que le marquis lui proposa de s'asseoir à côté de lui. À vrai dire, il pouvait difficilement faire autrement vu qu'elle était restée au sein de leur petit groupe familial au lieu de s'écarter une fois les premières civilités échangées, ainsi qu'elle aurait dû le faire.

Dieu, qu'ils devaient la trouver gauche et mal élevée !

Aussi s'excusa-t-elle et prétexta-t-elle une tâche urgente à accomplir. Tâche qui existait, bien sûr. Elle comptait rejoindre Flora et Edna, et veiller à ce qu'elles trouvent des places au fond de la salle une fois tous les invités assis. Et elle serait restée avec elles malgré les menaces de Peter. Edna avait chanté autrefois dans la chorale que Francesca dirigeait, et la perspective d'entendre son ancien chef de chœur, son institutrice chérie, dans un vrai concert l'avait mise dans tous ses états. Flora, elle, s'était surtout réjouie de se retrouver en compagnie de tant de gens importants, fortunés, et élégants.

Mais Claudia n'alla pas loin dans la mission qu'elle s'était fixée. Faire profil bas n'étant pas dans sa nature, même lorsqu'elle ne se sentait pas très à l'aise, elle regarda délibérément le public tout en remontant l'allée, se demandant vaguement si elle reconnaîtrait quelqu'un.

Eh bien, oui.

Là, à quelques rangs, à gauche de l'allée, était assise lady Freyia Bedwyn, à présent marquise de Hallmere, en grande conversation avec lord Aidan Bedwyn, son frère, et lady Aidan, sa belle-sœur – personnages exécrés qu'elle n'avait pu éviter au repas du mariage d'Anne. Le marquis de Hallmere était assis de l'autre côté de sa femme.

Claudia se hérissa aussitôt. Elle avait revu plusieurs fois lady Hallmere depuis qu'elle avait claqué la porte de la salle d'étude de Lindsey Hall une quinzaine d'années plus tôt – en particulier lorsque, encore lady Freyia Bedwyn, elle avait débarqué un matin à l'école et demandé d'un ton condescendant si Claudia avait besoin de quoi que ce soit.

Claudia s'échauffait rien que d'y songer.

Revoir cette femme n'aurait cependant pas suffi à la faire se jeter quasiment sur le fauteuil voisin de celui de lord Attingsborough. Après tout, elle aurait dû deviner qu'au moins quelques-uns des Bedwyn seraient en ville pour la Saison et, par conséquent, viendraient au concert de ce soir.

Non, s'ils avaient été les seuls visages connus, elle se serait contentée de raidir le dos, de pincer les lèvres, de relever le menton, et aurait poursuivi son chemin sans faiblir.

Mais une fraction de seconde après avoir repéré lady Hallmere, ses yeux tombèrent sur le gentleman assis juste devant – gentleman qui la dévisageait, *elle*, Claudia Martin, avec intensité.

Ses genoux menacèrent de tourner en gelée, et son cœur se logea dans sa gorge – du moins le lui sembla-t-il aux battements inconfortables qui s'y déchaînèrent. Par quel miracle le reconnut-elle après tant d'années, elle l'ignorait, mais elle le reconnut. Instantanément.

Charlie !

Il n'y eut pas de pensée – le temps manqua pour penser. Elle agit d'instinct, aidée par le fait que lord Attingsborough s'était levé et lui avait demandé si elle ne se sentait pas bien. Elle se précipita dans le fauteuil vide avec une hâte peu distinguée et, à peine consciente de ce qu'il lui disait, serra les mains sur ses genoux et s'efforça de se ressaisir.

Par chance, le concert commença peu après, et elle parvint à calmer les battements de son cœur. Honteuse de s'être incrustée dans ce groupe familial aristocratique, elle s'exhorta à écouter la musique.

Ainsi, Charlie était à Londres, et ici ce soir.

Et alors ?

Redoutant sûrement autant qu'elle un face-à-face, il s'éclipserait dès que la fin du concert, devinait-elle. Ou bien il affecterait l'indifférence et l'ignorerait. Dix-huit années, cela comptait. Elle avait dix-sept ans la dernière fois qu'ils s'étaient vus, et lui, un an de plus. Des enfants !

Il était aussi tout à fait possible qu'il ne l'ait pas reconnue et l'ait regardée uniquement parce qu'elle était l'une des rares personnes encore debout.

Elle tenta de se concentrer. Francesca entrait en scène. C'était pour l'entendre qu'elle avait prolongé son séjour à Londres, elle n'allait pas laisser Charlie la priver de ce plaisir. Dès les premières minutes, elle n'eut plus à user de volonté pour écouter. Francesca chanta magnifiquement.

Claudia se leva avec tout le monde à la fin du récital pour l'applaudir. Lorsque le bis s'acheva, elle n'était plus consciente que du plaisir de la soirée, de la fierté que lui inspirait Francesca, et du bonheur d'être là pour ce qui serait peut-être la dernière apparition publique de son amie.

Les applaudissements cessant, Peter annonça que des rafraîchissements étaient servis dans la pièce voisine. Claudia cligna des yeux pour refouler les larmes qui menaçaient. À présent, il lui fallait s'assurer que Flora et Edna avaient pu profiter elles aussi du concert. Et s'écarter avant que lord Attingsborough, ou lady Ravensberg, ou n'importe qui d'autre du groupe se sente obligé de l'inviter à se joindre à eux. Comme ce serait mortifiant !

Elle se retourna, priant pour que Charlie ait disparu.

Eh bien, non.

Les yeux rivés sur elle, un sourire aux lèvres, il remontait le flot des invités et se dirigeait droit sur elle.

Claudia n'était pas plus prête à l'affronter que lorsqu'elle l'avait découvert parmi les invités. Agrippant sans réfléchir le bras du marquis d'Attingsborough, elle bredouilla quelques mots.

Sa main recouvrit la sienne – une grande main chaude, très réconfortante. Elle se sentit presque en sécurité.

Elle devait être en proie à la plus grande confusion pour ne pas s'être interrogée sur cette réaction timorée qui ne lui ressemblait pas.

Et Charlie fut là, à moins d'un mètre, toujours souriant, ses yeux bruns brillant de plaisir.

Il avait vieilli. Ses cheveux blonds s'étaient raréfiés et son front était dégarni. Sans être beau, son visage était toujours agréable à regarder, malgré les fines ridules aux coins des yeux et de la bouche. Plus large qu'autrefois, il n'était pas plus grand. Ses yeux étaient toujours au même niveau que ceux de Claudia. Ses vêtements étaient élégants sans excès, bien différents des tenues négligées dont il se contentait jadis.

— Claudia ! C'est bien vous ! s'exclama-t-il en lui tendant les deux mains.

— Charlie, articula-t-elle avec effort.

— Quelle délicieuse surprise ! J'en croyais à peine mes...

— Bonsoir, McLeith, intervint le marquis d'Attingsborough. Un beau concert, n'est-ce pas ?

Charlie le regarda comme s'il découvrait sa présence, et remarquait enfin sa main posée sur celle de Claudia.

— Ah, Attingsborough, fit-il en laissant retomber les bras le long du corps. Bonsoir. Oui, vraiment. Nous avons été reçus royalement.

Le marquis inclina courtoisement la tête.

— Vous voudrez bien nous excuser ? dit-il. On nous attend au buffet.

Sur quoi, il glissa la main de Claudia au creux de son bras.

— Mais où vivez-vous, Claudia ? demanda Charlie. Où puis-je vous rendre visite ?

— Votre étole a glissé, dit aussitôt le marquis avec sollicitude en remontant ladite étole sur les épaules de Claudia. Bonsoir, McLeith. Content de vous avoir vu.

Et ils suivirent la foule qui se dirigeait vers l'autre pièce, abandonnant Charlie derrière eux.

— Ce monsieur vous importune ? demanda lord Attingsborough dès qu'ils furent hors de portée de voix.

— C'était il y a très longtemps. Une éternité.

Son cœur battait de nouveau dans sa gorge. Reprenant ses esprits, elle se rendit compte, non sans embarras, qu'elle s'était comportée sans une once de son habituelle fermeté de caractère. Seigneur, elle avait même agrippé le bras du marquis et avait sollicité son aide et sa protection – après les propos qu'elle avait tenus à Marlborough sur l'indépendance ! Quelle humiliation ! Le parfum de son eau de toilette lui assaillit soudain les narines. Pourquoi les eaux de toilette masculines étaient-elles plus enivrantes que les parfums féminins ?

— Je vous prie de me pardonner, dit-elle. C'était vraiment stupide de ma part. Il aurait été préférable de converser poliment quelques minutes avec lui.

Le pire était que Charlie avait été réellement enchanté de la voir. Au point de vouloir s'emparer de ses mains et de lui demander où elle vivait. Sa détresse vira à la colère. Elle se redressa, bien inutilement, car elle n'avait pas courbé les épaules.

— Vous n'avez pas besoin de m'accompagner plus loin, assura-t-elle en ôtant la main du bras du marquis. J'ai suffisamment abusé de votre temps et de votre gentillesse, et je vous présente mes excuses. Allez rejoindre votre famille.

— Et vous abandonner ? dit-il en lui souriant. Il ne m'est pas possible d'être aussi grossier. Permettez-moi de vous changer les idées en vous présentant quelques personnes.

Lui prenant le coude, il la fit pivoter, et elle se retrouva face à lord et lady Aidan Bedwyn, le marquis et la marquise de Hallmere, et – bonté divine ! –, le duc et la duchesse de Bewcastle.

— Joseph, fit la duchesse avec un sourire chaleureux. Nous vous avons vu de loin avec Lauren et Kit. Quelle belle soirée, n'est-ce pas ? Oh, pardonnez mes mauvaises manières, mademoiselle Martin ! Comment allez-vous ?

Claudia – autre preuve de sa confusion – fit une révérence, et les messieurs s'inclinèrent, le duc la gratifiant d'un simple hochement de tête. Lady Aidan et lord Hallmere souriaient, et lady Hallmere avait l'air plus hautaine que jamais.

— Mademoiselle Martin, vous êtes la directrice de l'école où a enseigné la femme de Sydnam Butler, n'est-ce pas ? dit lord Aidan. Nous nous sommes rencontrés à leur déjeuner de mariage. Enchanté de vous revoir.

— Je vois que les présentations ne sont pas nécessaires, observa lord Attingsborough. J'ai eu le plaisir d'escorter Mlle Martin et deux de ses élèves depuis Bath la semaine dernière.

— Je suppose que vous avez laissé l'école entre de bonnes mains, mademoiselle Martin, intervint lady Hallmere.

Claudia se hérissa.

— Bien sûr, répliqua-t-elle. Je m'imagine mal la laisser entre de *mauvaises* mains, n'est-ce pas ?

Elle s'aperçut trop tard qu'elle avait parlé d'un ton coupant, de façon irréfléchie, autrement dit qu'elle s'était comportée grossièrement. Si l'une de ses élèves avait fait une chose pareille devant elle, elle l'aurait prise à part et l'aurait sermonnée cinq minutes durant sans prendre le temps de respirer.

Lady Hallmere arqua les sourcils.

La main du duc se resserra autour du manche de son face-à-main.

Lord Hallmere esquissa un sourire.

La duchesse rit carrément.

— Vous m'offenserez si vous insistez sur ce point, Freyia, assura-t-elle. Mlle Martin a confié l'école à Eleanor, et je suis convaincue que ma sœur est tout à fait compétente. Elle est aussi enchantée, je le précise à votre intention, mademoiselle Martin, que vous ayez manifesté une telle confiance en elle.

Ainsi s'exprimait une vraie dame, apaisant avec charme et grâce tout moment potentiellement embarrassant, songea Claudia, penaude.

Le marquis d'Attingsborough lui reprit le coude.

— Lauren et Kit, les Portfrey et les Kilbourne sont censés nous garder des places à leur table, expliqua-t-il. Nous devons aller les rejoindre.

— Je vous demande pardon – une fois de plus, fit Claudia comme ils s'éloignaient. J'enseigne à mes élèves que la courtoisie doit passer avant tout autre sentiment, quelles que soient les circonstances, et voilà que j'ai fait fi de mes propres leçons de façon plutôt spectaculaire.

— Je pense que lady Hallmere n'a posé sa question que pour faire la conversation, commenta-t-il d'un ton amusé.

— Oh, non, pas elle ! s'écria-t-elle, oubliant ses remords. Pas lady Freyia Bedwyn.

— Vous la connaissiez avant son mariage ?

— C'est *elle* l'élève dont je vous ai parlé.

— Non ! s'exclama-t-il en s'immobilisant un peu avant le seuil de la salle à manger.

Il souriait carrément, à présent.

— Et Bewcastle est le personnage qui vous a recommandé de vous défendre toute seule ? C'est à *Bewcastle* que vous avez fait un pied de nez ? Et c'est de *Lindsey Hall* que vous êtes partie avec votre valise à la main ?

— Cela n'a rien de drôle.

— Et par conséquent, en vous tirant des bras de McLeith pour vous pousser dans ceux des Bedwyn, je vous ai jetée de Charybde en Scylla, n'est-ce pas ?

Elle le regardait, l'air de plus en plus sombre.

— J'ai l'impression, mademoiselle Martin, que vous avez mené une vie très intéressante.

Elle se raidit et pinça les lèvres avant de répliquer :

— Je n'ai pas... commença-t-elle.

Puis elle revit les dernières dix minutes telles que lui avait dû les voir.

Ses lèvres frémirent.

— Eh bien, d'une certaine façon, je suppose que oui, concéda-t-elle.

Et, pour quelque raison inexplicable, cet aveu leur parut désopilant, et ils éclatèrent de rire.

— Je vous demande pardon, dit-il lorsqu'il eut repris son souffle.

— Et moi de même.

— Dire que j'aurais pu aller à la soirée de lady Fleming au lieu de venir ici, dit-il en lui reprenant le coude pour pénétrer dans la salle à manger.

La duchesse de Portfrey leur faisait signe de loin, et le comte de Kilbourne se leva pour tirer une chaise à Claudia.

Elle n'avait pas très bien compris si le marquis regrettait son choix. Elle, en tout cas, était contente qu'il soit là. Mieux encore, elle ne se souvenait pas de la dernière fois où elle avait autant ri.

Encore un peu, elle allait réviser son opinion à son sujet et se mettre à l'apprécier, songea-t-elle en s'asseyant.

Et voilà qu'elle se trouvait au milieu d'une famille qu'elle aurait dû quitter depuis longtemps. Et si cela la mettait mal à l'aise, elle n'avait personne d'autre qu'elle-même à blâmer. Depuis quand se suspendait-elle au bras d'un homme en quête de soutien et de protection ?

C'était vraiment démoralisant.

Claudia s'endormit – non sans mal – en pensant au marquis d'Attingsborough, et se réveilla en pensant à Charlie – le duc de McLeith.

Oh, oui, elle nourrissait une réelle antipathie envers l'aristocratie, et en particulier envers les ducs ! Cela n'avait pas commencé avec l'odieux et arrogant duc de Bewcastle. Un autre duc avait détruit sa vie bien avant qu'elle rencontre le frère aîné de lady Hallmere.

Toute son enfance et son adolescence, elle n'avait vécu que pour Charlie Gunning, lui semblait-il rétrospectivement. Il était arrivé chez le père de Claudia à cinq ans, pauvre petit orphelin, et y était resté jusqu'à ce que, à douze ans, il parte pour le collège. Durant tout ce temps, ils avaient été quasiment inséparables. Et lorsque, ensuite, ils revenaient pour les vacances, ils ne se quittaient pas.

À dix-huit ans, il était de nouveau parti, mais n'était jamais revenu. Et durant dix-sept longues années, elle n'avait pas eu de ses nouvelles. Elle ne l'avait revu que la veille au soir.

Et, là, il s'était adressé à elle comme si leur relation ne s'était pas terminée de façon abrupte et impitoyable. Comme s'il n'avait rien à se reprocher.

Quelle délicieuse surprise !

Mais où vivez-vous, Claudia ?

Où puis-je venir vous rendre visite ?

Avait-il vraiment cru qu'il avait le droit de lui parler ainsi ? De proposer de lui rendre visite ?

Comment osait-il ? Dix-sept ans, c'était peut-être long – presque la moitié de sa vie – mais pas long à ce point. Elle ne souffrait pas d'amnésie.

Repoussant fermement ces souvenirs, elle s'habilla pour le petit déjeuner et la visite prévue chez M. Hatchard. Elle avait décidé de s'y rendre seule, sans Edna et Flora que Francesca et Susanna emmèneraient acheter quelques vêtements et objets divers dont elles allaient avoir besoin.

Francesca ayant pris sa propre voiture, Claudia partit dans celle de Peter après un petit déjeuner prolongé en compagnie de ses amies. Elle avait eu beau assurer qu'aller à pied par une si belle journée ne la dérangeait pas, il avait insisté.

— Susanna ne me le pardonnerait jamais, avait-il expliqué. Et je détesterais cela. Ayez pitié de moi, Claudia.

Le moral au beau fixe, elle se rendit donc à son rendez-vous. Enfin, elle était en mesure de se passer de l'aide du bienfaiteur anonyme qui lui apportait son soutien depuis le début. Ne sachant qui c'était, elle avait confié sa lettre de remerciements à M. Hatchard.

L'école était prospère. L'année passée, elle avait pu acheter la maison voisine et embaucher deux nouveaux professeurs. Plus gratifiant encore, elle allait pouvoir accueillir deux pupilles supplémentaires. Et l'école continuait à générer un modeste bénéfice.

Moins d'une heure plus tard, Claudia sortait à grands pas de la maison de M. Hatchard. Le cocher du vicomte Whitleaf sauta à terre et lui ouvrit la portière. Inspirant à fond, elle s'apprêta à lui annoncer qu'elle rentrerait à pied. Elle était beaucoup trop énervée pour faire le trajet en voiture. Mais avant qu'elle puisse dire quoi que ce soit, elle entendit qu'on l'appelait.

Le marquis d'Attingsborough passait à cheval dans la rue, accompagné du comte de Kilbourne et d'un autre gentleman.

— Bonjour, la salua-t-il en s'approchant. Comment allez-vous, ce matin ?

— Si j'étais un tout petit peu plus en colère, mon crâne risquerait d'exploser.

Il haussa les sourcils.

— Je vais rentrer à pied, dit-elle au cocher. Merci de m'avoir attendue, mais vous pouvez rentrer sans moi.

— Vous devez me permettre de vous escorter, fit le marquis.

— Je n'ai pas besoin de chaperon, répliqua-t-elle d'un ton sec. Et je ne serais pas de bonne compagnie.

— Permettez-moi de vous accompagner en tant qu'ami, dans ce cas.

Descendant de sa monture, il se tourna vers le comte.

— Tu peux ramener mon cheval à l'écurie, Neville ?

Le comte sourit et souleva son chapeau à l'adresse de Claudia, qui ne sut comment refuser. Du reste, voir un visage familier était réconfortant. Elle avait craint d'avoir à attendre que Susanna rentre de son expédition dans les magasins pour avoir quelqu'un à qui parler. Prenant le risque d'exploser avant.

Et ainsi, une minute plus tard, ils marchaient côte à côte, le marquis d'Attingsborough et elle. Il lui offrit le bras, et elle le prit.

— En dépit de ce que vous avez vu hier soir et de ce que vous voyez aujourd'hui, je vous assure que je ne me laisse pas facilement bouleverser, commença-t-elle. Mais ce matin, ce que j'éprouve, c'est de la colère, de la fureur même, plutôt que de la détresse.

— Quelqu'un, dans cette maison, vous a mise en colère ? demanda-t-il en indiquant du menton ladite maison.

— C'est le bureau de M. Hatchard. Mon homme d'affaires.

— Ah. Les places qu'il destinait à vos élèves. Elles ne vous ont pas plu.

— Edna et Flora rentreront à Bath avec moi dès demain, répondit Claudia.

— C'est à ce point ? demanda-t-il en tapotant la main calée au creux de son bras.

— Pire. Bien pire.

— Puis-je savoir ce qui s'est passé ?

— Les Bedwyn, fit-elle en agitant la main tandis qu'ils traversaient la rue en évitant un tas de crottin encore fumant. Voilà ce qui s'est passé. Les Bedwyn ! Ils me feront mourir. Je le jure.

— J'espère que non.

— Flora devait travailler chez lady Aidan Bedwyn, et Edna chez la marquise de Hallmere !

— Ah…

— C'est insupportable ! Je ne sais pas comment cette femme a pu oser.

— Peut-être se souvient-elle de vous comme d'une institutrice qui ne cède pas sur ses principes, pas même pour de l'argent ou une position sociale, suggéra-t-il.

Claudia eut un petit reniflement de mépris.

— Et peut-être, ajouta-t-il, qu'elle est devenue adulte.

— Les femmes de ce genre ne deviennent jamais adultes, riposta-t-elle. Elles deviennent juste plus méchantes.

Ce qui était ridicule et injuste, bien sûr. Mais son antipathie envers l'ancienne lady Freyia Bedwyn était si profonde qu'elle était incapable de se montrer raisonnable.

— Vous avez aussi une objection envers lady Aidan Bedwyn ? hasarda-t-il.

— Elle a épousé un Bedwyn.

— Elle m'a toujours paru particulièrement aimable. Son père était mineur dans les puits de charbon au pays de Galles avant de faire fortune. Elle a la réputation d'aider les gens que la vie a moins gâtés qu'elle. Deux de ses trois enfants ont été adoptés. C'est pour eux qu'elle a besoin d'une préceptrice ?

— Pour l'aînée des filles et, plus tard, pour la plus jeune.

— Ainsi donc, vous allez remmener Mlle Bains et Mlle Wood à Bath. Auront-elles leur mot à dire sur le sujet ?

— Je ne veux pas qu'elles soient malheureuses.

— Peut-être qu'elles ne verraient pas les choses de cette façon, mademoiselle Martin. Peut-être qu'elles seraient ravies à la perspective de travailler dans des familles aussi distinguées.

Un jeune enfant suivi d'une nurse à l'air épuisé faisait rouler son cerceau sur le trottoir. Le marquis tira Claudia de côté pour les laisser passer.

— Petit diable ! commenta-t-il. Je parie qu'il a promis qu'il porterait son cerceau dans la rue et ne jouerait qu'une fois arrivé au parc.

Claudia inspira lentement.

— Êtes-vous en train de suggérer, lord Attingsborough, que j'ai réagi trop hâtivement et déraisonnablement ?

— Pas du tout. Votre colère est admirable, de même que votre détermination à vous charger de nouveau de ces deux jeunes filles en les remmenant à Bath au lieu de les laisser dans des maisons où elles pourraient être malheureuses.

Elle soupira.

— Vous avez tout à fait raison. J'ai bel et bien réagi trop hâtivement.

— Avez-vous opposé un non définitif à Hatchard ?

— Oh, oui, mais il a déclaré qu'il ne ferait rien avant demain. Il veut que les filles rencontrent leurs éventuels employeurs.

— Ah.

— Je suppose que je devrais leur laisser le choix, non ?

— Si vous avez confiance en leur jugement.

Elle soupira de nouveau.

— C'est ce que nous nous efforçons d'enseigner. Le bon jugement, la raison, penser par soi-même, prendre ses propres décisions en se fondant sur le bon sens autant que sur l'inclination. C'est beaucoup. Nous essayons d'apprendre à nos élèves à s'informer, à penser en adultes – surtout nos pupilles qui ne se marieront pas à peine sorties de la salle de classe et n'auront donc pas d'époux pour penser à leur place jusqu'à la fin de leurs jours.

— Ce n'est pas là une image très rose du mariage, commenta-t-il.

— Mais fort juste.

Ils remontaient une grande avenue bordée d'arbres. Claudia leva les yeux vers le ciel qu'on apercevait entre les feuilles.

— Je vais les prévenir, reprit-elle. Je vais leur expliquer que la famille Bedwyn, avec à sa tête le duc de Bewcastle, a joui d'une grosse fortune et de privilèges infinis durant des générations, que ses membres sont arrogants et méprisent tous ceux qui sont leurs inférieurs sur l'échelle sociale – autrement dit presque tous les autres mortels. Je préciserai que lady Hallmere est la pire du lot. Je leur conseillerai de refuser cet entretien, de faire leurs bagages et de rentrer à Bath avec moi. Et ensuite, je les laisserai décider de ce qu'elles veulent faire.

Elle se rappela soudain que les deux jeunes filles avaient séjourné à Lindsey Hall l'été dernier à l'occasion du mariage de Susanna. Elles avaient donc déjà rencontré le duc de Bewcastle.

Le marquis d'Attingsborough réprima un rire. Claudia lui jeta un regard aigu. Puis rit à son tour.

— Je ne suis tyrannique que lorsque je suis courroucée. Pas simplement agacée, *courroucée*. Cela ne m'arrive pas souvent.

— Et je suppose que cela arrive lorsque quelqu'un menace vos précieuses élèves.

— Elles sont bel et bien précieuses. Surtout celles qui n'ont que moi pour les défendre.

Il lui tapota de nouveau la main. Elle s'aperçut soudain qu'elle marchait depuis plusieurs minutes sans prêter attention à la direction qu'ils avaient prise.

— Où sommes-nous ? C'est le chemin pour rentrer chez Susanna ?

— C'est le chemin le plus long et le plus joli. Il passe par *Gunter*. Avez-vous goûté leurs glaces ?

— Non, mais nous sommes le matin.

— Existe-t-il une loi interdisant de manger une glace le matin ? Nous n'en aurons pas le temps cet après-midi. Je vais à la garden-party de Mme Corbette-Hythe. Et vous ?

Claudia tressaillit intérieurement. Elle avait complètement oublié cette invitation. Elle aurait préféré rester à la maison, mais Susanna et Francesca s'attendaient qu'elle y assiste. Et elle-même admettait qu'il y aurait eu de la lâcheté à se dérober aux mondanités de la Saison.

— Oui, répondit-elle.

— Dans ce cas, matin ou pas, nous allons prendre une glace, décréta-t-il.

Et sans aucune raison, Claudia éclata de rire.

Où était passée sa colère ? Se pourrait-il qu'elle ait été manipulée ? Ou serait-elle devenue plus raisonnable ?

Un souvenir lui traversa soudain l'esprit, qui mit en fuite les derniers vestiges de sa colère.

— Je suis libre, dit-elle au marquis. Je viens d'informer M. Hatchard que je n'avais plus besoin de mon bienfaiteur. Je lui ai remis une lettre de remerciements à transmettre à celui-ci.

— Il faut fêter cela. Et quoi de mieux qu'une glace de chez *Gunter* ?

— S'il y a mieux, je l'ignore, admit-elle.

6

Le jardin de Mme Corbette-Hythe, à Richmond, était vaste et magnifiquement dessiné. Il descendait jusqu'à la Tamise et offrait un décor idéal pour de grandes réceptions.

Comme d'habitude, Joseph connaissait presque tout le monde. Il allait de groupe en groupe, un verre de vin à la main, conversant avec les uns et les autres, se rendant agréable à tous.

Le temps était idéal. Il y avait à peine un nuage ou deux dans le ciel. Et si le soleil était chaud, l'air demeurait frais et parfumé, des milliers de fleurs colorant les parterres. Sur un côté de la maison, des violonistes jouaient près d'une tonnelle croulant sous les roses, et la musique faisait écho au chant des oiseaux, aux rires et aux conversations.

Lorsque Joseph rejoignit Lauren et Kit, ce fut pour trouver sa cousine euphorique.

— Avez-vous déjà parlé à Neville et à Lily ? demanda-t-elle puis, sans attendre la réponse, elle poursuivit : Gwen et tante Clara ont promis de venir à Alvesley cet été.

— Ah, quelle bonne nouvelle !

Les parents de Kit, le comte et la comtesse de Redfield, fêtaient leur quarantième anniversaire de mariage l'été prochain. Alvesley Park, leur demeure où vivaient aussi Kit et Lauren, serait rempli d'invités, dont lui-même. Gwen était la sœur de Neville, et tante Clara sa mère.

— Anne et Sydnam seront là aussi, ajouta Lauren.

— J'ai hâte de les revoir, assura Joseph. Il n'y a rien de tel qu'une réunion de famille à la campagne pour remonter le moral, n'est-ce pas ?

Mlle Hunt le punissait pour avoir boudé la soirée de lady Fleming, avait-il remarqué en arrivant. Il l'avait rejointe juste après avoir salué la maîtresse de maison, prêt à passer tout l'après-midi avec elle. Elle lui avait souri poliment, puis avait poursuivi sa conversation avec Mme Dillinger. Et lorsque le sujet s'était épuisé peu après, elle en avait abordé un autre – sur la dernière mode en matière de chapeau. Étant le seul homme dans leur petit groupe, il s'était senti délibérément exclu et s'était éloigné en quête d'une compagnie plus accueillante.

Elle lui avait rivé son clou, par Jupiter !

Elle était encore plus belle que d'habitude. Alors que les autres jeunes femmes portaient des couleurs vives, Mlle Hunt avait dû penser qu'il serait vain de vouloir rivaliser avec les fleurs ou le soleil, aussi portait-elle une robe de mousseline blanche toute simple. Ses cheveux blonds étaient coiffés avec art sous un chapeau blanc orné de boutons de roses blancs et d'une discrète touche de verdure.

Il se mêla à quelques groupes, puis finit par se diriger d'un pas tranquille vers le fleuve. Si les parterres à proximité de la maison rivalisaient de couleurs, à mesure qu'on s'approchait de l'eau, les fleurs laissaient la place aux arbres et à toutes les teintes possibles de vert. De la berge, on n'apercevait plus qu'une partie du toit hérissé de cheminées, et la musique et les voix vous parvenaient très assourdies.

La plupart des invités étaient restés près de la maison pour discuter et profiter du buffet. Quelques-uns cependant s'étaient aventurés sur de petites embarcations. Debout sur le ponton, un jeune couple attendait son tour. Un peu plus loin, une femme se promenait à l'ombre de saules pleureurs.

Elle était sage d'avoir fui un instant le soleil, songea Joseph, qui trouvait cependant dommage qu'elle soit seule. Après tout, l'objectif de ce genre de réception était de faire se rencontrer une foule de gens. Cela dit, lui aussi était seul. Parfois, un bref répit était aussi agréable qu'une bouffée d'air frais.

C'était Mlle Martin, découvrit-il soudain comme elle se retournait pour contempler le fleuve. Il hésita. Peut-être préférerait-elle rester seule – après tout, il lui avait pris bonne partie de sa matinée. À moins qu'elle ne s'ennuie. Elle ne devait pas connaître grand monde ici.

Il se rappela leur fou rire en entrant dans la salle du buffet, la veille au soir, et un sourire lui vint aux lèvres. Rire l'avait transformée et rajeunie de plusieurs années. Il se la remémora le matin même chez *Gunter*, mangeant sa glace par petites cuillerées, savourant chaque bouchée, puis sur la défensive lorsqu'elle avait surpris son expression amusée.

— Vous devez comprendre, avait-elle expliqué, que ce n'est pas quelque chose que je fais tous les jours – ou même tous les ans. Ou même tous les *dix ans*.

Il se dirigea vers elle.

— Je vois que vous avez trouvé un peu d'ombre, dit-il en élevant la voix afin de ne pas la surprendre. Puis-je la partager ?

Elle parut surprise, néanmoins.

— Bien sûr. Dehors, c'est à tout le monde.

— C'est le credo de tous les intrus et braconniers. Vous passez un bon après-midi ?

Toute autre femme aurait souri poliment et assuré que oui, et la conversation se serait enlisée dans des propos aimables mais sans intérêt.

— Pas vraiment, avoua Mlle Martin après une infime hésitation. En fait, pas du tout.

Elle n'offrit aucune explication, mais le regarda presque férocement. Avec sa robe de coton sans fioritures et ses cheveux tirés sévèrement sous son chapeau, on aurait pu la prendre pour l'intendante – ou pour la directrice d'une école de filles.

Dans les conversations de la bonne société, la franchise était rare. Admettre qu'on s'ennuyait était considéré comme mal élevé.

— Je suppose que, dans votre milieu habituel, à l'école, personne ne vous impose d'obligations sociales ni vous force à avoir l'air de vous amuser, hasarda-t-il. Vous jouissez d'une grande liberté et d'une grande indépendance.

— Pas vous ? répliqua-t-elle en haussant les sourcils.

— C'est l'inverse. Lorsqu'on a un titre, même s'il s'agit seulement d'un titre de courtoisie, on est dans l'obligation d'être disponible pour remplir chaque salle de bal, chaque salon, chaque jardin où l'on est invité afin que la maîtresse de maison puisse déclarer qu'il y avait foule et exciter l'envie de toutes ses relations. Et l'on est tenu d'être courtois et aimable envers tout le monde.

— Autrement dit, envers moi ? s'enquit-elle.

Il rit. Décidément, cette femme ne manquait pas d'humour.

— Et c'est *tout* ce que vous faites ? enchaîna-t-elle. Aller à des réceptions et vous rendre agréable parce que votre rang dans la société l'exige de vous ?

Il pensa au temps qu'il consacrait à Lizzie, plus que jamais depuis Noël. Le moment lui semblait bien choisi pour aborder le sujet qui lui tenait à cœur, mais elle reprit la parole avant qu'il ait ouvert la bouche.

— Vous ne siégez pas à la Chambre des lords ? Non, bien sûr, puisque votre titre est de courtoisie.

— Je suis un duc en puissance, expliqua-t-il. Et je préférerais que cela reste ainsi, vu l'alternative.

— Oui, ce n'est pas une chose heureuse que de perdre un parent. Cela laisse un grand vide.

La mort de son père l'avait laissée démunie, se rappela-t-il, alors que ce serait l'inverse pour lui. Mais au bout du compte une vie humaine avait plus d'importance que n'importe quelle fortune. Surtout lorsqu'il s'agissait de celle d'un être cher.

— Rien n'est plus important que la famille, aquiesça-t-il.

— Je pensais que je serais heureuse de passer deux semaines ici avec Susanna et Francesca, soupira Mlle Martin en tournant le regard vers le fleuve. Et c'est vrai que les revoir a été délicieux. Mais ce séjour implique aussi d'assister à quantité de mondanités. Et je crois qu'à présent, j'aimerais rentrer à Bath et retrouver l'univers auquel je suis habituée.

— Et que vous préférez. Ce dont je ne peux vous blâmer. Mais en attendant, mademoiselle Martin, permettez-moi de faire ce que je fais le mieux. Permettez-moi de vous distraire. Je vois qu'il n'y a personne sur le ponton, et que Crawford et Mlle Meeghan ne vont pas tarder à aborder. Que diriez-vous de prendre leur canot ?

— Pour aller sur l'eau ? demanda-t-elle, les yeux écarquillés.

— L'embarcation est petite, reconnut-il. Je suppose que nous pourrions la hisser au-dessus de nos têtes et courir dans le jardin en la portant à bout de bras. Mais les autres invités risqueraient de nous trouver quelque peu excentriques, et cela m'ennuie car ce sont des gens que je rencontre régulièrement.

Elle éclata d'un rire joyeux, et il ne put s'empêcher de sourire. Cela lui arrivait-il souvent de rire ? Sans doute pas. Mais c'était dommage. Quand elle riait, son armure se fissurait.

— Ma question était stupide, admit-elle. Une promenade en barque me plairait beaucoup. Je vous remercie.

Elle prit le bras qu'il lui offrait.

Une fois dans la barque, elle s'assit bien droite, l'air sévère, comme pour compenser son éclat de rire et son enthousiasme. Elle demeura ainsi tandis qu'ils passaient devant de grandes demeures entourées de splendides jardins. Elle n'avait pas d'ombrelle, mais son chapeau de paille avait un large bord qui lui protégeait le visage et le cou des ardeurs du soleil. Ledit chapeau avait connu des jours meilleurs, nota-t-il, mais n'était pas vilain pour autant.

— Vous faites du bateau à Bath ? voulut-il savoir.

— Jamais. J'en ai fait quand j'étais enfant, mais c'était il y a très, très longtemps.

Peu de dames, songea-t-il, auraient répété le «très», impliquant un âge avancé. Mais Mlle Martin semblait dépourvue de vanité.

— C'est divin, dit-elle après une minute de silence – bien qu'elle ait toujours l'air d'une institutrice surveillant ses élèves. Absolument divin.

Il se rappela ce qu'elle avait dit la veille au soir au sujet de ses relations avec McLeith : «C'était il y a très longtemps. Une éternité.»

— Vous avez grandi en Écosse ? demanda-t-il.

— Non, dans le Nottinghamshire. Pourquoi cette question ?

— Je pensais que vous aviez grandi dans la même région que McLeith.

— C'est le cas. Dans la même maison, en fait. Il était le pupille de mon père, après avoir perdu ses parents à l'âge de cinq ans. Je l'aimais beaucoup. Il a vécu chez nous jusqu'à dix-huit ans, âge auquel il a hérité son titre d'un parent qu'il connaissait à peine.

Elle l'aimait beaucoup et, pourtant, elle avait cherché à l'éviter ?

— Voilà qui a dû lui faire une agréable surprise.

— En effet, oui.

Agréable pour McLeith, devina-t-il. Pas nécessairement pour elle. Elle avait perdu un ami d'enfance. Avait-elle nourri de tendres sentiments à son égard ? Il était à la garden-party. Il était arrivé tard, mais juste avant de descendre vers le fleuve Joseph l'avait aperçu qui discutait avec les Whitleaf. Devait-il le dire à Mlle Martin ? Non. Inutile de lui gâcher son plaisir. Car elle prenait du plaisir à cette promenade en bateau, elle l'avait dit.

Quelle femme réservée ! De nouveau l'image de l'armure s'imposa à lui. Y avait-il une femme à l'intérieur ? Une femme chaleureuse, tendre, et peut-être même passionnée ? Il savait déjà qu'elle possédait les deux premières qualités.

Mais la passion ?

C'était une possibilité intrigante.

Elle ôta un gant, plongea les doigts dans l'eau, puis les regarda tracer un sillage.

L'image le toucha étrangement. Elle avait l'air perdue dans son monde. Et très solitaire. Elle avait beau vivre entourée d'élèves et d'autres institutrices, il était fort possible qu'elle souffre de la solitude. Ses deux plus proches amies, la comtesse d'Edgecombe et la vicomtesse Whitleaf, s'étaient mariées et avaient toutes deux quitté Bath.

— Je suppose que nous devrions faire demi-tour, dit-il, surpris d'en éprouver du regret. À moins que vous ne désiriez que nous voguions jusqu'à la mer.

— Jusqu'en Orient, suggéra-t-elle en sortant la main de l'eau. Ou en Amérique. Ou simplement au Danemark ou en France. Vivre une aventure. Avez-vous déjà vécu une aventure, lord Attingsborough ?

Il s'esclaffa, et elle l'imita.

— J'imagine, reprit-elle, que l'aventure perdrait de son charme lorsque la nuit tomberait, que je me rappellerais que je n'ai pas emporté mon châle et que

vous vous apercevriez que vous avez des ampoules
aux mains.

— Vous êtes bien peu romantique. Eh bien, gardons l'aventure pour une autre fois, lorsque nous
pourrons faire des plans plus raisonnables. Encore
que les romances n'aient pas à être raisonnables.

Il fit virer la barque et le soleil éclaira le visage
de Mlle Martin plus crûment. Leurs regards se soudèrent brièvement avant qu'elle ne se détourne pré-
cipitamment, et lui une fraction de seconde plus
tard.

L'atmosphère parut soudain curieusement vibrante.

Il était presque certain qu'elle avait rougi.

Seigneur, que s'était-il passé ?

La question était inutile. Ce qui s'était passé, c'était
un brusque élan de sensualité – des deux côtés.

Il n'aurait pas été plus stupéfait si elle s'était levée
et avait plongé dans la rivière.

Dieu du ciel !

Lorsqu'il se risqua à la regarder, elle avait endossé
de nouveau son armure. Elle avait le dos raide, l'œil
sévère et la bouche pincée.

Il rama jusqu'au ponton dans un silence qu'il ne
sut comment rompre. Étrange, car, d'ordinaire, parler de choses et d'autres ne lui était nullement difficile. Il tenta de se persuader que rien de fâcheux ne
s'était produit. C'était bien le cas, non ?

… les romances n'ont pas à être raisonnables.

Juste ciel, il ne s'agissait que d'une plaisanterie !

Sa sœur se tenait sur la rive, près de l'embarca-
dère. Ainsi que Sutton et Portia. Il n'avait jamais été
aussi content de les voir. Ils lui donnaient une occasion de briser le silence sans paraître gauche.

— Vous aussi, vous avez découvert la meilleure
partie du jardin ? leur lança-t-il tandis qu'il attachait
le bateau.

Il prit pied sur le ponton, puis aida Mlle Martin à
s'y hisser à son tour.

— La rivière est pittoresque, commenta Wilma. Mais Mlle Hunt et moi avons trouvé qu'en ne plantant pas de fleurs ici, le jardinier de Mme Corbette-Hythe s'est montré très négligent.

— Puis-je vous présenter Mlle Martin ? dit-il. Elle est propriétaire et directrice d'une école de filles à Bath. Elle séjourne actuellement chez le vicomte Whitleaf et sa femme. Mademoiselle Martin, je vous présente ma sœur, la comtesse de Sutton, Mlle Hunt et le comte de Sutton.

Mlle Martin fit une révérence. Wilma et Mlle Hunt la saluèrent d'un hochement de tête poli tandis que Sutton, afin de ne pas être battu en matière de froideur, inclina la tête juste assez pour éviter d'insulter son beau-frère.

La température ambiante dut chuter d'au moins cinq degrés.

Wilma et Sutton n'appréciaient pas d'être présentés à une simple maîtresse d'école, devina Joseph, qui s'en serait amusé s'il ne s'était inquiété des sentiments de Mlle Martin. Elle n'avait pas pu ne pas remarquer la froideur de leur accueil.

Mais elle prit l'affaire en main, ainsi qu'il aurait dû s'y attendre.

— Merci pour cette promenade en barque, lord Attingsborough. C'était très gentil à vous. Je vais rejoindre mes amis, à présent, si vous voulez bien m'excuser.

Et elle s'éloigna en direction de la maison sans un regard en arrière.

— Vraiment ! s'exclama Wilma alors qu'elle était à peine hors de portée de voix. Une maîtresse d'école, Joseph ! J'imagine qu'elle a laissé entendre qu'elle aimerait faire un tour en barque et que tu n'as pu te résoudre à refuser. Mais tu aurais dû. Parfois, tu es vraiment trop gentil. On te fait faire tout ce qu'on veut.

Joseph s'étonnait souvent de ce que Wilma et lui soient issus des mêmes parents et aient été élevés sous le même toit.

— J'ai escorté Mlle Martin la semaine dernière lorsque je suis revenu de Bath. Je l'ai fait pour rendre service à lady Whitleaf qui a enseigné dans son école.

— Oui, eh bien, nous savons tous que le vicomte Whitleaf a fait une mésalliance.

Refusant de se disputer avec sa sœur dans une garden-party, il se tourna vers Portia Hunt.

— Aimeriez-vous faire un tour sur la rivière, mademoiselle Hunt ? s'enquit-il.

— Oui, volontiers, lord Attingsborough, répondit-elle en souriant.

Elle le laissa l'aider à monter dans l'embarcation, puis orienta son ombrelle afin de protéger son teint d'albâtre des rayons du soleil.

— C'était extrêmement aimable de votre part d'emmener cette maîtresse d'école en promenade. J'espère qu'elle se rend compte de l'honneur que vous lui avez fait.

— J'ai apprécié la compagnie de Mlle Martin. C'est une femme intelligente. Et elle a brillamment réussi.

— Pauvre femme, soupira-t-elle comme s'il venait de lui annoncer que Mlle Martin se mourait de quelque maladie incurable. Lady Sutton et moi tentions de deviner son âge. Lady Sutton pense qu'elle a plus de trente-cinq ans, mais je ne serai pas aussi cruelle. Je lui donne un ou deux ans de moins.

— Vous avez probablement raison, bien qu'on ne puisse reprocher son âge à quiconque, n'est-ce pas ? Et Mlle Martin n'a pas perdu son temps pendant toutes ces années, quel qu'en soit le nombre.

— Oh, certes ! Bien que *travailler* pour vivre doive être dégradant, vous ne pensez pas ?

— Dégradant, non. Jamais. Ennuyeux, c'est possible, surtout si l'on doit accepter un travail que l'on n'aime pas. Mlle Martin aime enseigner.

— N'est-ce pas une délicieuse garden-party ? dit-elle abruptement en faisant tournoyer son ombrelle.

Le sujet était manifestement clos.

— Oui, en effet, acquiesça-t-il. La soirée d'hier s'est-elle révélée plaisante ? Je suis désolé de l'avoir manquée.

— La conversation était très agréable.

Il inclina la tête de côté sans cesser de ramer.

— Je suis pardonné, alors ?

— Pardonné ?

Elle ouvrit de grands yeux et fit de nouveau tournoyer son ombrelle.

— De quoi, lord Attingsborough ?

— D'être allé au concert des Whitleaf plutôt qu'à la soirée.

— Vous pouvez faire ce que vous voulez et aller où bon vous semble. Je ne me permettrais pas de discuter vos choix, même si j'en avais le droit.

— C'est très gentil à vous. Mais je vous assure que je ne souhaite pas qu'on soit aussi complaisant envers moi. Deux personnes, quelle que soit leur proximité, doivent pouvoir exprimer ouvertement leur déplaisir quand elles y sont incitées.

— Et moi, je vous assure, milord, que jamais je ne me permettrais d'exprimer mon déplaisir concernant les choix d'un gentleman – si ce gentleman peut prétendre à ma loyauté et à mon obéissance.

Il y avait certes plusieurs façons d'exprimer son déplaisir. Il y avait des propos francs et directs, et il y avait plus subtil, comme de se mettre à parler chapeaux alors que l'unique gentleman présent était celui auquel on devait loyauté et obéissance. Non que Mlle Hunt lui doive quoi que ce soit pour le moment.

— Le temps est presque parfait pour une garden-party, reprit-elle, bien que peut-être un peu trop chaud.

— La chaleur est préférable à la pluie, non ? fit-il, l'œil pétillant.

Ils enchaînèrent sur une conversation facile dans laquelle il n'y eut ni silence ni propos significatifs. Ce dernier fait n'inquiéta pas particulièrement Joseph. N'était-ce pas le cas de toutes les conversations mondaines ? Tout le monde ne pouvait être Mlle Martin, après tout.

Mlle Hunt était encore plus jolie sur la rivière, sa tenue blanche et son teint pâle formant un contraste délicat avec le vert sombre de l'eau. Il se demanda – comme il l'avait fait au sujet de Mlle Martin – s'il y avait de la passion sous tant d'élégance et de raffinement.

Il l'espérait en tout cas.

Claudia remonta la pelouse jusqu'aux parterres, puis bifurqua vers l'orchestre. Elle avait besoin de se calmer avant de rejoindre ses amis. Son corps et son esprit bouillonnaient d'émotions et de sensations totalement déconcertantes. Elle avait l'impression d'être redevenue une gamine incapable de se contrôler.

Elle n'aurait pas dû accepter cette promenade en barque. Elle aimait bien discuter avec le marquis d'Attingsborough. Il lui semblait intelligent, même s'il menait une vie oisive. Mais c'était aussi l'homme le plus séduisant qu'elle ait jamais rencontré et, dès le début, elle avait été consciente des dangers de son charme. Pour Flora et Edna, du moins, se croyant elle-même immunisée.

Bien sûr, elle avait aimé la promenade en bateau – le bonheur de glisser sur l'eau en compagnie d'un bel homme. Elle s'était même octroyé une petite rêverie romantique, pour dire la vérité. Elle était là, un chaud après-midi d'été, en train de canoter sur la Tamise avec le gentleman avec qui elle avait ri la veille au soir et ce matin encore. Un gentleman qu'elle appréciait vraiment.

Jusqu'à ce qu'il prononce ces mots.

… les romances n'ont pas à être raisonnables.

Elle *savait* qu'il ne voulait rien dire de précis. Elle *savait* qu'il ne tentait pas de flirter avec elle. Mais soudain, plutôt que de demeurer enfouie dans ses pensées, la rêverie s'était étalée sur son visage. Oh, cela n'avait duré qu'un instant – assez cependant pour qu'il s'en aperçoive.

Quelle affreuse humiliation !

Elle chercha des yeux un siège pour écouter la musique, mais, n'en voyant pas, elle resta debout.

Comme si son embarras n'avait pas été suffisant, il y avait eu cette présentation au comte et à la comtesse de Sutton, et à Mlle Hunt.

Ce souvenir la hérissa. Leur comportement avait été exactement celui qu'elle attendait d'aristocrates. Méchanceté et prétention ! Ces trois personnes n'avaient sans doute rien dans le crâne, mais beaucoup d'argent à dépenser. Elle se méprisait, plus encore qu'elle ne les méprisait, de se laisser ainsi déstabiliser par eux.

Elle applaudit poliment l'orchestre qui venait d'achever un morceau et préparait la partition du suivant.

Puis elle ne put s'empêcher de sourire, amusée soudain par la férocité de son indignation. Les trois aristocrates avaient feint de renifler discrètement comme si une odeur désagréable venait de leur chatouiller les narines, mais, en réalité, ils ne lui avaient fait aucun mal. Ils lui avaient même rendu service en lui fournissant une excuse pour s'éloigner du marquis d'Attingsborough. Et, si quelqu'un lui offrait une pelle, elle creuserait un trou dans la pelouse et y enfouirait la tête. Faute de pelle, elle se dirigea vers la tonnelle de roses.

En priant pour ne plus jamais croiser le marquis d'Attingsborough.

Dieu, quelles vacances !

7

— Claudia ! entendit-elle avant d'avoir atteint la tonnelle.

Elle tourna la tête et vit Susanna qui traversait la terrasse pour se hâter vers elle. Peter suivait à quelque distance, avec le vicomte et la vicomtesse Ravensberg... et Charlie.

— Où étiez-vous donc ? demanda Susanna. Nous vous cherchions partout. Francesca était fatiguée, Lucius l'a ramenée chez eux.

— Oh, je suis désolée de n'avoir pu leur dire au revoir ! J'étais descendue près du fleuve.

— Vous y avez passé un moment agréable ?

— C'est très joli... En fait, j'ai fait une promenade sur l'eau, précisa-t-elle après une brève hésitation. Le marquis d'Attingsborough a eu la gentillesse de m'emmener en barque.

— Quel homme charmant, n'est-ce pas ? s'écria Susanna. Il mérite le meilleur de la vie, mais je ne suis pas sûr qu'il l'aura avec Mlle Hunt.

— Mlle Hunt ? répéta Claudia, se remémorant la belle jeune femme hautaine et élégante qui l'avait traitée avec une politesse glaciale quelques minutes plus tôt.

Susanna fit la grimace.

— Oui, la fameuse Mlle Hunt. Mlle *Portia* Hunt. Celle que Lucius a failli épouser. Lauren m'a dit que

Joseph et elle vont se marier. Certes, ils forment un beau couple.

C'était indéniable, songea Claudia. Elle se sentait stupide, tout à coup, comme si tout le monde savait à quelles stupides rêveries elle s'était abandonnée – des rêveries *romantiques*, elle, Claudia Martin !

— Claudia, enchaîna Susanna avec un sourire chaleureux à l'adresse du reste du groupe qui les rejoignait, nous avons eu une longue conversation avec le duc de McLeith. Il nous a appris que vous avez grandi ensemble, presque comme frère et sœur.

Tous souriaient, visiblement heureux pour elle. Charlie, quant à lui, rayonnait.

— Claudia, quelle joie de vous revoir ! dit-il.

— Bonjour, Charlie, la salua-t-elle.

Frère et sœur, vraiment !

— Quelle merveilleuse coïncidence que vous vous soyez retrouvés ! s'exclama lady Ravensberg. Alors que cela fait des années que vous n'êtes pas venue en Angleterre, lord McLeigh, et que Mlle Martin n'est à Londres que pour une semaine ou deux.

— J'ai une chance incroyable, en effet, déclara Charlie.

— Kit et moi avons invité quelques amis dans les jardins de Vauxhall après-demain soir, poursuivit la vicomtesse. Nous serions enchantés que vous vous joigniez à nous, tous les deux. Susanna et Peter ont déjà dit oui. Viendrez-vous, mademoiselle Martin ?

Les jardins de Vauxhall ! C'était l'un des endroits où Claudia rêvait depuis toujours de se rendre. Célèbre pour ses concerts, soupers, bals et feux d'artifice, on prétendait qu'y passer une soirée était une expérience magique et inoubliable.

— J'aimerais beaucoup. Merci, répondit-elle.

— Et vous, lord McLeith ?

— Vous êtes très aimable. J'en serais ravi.

Claudia avait éprouvé un choc moindre en le revoyant aujourd'hui. Évoluant dans les mêmes cercles, il était inévitable qu'ils se croisent, elle le savait. Et peut-être était-ce un bien. Peut-être que cela lui permettrait d'exorciser définitivement le passé, et de laisser enfin les souvenirs derrière elle.

— Oh, charmant ! s'exclama lady Ravensberg. Elizabeth et Lyndon ont promis de venir. Joseph et Mlle Hunt, Lily et Neville seront des nôtres. Ainsi que Wilma et George.

Charmant, vraiment, songea Claudia avec ironie. Elle reverrait donc le marquis d'Attingsborough. Eh bien, elle n'aurait qu'à froncer les sourcils et afficher un air sévère, afin qu'il pense s'être mépris sur son expression. Les deux dernières personnes que la vicomtesse avait nommées devaient être le comte et la comtesse de Sutton. Elle avait plongé la tête la première en acceptant cette invitation, mais il était trop tard pour se raviser.

Du reste, elle avait très envie de voir les célèbres jardins de Vauxhall, alors pourquoi s'en priver ? Elle ne serait pas seule, mais entourée d'amis.

— Claudia, accepteriez-vous de faire quelques pas avec moi ? demanda Charlie.

Des regards chaleureux les suivirent tandis qu'ils s'éloignaient en direction du fleuve.

— Vous vivez à Bath ? s'enquit-il en lui proposant son bras, qu'elle ne prit pas.

Ainsi, il ne savait rien d'elle ? Mais elle non plus ne savait rien de lui, n'est-ce pas ?

— Oui. J'ai ouvert une école de filles. C'est un grand succès. Tous mes rêves se sont réalisés, en fait. Je suis très heureuse.

Difficile d'être davantage sur la défensive, dut-elle admettre.

— Une école ! s'écria-t-il. Bien joué, Claudia. Je croyais que vous étiez préceptrice dans une famille.

Je l'ai été un court moment. Puis je me suis lancée, j'ai ouvert mon propre établissement afin d'être plus indépendante.

— J'ai été surpris d'apprendre que vous travailliez. Je pensais que vous seriez mariée. Vous aviez un grand nombre d'admirateurs, si je me souviens bien.

Ces propos irritèrent Claudia. Ils n'étaient pas faux, certes. Elle avait beau n'espérer qu'une modeste dot, elle était jolie, et quelque chose dans sa personnalité attirait l'attention des jeunes gens du voisinage. Mais elle n'en regardait aucun, et après le départ de Charlie – plus exactement, après la dernière lettre qu'elle avait reçue de lui moins d'un an plus tard –, elle avait renoncé à se marier. Sa décision avait chagriné son père qui aurait aimé avoir des petits-enfants.

— Saviez-vous que Mona est morte? reprit-il.

— Mona? répéta Claudia avant de comprendre qu'il parlait de sa femme.

— La duchesse. Elle est morte il y a un peu plus de deux ans.

— Je suis désolée.

Autrefois, ce nom lui avait percé le cœur – lady Mona Chatterton, la femme que Charlie avait épousée peu avant la mort de son père.

— Ne le soyez pas, dit-il. Ce ne fut pas un mariage très heureux.

Claudia éprouva de nouveau une pointe d'irritation, mais à l'égard de qui? La duchesse défunte ou le veuf qui refusait de la pleurer? Elle ne savait trop.

— Charles est au collège à Édimbourg, reprit-il. Mon fils, ajouta-t-il lorsqu'elle tourna la tête vers lui. Il a quinze ans.

Dieu du ciel, seulement trois ans de moins que Charlie lorsqu'il avait quitté la maison! Comme le temps passait vite!

Elle aperçut le marquis d'Attingsborough et Mlle Hunt qui remontaient de la rivière. Ils n'allaient pas tarder à se croiser.

Elle regretta soudain d'avoir quitté la tranquillité de l'école. Ce qui la fit sourire. De quelle tranquillité parlait-elle? La vie d'une directrice d'école en offrait rarement. Mais au moins, là-bas, elle contrôlait plus ou moins la situation.

— Je suis désolé, Claudia, murmura Charlie. Vous ne savez rien de ma vie, n'est-ce pas? Tout comme je ne sais rien de la vôtre. Comment se fait-il que nous nous soyons autant éloignés l'un de l'autre? Autrefois, nous étions aussi proches qu'un frère et une sœur, n'est-ce pas?

Elle pinça les lèvres. Ils avaient été comme frère et sœur durant une très longue période, mais pas à la fin.

— Ce n'était pas votre faute si j'ai dû partir pour ne jamais revenir, n'est-ce pas? Ni la mienne, d'ailleurs. C'est la faute des circonstances. Qui aurait pu prédire que deux hommes et un garçon, que je ne connaissais ni d'Ève ni d'Adam mourraient tous les trois en l'espace de quatre mois, en me laissant le titre de McLeith et les propriétés qui vont avec?

Il avait prévu de faire carrière dans le droit. Elle se souvenait de son ahurissement lorsque le notaire écossais était venu le trouver – puis de l'excitation et de la joie qui y avaient succédé.

Elle s'était efforcée de se réjouir pour lui, mais sans pouvoir se défaire d'une légère appréhension – que la suite des événements avait justifiée.

C'est la faute des circonstances.

Peut-être avait-il raison. Il n'était à l'époque qu'un jeune garçon jeté dans un autre monde, si différent de celui dans lequel il avait grandi que cela aurait pu être une autre planète. Mais rien ne pouvait excuser la cruauté, quel que soit l'âge de celui-ci qui en faisait montre.

Et il avait été bel et bien cruel.

— Nous aurions dû continuer à nous écrire après la mort de votre père, poursuivit-il. Vous m'avez manqué, Claudia. Je ne m'étais pas rendu compte à quel point jusqu'à ce que je vous revoie hier soir.

Avait-il réellement oublié ? C'était ahurissant – *nous aurions dû continuer à nous écrire...*

Mlle Hunt était tout sourires tandis qu'elle approchait au bras du marquis, les yeux rivés sur Charlie comme si Claudia était invisible.

— Votre Grâce, n'est-ce pas une délicieuse réception ?

— Votre présence y est pour beaucoup, mademoiselle Hunt, assura-t-il en s'inclinant.

Mlle Martin avait-elle besoin d'aide, comme hier soir ? se demanda Joseph en la voyant marcher à côté de McLeith. Mais pourquoi devrait-il se sentir responsable d'elle ? Ce n'était pas une faible femme. Elle était parfaitement capable de se débarrasser d'un importun au besoin.

Du reste, il avait l'espoir de ne pas la rencontrer de nouveau aujourd'hui. L'incident sur la barque le mettait mal à l'aise. Elle avait repris son air de maîtresse d'école – pas du tout celui d'une femme avec qui l'on pouvait s'attendre à partager un élan de sensualité.

Devait-il s'arrêter pour s'assurer qu'elle ne montrait aucun signe de détresse ? Ou devait-il simplement les saluer d'un hochement de tête et passer son chemin ? Portia prit la décision à sa place. Elle connaissait le duc et le héla dès qu'ils furent assez près.

— Vous me flattez, dit-elle en réponse à son compliment éhonté. Le marquis d'Attingsborough et moi sommes allés faire un tour sur la rivière. C'était très agréable, bien que la brise soit un peu trop fraîche et que le soleil soit suffisamment ardent pour menacer le teint.

— Pas le vôtre, mademoiselle Hunt, rétorqua le duc. Même le soleil n'a pas ce pouvoir.

Entre-temps, Joseph avait capté le regard de Mlle Martin. Arquant à demi les sourcils, il eut un léger mouvement du menton en direction de McLeith – *vous avez besoin d'aide* ? Elle ouvrit grands les yeux une fraction de seconde, puis secoua imperceptiblement la tête – *non, merci*.

— Vous êtes trop aimable, Votre Grâce, déclara Portia. Nous nous rendions au buffet. Vous y êtes déjà allé ?

— Il y a une heure. Mais je reprendrais bien quelque chose. Et vous, Claudia ? Oh, mais, avez-vous été présentée à Mlle Hunt ?

— Oui, je l'ai été, répondit-elle. Et bien que je n'aie pas encore mangé, je n'ai pas faim.

— Accompagnez-nous donc au buffet, fit Mlle Hunt à l'adresse de McLeith. Êtes-vous content de votre séjour en Angleterre, Votre Grâce ?

Et c'est ainsi que tous les quatre se dirigèrent vers la maison, mais en ayant changé de partenaire. Mlle Hunt marchait devant avec McLeith, tandis que Joseph suivait avec Mlle Martin.

Nouant les mains derrière le dos, Joseph se racla la gorge. Pas question de laisser un silence inconfortable peser de nouveau sur eux.

— J'ai oublié de vous demander si vous aviez parlé à Mlle Bains et Mlle Wood de leurs futurs emplois.

— Je l'ai fait. Et, comme vous l'aviez prévu, elles sont enthousiastes. Elles ont hâte d'être à demain pour rencontrer leurs futurs employeurs. Elles n'ont pas accordé la moindre attention à mes avertissements. Elles m'ont montré, en fait, que mes leçons avaient été fructueuses. Les voilà capables de peser le pour et le contre, et de prendre leurs propres décisions. Je devrais m'en réjouir, non ?

Il rit. Au même moment, Mlle Hunt s'esclaffait à une plaisanterie de McLeigh.

— Vous les accompagnerez à leurs entretiens ?

— Non, soupira-t-elle. Un professeur – exactement comme une mère – doit apprendre à laisser ses enfants faire leur chemin dans le monde. Je n'abandonnerai jamais mes pupilles, mais je ne les ligoterai pas non plus. Même si c'est ce que je m'apprêtais à faire ce matin.

Les deux autres, qui marchaient plus vite, étant à présent hors de portée de voix, Joseph se risqua à demander :

— Vous aviez besoin qu'on vous tire des pattes de McLeith ?

— Oh, pas vraiment ! Hier soir non plus, d'ailleurs ; disons juste que j'ai éprouvé un choc en le revoyant après tant d'années.

— Vous vous êtes séparés en mauvais termes ?

— Non, dans les meilleurs termes.

Arrivés à l'une des allées pavées qui serpentaient entre les parterres, ils s'immobilisèrent sans qu'un mot ait été prononcé.

— Nous étions fiancés, reprit Claudia. Oh, officieusement, il est vrai – il avait dix-huit ans et moi dix-sept. Mais nous étions amoureux, comme seuls, peut-être, les très jeunes gens en sont capables. Il devait revenir pour moi.

— Mais il ne l'a pas fait.

Il baissa les yeux sur elle, tentant de voir la jeune fille romantique qu'elle avait été et d'imaginer par quelles lentes étapes elle était devenue la femme sévère et réservée qu'elle était aujourd'hui – presque tout le temps, du moins.

— Non, répondit-elle. Il n'est jamais revenu. Mais c'est une vieille histoire. Nous étions des enfants. Et la mémoire exagère et déforme souvent les faits. Quoi qu'il en soit, je n'ai aucune raison de l'éviter à présent.

Pourtant, McLeith avait ruiné sa vie, songea Joseph. Elle ne s'était pas mariée, n'avait pas eu d'enfant et avait dû travailler pour vivre. Mais qui était-il pour y voir un échec ? Elle s'était bâti une vie intéressante et utile. Et il n'était pas certain qu'elle aurait été plus heureuse avec McLeith.

— Avez-vous jamais été amoureux, lord Attings-borough ?

— Je l'ai été une fois. Il y a longtemps.

Elle le regarda sans ciller.

— Cela n'a pas marché ? Elle ne vous aimait pas ?

— Je crois que si. En fait, j'en suis sûr. Mais je ne pouvais pas l'épouser. J'avais d'autres engagements. Elle a dû le comprendre, car elle a finalement épousé quelqu'un d'autre. Aujourd'hui, elle a trois enfants et elle est – enfin, je l'espère –, elle est heureuse.

La belle et douce Barbara. Il ne l'aimait plus, ce qui ne l'empêchait pas d'éprouver un reste de tendresse chaque fois qu'il la voyait, ce qui arrivait assez souvent, vu qu'ils fréquentaient les mêmes cercles. Et parfois, encore à présent, il croyait saisir quelque chose qui ressemblait à une douloureuse incompréhension dans son regard. Il ne lui avait jamais expliqué pour quelle raison son ardeur s'était apparemment refroidie. Mais comment aurait-il pu lui expliquer l'arrivée de Lizzie dans sa vie ?

— D'autres engagements ? répéta Mlle Martin. Plus importants que l'amour ?

— *Rien* n'est plus important que l'amour, assura-t-il. Mais il y a différentes sortes et différents degrés d'amour. Parfois, il y a des conflits, et l'on doit décider quel est le plus grand amour – ou quelle est l'obligation la plus importante. Si l'on a de la chance, les deux se rejoignent.

— Et c'était le cas pour vous ?

— Oh, oui !

Elle jeta un regard autour d'elle et parut découvrir où elle se trouvait.

— Pardonnez-moi, je vous empêche de vous rendre au buffet. Je n'ai pas faim. Je vais aller à la tonnelle de roses que je n'ai pas encore vue.

Elle lui offrait la possibilité de s'esquiver. Ce dont il n'avait plus envie, découvrit-il.

— Puis-je vous accompagner ?

— Votre place n'est-elle pas auprès de Mlle Hunt ?

— Vous croyez ? fit-il en haussant les sourcils.

— Vous n'êtes pas censé l'épouser ?

— Ah… les nouvelles vont vite, mais nous n'avons pas besoin de vivre dans l'ombre l'un de l'autre, mademoiselle Martin. Ce n'est pas l'usage dans la bonne société.

Elle se tourna vers la terrasse. Mlle Hunt et McLeith discutaient près du buffet, une assiette à la main.

— Ce que vous appelez la bonne société m'est un mystère la plupart du temps, avoua-t-elle. Pourquoi n'aurait-on pas envie de passer le plus de temps possible avec la personne que l'on aime ? Non, ne me répondez pas. Je ne veux pas entendre que vous avez renoncé à l'amour il y a des années et que vous êtes à présent prêt à vous marier sans en éprouver.

Sa franchise était déconcertante. Il aurait dû lui en vouloir. Au lieu de quoi, il fut amusé.

— Le mariage est une autre des obligations de mon rang. Quand on est très jeune, on rêve d'avoir les deux – le mariage et l'amour. En grandissant, on devient plus pragmatique. Il est sage d'épouser une femme de son rang, de son milieu. Cela rend la vie plus facile.

— C'est exactement ce que Charlie a dit.

Elle secoua la tête comme si elle s'étonnait d'avoir fait un tel aveu.

— Je vais à la tonnelle de roses. Vous pouvez m'accompagner, si vous le voulez. Vous pouvez aussi rejoindre Mlle Hunt. Vous ne devez pas du tout vous sentir obligé de me tenir compagnie.

— Je sais que vous êtes parfaitement capable de vous débrouiller toute seule, mademoiselle Martin, dit-il en la regardant, les yeux mi-clos pour se protéger du soleil. Mais je n'ai pas encore vu la tonnelle, et j'ai plus faim de roses que de nourriture. Puis-je vous accompagner ?

Les lèvres de Mlle Martin frémirent, puis elle sourit carrément avant de pivoter en direction de la tonnelle.

C'est là qu'ils passèrent la dernière demi-heure de la garden-party, admirant les roses, plongeant la tête pour en humer quelques-unes, échangeant des salutations avec des relations – lui, du moins – avant de s'asseoir sur un banc de fer forgé dans l'air qui embaumait, écoutant la musique et parlant très peu.

Maintenant que tout embarras s'était dissipé, il était possible de demeurer silencieux auprès de Mlle Martin. Avec n'importe qui d'autre, il se serait senti obligé d'entretenir la conversation. Même avec Mlle Hunt. Il se demanda s'il en serait toujours ainsi, ou si le mariage leur apporterait suffisamment de bonheur pour que le silence ne soit pas un fardeau.

— Le silence n'est pas le néant, n'est-ce pas ? dit-il. C'est quelque chose en soi.

— Si ce n'était pas quelque chose en soi, répondit-elle, nous ne l'éviterions pas aussi assidûment une grande partie de notre vie. Nous nous persuadons que nous craignons les ténèbres, le vide, le silence, mais c'est de nous-mêmes que nous avons peur.

Il tourna la tête pour la regarder. Elle était assise, très droite, le dos à quelques centimètres du dossier, les pieds sagement rangés l'un à côté de l'autre, les mains posées à plat sur les genoux – attitude à laquelle il commençait à s'habituer. Le bord légèrement affaissé de son chapeau ne cachait pas complètement les lignes sévères de son profil.

— Sommes-nous d'aussi ignobles créatures ?

— Pas du tout. Au contraire. Si nous pouvions voir la grandeur de notre véritable nature, je soupçonne que nous verrions aussi la nécessité de vivre en conformité avec elle. Mais la plupart d'entre nous sont trop paresseux ou trop aisément satisfaits de leurs vies imparfaites pour s'en tracasser.

— Ainsi, vous croyez que la nature humaine est essentiellement bonne. Vous êtes une optimiste.

— Toujours. Comment supporter la vie sinon ? On peut trouver mille raisons de se lamenter, mais quelle perte de temps ! Travailler à être heureux rend heureux.

Subitement il prit une décision. Depuis qu'il avait visité son école, puis discuté avec elle pendant le voyage, il songeait à parler affaires avec elle. Pourquoi pas maintenant ?

— Mademoiselle Martin, avez-vous des projets pour demain après-midi ?

Elle écarquilla les yeux.

— J'ignore ce que Susanna a prévu. Pourquoi cette question ?

— Je voudrais vous emmener quelque part.

Le regard de Mlle Martin se fit inquisiteur.

— Je possède une maison en ville, expliqua-t-il. Ce n'est pas là que je réside, même si la rue est paisible et très respectable. C'est là...

— Lord Attingsborough, l'interrompit-elle d'une voix qui aurait sûrement fait trembler jusqu'aux orteils la plus intrépide de ses élèves, où, *exactement*, suggérez-vous de m'emmener ?

Ô Seigneur, comme si...

— Je ne... commença-t-il.

Elle avait inspiré à fond et son buste semblait avoir pris de l'ampleur.

— Dois-je comprendre, monsieur, que c'est dans cette maison que vous logez vos *maîtresses* ?

Au pluriel. Comme un harem.

Il s'appuya au dossier, luttant contre le fou rire. Comment avait-il pu être gauche au point de laisser naître un tel malentendu ? Son vocabulaire s'avérait tout à fait désastreux, aujourd'hui.

— La maison avait été achetée dans ce but, je le confesse, mademoiselle Martin. C'était il y a des années. J'étais un jeune fanfaron à l'époque.

— Et c'est *là* que vous voulez m'emmener ?

— Elle n'est pas inoccupée, précisa-t-il. Je voudrais vous faire rencontrer la personne qui y vit.

— Votre *maîtresse* ?

Elle était positivement outrée. Le malentendu amusait Joseph, même s'il ne s'agissait pas d'une plaisanterie.

Non, ce n'était pas drôle du tout.

— Pas ma maîtresse, mademoiselle Martin. Lizzie est ma fille. Elle a onze ans. Je voudrais que vous la rencontriez. Vous voulez bien ? S'il vous plaît ?

8

Claudia jeta un ultime coup d'œil au miroir de sa coiffeuse et enfila ses gants.

— Je suis désolée de ne pouvoir faire de visites avec toi cet après-midi, dit-elle à Susanna pour la énième fois.

— Non, vous ne l'êtes pas, rétorqua cette dernière avec un sourire espiègle. Vous préférez aller vous promener dans le parc avec Joseph. Ce que je comprends. D'autant qu'il fait aussi beau qu'hier.

C'est très gentil à lui de me l'avoir proposé.

— Gentil, répéta Susanna en inclinant la tête de côté pour scruter son amie. C'est ce que vous avez dit au petit déjeuner et j'ai protesté. En quoi est-ce spécialement gentil ? Il doit avoir à peu près votre âge et il apprécie votre compagnie. Il l'a prouvé avant-hier soir lorsqu'il s'est assis à côté de vous au concert et qu'il vous a emmenée souper avant que Peter ait eu le temps de vous inviter à notre table. Hier, il vous a raccompagnée à pied depuis le bureau de M. Hatchard et, pendant la garden-party, il vous a emmenée faire du canot. Ensuite, lorsque nous sommes venus vous chercher pour rentrer, vous étiez assis tous les deux sous la tonnelle de roses. Ne voyez pas dans l'intérêt qu'il vous porte de la simple gentillesse, Claudia. Cela vous déprécie.

— Oh, très bien ! riposta Claudia. Je reconnais qu'il a conçu une violente passion pour moi et se trouve sur le point de me demander de devenir sa marquise. Je pourrais cependant finir duchesse, Susanna. Ça, c'est une idée !

Susanna éclata de rire.

— Je préférerais qu'il vous épouse, vous, plutôt que Mlle Hunt. Ses fiançailles n'ont pas encore été annoncées, et il y a quelque chose en elle que je n'aime pas, bien que je ne puisse dire quoi exactement. Mais j'entends du bruit au rez-de-chaussée. Joseph doit être là.

Il était là, effectivement, et discutait avec Peter lorsque Claudia et Susanna descendirent. Il les accueillit d'un sourire.

Il était, bien sûr, plus séduisant que jamais en redingote vert foncé, culotte chamois et bottes à revers. Au moins leurs tenues ne jureraient pas, songea Claudia ironiquement. Elle portait la dernière de ses trois nouvelles toilettes – une robe vert sauge qu'elle avait trouvée très élégante quand elle l'avait vue dans une vitrine de Bath, mais qui, à Londres, l'était nettement moins. Eh bien, peu lui importait d'avoir l'air moins majestueuse que toutes les femmes rencontrées ces derniers jours. Elle ne voulait pas avoir l'air majestueuse, mais seulement présentable.

Il était venu en cabriolet et non dans une voiture fermée, découvrit-elle en sortant sur le perron. Il l'aida à s'installer, puis se hissa à côté d'elle. Son valet lui tendit les rênes avant de s'asseoir derrière eux.

Malgré elle, Claudia éprouvait une sorte d'ivresse. Elle était à Londres, séjournait dans un hôtel particulier de Mayfair et se promenait en cabriolet avec un splendide gentleman. Leurs épaules se touchaient et elle sentait de nouveau son eau de toilette. Bien sûr, ce n'était pas pour une promenade de plaisir, mais pour rencontrer sa fille – l'enfant illégitime qu'il avait eue avec l'une de ses maîtresses. Lila Walton avait eu raison en supposant qu'il voulait visiter l'école parce qu'il avait une fille à leur confier.

Et la nature de l'intérêt qu'il lui portait était on ne peut plus clair à présent. Au temps pour ses rêveries romantiques.

Elle n'était pas vraiment choquée par la révélation qu'il lui avait faite la veille. Elle savait parfaitement que les messieurs avaient des maîtresses, lesquelles couraient le risque d'avoir des enfants. Si les maîtresses et les enfants avaient de la chance, les messieurs les entretenaient. Le marquis d'Attingsborough était de ce nombre, elle était heureuse de l'apprendre. Sa maîtresse et sa fille vivaient confortablement dans une maison qu'il avait achetée des années auparavant. Et s'il décidait de lui confier sa fille, eh bien... elle ne doutait pas qu'il avait les moyens de payer ses tarifs.

Pourtant, malgré l'existence d'une maîtresse de longue date et d'une petite fille de onze ans, il courtisait Mlle Hunt. C'était ainsi que les choses se passaient dans la bonne société, Claudia le savait. Il lui fallait une épouse et des héritiers légitimes, et un gentleman n'épousait pas sa maîtresse.

Elle était très contente de ne pas évoluer dans ce milieu-là, et lui préférait de beaucoup le sien.

Elle se demanda comment Mlle Hunt réagirait si elle apprenait l'existence de cette femme et de cette enfant. Cela dit, il n'était pas impossible qu'elle soit déjà au courant.

Claudia fit signe à Susanna et à Peter tandis que le cabriolet s'ébranlait, puis, s'interdisant d'agripper l'accoudoir, elle posa les mains sur ses genoux. Elle n'était pas lâche, et rouler à bonne allure dans les rues de Londres, en baissant les yeux sur les passants depuis son perchoir, était une expérience inédite dont elle voulait apprécier chaque seconde.

— Vous êtes bien silencieuse, mademoiselle Martin ? dit le marquis au bout de quelques minutes. Mlle Bains et Mlle Wood ont déjà rencontré leurs futurs employeurs ?

— Oui, ce matin. Et avec succès – selon elles, en tout cas. Flora assure que lady Aidan a été extrêmement aimable et ne lui a posé que quelques questions avant de lui parler de Ringwood Manor, leur résidence principale de l'Oxfordshire, et de lui assurer qu'elle y serait forcément heureuse, car elle serait traitée comme un membre de la famille. La préceptrice précédente est partie pour se marier, comme celle d'avant. Flora a ensuite fait la connaissance des enfants, qui lui ont beaucoup plu. Elle commencera sa nouvelle vie demain.

— Est-ce que lady Hallmere a été aussi aimable avec Mlle Wood ? voulut savoir le marquis, qui tourna la tête pour lui sourire.

Dieu, qu'il était près !

Ils pénétrèrent dans Hyde Park où ils étaient censés se promener, selon ce qu'il avait dit à Susanna.

— Elle a posé beaucoup de questions à Edna sur elle-même et sur l'école, répondit-elle. Pauvre Edna ! Elle est vite intimidée et bredouille quand on l'interroge, comme vous vous en souvenez peut-être. Mais lady Hallmere l'a surprise en lui disant qu'elle se rappelait le cambriolage au cours duquel ses parents avaient été assassinés, la laissant orpheline. Et, bien qu'Edna l'ait trouvée hautaine et intimidante, il est évident qu'elle l'admire. Lord Hallmere, qui était présent, s'est montré très gentil. Elle a trouvé les enfants attachants. Edna aussi nous quittera demain.

Claudia poussa un soupir audible.

— Elles seront heureuses, assura le marquis en tournant dans une avenue entourée de vertes pelouses et de vieux arbres. Vous leur avez offert un foyer et une éducation solide, et vous leur avez trouvé une place convenable. La suite est entre leurs mains. Je les ai trouvées sympathiques et intelligentes. Elles s'en sortiront.

À la grande surprise de Claudia, il posa la main sur les siennes et les pressa un instant. Ne sachant si elle devait s'alarmer ou s'indigner, elle ne fit ni l'un ni l'autre. Se rappelant le but de leur sortie, elle demanda :

— Est-ce que votre maîtr... est-ce que la mère de votre fille nous attend ?

Le temps leur avait manqué, la veille, pour entrer dans les détails. À peine lui avait-il avoué que la personne qu'il souhaitait lui faire rencontrer était sa fille, Lizzie, que Susanna et Peter étaient arrivés.

— Sonia ? dit-il. Elle est morte juste avant Noël, l'année dernière.

— Oh. Je suis désolée.

— Merci. Cela a été un moment très triste, très pénible.

Il se trouvait donc seul face au problème d'une enfant illégitime dont il devait s'occuper. Sa décision de l'envoyer à l'école, bien qu'elle n'eût que onze ans, était d'autant plus compréhensible. Jusqu'à ce qu'elle atteigne l'âge adulte, il n'aurait plus qu'à se soucier de payer les factures de l'école. Après quoi, il lui dénicherait un mari qui l'entretiendrait jusqu'à la fin de ses jours.

Qu'avait-il dit la veille ? Elle fronça légèrement les sourcils, s'efforçant de s'en souvenir.

Rien n'est plus important que l'amour.

Était-il sincère ? Ou sa fille était-elle devenue une gêne, un fardeau ?

Ils ne s'attardèrent pas dans le parc et regagnèrent les rues encombrées de Londres. Ils pénétrèrent bientôt dans un quartier propre et respectable, bien que visiblement habité par des gens de condition modeste. Arrivés devant une petite maison, ils s'arrêtèrent. Le valet sauta à terre et tint la bride des chevaux tandis que le marquis descendait, puis aidait Claudia à en faire autant.

— J'espère que vous l'aimerez, dit-il d'une voix presque anxieuse après avoir frappé à la porte.

Il tendit son chapeau et sa cravache au domestique âgé et d'allure très respectable qui leur ouvrit.

— Prenez aussi les gants et le chapeau de Mlle Martin, Smart, dit-il, et faites savoir à Mlle Edwards que je suis là. Comment vont les rhumatismes de Mme Smart aujourd'hui ?

— Mieux, je vous remercie, monsieur, répondit l'homme, qui attendait que Claudia ait ôté ses gants et son chapeau. Mais cela s'arrange toujours quand le temps se met au sec.

Il emporta leurs affaires et revint une minute plus tard pour les informer que Mlle Edwards était au salon avec Mlle Pickford. Tournant les talons, il les précéda dans l'escalier.

Une jeune fille, trop âgée pour être la fille de lord Attingsborough, les accueillit à la porte du salon.

— Lizzie n'est pas dans l'un de ses bons jours, je le crains, milord, annonça-t-elle en faisant une révérence au marquis avant de jeter un coup d'œil à Claudia.

La pièce était noyée dans la pénombre qu'éclairait tout juste un feu dans la cheminée. De lourds rideaux de velours étaient tirés devant les fenêtres.

— Ah bon ? fit le marquis, mais il sembla à Claudia qu'il était plus impatient qu'inquiet.

— Papa ? appela une voix. *Papa ?* répéta-t-elle avec ardeur.

Mlle Edwards s'écarta, les mains croisées devant elle.

— Levez-vous et faites une révérence au marquis d'Attingsborough, Lizzie, dit-elle.

Mais la fillette avait déjà bondi sur ses pieds et approchait, bras tendus. Elle était fluette et pâle, avec de longs cheveux bruns flottant dans le dos. La joie éclairait son visage.

— Oui, je suis là, dit le marquis qui traversa la pièce pour enlacer sa fille.

Elle noua les bras autour de son cou.

— Je *savais* que vous viendriez ! s'écria-t-elle. Mlle Edwards disait que non parce qu'il y avait du soleil et que vous aviez sûrement un millier de choses plus importantes à faire. Mais elle dit toujours ça, et vous venez toujours quand vous avez dit que vous viendriez. Papa, vous sentez bon. Vous sentez toujours bon.

— Surtout pour toi, dit-il en lui ôtant les mains de son cou pour les embrasser avant de les relâcher. Mademoiselle Edwards, pourquoi diable y a-t-il du feu ?

— Je craignais que Lizzie ne prenne froid après que vous l'avez emmenée dans le jardin hier soir, milord.

— Et pourquoi cette obscurité ? N'y a-t-il pas assez d'obscurité comme cela dans la vie de Lizzie ?

Tout en parlant, il avait traversé le salon et ouvert les rideaux. Un flot de lumière inonda la pièce.

— Le soleil entrait directement, monsieur, se défendit Mlle Edwards. Je voulais protéger les meubles.

Tout en regardant Claudia, il revint à sa fille et lui entoura les épaules du bras.

— Lizzie, j'ai amené quelqu'un pour faire ta connaissance. C'est Mlle Martin, une amie à moi. Mademoiselle Martin, puis-je vous présenter ma fille, Lizzie Pickford ?

Il y avait quelque chose d'étrange dans les yeux de l'enfant, Claudia l'avait remarqué dès que les rideaux avaient été écartés. L'un était presque fermé. L'autre était plus ouvert, mais sous la paupière papillonnante, l'œil errait sans se fixer.

Lizzie était aveugle. Et, très probablement, de naissance.

— Lizzie, intervint Mlle Edwards, faites votre révérence à Mlle Martin.

— Merci, mademoiselle Edwards, dit lord Attings-borough. Vous pouvez disposer. Nous n'aurons pas besoin de vous pendant une heure au moins.

— Lizzie Pickford, dit Claudia, qui s'approcha de la fillette, prit sa petite main chaude dans la sienne et la serra brièvement, je suis contente de faire votre connaissance.

— Bonjour, mademoiselle.

— J'ai eu le plaisir de faire sa connaissance lorsque je me suis absenté quelques jours, la semaine dernière, expliqua son père. Elle a une école à Bath. Voudrais-tu nous offrir un siège ? Mes jambes sont fatiguées d'être debout.

La fillette émit un petit rire enfantin.

— Oh, papa, vous dites des bêtises ! Vous n'êtes pas venu à pied. Vous avez pris le cabriolet – j'ai entendu les chevaux. J'ai dit à Mlle Edwards que vous veniez d'arriver, mais elle a dit qu'elle n'avait rien entendu et que je ne devais pas me monter la tête et ensuite avoir de la fièvre. Vous n'êtes *pas* fatigué d'être debout. Et Mlle Martin non plus, je parie. Mais je suis contente que vous soyez venu, et j'espère que vous resterez longtemps, longtemps, jusqu'à l'heure d'aller au lit. Mademoiselle Martin, voulez-vous vous asseoir ? Papa, voulez-vous vous asseoir ? Je me mettrai à côté de vous.

Elle s'assit tout près de lui sur le canapé tandis que Claudia prenait un fauteuil. L'enfant noua ses doigts à ceux de son père et frotta sa joue contre son bras, juste sous l'épaule.

Il lui sourit avec une telle tendresse que Claudia eut honte de ce qu'elle avait pensé de lui. Manifestement, il en savait long sur l'amour.

— L'école de Mlle Martin ne reçoit que des filles, expliqua-t-il à Lizzie. C'est un endroit délicieux. Elles apprennent un tas de choses, comme l'histoire, les mathématiques, le français. Il y a une salle de musique pleine d'instruments, et les élèves qui le veulent prennent des leçons particulières de piano-forte et de violon. Elles peuvent aussi chanter dans une chorale. Elles tricotent, elles cousent, elles brodent.

Mais aucune n'était aveugle, songea Claudia. Il lui avait demandé si elle avait jamais pensé à admettre des enfants souffrant d'infirmités, se rappela-t-elle. Mais comment enseigner quoi que ce soit à une aveugle ?

— Quand vous m'avez fait entendre du violon, papa, Mère a dit qu'elle n'en voulait pas dans la maison, car cela lui donnait la migraine. Et quand je chante les chansons que Mme Smart m'a apprises, c'est Mlle Edwards qui a mal à la tête.

— Eh bien, c'est à moi que Mlle Edwards commence à donner la migraine, riposta-t-il.

La fillette pouffa de rire.

— Est-ce que je l'envoie travailler chez quelqu'un d'autre ? demanda-t-il.

— Oui, répondit-elle sans hésiter. Oh, oui, s'il vous plaît, papa ! Et, à la place, vous viendrez vivre avec moi, cette fois ?

Le regard désolé du marquis croisa celui de Claudia.

— J'aimerais que ce soit possible. Hélas, ça ne l'est pas ! Mais quand je suis à Londres, je viens te voir tous les jours. Comment pourrais-je ne pas le faire alors que tu es la personne que j'aime le plus au monde ? Mais soyons polis et incluons Mlle Martin dans la conversation puisque je l'ai amenée pour qu'elle fasse ta connaissance.

La fillette tourna la tête vers Claudia. Elle manquait visiblement de grand air, d'exercice et de soleil.

— Est-ce que vous lisez des histoires dans votre école, mademoiselle Martin ? s'enquit-elle poliment.

— Oui, bien sûr. Mes élèves apprennent à lire dès qu'elles arrivent, si elles ne le savaient pas déjà. Ensuite, nous les incitons à beaucoup lire. Elles peuvent choisir parmi les nombreux livres que contient notre bibliothèque. Une bibliothèque est une pièce dans laquelle il y a des rayonnages et des rayonnages de livres.

— Tant d'histoires dans un seul endroit, commenta l'enfant. Mère ne pouvait pas me lire d'histoires parce qu'elle ne savait pas lire bien que papa lui ait proposé de lui apprendre. Mme Smart ne sait pas lire non plus. M. Smart, si, mais il ne me lit rien. Mlle Edwards me fait la lecture parce que papa le lui a demandé, mais elle ne choisit pas des histoires intéressantes. Elle-même les trouve ennuyeuses, je le devine à sa voix. Elle me fait bâiller.

— Moi, je te lis des histoires, Lizzie, lui rappela le marquis.

— C'est vrai, papa, admit-elle en levant la main pour lui tapoter le visage. Mais parfois vous faites semblant de lire alors qu'en fait vous inventez. J'en suis sûre. Mais cela m'est égal. Et, même, je préfère ces histoires-là. Moi aussi, je raconte des histoires, mais seulement à ma poupée.

— Si vous les racontiez à quelqu'un, intervint Claudia, cette personne pourrait les écrire, et elle ou une autre pourrait vous les lire chaque fois que vous auriez envie de les entendre.

— Ce serait très amusant ! s'esclaffa l'enfant.

Une femme d'un certain âge entra dans la pièce, portant le plateau du thé.

— Madame Smart, je sais que c'est vous, dit Lizzie. Voici Mlle Martin. C'est une amie de papa. Elle a une école où il y a une bibliothèque. Vous savez ce que c'est qu'une bibliothèque ?

— Dites-le-moi, mon cœur, fit la servante, qui hocha la tête poliment à l'adresse de Claudia, puis sourit avec tendresse à l'enfant.

— C'est une pièce pleine de livres. Vous imaginez cela ?

— Voilà qui ne me servirait pas à grand-chose, observa Mme Smart en servant le thé. Et à vous non plus.

Le thé servi, elle quitta la pièce.

— Lizzie, dit le marquis, après qu'ils eurent mangé quelques gâteaux, crois-tu que tu aimerais aller à l'école ?

— Mais qui m'y emmènerait, papa ? Et qui me ramènerait à la maison ?

— Je parle d'une école où tu habiterais avec d'autres filles. Tu reviendrais ici pour les vacances, et tu serais de nouveau tout à moi.

Elle resta silencieuse un instant. Ses lèvres bougeaient, nota Claudia, mais était-ce qu'elles tremblaient ou que la fillette articulait des mots en silence, il était impossible de le dire. Soudain, elle repoussa son assiette vide, grimpa sur les genoux de son père et enfouit le visage au creux de son épaule.

Il jeta un regard consterné à Claudia.

— Mlle Edwards dit que je ne dois plus faire cela, murmura Lizzie au bout d'un moment. Elle prétend que je suis trop grande et que c'est inconvenant. C'est vrai, papa ? Je suis trop grande pour m'asseoir sur vos genoux ?

Cette enfant n'avait pas d'yeux, se rappela Claudia. Le sens du toucher comptait pour elle plus que pour les autres enfants de son âge.

— Comment supporterais-je jamais que tu sois trop grande pour te prendre dans mes bras, Lizzie ? murmura-t-il en posant la joue sur la tête de sa fille. Quant à t'asseoir sur mes genoux – je pense que c'est tout à fait normal jusqu'à ce que tu aies douze ans. Ce qui nous donne encore cinq longs mois. Qu'a à dire Mlle Martin sur le sujet ?

— Votre père a tout à fait raison, Lizzie, assura Claudia. Quant à mon école, sachez qu'aucune fille n'est obligée de venir contre son gré. Peu importe si ses parents ont très envie qu'elle apprenne une foule de choses et se fasse des amies, je refuse qu'elle en franchisse le seuil tant qu'elle n'a pas prononcé un oui ferme et sincère. Vous m'avez compris ?

Lizzie avait à demi tourné la tête, tout en restant prudemment blottie contre son père comme l'aurait fait une toute petite fille.

— Vous avez une jolie voix. Je peux croire votre voix. Il y a des voix en qui je n'ai pas confiance. Je sais toujours lesquelles je peux croire.

— Chérie, dit le marquis, il faut que je ramène Mlle Martin chez elle. Je reviendrai ensuite à cheval et je te ferai faire un tour. Cela te plairait ?

— Oui ! s'écria-t-elle en se redressant, le visage illuminé de bonheur. Mais Mlle Edwards dit que…

— Ne t'inquiète pas de ce que raconte Mlle Edwards. Tu es déjà monté avec moi et cela s'est très bien passé. Je lui dirai un mot quand je t'aurai ramenée à la maison, et elle sera partie demain. Mais sois polie jusque-là. Entendu ?

— Promis, papa.

Claudia lui serra la main avant de partir. Malgré ses yeux étranges, elle pourrait devenir une beauté si une vie plus intéressante lui donnait une expression plus animée même lorsque son père n'était pas présent – et si elle prenait plus souvent l'air et le soleil.

— Si j'ai bien compris, vous désirez envoyer Lizzie dans mon école, déclara Claudia durant le trajet du retour.

— Est-ce possible ? demanda le marquis d'une voix dépourvue de sa bonne humeur coutumière. Peut-on faire *quoi que ce soit* pour une enfant aveugle, mademoiselle Martin ? Aidez-moi, je vous en prie. Je l'aime tant que c'en est douloureux.

Joseph se sentait carrément idiot.

Aidez-moi, je vous en prie. Je l'aime tant que c'en est douloureux.

Le temps qu'ils arrivent à Hyde Park, Mlle Martin n'avait toujours pas répondu. Il n'avait plus qu'une envie, la déposer à l'hôtel Whitleaf aussi vite que possible, et veiller à ne plus la croiser.

Il n'avait pas pour habitude de se dévoiler ainsi devant autrui, pas même devant ses plus proches amis – Neville excepté peut-être.

— J'ai souvent regretté qu'Anne Butler n'ait quitté mon équipe, commença-t-elle lorsqu'ils eurent laissé derrière eux les rues encombrées et bruyantes. Elle avait un don particulier avec les enfants qui n'étaient pas absolument conformes à la norme. Mais je viens de comprendre que *tous* les enfants diffèrent de la norme. En d'autres termes, la norme n'existe que dans la tête de ceux qui aiment les statistiques bien ordonnées.

Il ne savait que lui répondre. Ni même si elle attendait une réponse.

— Je ne suis pas sûre de pouvoir vous aider, lord Attingsborough.

— Vous ne prendrez pas Lizzie, alors ? demanda-t-il, affreusement déçu. On ne peut pas éduquer un enfant aveugle ?

— Je suis tout à fait sûre que Lizzie est capable d'apprendre beaucoup de choses, dit-elle. Et relever ce défi serait passionnant. Je ne suis toutefois pas sûre qu'être pensionnaire serait la meilleure solution pour *elle*. Elle a l'air très dépendante.

— N'est-ce pas une raison de plus pour qu'elle soit pensionnaire ?

Mais en même temps qu'il avançait cet argument, son cœur se brisait. Comment Lizzie se débrouillerait-elle dans une école où elle devrait se faire sa place, où les autres filles pourraient ne pas être toutes très gentilles avec elle, où son infirmité l'exclurait de toutes sortes d'activités ?

Et, lui, comment supporterait-il de la laisser partir ? De s'en priver ?

— Sa mère doit lui manquer terriblement, observa Mlle Martin. Êtes-vous sûre qu'elle doive quitter son environnement familier si tôt après l'avoir perdue ? Ce sont des enfants abandonnées que j'accueille, lord Attingsborough. Et je peux vous dire que cet abandon, quelle qu'en soit la cause, les a gravement meurtries.

Abandonnée, Lizzie ? Était-ce ainsi qu'elle se verrait s'il l'envoyait à l'école ? Avec un soupir, il arrêta le cabriolet dans un coin isolé du parc.

— Seriez-vous d'accord pour faire quelques pas ? demanda-t-il.

Il confia l'attelage au valet, et Mlle Martin et lui empruntèrent un sentier qui serpentait entre les arbres.

— Sonia était très jeune lorsque j'ai fait appel à ses services, dit-il. Moi aussi, bien sûr. C'était une danseuse – très jolie, très ambitieuse, très exigeante. Elle s'attendait à mener une vie de gloire et d'argent, admirée par une foule d'hommes titrés, riches et puissants. Elle était courtisane par choix, non par nécessité. Elle ne m'aimait pas, je ne l'aimais pas. Notre arrangement n'avait rien à voir avec l'amour.

— Non, je suppose que non, en effet.

— Je ne l'aurais même pas gardée plus de deux ou trois mois, je suppose. J'avais l'intention de jeter ma gourme, tout simplement. Et puis Lizzie s'est annoncée.

— Ni l'un ni l'autre n'en avait envisagé la possibilité, j'imagine.

— Les jeunes gens sont à la fois très ignorants et très stupides surtout en ce qui concerne l'amour physique.

Il lui glissa un regard de biais, craignant de l'avoir choquée. Ce n'était pas le genre de conversation avec lequel il régalait d'ordinaire les oreilles des dames. Mais il sentait qu'il lui devait une explication franche.

— Oui, c'est vrai, acquiesça-t-elle.

— Sonia n'a pas vraiment apprécié d'être mère. Et elle a détesté avoir un enfant aveugle. Au début, elle voulait la mettre dans un asile. Je le lui ai interdit. Et, ayant insisté pour qu'elle se comporte en mère, j'ai dû assumer mon rôle de père – ce qui, à aucun moment, ne m'a été difficile. Et voilà pourquoi nous sommes restés ensemble, Sonia et moi. J'ai eu beau lui offrir tout ce que l'argent peut acheter, en plus de ma loyauté, elle s'ennuyait à périr. J'ai embauché les Smart, qui l'ont déchargée en partie de ses tâches envers Lizzie lorsque je ne pouvais être là, et se sont, en fait, comportés comme des grands-parents. Sonia n'a jamais été cruelle, mais elle ignorait complètement comment distraire ou éduquer une petite fille aveugle. Bien sûr Lizzie a été inconsolable quand elle est morte. Et, bien sûr, sa mère lui manque. À moi aussi.

— Lizzie a davantage besoin d'une maison que d'une école, dit Mlle Martin.

— Elle a une maison, répliqua-t-il d'un ton coupant, bien qu'il comprît ce qu'elle voulait dire. Mais ce n'est pas suffisant, n'est-ce pas ? Après la mort de Sonia, j'ai cherché une demoiselle de compagnie. Avec Mlle Edwards, nous en sommes à la quatrième. Cette fois-ci, j'avais choisi une femme jeune et, apparemment, douce et désireuse de plaire. Je pensais que sa jeunesse ferait du bien à Lizzie. Mais, de toute évidence, elle ne convient pas. De même que les trois précédentes. Où puis-je trouver quelqu'un qui reste à la maison avec ma fille et comble tous ses besoins ? Les Smart sont trop âgés pour s'en sortir sans aide, en outre, ils songent à prendre leur retraite. Est-ce que l'une de vos élèves le ferait, mademoiselle Martin ? J'ai songé, je l'avoue, à proposer cette position à Mlle Bains ou à Mlle Wood si les places pour lesquelles elles venaient à Londres s'avéraient ne pas convenir.

Au sortir de sous les arbres, le sentier longeait une vaste pelouse sur laquelle de nombreux promeneurs déambulaient, ou s'asseyaient pour profiter du chaud soleil de l'après-midi. Le marquis d'Attingsborough et Mlle Martin s'arrêtèrent à l'ombre d'un chêne et contemplèrent le paysage.

— J'ignore si une très jeune fille serait à la hauteur de cette tâche, avoua Mlle Martin. Surtout à Londres. Cette petite a besoin d'air et d'exercice, lord Attingsborough. Elle a besoin de vivre à la campagne. Elle a besoin d'une mère.

— Ce que je ne pourrai jamais lui offrir.

Il vit au regard de Mlle Martin qu'elle comprenait ce qu'il voulait dire. Le mariage de son père ne donnerait pas une mère à Lizzie. Enfant naturelle, elle serait laissée à l'écart – et ignorée – de toute famille légitime qu'il pourrait avoir.

Tout avait été raisonnablement simple tant que Sonia était en vie. Il savait, bien sûr, que sa fille ne menait pas une existence idéale, mais ses besoins élémentaires étaient comblés, elle avait une maison et jouissait de l'affection des Smart – oh, et de celle de Sonia aussi – et de l'amour fou qu'il lui portait.

— L'anxiété est devenue une fidèle compagne depuis la mort de Sonia, mademoiselle Martin. Et elle empire à mesure que Lizzie grandit. Une enfant infirme peut être dorlotée, tenue sur les genoux, serrée très fort dans les bras, protégée de tout quand elle est très jeune. Mais que devient-elle, une fois adulte ? Serai-je capable de lui trouver un mari qui sera gentil avec elle ? Je peux la couvrir d'argent, bien sûr, mais comment la rendre heureuse, l'aider à s'épanouir ? Qu'adviendra-t-il d'elle quand je mourrai ?

Mlle Martin posa la main sur son bras et il la regarda, étrangement réconforté. Ses yeux gris intelligents soutinrent les siens et, cédant à une impulsion, il recouvrit sa main de la sienne.

— Laissez-moi faire plus ample connaissance avec Lizzie, proposa-t-elle. Et réfléchir à la possibilité de l'accueillir dans mon école. Puis-je la revoir ?

Il s'aperçut soudain, non sans embarras, qu'il était sur le point de pleurer. Il cligna des yeux pour refouler ses larmes.

— Demain ? À la même heure ?

— S'il fait aussi beau qu'aujourd'hui, nous pourrions peut-être l'emmener prendre l'air, suggéra-t-elle en lâchant le bras du marquis. Ou bien craignez-vous d'être vu avec elle ?

— Nous pourrions organiser un goûter à Richmond Park ou à Kew Gardens.

— À vous de décider. Quelqu'un est-il au courant de l'existence de votre fille ?

— Neville. Le comte de Kilbourne. Il l'a rencontré et veille sur elle quand je ne suis pas en ville. Mais, en principe, ce n'est pas quelque chose dont un gentleman parle à ses pairs. Il doit se débrouiller seul.

— Et Mlle Hunt, elle est au courant ?

— Grands dieux, non !

— Pourtant, vous allez l'épouser.

— C'est là un fait nouveau, mademoiselle Martin. Mon père a été malade et il s'imagine – peut-être à raison – que son cœur en a été affecté. Avant de me convoquer à Bath, il a reçu lord Balderston, le père de Mlle Hunt, et ce mariage est le fruit de leurs réflexions. Ce n'est pas absurde. Mlle Hunt et moi sommes tous deux célibataires et issus du même milieu. Nous nous connaissons depuis des années et nous nous sommes toujours bien entendus. J'avoue que, jusqu'à ces derniers jours, je n'avais pas songé à la courtiser. J'étais incapable de penser à courtiser qui que ce soit tant que Sonia vivait. Je crois aux relations monogames même si la compagne n'est qu'une maîtresse. Malheureusement, tout en restant attachés l'un à l'autre, nous nous sommes éloignés au fil des ans. En réalité, ces deux ou trois dernières années, nous n'avons même pas... enfin, peu importe.

Il avait découvert que Sonia lui était infidèle. Et, tout en étant incapable de la renvoyer à cause de Lizzie, il ne l'avait plus touchée.

— Vous êtes donc célibataire depuis plus de deux ans ? demanda Mlle Martin qui, si elle était collet monté, n'était pas une sainte-nitouche.

Il ne put s'empêcher de rire.

— Aveu humiliant, non ?

— Pas du tout. Je l'ai été beaucoup plus longtemps que cela, lord Attingsborough.

— Pas toute votre vie ? demanda-t-il, éberlué.

Était-il réellement en train d'avoir cette conversation très inconvenante avec Mlle Claudia Martin, la sévère directrice d'école.

— Non, murmura-t-elle après un bref silence. Pas *toute* ma vie.

Grands dieux !

Aussitôt, la question fusa dans sa tête : qui ?

La réponse suivit presque instantanément : McLeith.

Maudit soit-il !

Si c'était vrai, il méritait d'être pendu, noyé, écartelé.

À tout le moins !

— Oh ! Regardez ! s'écria-t-elle soudain, les yeux fixés au loin.

Sans attendre, elle traversa la pelouse à grands pas, et entreprit de sermonner un individu qui faisait trois fois sa taille et assenait des coups de bâton à un petit chien gémissant.

— Espèce de brute ! Arrêtez immédiatement !

Joseph nota que, bien qu'elle ne criât pas, sa voix était assez puissante pour être entendue de loin.

— Et qui c'est qui m'en empêchera ? rétorqua l'homme tandis que des passants s'arrêtaient pour les observer.

Le voyant lever de nouveau son gourdin, Joseph décida de rejoindre Mlle Martin, laquelle glissa la main entre l'arme et le dos frémissant de l'animal.

— Votre conscience, je l'espère, répliqua-t-elle. On doit aimer et nourrir les animaux si l'on attend d'eux qu'ils se montrent loyaux. Et on ne doit pas les laisser aux mains de butors qui les frappent et les affament.

De timides approbations s'élevèrent parmi les badauds.

— Eh, dites donc, vous ! J'vais vous montrer si j'suis un butor ! Et p't-être que vous voulez nourrir ce clébard si vous êtes si généreuse, et tout ça. Moi, j'en veux plus.

— Ah, voilà que vous ajouteriez l'abandon à vos péchés ? fit Mlle Martin.

Il la regarda comme s'il mourait d'envie de lui flanquer son poing dans la figure – Joseph accéléra le pas –, puis il sourit, révélant une denture immonde.

— Ouais, ça, c'est une sacrément bonne idée, déclara-t-il en ramassant le chiot qu'il fourra de force dans les bras de Mlle Martin. Tâchez de l'aimer et de bien le nourrir, ma p'tite dame, et de pas ajouter l'abandon à vos péchés.

Ravi de lui avoir cloué le bec, il s'éloigna, accompagné des applaudissements de quelques voyous et des murmures indignés des autres badauds.

— Eh bien, fit Mlle Martin en se tournant vers Joseph, le chapeau légèrement de travers, ce qui lui donnait un air espiègle tout à fait incongru, me voilà lotie d'un chien. Qu'est-ce que je vais bien pouvoir en faire ?

— L'emmener à la maison et lui donner un bain, non ? suggéra Jospeh en souriant. C'est un colley, mais un pauvre spécimen, le malheureux.

Et qui sentait très fort.

— Mais je n'ai pas de maison où l'emmener, répliqua-t-elle comme le chien levait les yeux sur elle en gémissant. Et, même si j'étais à Bath, je ne pourrais avoir un chien à l'école. Oh, pauvre de moi ! N'est-il pas adorable ?

Joseph s'esclaffa. L'animal était tout sauf adorable.

— Je vais le loger dans mon écurie, si vous voulez, le temps de lui trouver un foyer, proposa-t-il.

— Dans votre écurie ? Après tout ce qu'il a enduré ? On voit à son regard qu'il a été maltraité depuis la naissance. Il a besoin de compagnie et d'amour. Je vais devoir l'emmener chez Susanna en espérant que Peter ne nous jette pas dehors, tous les deux.

Elle rit.

Ah, oui, songea-t-il, elle était capable de passion – même s'il s'agissait de passion pour la justice.

Ils rebroussèrent lentement chemin. Joseph se sentait rasséréné. Mlle Martin n'était pas femme à abandonner un chien malheureux ou à laisser d'autres s'en occuper à sa place. Elle aiderait sûrement Lizzie – encore que rien ne l'y obligeât, bien sûr.

Il tendit le chien à son valet stupéfait avant d'aider Mlle Martin à grimper sur le siège. Puis il le posa dans son giron et elle le nicha dans les plis de sa jupe.

— Une partie de votre rêve s'est réalisée, il me semble, remarqua-t-il.

Elle lui jeta un regard étonné avant d'éclater de rire.

— Il ne me manque plus que le cottage et les roses.

Il aimait son rire. Il le réjouissait et lui donnait de l'espoir.

— Cet odieux individu n'avait rien d'un gringalet, observa-t-elle comme Joseph s'asseyait à côté d'elle. Je vais probablement avoir un bleu à la main pendant quelques jours. J'ai failli crier, mais il n'était pas question de lui donner cette satisfaction.

— Le monstre ! s'exclama Joseph. Il vous a blessée ? J'aurais dû l'assommer.

— Oh, que non ! Répondre à la violence par la violence ne fait qu'en susciter davantage.

— Mademoiselle Martin, vous êtes remarquable, déclara-t-il en posant les yeux sur elle.

Et vraiment jolie, avec ses joues roses, son chapeau de travers et ses yeux brillants, ajouta-t-il en son for intérieur.

Elle rit de nouveau.

— Et parfois un peu trop impulsive, avoua-t-elle. Bien que, juste ciel, cela fasse des années que je n'ai pas été aussi loin. Petit chien, il va falloir que je te trouve un nom, enchaîna-t-elle.

Joseph ne put s'empêcher de sourire.

Il était sous le charme. Cette femme était assurément bien plus qu'une simple maîtresse d'école sévère et collet monté.

9

Entre le retour de sa visite à Lizzie Pickford et l'heure du départ pour le goûter du lendemain après-midi, Claudia eut à peine le temps de réfléchir.

Elle en eut d'abord pour une heure et demie à baigner, brosser et nourrir le colley, que tous ces soins inhabituels terrorisaient. Il lui fallut aussi le rassurer et l'emmener se soulager plusieurs fois dans le jardin. Edna et Flora s'en occupèrent lorsqu'elle sortit dîner avec Susanna, Peter, Francesca et Lucius, mais il passa la nuit dans sa chambre – sur son lit, en fait – et, très tôt le matin, il demanda à sortir. Grâce au ciel, il était propre. Susanna et Peter s'étaient montrés remarquablement tolérants en acceptant ce chien hirsute dans leur demeure, mais ils l'auraient sans doute été moins si des petites mares avaient souillé leurs tapis.

Ensuite vint l'heure pour Edna et Flora de rejoindre la maison de leurs nouveaux employeurs. Edna fondit en larmes, Flora devint quasi muette, et Claudia eut bien du mal à garder sa sérénité. C'était la partie de son métier qu'elle aimait le moins.

Puis, juste comme Susanna et elle se consolaient devant une tasse de thé, il y eut la visite inattendue de Francesca, laquelle leur annonça que Lucius l'emmenait le lendemain à Barclay Court, leur résidence du Somersetshire, afin qu'elle se repose jusqu'à la fin de sa grossesse.

— Mais il faut absolument que vous veniez nous voir ensuite, dit-elle. Peter aussi, bien sûr. Tous les trois.

— Pourquoi seulement nous trois? demanda Susanna, le regard pétillant. Quatre, ce serait trop? Cet après-midi, Claudia va se promener avec le marquis d'Attingsborough, pour la deuxième fois de la semaine. Et ce soir, ils seront tous deux à la réception que Kit et Lauren donnent à Vauxhall. Enfin, savez-vous que, pendant que nous la cherchions vainement à la garden-party, avant-hier, elle faisait du canot avec lui sur le fleuve?

— Oh, magnifique! s'écria Francesca en applaudissant. J'ai toujours trouvé que le marquis était un gentleman séduisant et plein de charme. Je ne comprends pas ce qu'il trouve à Mlle Hunt – un penchant personnel, j'imagine. Claudia, vous devez tout simplement la supplanter dans son affection!

— Voyons, elle ne le peut pas, Francesca! intervint Susanna. C'est hors de question. Il sera *duc* un jour, et vous savez ce que Claudia éprouve à l'égard des ducs.

Elles pouffèrent tandis que Claudia haussait les sourcils en caressant le chien blotti contre elle.

— Je vois que vous vous amusez à mes dépens, observa-t-elle en s'efforçant de ne pas rougir. Je regrette de gâcher votre plaisir, mais il n'y a aucun motif romantique aux promenades sur l'eau ou en cabriolet auxquelles m'invite lord Attingsborough. Il s'intéresse tout simplement à l'école et à l'éducation… des filles.

L'explication sonnait faux, mais il lui était impossible de divulguer un secret qui n'était pas le sien.

Elles la dévisagèrent d'un air grave avant d'échanger un regard.

— C'est *l'école* qui intéresse le marquis, Susanna, dit Francesca.

— *L'éducation*, Francesca, dit Susanna en retour.

— Des *filles*.

— Voilà qui explique tout. Pourquoi ne l'avons-nous pas deviné toutes seules ?

Sur ce, elles éclatèrent de rire.

— N'oublions pas le duc de McLeith, reprit Susanna. Encore un duc. Il affirme que Claudia et lui étaient comme frère et sœur lorsqu'ils étaient enfants. Il est plutôt bien de sa personne, vous ne trouvez pas, Francesca ?

— En outre, il est veuf. À la garden-party, il cherchait Claudia partout.

— Si j'étais vous, je ne m'empresserais pas d'acheter une nouvelle robe pour mon mariage, intervint Claudia.

— Vous voilà toute rouge, commenta Francesca en se levant. Nous vous avons embarrassée. Pardon, Claudia. Mais, vraiment, j'aimerais tant... Oh, bon, n'en parlons plus. Dites-moi, ce petit chien est affreusement maigre, non ?

Elle se pencha pour caresser l'animal.

— Vous auriez dû le voir hier ! s'exclama Susanna. Il était sale, hirsute, on aurait dit un rat d'égout, du moins selon Peter. Mais nous sommes tous tombés amoureux de lui.

Sans bouger la tête, le chiot leva les yeux sur Claudia et laissa échapper un profond soupir.

— C'est le problème, dit-elle. L'amour n'est pas toujours confortable ou commode. Qu'est-ce que je vais faire de lui ? L'emmener à Bath ? Il y aurait une émeute à l'école.

— J'ai appris qu'Edna et Flora s'étaient presque disputées hier soir pendant que nous étions sortis, dit Susanna. Toutes deux voulaient le prendre dans les bras en même temps, le caresser, jouer avec lui.

Francesca se mit à rire

— Je dois vraiment y aller, à présent, dit-elle. J'ai promis à Lucius d'être rentrée pour le déjeuner.

143

Ce furent de nouveau des embrassades, des promesses de s'écrire, des adieux déchirants. Il s'écoulerait un long moment avant que Claudia et Susanna revoient Francesca, qui, avant cela, aurait à affronter les risques inhérents à la grossesse et à l'accouchement.

En fin de matinée, bien que fatiguée, Claudia sortit le chien avant de le confier aux domestiques pour l'après-midi, tâche qu'ils avaient acceptée avec joie. La cuisinière gâtait tellement le petit colley qu'il risquerait fort de devenir obèse si son séjour à Grosvenor Place se prolongeait.

Malgré sa lassitude, essentiellement émotionnelle, Claudia attendait avec impatience le goûter à Richmond Park ou à Kew Gardens. Elle n'oubliait cependant pas qu'il ne s'agissait que d'étudier une élève éventuelle. Et la tâche n'était pas facile, car Lizzie Pickford l'avait touchée. Elle la plaignait du fond du cœur, mais elle devait étouffer cette émotion. La pitié était mauvaise conseillère. La vraie question était : pouvait-elle faire quoi que ce soit pour la fillette ? Son école pouvait-elle offrir un enseignement de valeur à une enfant aveugle ?

Il n'empêche qu'elle avait hâte que l'après-midi arrive, et ce n'était pas seulement dû à Lizzie. Si occupée qu'elle ait été ces dernières heures, elle n'en avait pas pour autant oublié la conversation qu'elle avait eue avec le marquis d'Attingsborough dans Hyde Park. Il lui avait fait des révélations surprenantes.

Et elle aussi.

Il lui avait carrément avoué qu'il était resté célibataire pendant plus de deux ans !

Et elle lui avait dit... Eh bien, mieux valait ne pas y penser. Avec un peu de chance, il aurait oublié.

C'est à Richmond Park qu'ils allèrent finalement. En voiture fermée, Lizzie assise à côté de Joseph et

Mlle Martin en face d'eux. Lizzie gardait le silence, mais s'accrochait à la main de son père, la tapotait de temps à autre ou lui tâtait le genou de sa main libre.

— Lizzie ne s'est jamais aventurée aussi loin de la maison, expliqua-t-il. Sa mère pensait qu'il était plus prudent qu'elle reste dans son environnement familier.

Mlle Martin hocha la tête, les yeux rivés sur la fillette.

— Nous faisons tous cela la plupart du temps, même si notre environnement familier est en général plus vaste qu'une maison et un jardin, répondit-elle. Nous aimons nous sentir en sécurité. Mais comment acquérir des connaissances, de l'expérience et de la sagesse si l'on ne sort pas de chez soi? Et l'inconnu n'est pas toujours dangereux.

Il serra la main de Lizzie, qui appuya la tête contre son bras.

Arrivés au parc, le valet étendit une couverture à l'ombre d'un chêne et déposa le panier du goûter avant de retourner les attendre dans la voiture.

— Nous nous asseyons? s'enquit Joseph. Tout le monde a faim? Ou bien on attend un peu?

Lâchant la main de son père, Lizzie s'agenouilla sur la couverture qu'elle tâta avec soin. Elle était toujours très silencieuse, mais Joseph savait qu'elle parlerait ensuite de cet après-midi durant des jours et des jours. Il ne l'avait encore jamais emmenée prendre un goûter en plein air. Il avait laissé Sonia établir les règles et s'y était soumis sans réfléchir – son enfant bien-aimée devait être à tout prix protégée. Mais pourquoi ne lui avait-il jamais offert une sortie comme celle-ci avant?

— Oh, attendons un peu! suggéra Mlle Martin. Que diriez-vous de faire d'abord une petite promenade? L'exercice nous ouvrira l'appétit. Il fait si beau et ce parc est magnifique.

Joseph lui jeta un regard désapprobateur. N'en demandait-elle pas trop ? Agrippant la couverture, Lizzie leva vers lui un visage affolé.

— Mais je ne sais pas où nous sommes ! Je ne sais pas où aller. Papa ? appela-t-elle en tâtonnant autour d'elle.

Il s'accroupit pour lui prendre la main.

— Je suis là.

Debout devant le père et l'enfant, Mlle Martin demeura immobile, le dos droit.

L'espace d'un instant, il lui en voulut.

— Une promenade est sans doute une bonne idée, dit-il à sa fille. Sinon, autant goûter dans le jardin. Nous n'irons pas loin, chérie. Tu me tiendras le bras, et ainsi tu ne risqueras absolument rien.

Il la fit se lever tout en parlant. Dieu, qu'elle était petite et menue ! songea-t-il. Sûrement trop petite pour son âge.

Ils se mirent à marcher d'un pas lent et hésitant, le bras de Lizzie coincé sous le sien. Et, ce faisant, il devinait les pensées de Mlle Martin. Comment cette enfant pourrait-elle fréquenter une école, quelle qu'elle soit ?

Oui, comment le pourrait-elle ? Il faisait perdre son temps à Mlle Martin.

— Lizzie, laissez-moi vous décrire l'endroit où nous sommes, dit soudain cette dernière d'une voix ferme et douce à la fois. C'est une longue avenue droite, semée de gazon et entourée de grands arbres. Il n'y a aucun obstacle. Vous pouvez marcher sans craindre de buter sur quelque chose ou de tomber dans un trou, d'autant que votre père vous tient le bras. Si vous preniez aussi le mien, nous pourrions aller plus vite, et même courir. Cela vous amuserait-il d'essayer ?

Joseph la regarda par-dessus la tête de sa fille. Et se surprit à sourire. Cette femme savait comment piquer l'intérêt des enfants.

— Mère disait que je ne devais jamais quitter la maison ni le jardin et que je ne devais jamais marcher vite, protesta Lizzie. Et Mlle Edwards dit que...

Elle s'interrompit et sourit malicieusement – une expression que Joseph lui voyait trop rarement.

— Mais Mlle Edwards est partie. Papa l'a renvoyée ce matin, et il lui a donné six mois de salaire.

— Votre mère était une dame fort raisonnable, assura Mlle Martin. Vous devez rester à la maison, à moins que vous ne soyez accompagnée par quelqu'un de confiance. Et, si vous êtes seule, vous devez marcher d'un pas prudent. Mais aujourd'hui vous êtes avec votre papa, la personne en qui vous avez le plus confiance au monde. Si vous tenez son bras et le mien, nous veillerons à ce qu'il ne vous arrive rien. Je crois que votre papa a confiance en moi.

— Assurément, confirma-t-il en lui souriant.

— On essaie ? demanda-t-elle.

Lizzie tendit la main et Mlle Martin la cala au creux de son bras. Et ils marchèrent posément de front jusqu'à ce que Joseph s'aperçoive que Mlle Martin pressait le pas. À son tour, il accéléra l'allure. Cramponnée à eux, Lizzie lâcha un gloussement, et soudain hurla de rire.

— Nous *marchons* vraiment ! cria-t-elle.

Joseph sentit sa gorge se nouer.

— Et si on courait ? suggéra-t-il.

Ce qu'ils firent sur une très courte distance avant de se remettre à marcher, puis de s'arrêter complètement. Tous trois riaient, et Lizzie était hors d'haleine.

Joseph regarda de nouveau Mlle Martin par-dessus la tête de sa fille. Elle avait les joues roses et les yeux brillants. Sa robe de coton légèrement délavée était froissée et le bord de son chapeau de paille – le même que celui qu'elle portait à la garden-party – était déformé. Une mèche échappée de son

147

chignon lui tombait sur l'épaule. Elle était très jolie, vraiment, se rendit-il soudain compte.

— Oh, écoutez! s'écria Lizzie en inclinant la tête. Écoutez les oiseaux.

Ils tendirent l'oreille. Cachés dans le feuillage, des oiseaux s'égosillaient. C'était la musique estivale, charmante, et si souvent ignorée quand tant de choses captivaient l'œil ou l'esprit.

Lâchant le bras de Lizzie, Mlle Martin se tint devant elle.

— Lizzie, levez le visage. Là, laissez-moi retrousser le bord de votre chapeau afin que vous sentiez la délicieuse chaleur du soleil sur vos joues et vos paupières. Abreuvez-vous-en tout en écoutant le chant des oiseaux.

— Mais, mère disait… commença Lizzie.

— Elle avait tout à fait raison, assura Mlle Martin. Aucune dame ne s'expose au soleil assez longtemps pour qu'il lui colore ou lui brûle la peau. Mais sa chaleur sur le visage fait du bien à l'âme.

Ah, pourquoi n'avait-il pas songé à cela avant? se demanda Joseph.

Docile, Lizzie rejeta franchement la tête en arrière. Ses lèvres s'entrouvrirent et elle lâcha le bras de son père pour présenter sa paume ouverte au soleil.

— Oh… fit-elle dans un long soupir qui bouleversa Joseph.

Elle demeura ainsi un instant jusqu'à ce que, prenant peur, elle balaie l'air de la main.

— Papa?

— Je suis là, mon ange, dit-il, mais il se retint de lui saisir la main comme il l'aurait fait d'ordinaire. Je ne vais pas te quitter. Mlle Martin non plus.

— Le soleil est vraiment agréable, déclara Lizzie, qui commença à tourner lentement sur elle-même.

Un éclat de rire fusa de ses lèvres.

— Peut-être pourrions-nous retourner à la couverture pour prendre le thé ? suggéra Mlle Martin. J'ai affreusement faim, je l'avoue.

Se prenant de nouveau par les bras, ils firent demi-tour.

— Marcher et courir, c'est bien, mais pas vraiment original, observa Joseph. Je propose qu'on retourne à la couverture en sautant.

— En sautant ? répéta Lizzie tandis que Mlle Martin haussait les sourcils.

— Tu sautes d'abord sur un pied, ensuite sur l'autre, tout en avançant, répondit son père. Comme ceci.

Ce qu'il fit, tel un écolier qui aurait grandi trop vite, entraînant les autres à sa suite. Mlle Martin s'esclaffa, puis se mit à sauter à son tour. Après quelque hésitation, Lizzie les imita, et ils sautillèrent le long de l'avenue, avec force rires et cris de joie, offrant d'eux-mêmes un spectacle totalement dépourvu de dignité. Heureusement, les autres promeneurs étaient trop loin pour en profiter. Certains de ses amis auraient été intéressés de le voir à présent, songea Joseph – sautillant dans une avenue du parc avec sa fillette aveugle et une maîtresse d'école.

Les élèves et les collègues de Mlle Martin seraient sûrement très intéressées elles aussi.

Mais la joie de Lizzie valait n'importe quelle perte de dignité.

De retour à la couverture, Mlle Martin aida Lizzie à se débarrasser de sa veste et suggéra qu'elle enlève aussi son chapeau. Elle ôta le sien et tenta de remettre un peu d'ordre dans sa coiffure, sans grand succès. Réparer les dégâts nécessitait un miroir et une brosse. Joseph la trouva néanmoins tout à fait charmante.

Ils mangèrent avec appétit les petits pains fraîchement cuits, les fines tranches de fromage, les tartelettes aux groseilles et les pommes, et burent de la citronnade, tiède mais désaltérante.

Ils bavardèrent de tout et de rien, jusqu'à ce que les adultes s'étonnent du silence prolongé de Lizzie. Blottie contre son père, elle s'était endormie. Il l'installa plus commodément, la tête sur ses genoux, et lissa ses cheveux légèrement humides.

— Je pense que vous lui avez offert l'un des jours les plus heureux de sa vie, mademoiselle Martin. Probablement le plus heureux de tous.

— Moi ? Qu'ai-je donc fait ?

Vous l'avez autorisée à être une enfant, à courir, à sauter, à offrir son visage au soleil, à crier et à rire.

Elle le regarda fixement, mais ne dit rien.

— Je l'ai aimée à l'instant où j'ai posé les yeux sur elle, dix minutes après sa naissance, reprit-il. Je crois même que son infirmité l'a rendue encore plus chère à mon cœur. J'ai toujours voulu respirer, manger, dormir, vivre pour elle, et je mourrais volontiers si cela pouvait lui être de quelque utilité. J'ai tenté de la protéger, de mes bras et de mon amour. Je n'ai jamais…

Il ne put achever. Inspirant à fond, il baissa les yeux sur son enfant – qui, bientôt, ne serait plus une enfant. Hélas !

— Je pense qu'être parent n'est pas toujours très confortable, murmura Mlle Martin. L'amour peut être si terriblement douloureux. J'en ai fait un peu l'expérience par le truchement de mes pupilles. Elles ont été tellement désavantagées que mon seul désir est que le reste de leur vie soit parfait pour compenser ces débuts malheureux. Mais il y a tant de choses que je ne peux faire. Lizzie sera toujours aveugle, lord Attingsborough. Mais elle peut trouver de la joie dans la vie si elle le désire et si ceux qui l'aiment le permettent.

— La prendrez-vous chez vous ? demanda-t-il, malgré la boule qui lui obstruait la gorge. Je ne sais pas quoi faire d'autre. Mais est-ce que l'école est ce qu'il lui faut ?

Claudia ne répondit pas immédiatement. Elle réfléchissait.

— Je ne sais pas, dit-elle enfin. Donnez-moi plus de temps.

— Merci. Merci de ne pas me dire non tout de suite. Et merci de ne pas me dire oui avant d'avoir examiné la question avec soin. Je préfère qu'elle ne soit pas scolarisée si cela ne lui convient pas. De toute façon, je veillerai sur elle.

Baissant les yeux sur sa fille, il continuait à lui caresser la tête. Dire qu'il était prêt à mourir pour elle était absurde, et stupidement sentimental. À quoi cela servirait-il ? Il ne pouvait pas non plus vivre pour elle. Se rendre compte de son impuissance était terrifiant.

Néanmoins, la présence de Mlle Martin était réconfortante – même si elle doutait de pouvoir accueillir Lizzie dans son école. Elle lui avait montré – ainsi qu'à lui-même ! – qu'elle pouvait s'amuser et danser sous le soleil sans se cramponner à quelqu'un.

— Je me suis souvent demandé, continua-t-il sans lever les yeux, comment les choses se seraient déroulées si Lizzie n'avait pas été aveugle. Sonia serait passée de bras en bras et j'aurais très probablement repris ma vie d'avant, tout en subvenant aux besoins de l'enfant. Persuadé d'accomplir mon devoir, je ne me serais pas cru obligé d'aller la voir souvent. J'aurais peut-être épousé Barbara, et je me serais privé de l'amour que cette petite fille a fait jaillir en moi. Mais que ma vie aurait été pauvre ! Sa cécité est une malédiction pour Lizzie, mais elle a été une vraie bénédiction pour moi. Comme c'est étrange ! Je ne m'en étais pas rendu compte avant aujourd'hui.

— La cécité n'a pas non plus besoin d'être une malédiction pour Lizzie. Nous avons tous nos croix à porter, lord Attingsborough. C'est la façon dont nous les portons qui révèle notre courage – ou notre lâcheté. Vous avez porté les vôtres, et elles ont enrichi votre vie. Il faut laisser Lizzie porter la sienne – avec succès ou non.

— C'est ce *ou non* qui me brise le cœur, soupira-t-il.

Claudia lui sourit, et il fut frappé de ce qu'elle était, en fait, plus que jolie. Le terme était trop enfantin, trop frivole, pour la décrire.

— Je pense, mademoiselle Martin, que vous êtes la femme la plus belle que j'aie jamais eu le privilège de rencontrer, déclara-t-il tout à trac.

Propos excessifs et maladroits – et en même temps les plus vrais qu'il ait jamais prononcés.

Cessant de sourire, elle soutint son regard jusqu'à ce qu'il baisse de nouveau les yeux sur Lizzie. Pourvu qu'il ne l'ait pas blessée, qu'elle n'ait pas vu là une simple badinerie de mauvais goût ! Mais il n'imaginait pas comment retirer ses mots sans la blesser davantage encore. Du reste, il ne savait trop lui-même ce qu'il avait voulu dire. Elle n'était pas belle au sens habituel du terme, et pourtant...

Juste ciel, il n'était quand même pas en train de s'enticher d'elle ? Il ne pouvait rien arriver de plus désastreux. Mais non, bien sûr ! Elle avait été gentille envers Lizzie, voilà tout – il était impossible de ne pas l'aimer un petit peu en retour. Il aimait les Smarts pour la même raison.

— Qu'est-il arrivé au chien ? demanda-t-il.

— Eh bien, il a une maison – temporairement, du moins – et tout le monde est aux petits soins pour lui. Et le fait que vous l'évoquiez me donne une idée. Puis-je l'emmener rendre visite à Lizzie ?

C'est le moment que choisit la fillette pour se réveiller. Le marquis se pencha sur elle et l'embrassa sur le front.

— Papa, fit-elle d'une voix ensommeillée et heureuse, en lui touchant le visage.

— Il est temps de rentrer, mon cœur.

— Oh, déjà?

— Mlle Martin reviendra te voir si tu le désires. Elle amènera son petit chien.

— Un chien? s'écria la fillette, soudain plus alerte. Il y en avait un dans la rue, une fois, vous vous rappelez, papa? Il aboyait et cela me faisait peur, mais son maître me l'a amené, et je l'ai caressé, et il s'est mis à haleter en me léchant. Mais mère a dit que je ne pouvais pas en avoir un. Il y a toujours un chien dans mes histoires.

— Vraiment? Alors, il faut que celui-ci vienne te voir, décréta-t-il. Est-ce que nous inviterons aussi Mlle Martin?

Elle éclata de rire, et il eut l'impression que ses joues avaient pris un peu de couleur.

— Vous viendrez, mademoiselle Martin? demanda-t-elle. Avec votre chien? *S'il vous plaît?* J'adorerais cela!

— Fort bien, répondit Mlle Martin. C'est un petit animal très affectueux. Il vous léchera probablement toute la figure.

Lizzie rit de bon cœur.

L'après-midi s'achevait, constata Joseph à regret. Ils ne devaient pas rentrer trop tard. Mlle Martin et lui devaient se préparer pour leur soirée à Vauxhall – avant laquelle il avait un dîner important.

Il était toujours désolé quand il devait quitter Lizzie. Mais cet après-midi avait été particulièrement agréable. Il se serait presque cru en famille.

Pensée interdite qui le fit se renfrogner. Lizzie serait toujours son enfant chérie, mais elle ne ferait jamais partie de sa famille. Quant à Mlle Martin, eh bien...

— Il est temps de partir, fit-il en se levant.

10

Lady Balderston avait invité Joseph à dîner, et il devint vite évident que personne d'autre n'était attendu, et qu'il serait donc « en famille » avec les Balderston et leur fille. Et si ce fait n'affirmait pas assez clairement son nouveau statut de presque fiancé de la fille de la maison, lady Balderston se chargea de l'établir en paroles.

— C'était extrêmement aimable de la part de la vicomtesse Ravensberg d'inviter Portia à Alvesley Park pour l'anniversaire des Redfield, remarqua-t-elle tandis que les domestiques débarrassaient les assiettes à soupe.

Ah...

Il s'agissait d'une réunion familiale en l'honneur du quarantième anniversaire de mariage du comte et de la comtesse. Mlle Hunt faisait donc déjà partie de la famille ?

— Je n'ai pas encore informé lord Attingsborough de l'invitation, maman, intervint la jeune fille. Mais, oui, c'est vrai. Lady Sutton a eu l'amabilité de m'emmener rendre visite à lady Ravensberg cet après-midi et, alors que nous discutions, elle a informé sa cousine que je n'avais pas de projet particulier pour l'été. Et c'est ainsi que lady Ravensberg m'a invitée à Alvesley. C'était très aimable de sa part.

— Oui, vraiment, dit Joseph en souriant aux deux dames. Je serai là aussi.

— Je suis bien consciente que, sans cela, je n'aurais pas été invitée. Il n'y aurait pas eu de raison, n'est-ce pas ?

Et il n'y avait pas non plus de raison de retarder sa demande en mariage, songea Joseph. Ce n'était plus qu'une simple formalité. Les Balderston et leur fille en étaient visiblement convaincus. De même que sa propre sœur, qui n'aurait toutefois pas dû prendre les choses en main cet après-midi.

Il aurait aimé disposer d'un peu de temps pour faire sa cour.

Balderston attaquait son canard rôti, ce qui exigeait toute son attention. Joseph lui jeta un coup d'œil, mais vit que ce n'était pas le moment d'aborder le sujet. Le mieux était de prendre rendez-vous pour un entretien formel. Puis il ferait sa demande officielle à Mlle Hunt, et l'affaire serait réglée. Le cours de sa vie – et de celle de Mlle Hunt – serait fixé une fois pour toutes.

Ce qui laissait peu de temps pour une cour en bonne et due forme. Empli de bonnes résolutions, Joseph consacra le reste du dîner et le trajet jusqu'à Vauxhall à se concentrer sur sa future épouse, prenant note de sa beauté, de son élégance, de ses manières raffinées, de sa perfection dans tous les domaines.

Il allait tout faire pour tomber amoureux d'elle, décida-t-il tandis que la voiture les emportait vers les jardins de Vauxhall. Se marier uniquement pour obéir à son père et satisfaire aux obligations de son rang était trop triste.

— Vous êtes particulièrement ravissante ce soir, dit-il en lui effleurant la main. Le rose sied à votre teint.

— Merci, dit-elle avec un sourire.

— Je suppose que vous savez que votre père est allé voir le mien à Bath il y a environ deux semaines.

— Oui, bien sûr.

— Et vous connaissez le but de cette visite ?

— Bien sûr.

La jeune fille lui souriait toujours avec placidité.

— Cela ne vous ennuie pas ? demanda-t-il. Vous n'avez pas l'impression que l'on vous force la main ?

— Bien sûr que non.

— Ou que l'on vous bouscule ?

— Non.

Il voulait en être sûr. S'il était prêt à se marier avec elle parce qu'elle était la meilleure candidate possible, il ne voulait pas pour autant qu'elle cède à des pressions.

— Je suis enchanté de l'entendre, assura-t-il.

Il s'en tint là. Il n'avait pas encore parlé à son père et avait l'impression que cette étape était importante pour elle. Mais sans doute n'étaient-ils à présent pas loin d'être officiellement fiancés.

Elle était vraiment jolie, avec ses joues légèrement rosies et ses cheveux blonds soyeux. Il se pencha pour l'embrasser. Mais elle tourna la tête avant que ses lèvres n'atteignent les siennes si bien qu'il ne lui effleura que la joue. Puis elle s'écarta un peu plus sur le siège. Sans cesser de sourire.

— Je vous ai offensée ? voulut-il savoir.

Elle estimait peut-être que s'embrasser avant les fiançailles officielles était inconvenant.

— Vous ne m'avez pas offensée, lord Attingsborough. C'était simplement un geste inutile.

— Inutile ? répéta-t-il en scrutant son profil parfait.

La voiture franchit bruyamment le pont sur la Tamise. Ils n'allaient pas tarder à arriver à Vauxhall.

— Je n'ai pas besoin d'être courtisée avec des niaiseries telles que les baisers, répondit-elle. Je ne suis pas sotte.

— Des *niaiseries* ? Les baisers ?

Amusé, il se pencha vers elle, espérant lui soutirer un véritable sourire. Peut-être sa tentative de baiser l'avait-elle mise mal à l'aise et elle se défendait comme elle pouvait.

— Oui, bien sûr, affirma-t-elle.

— Même entre amants ? Entre époux ?

— Je pense, lord Attingsborough, que les membres de la bonne société sont au-dessus de telles vulgarités. Les baisers et les romances, voilà qui est bon pour les classes inférieures, qui le sont justement parce qu'elles ignorent tout des alliances pleines de sagesse.

Dieu du ciel !

Il n'était plus du tout amusé.

Il lui apparut soudain que depuis qu'ils se connaissaient, il n'y avait jamais eu entre eux le moindre badinage, le moindre regard entendu, le moindre contact furtif – aucun de ces petits gestes qui trahissent un élan de sensualité. Mais cela allait changer sûrement.

N'est-ce pas ?

— Mes baisers ne seront pas les bienvenus, alors ? Toujours ?

— Je connais mon devoir, lord Attingsborough.

Elle connaissait son... La voiture s'était arrêtée, se rendit-il compte.

— Êtes-vous sûre, mademoiselle Hunt, de souhaiter réellement ce mariage ? C'est le moment ou jamais de le dire, si ce n'est pas le cas. Je ne vous en voudrai pas. Je m'abstiendrai de vous demander en mariage, mais je veillerai à ce que votre réputation n'en souffre pas.

Elle tourna la tête pour lui adresser ce sourire placide dont elle ne se départait pas.

— Nous sommes parfaitement assortis, nous le savons tous deux. Nous sommes du même milieu et nous en comprenons le fonctionnement, les règles et ce qu'on peut en attendre. Nous ne sommes plus non plus de la première jeunesse. Si vous croyez que vous devez me courtiser, vous vous trompez.

Joseph eut l'impression que des écailles lui tombaient des yeux. Était-il possible qu'il la connaisse depuis si longtemps et n'ait jamais soupçonné qu'elle pût être si froide ? Évidemment, il n'avait jusqu'à présent jamais tenté de flirter avec elle. Mais il devait se tromper. C'étaient l'innocence et l'inexpérience qui parlaient par sa bouche. Une fois mariés…

John ouvrit la portière et déplia les marches. Joseph sortit en chancelant avec l'étrange sensation que son cœur s'était logé dans ses souliers. À quelle sorte de mariage devait-il s'attendre ? Un mariage sans amour, sans chaleur ? Non, il ne pouvait le croire. Après tout, il n'éprouvait pas une affection profonde à son égard, même s'il était décidé à y travailler. Elle ferait sûrement de même. Peut-être était-ce cela qu'elle entendait par « connaître son devoir ».

— Entrons, voulez-vous ? fit-il en lui offrant le bras.

Elle s'en empara et salua d'un sourire un couple qui descendait d'une voiture.

Pourquoi n'avait-il jamais remarqué avant ce soir que le sourire de Portia Hunt n'atteignait jamais ses yeux ? À moins qu'il ne se fasse des idées ? Ce baiser raté l'avait plus troublé qu'elle, finalement.

La veille, Peter avait rencontré le duc de McLeith au *White's* et l'avait invité à dîner afin que Claudia eût un cavalier.

Elle s'était donc résignée à le revoir. Non sans une certaine curiosité, du reste. Avait-il beaucoup changé ? Était-il encore, au moins partiellement, le cher Charlie qu'elle avait adoré avant de s'en éprendre ?

Elle portait la robe du soir bleu foncé qui avait servi à plus d'une fête de l'école. Sa robe préférée, bien qu'elle ne prétende ni à la haute couture ni à la basse, songea-t-elle, non sans humour, tandis que Maria la coiffait.

Elle repoussa fermement de son esprit les événements de l'après-midi. Elle réfléchirait le lendemain à la possibilité d'accueillir Lizzie à l'école – une décision pas facile. Et elle s'efforcerait de ne pas se remémorer les paroles de lord Attingsborough – *Je pense que vous êtes la femme la plus belle que j'aie jamais eu le privilège de rencontrer.*

Propos extravagants qui la perturbaient encore.

Il n'avait sans doute pas parlé sérieusement, mais, quoi qu'il en soit, elle se souviendrait toute sa vie de ces mots charmants prononcés lors d'un après-midi délicieux.

Charlie se révéla être un convive agréable. Il leur parla de son domaine écossais et de ses voyages dans les Highlands. Il leur parla aussi de son fils. Et il régala Susanna et Peter d'anecdotes sur son enfance et celle de Claudia, la plupart amusantes, et toutes véridiques.

En arrivant aux jardins de Vauxhall, il offrit le bras à Claudia, qui le prit cette fois-ci. Des années durant, elle avait effacé de sa mémoire les souvenirs de leur enfance commune parce qu'elle ne pouvait les séparer de ce qui s'était passé ensuite. Peut-être y parviendrait-elle un jour, et se débarrasserait-elle ainsi de son amertume. Car il ne restait que l'amertume. Le chagrin avait disparu depuis longtemps.

— Claudia, vous n'imaginez pas combien je suis heureux de vous avoir retrouvée, avoua-t-il comme ils emboîtaient le pas à Susanna et à Peter. Cette fois, nous ne devons plus nous perdre de vue.

Se seraient-ils aimés toute leur vie s'il avait étudié le droit et l'avait épousée comme prévu ? s'interrogea-t-elle. Il était impossible de le savoir, bien sûr. Tant de choses auraient été différentes. *Tout* l'aurait été. *Eux-mêmes* auraient été différents. Et qui peut dire qu'elle aurait été plus heureuse ?

— Oh, Charlie, regardez ! s'exclama-t-elle, émerveillée, lorsqu'ils pénétrèrent dans les jardins.

La longue avenue qui s'étirait devant eux était bordée d'arbres auxquels étaient suspendues des lanternes colorées. Dans le crépuscule, c'était tout bonnement féerique. Une foule de promeneurs élégamment vêtus déambulaient dans les allées.

— C'est ravissant, n'est-ce pas ? dit-il en lui souriant. J'aime vous entendre m'appeler par mon surnom, Claudia. Depuis mes dix-huit ans, je ne suis plus que *Charles*, quand ce n'est pas *McLeith*. Redites-le.

Il pressa la main calée au creux de son bras.

Gagnée par l'euphorie générale, Claudia n'y prêta pas attention. Suivant l'allée, ils arrivèrent à une place en forme de fer à cheval, sur laquelle donnaient de petites salles à manger très éclairées. Presque toutes étaient déjà occupées, et celle du milieu abritait l'orchestre.

Lady Ravensberg leur faisait signe de l'une d'elles.

— Venez, venez ! Nous n'attendons plus que vous.

Leur petit groupe était composé du vicomte et de la vicomtesse, du duc et de la duchesse de Portfrey, du comte et de la comtesse de Sutton, du marquis d'Attingsborough et de Mlle Hunt, du comte et de la comtesse de Kilbourne, et des quatre nouveaux arrivants.

Claudia s'amusa de nouveau de se trouver en aussi illustre compagnie. Bientôt, elle regagnerait l'école, et il était peu probable qu'elle revive de sitôt pareille expérience.

L'illustre compagnie était, dans l'ensemble, aimable. Les Sutton et Mlle Hunt l'ignorèrent résolument, mais les autres furent plus que polis. La très douce et très jolie comtesse de Kilbourne, et l'élégante et très fine duchesse de Portfrey lui firent la conversation, ainsi que le vicomte de Ravensberg et son épouse. Et, bien sûr, elle pouvait compter sur Susanna, Peter et Charlie.

Mais il n'y avait pas que la conversation.

Il y avait aussi le souper, notamment les minces tranches de jambon et les fraises qui faisaient la notoriété de Vauxhall. Et le vin qui coulait à flots. Et le spectacle des promeneurs, dont certains venaient parfois converser avec les convives. Et puis il y avait la musique.

Et, enfin, la danse. Bien qu'elle n'ait pas dansé depuis une éternité, Claudia y prit grand plaisir. La lumière vacillante des lanternes et la douce lueur de la lune et des étoiles y furent pour beaucoup. Elle eut pour partenaire Charlie, le comte de Kilbourne et le duc de Portfrey.

Eleanor la taquinerait impitoyablement lorsqu'elle apprendrait à quelle débauche s'était livrée sa digne directrice.

Et comme si la musique et la danse ne suffisaient pas, un feu d'artifice devait clore la soirée.

Ils attendaient cette dernière attraction lorsque lady Ravensberg suggéra une petite promenade, idée que tout le monde trouva excellente. Le cortège s'ébranla – le comte de Kilbourne et sa cousine, lady Sutton, le vicomte Ravensberg et la vicomtesse de Kilbourne, Peter et la duchesse de Portfrey, le duc et Susanna, le comte de Sutton et lady Ravensberg.

— Ah, dit Charlie, je constate que chacun change de partenaire. Mademoiselle Hunt, me ferez-vous le plaisir ?

Elle sourit et prit son bras.

Le marquis achevait une conversation avec un couple d'amis qui s'était arrêté devant leur salle à manger.

— Allez-y, dit-il en faisant signe aux autres d'avancer. Mademoiselle Martin et moi vous rejoindrons.

162

Claudia fut un peu embarrassée. Il n'avait pas eu d'autre choix que de l'escorter. D'un autre côté, elle était déçue de ne pas avoir eu l'occasion de converser ni de danser avec lui de la soirée. Le goûter de l'après-midi semblait remonter à des années.

Je pense que vous êtes la femme la plus belle que j'aie jamais eu le privilège de rencontrer.

Combien d'heures s'étaient écoulées depuis qu'il avait prononcé ces paroles ? Bien peu. Et, bien sûr, plus elle tentait de les oublier, plus elle s'en souvenait.

Et soudain il fut là, lui offrant le bras.

— Je vous présente mes excuses pour ce retard, fit-il. Que préférez-vous ? Que nous nous empressions de rattraper les autres ou que nous avancions à notre rythme pendant que vous me dites sincèrement ce que vous pensez de Vauxhall ?

— Peut-être vous attendez-vous, lord Attingsborough, que j'examine tout ce qui m'entoure d'un œil critique, et affirme mon dédain pour ces artifices, observa-t-elle tandis qu'ils suivaient l'allée principale.

— Mais vous n'allez pas le faire ? dit-il, le regard rieur. Vous n'imaginez pas combien je serais heureux de savoir que vous n'obéissez pas toujours à la raison. Ce soir, j'ai été plus que refroidi par un assaut de raison.

Ils bifurquèrent sur leur droite et arrivèrent à une autre allée, parallèle à la première et tout aussi belle, ornée d'arcades de pierre surmontées de lanternes.

— Parfois, je préfère oublier mes facultés critiques et savourer l'instant, tout simplement, avoua Claudia après un bref silence.

— Et c'est le cas ce soir ? demanda-t-il en contournant un groupe de joyeux fêtards qui ne regardaient pas où ils allaient.

Leur groupe d'amis était à bonne distance, remarqua-t-elle.

163

— Oui, c'est le cas, admit-elle. J'espère juste que tout cela restera gravé dans ma mémoire et que je pourrai me le remémorer lorsque je serai seule dans mon petit salon, à Bath, un soir d'hiver.

— Mais, avant de vous en souvenir, vous devez profiter de chaque instant.

— Oh, mais j'y suis déterminée, assura-t-elle.

— Tout va bien avec McLeith ?

— Il est venu dîner et s'est montré très agréable. Il a raconté une partie des mille et une sottises que nous avons faites ensemble, enfants, et cela m'a rappelé combien je l'aimais à l'époque.

— Vous êtes devenus amants plus tard ? demanda-t-il calmement.

Elle sentit ses joues s'enflammer comme elle se rappelait qu'elle l'avait quasiment admis lorsqu'ils se promenaient à Hyde Park. Comment avait-elle osé ?

— Très brièvement. Juste avant qu'il ne parte pour ne plus jamais revenir. Nous étions inconsolables à la perspective de son départ pour l'Écosse, car nous ne savions pas combien de temps s'écoulerait avant que nous nous retrouvions pour ne plus jamais nous quitter. Aussi…

— De telles choses arrivent. Et, l'un dans l'autre, je crois que la passion – même peu judicieuse – est préférable à la froide indifférence. Il me semble que vous m'avez déjà dit quelque chose de semblable.

— En effet, fit-elle juste avant qu'il ne la tire sur le côté de l'allée pour éviter une collision avec un autre groupe insouciant.

— Pour rattraper les autres, il faut suivre cette allée, fort belle, je le reconnais. Mais est-ce que vous tenez à les rattraper, mademoiselle Martin, ou préférez-vous que nous empruntions des sentiers plus tranquilles ? Ils sont moins éclairés, certes, mais la nuit n'est pas vraiment sombre.

— Les sentiers plus tranquilles, s'il vous plaît.

Ce qu'ils firent presque aussitôt, la pénombre et l'illusion de la solitude les engloutissant d'un coup.

— Ah, voilà qui est mieux, déclara-t-il, à quoi elle ne put qu'acquiescer.

Ils marchèrent tranquillement, silencieux maintenant qu'ils avaient quitté la foule. Claudia humait avec plaisir l'herbe fraîchement coupée lorsque, pardessus le bruit assourdi des voix et de l'orchestre, elle entendit...

— Écoutez, souffla-t-elle en agrippant la manche du marquis. Un rossignol.

Ils s'immobilisèrent et tendirent l'oreille.

— Il n'y a donc pas que ma fille qui entend les oiseaux.

— C'est l'obscurité. Elle avive l'ouïe, l'odorat, le toucher.

— Le toucher, répéta-t-il avec un petit rire. Si vous aimiez, mademoiselle Martin, comme vous avez aimé jadis, ou du moins si vous aviez l'intention d'épouser un homme, auriez-vous une objection à ce qu'il vous touche ? À ce qu'il vous embrasse ? Diriez-vous que c'est inutile, que ce sont des niaiseries ?

Claudia se réjouit qu'il fasse nuit, car ses joues, elle en était sûre, étaient en feu.

— Inutile ? Stupide ? Ni l'un ni l'autre, assurément. J'aimerais et je m'attendrais qu'on m'embrasse... et me touche. Surtout si j'étais amoureuse.

Il regarda autour de lui et Claudia, s'apercevant qu'elle tenait toujours la manche du marquis, la lâcha.

— Ce soir même, en me rendant ici, commença-t-il, j'ai essayé d'embrasser Mlle Hunt – c'était la première fois que je prenais cette liberté. Elle m'a dit qu'elle n'avait pas besoin qu'on la courtise avec ce genre de niaiseries.

— Peut-être s'est-elle sentie embarrassée ou effrayée.

— Elle s'est expliquée en long et en large. Selon elle, les baisers sont inutiles entre deux personnes raisonnables et parfaitement assorties.

Une brise légère agitait les branches, laissant voir la lune. Un rayon éclairait le visage du marquis. Claudia le regarda. Qu'avait voulu dire Mlle Hunt ? Comment pouvaient-ils être parfaitement assortis si elle ne voulait pas de ses baisers ?

— Pourquoi allez-vous l'épouser ? demanda-t-elle.

Il baissa les yeux sur elle, mais ne répondit pas.

— Vous l'aimez ?

Il sourit.

— Je crois que je ferais mieux de ne pas en dire plus. J'en ai déjà trop dit alors que cette jeune personne compte sûrement sur ma discrétion. Seigneur, qu'y a-t-il donc chez vous qui incite aux confidences ?

Ce fut au tour de Claudia de ne pas répondre.

— Seriez-vous embarrassée ou effrayée si j'essayais de vous embrasser ? lâcha-t-il abruptement.

Elle serait les deux. Elle en était convaincue. Mais c'était une question hypothétique, forcément.

— Non, répondit-elle si doucement qu'elle douta qu'un son soit sorti de ses lèvres. Non.

Question hypothétique, se rappela-t-elle.

Mais comme il glissait la main sous son menton, Claudia se rendit compte que, peut-être pas, ça ne l'était pas.

Elle ferma les yeux et les lèvres du marquis se posèrent sur les siennes.

Des lèvres chaudes et légèrement entrouvertes. Elle sentit le vin qu'il avait bu, et son eau de toilette, la chaleur de sa main et celle de son souffle. Elle entendit le chant du rossignol et un rire au loin.

Le bouleversement fut tel qu'elle s'émerveilla après coup d'être restée debout. Elle serra les poings.

Cela dura peut-être vingt secondes – peut-être même moins.

Mais son univers entier oscilla sur ses fondations.

Comme il relevait la tête et écartait la main, Claudia s'efforça de recouvrer son équilibre.

— Alors, vous voyez ? dit-elle d'une voix un peu trop vibrante. Je n'ai été ni embarrassée ni effrayée. Il n'y a donc rien d'embarrassant ni d'effrayant chez vous.

— Je n'aurais pas dû faire cela. Je suis vraiment déso...

La main de Claudia se leva, d'elle-même semblat-il, et deux doigts se posèrent sur les lèvres du marquis – ces lèvres chaudes et douces qui venaient tout juste d'embrasser les siennes.

— Non, coupa-t-elle d'une voix moins ferme, presque tremblante. Si vous êtes désolé, alors je devrais l'être aussi, ce qui n'est pas le cas. C'est la première fois depuis dix-huit ans que l'on m'embrasse, et c'est probablement la dernière. Je ne veux pas être désolée, et je ne veux pas que *vous* le soyez. Je vous en prie.

Il lui prit la main, lui embrassa sa paume, avant de la plaquer contre son torse.

— Ah, mademoiselle Martin, pour moi, cela faisait presque trois ans. Quels pauvres mortels nous sommes !

Elle ne put s'empêcher de sourire.

— En fait, avoua-t-elle, cela ne m'ennuierait pas du tout que vous recommenciez.

Elle eut l'impression que quelqu'un d'autre parlait à sa place tandis que la vraie Claudia Martin la contemplait avec stupéfaction. Avait-elle vraiment dit ce qu'elle venait de dire ?

— Moi non plus, cela ne m'ennuierait pas, murmura-t-il, et ils échangèrent un long regard avant qu'il ne l'enlace

Ne sachant que faire de ses bras, Claudia les noua autour de son cou. Et leva le visage vers lui.

Il était grand, solide, et très, très viril. Un bref instant, elle eut peur. Mortellement. D'autant qu'il ne souriait plus. Puis elle oublia la peur et tout le reste tandis qu'elle se laissait happer par le pur plaisir charnel d'être lentement et profondément embrassée. Son corps s'épanouit sous la caresse de ses grandes mains et elle ne fut plus Claudia Martin, la femme d'affaires, l'institutrice, la directrice d'école, mais une femme. Tout simplement.

Ses seins s'écrasaient contre le mur solide de son torse. Ses cuisses se pressaient contre les siennes. Ses doigts fourrageaient dans ses cheveux. Et elle sentit entre ses cuisses une palpitation aiguë, sorte d'angoisse physique qui vibra jusque dans sa gorge.

Non qu'elle analysât chaque sensation. Elle en était seulement la proie.

Lorsqu'il s'empara de sa bouche, elle s'ouvrit à sa langue avide. Il la fit reculer et s'adosser à un tronc tout en lui caressant les seins, les hanches et les fesses.

Elle sentit combien il la désirait et, redécouvrant après tant d'années les affres du désir, ondula contre lui. Ah, qu'elle aurait aimé se livrer complètement !

Mais pas une seconde elle n'oublia que c'était avec le marquis d'Attingsborough qu'elle partageait cette folle étreinte. Et pas une seconde elle ne se leurra. Cet instant resterait unique. Il ne s'agissait que de maintenant. Uniquement maintenant.

Mais, parfois, maintenant suffisait.

Elle savait qu'elle ne le regretterait pas.

Elle savait aussi qu'elle en aurait du chagrin pour un long moment.

Tant pis. Mieux valait vivre et souffrir que ne pas vivre du tout.

Elle sentit qu'il allait s'écarter lorsque son étreinte se fit plus douce et qu'il lui embrassa les paupières et les tempes. Puis, glissant la main derrière sa tête, il pressa son visage contre son épaule et l'écarta du tronc. Elle en éprouva un mélange de chagrin et de soulagement. Il était temps d'arrêter. Ils étaient dans un lieu presque public.

Elle sentit la tension sensuelle refluer lentement tandis qu'elle nouait les bras autour de sa taille.

— Nous sommes d'accord, n'est-ce pas, pour ne pas le regretter ? lui murmura-t-il à l'oreille au bout d'une minute. Et pour ne pas laisser de gêne s'installer entre nous ?

Elle ne répondit pas immédiatement. Puis elle le lâcha, recula d'un pas, et endossa de nouveau le personnage de Mlle Martin, l'institutrice, avec une sorte de gaucherie, comme s'il s'agissait d'un vêtement oublié dans un placard.

— Oui à la première question, dit-elle. Pour la seconde, je suis moins sûre. Je crains qu'à la froide lumière du jour, un face-à-face ne me mette très mal à l'aise.

Même à présent, dans cette pénombre, cela semblait déjà stupéfiant et embarrassant – ou le semblerait bientôt.

— Mademoiselle Martin, j'espère que je n'ai pas… Je ne peux pas…

Pas question qu'il finisse sa phrase ! Elle serait très humiliée.

— Bien sûr que vous ne pouvez pas, l'interrompit-elle. Moi non plus je ne peux pas. J'ai une vie et une carrière, et des gens dépendent de moi. Je ne m'attends pas à vous voir surgir sur le perron du vicomte Whitleaf demain matin, une dispense de bans à la main. Si jamais vous cédiez à cette lubie, je vous renverrais plus vite que vous ne seriez venu.

— Sur les roses ?

— Absolument.

Elle lui sourit tristement. Que l'amour était une chose absurde, surgissant à un moment impossible et avec une personne impossible ! Car elle était, bien sûr, amoureuse. Et c'était, bien sûr, parfaitement impossible.

— Je pense, lord Attingsborough, que si j'avais su ce que je sais aujourd'hui lorsque je vous ai rejoint dans le salon des visiteurs de mon école, je vous aurais envoyé sur les roses. Enfin, peut-être pas. J'ai apprécié plus que je ne saurais le dire les deux semaines écoulées. Et j'ai appris à vous apprécier.

C'était aussi vrai. Elle l'appréciait bel et bien.

Elle lui tendit la main. Il la prit et la serra. Voilà, la barrière était rétablie entre eux, comme il était impératif qu'elle le soit.

Un craquement sinistre rompit le silence, la faisant sursauter.

— Ah, cela ne pouvait mieux tomber ! s'écria-t-il. Le feu d'artifice.

— Oh ! s'exclama-t-elle comme une fusée s'élevait au-dessus des arbres avant de retomber en une pluie d'étincelles multicolores. J'étais tellement impatiente de le voir.

— Venez, fit-il, lui lâchant la main pour lui offrir son bras. Sortons de sous les arbres. Nous verrons mieux.

— Oh, volontiers !

Et en dépit de tout – en dépit du fait que quelque chose qui avait à peine commencé venait de s'achever –, elle ressentit une bouffée de bonheur.

Elle ne regrettait pas ce séjour à Londres.

Pas plus qu'elle ne regrettait d'avoir fait la connaissance du marquis d'Attingsborough.

11

Assise dans le petit salon, Claudia répondait à une lettre d'Eleanor Thompson lorsque le majordome vint annoncer l'arrivée de visiteurs. Le colley, qui somnolait à ses pieds, bondit.

— Sa Grâce, la duchesse de Bewcastle, la marquise de Hallmere et lady Aidan Bedwyn sont en bas, madame. Dois-je les faire monter ?

Juste ciel ! Claudia haussa les sourcils.

— Lord et lady Whitleaf sont à la nursery. Ne faut-il pas leur transmettre le message ?

— Sa Grâce a dit que c'est vous qu'elle est venue voir, madame.

— Alors, faites-les monter, dit Claudia qui se hâta de nettoyer sa plume et de ranger son papier à lettres.

Elle pourrait au moins faire savoir à la duchesse que sa sœur allait bien. Mais pourquoi ces dames venaient-elles lui rendre visite à elle ?

Elle avait mal dormi, mais c'était entièrement sa faute, car elle avait volontairement repoussé le sommeil pour revivre sa soirée dans les jardins de Vauxhall.

Et elle ne regrettait toujours rien.

Le chien accueillit la duchesse de Bewcastle et ses belles-sœurs avec force aboiements et assauts feints.

— Ô mon Dieu, fit Claudia.

— Est-ce qu'il va m'arracher la jambe ? demanda la duchesse en riant.

Elle se pencha et lui tapota la tête.

— Un colley, fit lady Aidan. C'est sa façon de nous accueillir, Christine. Regardez comme il agite la queue. Eh bien, bonjour à vous, charmante petite chose.

— C'est un chien maltraité que j'ai été contrainte de recueillir il y a deux jours, expliqua Claudia. Je crois qu'il n'a besoin que d'amour... et de beaucoup de nourriture.

— Et vous lui donnez les deux, mademoiselle Martin ? s'enquit lady Hallmere qui paraissait quelque peu surprise. Vous vous êtes fait une spécialité de ramasser les animaux et les enfants perdus, on dirait ? L'une de ces enfants veille sur les miens depuis deux jours et semble avoir capté leur attention. Reste à voir si cela continuera.

Se retenant de répliquer, Claudia leur indiqua des sièges.

— Je vous remercie de nous avoir amené Mlle Bains, dit lady Aidan. C'est une jeune fille agréable et gaie. Hannah, la plus jeune de mes enfants, s'est déjà attachée à elle. Becky est plus réservée. Elle a perdu deux préceptrices qu'elle adorait pour cause de mariage. Elle en veut à celle-ci de les remplacer. Mais Mlle Bains leur a raconté sa première journée dans votre école, alors qu'elle détestait tout et tout le monde, et qu'elle était tout à fait déterminée à ne pas s'adapter, bien qu'elle ait accepté de venir – et très vite, mes filles riaient et réclamaient d'autres histoires sur l'école.

— Je reconnais bien là Flora, dit Claudia. Parler ne lui fait pas peur. C'était une élève consciencieuse et je pense qu'elle fera une bonne préceptrice.

Elle caressa le chien qui était venu se coucher à ses pieds.

— J'en suis convaincue, dit lady Aidan. Mon mari et moi avions songé envoyer Becky dans une école dès cette année, mais je ne supporte pas l'idée de m'en séparer. C'est déjà assez triste que Davy ait dû partir. Triste pour moi, je veux dire. Lui est très heureux là-bas, ainsi qu'Aidan l'avait prévu.

Claudia, qui aurait eu tendance à détester cette femme uniquement parce que c'était une Bedwyn par son mariage, découvrit que cela lui était impossible. Détectant une pointe d'accent gallois dans sa voix, elle n'en fut que plus conquise.

— Je suis contente que James soit encore beaucoup trop jeune pour aller au collège, déclara la duchesse de Bewcastle. Il ira, bien sûr, le moment venu, et bien que Wulfric n'y soit pas allé. C'est une expérience qu'il regrette de ne pas avoir eue, et il a décidé qu'aucun de ses fils n'en serait privé. J'espère que mon prochain enfant sera une fille, même si, en épouse loyale, je devrais souhaiter mettre au monde un second fils – l'héritier de réserve, comme l'on dit crûment. Ce prochain enfant, à propos, devrait faire son apparition d'ici environ sept mois.

Elle adressa un sourire rayonnant à Claudia qui ne pouvait s'empêcher d'aimer aussi la duchesse – et de la plaindre d'avoir épousé le duc. Bien qu'elle n'eût pas du tout l'air malheureuse.

— À peu près au même moment que Francesca, dit Claudia. La comtesse d'Edgecombe, je veux dire.

— Vraiment ? s'écria la duchesse avec un sourire ravi. C'est merveilleux pour eux deux ! J'imagine qu'elle va arrêter de voyager et de chanter pendant quelque temps. Le monde des mélomanes va la pleurer. Elle a une voix splendide.

La porte s'ouvrit et Susanna entra. Le chien se rua sur ses chevilles tandis que les trois visiteuses se levaient.

— J'espère que je ne vous ai pas arrachée à votre fils, s'inquiéta la duchesse.

— Pas du tout, assura Susanna. Peter est avec lui, et ils avaient l'air si contents l'un de l'autre que ma présence était parfaitement inutile. Asseyez-vous, je vous en prie.

— Mademoiselle Martin, dit la duchesse une fois assise, j'ai eu une brillante idée ce matin. Cela m'arrive à l'occasion, vous savez. Ne riez pas, mesdames. Eleanor a écrit qu'elle amènerait dix élèves de l'école passer une partie de l'été à Lindsey Hall. Vous le savez déjà, il me semble ? Elle a failli se raviser quand elle a appris que Wulfric et moi ne serions pas absents tout l'été finalement. Wulfric devient tyrannique quand j'attends un enfant et insiste pour que je voyage le moins possible, mais, en même temps, il affirme que voyager seul l'ennuie. En outre, le comte et la comtesse de Redfield nous ont invités à un grand bal à Alvesley Park à l'occasion de leur quarantième anniversaire de mariage. Ce ne serait pas aimable d'être absent pour un pareil événement, n'est-ce pas ? De toute façon, il y a largement de quoi loger dix fillettes à Lindsey Hall.

— Et Wulfric est d'accord, Christine ? s'enquit lady Aidan en riant.

— Bien sûr, répondit la duchesse. Wulfric est toujours d'accord avec moi, même si un peu de persuasion est parfois nécessaire. Je lui ai rappelé que nous avons eu *douze* fillettes à demeure l'été dernier pour le mariage de lord et lady Whitleaf et que cela ne l'a pas du tout dérangé.

— Et j'ai été très heureuse qu'elles soient présentes à mon mariage, renchérit Susanna.

— Ma brillante idée était que vous veniez aussi, reprit la duchesse à l'adresse Claudia. Je sais que vous avez l'intention de regagner Bath, et si la perspective de passer l'été dans une école déserte est votre idée du bonheur, alors n'en parlons plus. Mais j'aimerais beaucoup que vous veniez à Lindsey Hall avec Eleanor et vos élèves, et que vous profitiez des joies de la campagne durant quelques semaines. S'il vous faut une motivation supplémentaire, je vous rappellerai que lady Whitleaf et Mme Butler seront toutes deux à Alvesley Park. Je sais qu'en plus d'être d'anciennes institutrices de votre école ce sont des amies très chères.

La première réaction de Claudia fut l'incrédulité. Séjourner à Lindsey Hall, le lieu de l'un de ses pires cauchemars ? En même temps que le duc de Bewcastle ?

Une étincelle malicieuse s'alluma dans les yeux de Susanna. Il était évident qu'elle pensait à la même chose.

— Nous irons nous aussi à Lindsey Hall pour un court séjour, intervint lady Aidan, ainsi que Freyia et Joshua. Vous pourrez voir comment Mlle Bains et Mlle Wood s'adaptent à leur nouvel emploi, mademoiselle Martin. Même si elles n'auront pas commencé leur travail d'institutrice avant que nous soyons rentrés dans l'Oxfordshire, et Freyia et Joshua en Cornouailles, bien sûr.

Ainsi, Claudia n'aurait pas seulement Lindsey Hall et le duc de Bewcastle à affronter, mais aussi l'ex-lady Freyia Bedwyn. À cette idée, elle faillit éclater de rire. Et sûrement l'éclat moqueur qui faisait scintiller le regard de lady Hallmere n'était pas dû à son imagination.

— Je vous en prie, dites que vous viendrez, insista la duchesse. Cela me ferait extrêmement plaisir.

— Oh, allez-y, Claudia ! la pressa Susanna.

Claudia eut soudain une idée qui l'empêcha de lui opposer un non définitif.

— Est-ce que l'idée de *onze* fillettes au lieu de dix vous ferait reculer, Votre Grâce ? demanda-t-elle.

Lady Hallmere haussa les sourcils.

— Dix, onze, vingt, répondit la duchesse avec entrain. Qu'elles viennent toutes. Et amenez aussi le chien. Il aura plein d'espace pour courir. Et les enfants vont le gâter honteusement.

— Il y a une autre fillette, dont M. Hatchard, mon homme d'affaires, m'a parlé en pensant que je serais peut-être en mesure de l'aider

— Vous l'avez vue, Claudia ? voulut savoir Susanna.

— Oui, répondit Claudia qui, bien que détestant les mensonges, estimait celui-ci nécessaire. Je ne suis pas certaine que l'école lui convienne ni qu'elle désire y aller. Mais enfin... peut-être.

La duchesse se leva.

— Vous serez toutes deux les bienvenues, déclara-t-elle. Mais nous devons partir, à présent. Ce n'est pas l'heure des visites. Nous vous voyons au bal de Mme Kensington, ce soir ?

— Nous y serons, promit Susanna.

— Je vous remercie, dit Claudia. J'irai à Lindsey Hall, Votre Grâce, et j'aiderai Eleanor à veiller sur les élèves. Je sais qu'elle espère profiter de ce séjour pour passer un peu de temps avec votre mère, et avec vous aussi puisque vous serez là.

— Splendide ! s'écria la duchesse. Nous allons passer un été délicieux.

Un été délicieux, assurément, songea Claudia avec ironie. Que diable venait-elle d'accepter ? Eh bien, le moment était peut-être venu d'affronter le passé et de l'exorciser !

Peter venait de faire une apparition pour saluer les visiteuses. Susanna et lui les raccompagnèrent au rez-de-chaussée, mais lady Hallmere demeura en arrière, retenue par le regard très direct de Claudia.

— Edna Wood vous a peut-être dit que je n'approuvais pas qu'elle travaille chez vous, déclara celle-ci sans détour. Elle a décidé d'accepter cette place, et je respecte son choix. Mais cela ne me plaît pas, et je vous le dis franchement.

Lady Freyia Bedwyn avait été une fillette au physique un peu particulier, avec une crinière blonde en bataille, des sourcils plus sombres, la peau mate et un nez proéminent. Elle avait toujours ces traits mais, curieusement, ils s'étaient organisés avec le temps, et elle était à présent d'une beauté saisissante, laquelle irritait Claudia. Il aurait été plus juste que la fillette odieuse devienne une femme laide.

Lady Hallmere sourit.

— Vous êtes fort rancunière, mademoiselle Martin. J'ai rarement admiré quelqu'un autant que vous tandis que vous descendiez à pied l'allée principale de Lindsey Hall en portant vos bagages. Depuis ce jour, je n'ai cessé de vous admirer. Je vous souhaite le bonjour.

Sur ce, elle descendit retrouver ses belles-sœurs.

Eh bien !

Claudia s'assit devant le secrétaire et grattouilla les oreilles du chien. Si cette femme avait eu l'intention de lui clouer le bec, elle avait réussi.

Puis elle réfléchit à l'invitation de la duchesse de Bewcastle et à sa propre brillante idée. Cela signifiait-il qu'elle avait pris une décision au sujet de Lizzie Pickford ? Pas vraiment. De toute façon, elle devait d'abord en discuter avec le marquis d'Attingsborough. Seigneur, le face-à-face promettait d'être *bel et bien* embarrassant ! Mais elle n'avait pas le choix. Il s'agissait de Lizzie.

Comptait-il se rendre au bal Kensington ? Elle y allait. Susanna et Peter le lui avaient appris au petit déjeuner. Sans qu'elle l'ait voulu, la Saison de printemps l'entraînait dans ses folles mondanités et elle avait hâte de regagner Bath et son petit univers familier.

En même temps, le souvenir du baiser de la nuit dernière lui donnait par moments envie de s'attarder à Londres.

Elle soupira et revint à sa lettre. Le chien se roula en boule à ses pieds et s'endormit.

Lorsque Joseph arriva chez les Kensington, le bal avait déjà commencé depuis un moment. Il avait été retardé par Lizzie qui réclamait histoire sur histoire avant de s'endormir. Mlle Edwards étant partie, elle avait encore plus besoin de lui.

Il salua la maîtresse de maison et resta un instant sur le seuil de la salle en quête de visages familiers. Il aperçut sur sa droite Elizabeth, la duchesse de Portfrey, qui ne dansait pas. Il l'aurait bien rejointe, mais elle parlait avec Mlle Martin et, cédant à un accès de lâcheté qui ne lui ressemblait guère, il feignit de ne pas remarquer le sourire d'Elizabeth et se dirigea vers Neville qui regardait Lily danser avec Portfrey, son père.

— Tu es fâché, Joseph ? fit Neville en levant son face-à-main.

— Moi ? fit Joseph en souriant exagérément.

— Oui, oui. Je te connais, rappelle-toi. Tu n'étais pas censé ouvrir le bal avec Mlle Hunt, par hasard ?

— Grands dieux, non ! Je ne serais pas arrivé en retard. J'étais avec Lizzie. Je suis passé chez Wilma cet après-midi, c'était le jour de son thé hebdomadaire. Ses autres invités sont partis de bonne heure, si bien que j'ai dû endurer l'un de ses sermons.

— Je suppose qu'elle t'a demandé de danser du début à la fin avec Mlle Hunt. Je me suis toujours félicité que Wilma soit *ta* sœur et Gwen la mienne, et pas l'inverse.

— Merci, fit Joseph avec flegme. Il ne s'agissait pas de cela, mais de ma conduite d'hier soir.

— Hier soir ? À Vauxhall ? Qu'as-tu donc fait ?

— Il semblerait que j'aie négligé Mlle Hunt au profit d'une institutrice mal fagotée.

— Mal fagotée ? Mlle Martin ?

Neville se retourna pour la regarder.

— Oh, je ne dirais pas cela, Joseph ! Elle possède une certaine élégance discrète, même si elle n'est pas à la dernière mode ni de première jeunesse. Et elle est fort intelligente et instruite. Lily et Elizabeth l'aiment bien. Et moi aussi. Mlle Hunt disait un peu la même chose que Wilma hier soir, et Lily l'a entendu. Cela l'a choquée, car c'était grossier vis-à-vis de Lauren qui avait invité Mlle Martin – moi aussi, cela m'a choqué. Mais je ne devrais pas te le dire, je suppose.

Joseph fronça les sourcils. Il venait de repérer Mlle Hunt en train de danser avec Fitzharris. Un voile de tulle doré recouvrait sa robe de soie blanche, robe qui soulignait ses formes parfaites et lui donnait l'allure d'une déesse grecque. Le décolleté profond révélait ses atouts principaux. Ses boucles blondes étaient entremêlées de fils d'or.

— Elle sera à Alvesley, dit-il. Wilma a arraché une invitation pour elle en sa présence, si bien que Lauren n'a pas eu le choix. Tu sais combien Wilma s'y entend pour obtenir ce qu'elle veut.

— Je suppose que Lauren l'aurait invitée de toute façon après vos fiançailles, observa Neville. Lesquelles sont imminentes, j'imagine ?

— Sans doute, acquiesça Joseph.

Neville lui jeta un regard intrigué.

— Le plus drôle, reprit-il, c'est que Wilma a ajouté que, pendant que je m'occupais de Mlle Martin, McLeith charmait Mlle Hunt. À en croire ma sœur, si je ne me méfie pas, je risque de la perdre. Ils avaient l'air de bien s'entendre, paraît-il.

— Ha ! Te voilà sur le point de te faire plaquer ? Veux-tu que j'essaie de hâter le processus ?

Joseph haussa les sourcils.

— D'où tiens-tu que je souhaiterais une chose pareille ?

— Du fait que je ne te connais que trop bien ! Lady Balderston vient dans notre direction, et je ne pense pas que ce soit moi qu'elle cherche.

— La danse s'achève. Je ferais bien d'inviter Mlle Hunt pour la prochaine. Mais que diable entendais-tu par ce « je ne te connais que trop bien » ?

— Disons juste que je ne pense pas que ce soit le cas d'oncle Webster. Ou de Wilma. Tous deux sont persuadés que tu devais épouser Mlle Hunt. Lily est d'un avis contraire. Or je me fie toujours à l'instinct de Lily et m'en trouve fort bien. Ah, la danse est finie ! Va faire ton devoir.

Neville aurait pu garder son opinion pour lui, et celle de Lily aussi, songea Joseph en traversant la salle. Il était trop tard pour ne plus demander Mlle Hunt en mariage, même si tel était son souhait. Il dansa avec elle en s'efforçant de ne pas se laisser distraire par Mlle Martin qui se tenait dans la rangée des dames, deux places plus loin, et souriait à McLeith, son partenaire. Il eut l'impression qu'elle aussi s'efforçait de ne pas le regarder. Et, de nouveau, ainsi qu'il n'avait pu s'en empêcher à de fréquentes reprises durant la journée, il se remémora la soirée de la veille avec ahurissement. Non seulement il avait embrassé cette femme, mais il l'avait désirée avec une telle violence qu'il avait bien failli en perdre toute prudence et tout bon sens.

C'était une chance qu'ils se soient trouvés dans un lieu public, car Dieu sait jusqu'où leur étreinte les aurait menés.

Après quoi, il dansa avec Mlle Holland, comme souvent, car elle faisait souvent tapisserie, et sa mère était trop indolente pour veiller à ce qu'elle ait des partenaires. Puis il la présenta au toujours rougissant Falweth qui ne parvenait jamais à trouver le courage d'inviter une jeune fille, et rejoignit des amis avec qui il bavarda agréablement en regardant les danseurs évoluer sur la piste.

Comme la musique s'arrêtait, on lui proposa une partie de cartes dans la pièce voisine. Ce qui l'empêcherait de voir si Mlle Martin dansait. Il détesterait qu'elle fasse tapisserie, bien qu'elle ne fût pas, bien sûr, une jeune fille en quête de mari.

Assise dans une causeuse, elle était en grande conversation avec McLeith, remarqua-t-il. Ce dernier souriait, le visage très animé, et elle l'écoutait avec intérêt. Peut-être était-elle heureuse d'avoir retrouvé son amant d'autrefois. Peut-être leur amour était-il en train de renaître de ses cendres.

Soudain elle leva les yeux et regarda Joseph si directement qu'il se rendit compte qu'elle savait depuis le début où il se tenait exactement. Elle détourna vivement le regard.

C'était ridicule, songea-t-il. Ils se comportaient comme des adolescents qui ont échangé un baiser derrière l'écurie et en meurent de honte lorsqu'ils se revoient. Ils étaient adultes, que diable ! Ce qu'ils avaient fait la veille au soir l'avait été par consentement mutuel, et ils s'étaient mis d'accord pour ne pas le regretter. Et puis, il ne s'agissait que d'un *baiser*. Un baiser plutôt chaud, certes, mais même ainsi...

— Allez-y sans moi, dit-il à ses amis. Il faut que je parle à quelqu'un.

Et avant qu'il puisse se trouver une raison d'éviter le quelqu'un en question, il traversa la pièce.

— McLeith ? Mademoiselle Martin ? les salua-t-il en s'inclinant devant eux. Comment allez-vous ? Mademoiselle Martin, êtes-vous libre pour la prochaine danse ? Accepteriez-vous de la danser avec moi ? C'est une valse, ajouta-t-il, s'en souvenant brusquement.

Une valse !

Claudia n'avait jamais valsé bien qu'elle l'ait vu faire à plusieurs reprises et ait elle-même une ou deux fois – euh, peut-être un peu plus – esquissé les pas dans son petit salon avec un partenaire imaginaire.

Et voilà qu'elle était invitée à danser la vase dans un bal de la haute société !

Par le marquis d'Attingsborough en personne !

— Volontiers, dit-elle.

Elle remercia d'un hochement de tête Charlie, avec qui elle discutait depuis une demi-heure après avoir dansé avec lui.

Elle prit la main que lui tendait le marquis et se leva. Elle sentit dans l'instant le parfum de son eau de toilette en même temps que l'embarras la submergeait.

Juste la veille au soir...

Elle redressa les épaules et, inconsciemment, pinça les lèvres tandis qu'il la menait au milieu de la salle.

— J'espère que je ne vais pas me ridiculiser, dit-elle avec brusquerie. Je n'ai jamais valsé.

— Jamais?

Elle leva les yeux et vit que ceux du marquis riaient.

— Je sais faire les pas, assura-t-elle en s'empourprant, mais je n'ai jamais vraiment valsé.

Il ne dit rien et demeura imperturbable. Elle pouffa soudain de rire. Inclinant la tête de côté, il la scruta le visage indéchiffrable.

— Vous allez regretter de m'avoir invitée, le prévint-elle.

— Comme vous l'avez peut-être remarqué, je regrette rarement d'avoir fait ceci ou cela.

— J'essaierai de ne pas vous faire honte, promit-elle tandis que d'autres couples se rassemblaient autour d'eux. La galanterie vous interdit de vous retirer maintenant, non?

— Je suppose que je pourrais être pris d'une crise de vapeurs subite ou de quelque chose d'encore plus irréfutable, comme une crise cardiaque. Mais je ne le ferai pas. J'avoue être curieux de voir comment vous allez vous tirer de votre première valse.

Elle rit de nouveau, puis s'arrêta net comme la main du marquis se plaquait au creux de ses reins tandis qu'il s'emparait de sa main droite. Elle leva la gauche et la posa sur son épaule.

Mon Dieu!

Les souvenirs de la veille au soir revinrent en force, lui enflammant davantage encore les joues. Elle pensa résolument à autre chose.

— Je dois vous parler.

— Est-ce que je vous dois des excuses ?

Ils avaient parlé simultanément. Elle comprit ce qu'il avait dit.

— Pas du tout.

— À quel sujet ?

Ils avaient de nouveau parlé en même temps et se sourirent.

La conversation devrait attendre. La musique commençait.

Il y eut une minute ou deux d'effroi tandis que Claudia tentait de retrouver le rythme de la valse. Mais son cavalier était bon danseur, se rendit-elle vite compte, et n'utilisait que les pas élémentaires, qu'elle parvint à suivre sans commettre d'erreurs. Elle comptait dans sa tête, s'aperçut-elle, et peut-être sur les lèvres. Elle s'obligea à les immobiliser.

— Je crois que vous êtes condamnée à l'indifférence, mademoiselle Martin. Vous ne vous ridiculiserez pas et personne ne nous remarquera.

Il lui adressa un regard chagriné qui la fit sourire.

— Et ceux qui le feront mourront d'ennui, renchérit-elle. Nous sommes le couple le moins digne d'intérêt de la salle.

— Voilà qui sonne comme un défi à mon orgueil masculin.

Resserrant légèrement sa prise, il l'entraîna dans un tourbillon jusque dans un coin de la salle.

Claudia eut du mal à retenir un hurlement.

— Oh, s'écria-t-elle lorsqu'ils eurent repris un rythme moins échevelé, c'était merveilleux ! Recommençons. Ou bien est-ce tenter le destin ? Comment ai-je fait pour garder mes souliers à l'écart de vos pieds ?

— Ahem, fit-il en s'éclaircissant la voix, je crois que cela a à voir avec mon talent, madame.

Sur ce, il la fit de nouveau tourbillonner.

Elle s'esclaffa, ravie de danser et s'émerveillant de cette nouveauté qu'était pour elle le fait de plaisanter avec un homme. Un homme qu'elle aimait énormément. Elle croisa son regard pour partager son plaisir.

Et soudain il y eut plus. Plus que ce plaisir, plus que cette euphorie. Il y eut…

Ah, il n'y avait pas de mots !

C'était un moment qu'elle revivrait et dont elle rêverait jusqu'à la fin de ses jours, elle en était convaincue.

L'orchestre jouait, les danseurs tournoyaient, le marquis d'Attingsborough et elle parmi eux, et le monde était un endroit merveilleux.

— Oh, murmura-t-elle lorsque la musique ralentit, signe de la fin du morceau, c'est déjà fini ?

Sa première valse. Et sans aucun doute la dernière.

— Votre première valse est en train d'entrer dans l'histoire, hélas, dit-il, faisant écho à ses pensées.

Elle se souvint alors qu'elle devait lui parler.

— J'ai quelque chose à vous dire, lord Attingsborough. Peut-être demain ?

— Derrière ces portes-fenêtres, il y a un balcon et, surtout, de l'air frais. On pourrait y aller si vous n'avez pas promis la prochaine danse.

— Je n'ai rien promis.

Elle jeta un coup d'œil sur les portes-fenêtres, et l'obscurité au-delà. Était-ce bien raisonnable après la soirée de la veille ?

Mais il lui proposait son bras, et elle le prit.

Ce soir, ce serait différent.

Ce soir, ils avaient à discuter affaires.

12

Ils n'étaient pas les seuls à avoir fui la chaleur de la salle de bal ; d'autres invités se tenaient sur le balcon.

— Il y a des lampes dans le jardin, dit Joseph. Que diriez-vous d'aller y faire quelques pas ?

— Pourquoi pas ? répondit-elle de sa voix de maîtresse d'école. Lord Attingsborough...

Elle s'interrompit comme il couvrait sa main, qui reposait sur son bras, de la sienne. Oui, il fallait évoquer la soirée de la veille.

— Étiez-vous aussi embarrassée que moi tout à l'heure ? voulut-il savoir.

— Oh, plus sans doute, répondit-elle avec sa franchise habituelle.

— Mais vous ne l'êtes plus ?

— Non, encore que je me félicite que vous ne puissiez voir mes joues.

Ils avaient atteint le jardin, qui n'était pas très éclairé, et il l'entraîna dans un sentier sur leur gauche.

— Bien, s'esclaffa-t-il en lui tapotant la main. Moi non plus, je ne le suis plus. Je me souviens avec plaisir et je ne regrette rien. Cela dit, je ferais de plates excuses si je pensais que c'était nécessaire.

— Ce qui n'est pas le cas, assura-t-elle.

Il se demanda, et ce n'était pas la première fois, si elle souffrait de la solitude. Supposition qui n'était peut-être due qu'à l'arrogance masculine. Mlle Martin avait prouvé qu'une femme pouvait mener une vie riche et productive sans homme. Mais la solitude n'était pas réservée aux femmes, n'est-ce pas ? Malgré sa famille, ses amis et les innombrables relations dont il était constamment entouré, et la foule d'activités qui remplissaient ses journées, il était fondamentalement seul.

Malgré Lizzie, qu'il aimait plus que tout au monde, il était seul. L'aveu le surprit. Il lui manquait une femme capable d'émouvoir et de combler son cœur. Mais il était peu probable qu'il la rencontre, à présent, et Portia Hunt ne remplirait jamais ce rôle, il en était à peu près sûr.

— Nous nous asseyons ? suggéra-t-il en désignant un banc installé sous un saule pleureur au bord d'un petit étang couvert de nénuphars.

Ils s'assirent côte à côte.

— Il fait délicieusement frais ici, dit-elle. Et quel calme !

— En effet.

— Lord Attingsborough, enchaîna-t-elle, Mlle Thompson, l'institutrice que vous avez vue lorsque nous avons quitté Bath, emmène dix de nos pupilles passer une partie de l'été à Lindsey Hall. C'est la sœur de la duchesse de Bewcastle, vous savez.

— Ah, fit-il, tandis que la vision du duc de Bewcastle à table en compagnie de dix écolières lui traversait l'esprit.

— La duchesse m'a invitée à les accompagner.

Se rappelant ce qu'elle lui avait raconté de ses premières expériences en tant que préceptrice dans cette demeure, il la regarda non sans amusement.

— À *Lindsey Hall* ? En compagnie de *Bewcastle* ? Vous comptez y aller ?

— J'ai accepté, oui, répondit-elle, les yeux rivés sur l'étang qui miroitait légèrement à la lueur des lanternes. Lady Hallmere sera là elle aussi.

Il ne put retenir un petit rire.

— J'ai accepté parce que j'ai eu une idée, ajouta-t-elle. Je me suis dit que ce serait peut-être une bonne chose que d'y emmener Lizzie.

Il cessa de rire instantanément. Il avait froid, soudain. Il avait espéré avec ferveur qu'elle prendrait Lizzie comme élève. Mais, il s'en rendait compte maintenant, il avait espéré avec la même ferveur qu'elle refuserait. La perspective de devoir se séparer de sa fille durant plusieurs mois l'accablait.

— Ce pourrait être une bonne expérience, reprit-elle. Votre fille a besoin de prendre l'air, de faire de l'exercice, de s'amuser. Toutes choses qu'elle trouvera à Lindsey Hall. Elle fera la connaissance d'Eleanor Thompson et de dix élèves de l'école. Je serai là pour veiller à ce que tout se passe bien, et ce sera l'occasion de voir si l'école peut lui être de quelque utilité.

Son argumentation était imparable, pourtant, l'estomac de Joseph se contracta sous l'effet de quelque chose qui ressemblait à de la panique.

— Lindsey Hall est une grande demeure, observa-t-il. Et le parc est immense. Elle se sentira complètement perdue.

— Mon école aussi est grande, lui rappela Mlle Martin.

Il se pencha en avant, les coudes sur les genoux, les mains pendantes, et ferma les yeux. Un long silence s'ensuivit sur fond de musique et de rires qui leur parvenaient de la salle de bal. Claudia le brisa la première.

— Ce n'est pas pour vous débarrasser de Lizzie que vous avez pensé à nous la confier – même si, je pense, vous avez craint que ce ne soient là vos motifs. Ne vous reprochez rien de tel. J'ai vu comme vous l'aimez. Aucun enfant n'a jamais été plus aimé.

Elle utilisait son autre voix – sa voix de femme chaleureuse.

— Alors pourquoi ai-je le sentiment de la trahir ?

— Parce qu'elle est aveugle. Et parce qu'elle est illégitime. Vous essayez de la protéger des conséquences de ces deux faits en l'accablant d'amour.

— En l'accablant ? répéta-t-il, le cœur douloureux. C'est ce que je fais ? C'est ce que j'ai toujours fait ?

Il savait qu'elle avait raison.

— Elle a autant le droit de vivre qu'une autre, murmura-t-elle. Elle a autant le droit de prendre ses propres décisions, d'explorer le monde, de rêver à son avenir, et de travailler pour réaliser ces rêves. Je ne suis pas du tout sûre qu'aller dans une école soit la bonne solution pour elle, lord Attingsborough, sauf que, compte tenu des circonstances, il n'y en a peut-être pas de meilleurs.

Lesdites circonstances étant que Sonia était morte, qu'il allait épouser Portia Hunt, et qu'il y aurait désormais très peu de place pour Lizzie dans sa vie.

— Et si elle ne veut pas y aller ? hasarda-t-il.

— Alors, ses désirs devront être respectés, et il faudra trouver une autre solution. C'est ma condition, voyez-vous – si vous approuvez mon plan, bien sûr. Si, à la fin de l'été, je décide de lui proposer une place dans mon école, ce sera à elle d'accepter ou de refuser. Je ne transige pas sur ce point, je vous l'ai dit.

Il se frotta le visage et se redressa.

— Vous devez trouver que je suis un bien triste personnage, mademoiselle Martin.

— Non, protesta-t-elle. Simplement un père aimant et anxieux.

— Je n'en ai pas toujours l'impression. J'ai sérieusement songé à l'emmener en Amérique afin de commencer une nouvelle vie. Nous ne nous quitterions plus. Nous serions heureux.

Elle ne répondit pas, et il se sentit idiot. Il avait songé à emmener Lizzie en Amérique, oui, mais en sachant qu'il ne le ferait pas – qu'il ne le *pouvait* pas. Il serait duc d'Anburey un jour, beaucoup de gens dépendraient de lui et de nombreux devoirs lui incomberaient.

La notion de liberté de choix était souvent une illusion.

Tout à coup, une pensée le frappa et il s'étonna de ne pas l'avoir eue plus tôt.

— Mais je ne serai pas loin ! s'écria-t-il en se tournant vers Mlle Martin. Je vais à Alvesley Park pour l'anniversaire de mariage du comte et de la comtesse de Redfield. Alvesley n'est qu'à quelques kilomètres de Lindsey Hall, vous le saviez ?

— Oui, je le savais. J'étais aussi au courant de la réception parce que Susanna et Peter sont invités. En revanche, je n'avais pas pensé que vous y seriez aussi.

— Je pourrai voir Lizzie, et passer un peu de temps avec elle.

— Oui, si vous y tenez.

— Si j'y tiens ? Que voulez-vous dire ?

— Votre famille et vos amis pourraient s'étonner de votre intérêt à l'égard d'une pupille élevée par charité.

— Une pupille élevée par charité ? s'exclama-t-il. Je vous paierai double tarif si Lizzie est d'accord pour aller dans votre école et si elle y est heureuse.

— J'ai dit à la duchesse que la fillette que j'amènerai peut-être en plus des autres est un cas tragique que m'a recommandé M. Hatchard, mon homme d'affaires. Je pensais que vous ne vouliez pas que la vérité soit connue. Je me suis trompée ?

Furieux, il la regarda fixement avant de se détourner. Sa mère et son père, Wilma, la famille de Kit, la famille de Bewcastle – tous seraient offensés s'ils découvraient la présence de sa fille naturelle à Lindsey Hall alors que lui-même était à Alvesley. Sans parler de Portia Hunt. Les gentlemen ne montraient jamais leur progéniture illégitime à leur famille et à leurs relations.

— Je dois donc me comporter comme si j'avais honte de la personne qui m'est la plus précieuse au monde ?

Question purement rhétorique. Elle n'y répondit pas.

— Je m'arrangerai pour la voir quand même et passer un peu de temps avec elle, déclara-t-il. C'est entendu, mademoiselle Martin. Lizzie ira à Lindsey Hall – si elle le souhaite, bien sûr. Et, ensuite, Mlle Thompson et vous déciderez si elle ira à Bath.

— Ce n'est pas à son exécution que vous donnez votre accord, lord Attingsborough.

Il la regarda de nouveau et eut un petit rire triste.

— Vous devez comprendre que mon cœur se brise.

— Je comprends. À présent, il faut que je revoie Lizzie et la persuade de venir passer quelques semaines à Lindsey Hall. Je ne suis pas certaine de sa réponse, mais je crois qu'elle est plus forte que vous n'êtes prêt à l'admettre, lord Attingsborough. Vous avez été aveuglé par l'amour.

— Quelle jolie ironie ! Demain, alors ? Dans l'après-midi ? À la même heure que d'habitude ?

— Très bien. Et, si vous le permettez, j'emmènerai le chien avec moi. Il est très amical, et il se pourrait qu'elle l'aime.

À la lumière dansante de la lanterne, elle lui apparut très séduisante. Et dire qu'il l'avait trouvée austère et collet monté lorsqu'elle était entrée dans le salon des visiteurs de l'école !

— Merci, fit-il en posant la main sur les siennes. Vous êtes très généreuse.

— Et peut-être très sotte. Comment puis-je espérer offrir une éducation à quelqu'un qui ne peut pas voir ? Je ne m'étais encore jamais prise pour une faiseuse de miracles.

Il ne sut que répondre. Repliant les doigts autour d'une des mains de Mlle Martin, il la porta à ses lèvres.

— Pour ce que vous avez déjà fait et pour ce que vous vous apprêtez à faire, je vous remercie. Vous n'avez pas traité ma fille comme une enfant illégitime et infirme, mais comme une personne digne d'une existence intéressante. Vous l'avez persuadée de courir, de rire, de pousser des cris de joie comme n'importe quel enfant. Et vous voilà prête à lui offrir un été plein de gaieté, un été dont elle n'a sûrement jamais osé rêver – et moi non plus.

— Disons que, si j'étais papiste, je pourrais briguer la sainteté, lord Attingsborough.

Il aimait son humour à froid et ne put s'empêcher de rire.

— Il me semble que la musique s'est tue. Puis-je vous accompagner au buffet et vous préparer une assiette ?

Elle ne répondit pas tout de suite. Il avait gardé sa main sur son genou, s'aperçut-il.

— Nous avons valsé ensemble, et quitté la salle de bal ensemble, lui rappela-t-elle. Souper ensemble risque de faire jaser. Vous devriez plutôt vous asseoir avec Mlle Hunt, non ? Je vais rester ici un instant. Je n'ai pas faim.

Au diable, Mlle Hunt ! faillit-il s'exclamer. Il se retint à temps. Elle n'avait rien fait pour mériter un tel manque de respect, et il était vrai qu'il l'avait quelque peu négligée ce soir. Il n'avait dansé qu'une seule fois avec elle.

— Vous craignez que les gens ne pensent que je flirte avec vous ? hasarda-t-il.

Elle se tourna vers lui, l'air amusé.

— Je doute fort que quiconque pense une telle chose. Il se pourrait, en revanche, qu'on se dise que, moi, je cherche à vous mettre le grappin dessus.

— Vous vous rabaissez.

— Vous êtes-vous regardé dans un miroir récemment ? demanda-t-elle.

— Et *vous* ?

Elle sourit.

— Vous êtes galant, et gentil. Je ne cherche pas à vous mettre le grappin dessus, soyez rassuré.

Il porta de nouveau sa main à ses lèvres, mais au lieu de la lâcher, il entrelaça ses doigts aux siens et posa leurs mains jointes entre eux sur le banc. Elle ne dit rien, ne tenta pas de se libérer.

— Si vous n'avez pas faim, je vais rester là jusqu'à ce que les danses reprennent, murmura-t-il. On est très bien ici.

— Oui.

Ils demeurèrent ainsi un long moment, sans parler. Presque tout le monde devait être allé souper, y compris les musiciens. À part quelques voix provenant du balcon, ils auraient pu se croire seuls. La lanterne éclairait l'étang, soulignant les taches sombres des nénuphars. Une légère brise agitait doucement les branches souples du saule pleureur. L'air était frais – peut-être même un peu plus que frais. Il la sentit frissonner.

Lui lâchant la main, il ôta sa veste de soirée – tâche difficile, car la mode était aux coupes ajustées –, puis la drapa sur les épaules de Mlle Martin, y laissant la main pour le maintenir en place. De sa main libre, il reprit les siennes.

Ni l'un ni l'autre ne dit mot. Elle ne s'opposa pas à son bras sur ses épaules ni à ce qu'il lui tienne les mains. Elle ne se raidit pas ni ne se laissa aller contre lui.

Il se détendit.

L'idée extraordinaire lui traversa la tête – et ce n'était pas la première fois – que, peut-être, il était en train de s'éprendre, très légèrement, de Mlle Claudia Martin. Idée absurde. Il l'appréciait. Il la respectait. Il lui était reconnaissant. Il y avait même une touche de tendresse mêlée à la gratitude que lui inspirait sa gentillesse envers Lizzie.

Il se sentait bien avec elle.

Ces sentiments n'avaient rien à voir avec l'amour.

La veille au soir cependant, ils n'en avaient pas été loin.

Si elle avait tourné la tête, peut-être l'aurait-il embrassée de nouveau. Heureusement, elle ne le fit pas. Ou malheureusement ?

Entendant l'orchestre accorder ses instruments, il songea à Mlle Hunt à qui l'honneur exigeait qu'il propose le mariage.

— Les danses vont bientôt recommencer, dit-il.

— Oui, dit-elle en se levant.

Il l'imita, et batailla pour enfiler son habit. Son valet pleurerait s'il voyait combien sa chemise était froissée.

Il offrit le bras à Mlle Martin, qui s'en empara, puis ils se dirigèrent vers la maison. Il s'immobilisa sur le balcon.

— Je viendrai vous chercher demain, alors ? À la même heure ?

— Oui, dit-elle en levant les yeux vers lui.

Joseph les voyait nettement à la lumière de la salle de bal. Ils étaient grands, son regard était toujours aussi intelligent, mais il y avait quelque chose de plus à présent. Quelque chose qu'il ne parvenait pas à identifier. Une profondeur, dans laquelle il pourrait bien perdre pied.

Il hocha la tête et lui fit signe de le précéder dans la salle de bal. Il attendit un instant avant d'y pénétrer à son tour en espérant que personne n'avait remarqué leur longue absence.

Il ne voulait pas souiller sa réputation.

Ni humilier Mlle Hunt.

Au souper, Lily Wyatt, comtesse de Kilbourne, s'assit à côté de Lauren Butler, vicomtesse Ravensberg, et profita de ce que leurs voisins parlaient bruyamment pour engager une conversation privée.

— Neville m'a appris que vous aviez invité Mlle Hunt à Alvesley pour l'anniversaire de mariage de vos beaux-parents.

Lauren fit la grimace.

— Wilma me l'a amenée à la maison, et elle a fait des allusions si énormes que même une idiote n'aurait pas pu ne pas comprendre. Résultat, j'ai dû l'inviter. Mais quelle importance ? D'ici là, Joseph et elle seront sûrement fiancés. La raison pour laquelle oncle Webster l'a convoqué à Bath n'est pas un secret, n'est-ce pas ?

— Vous ne l'aimez pas ? demanda Lily.

— Non, admit Lauren, encore que j'aie du mal à expliquer pourquoi. Elle est trop…

— Parfaite ?

De toute évidence, Lauren n'avait pas entendu Mlle Hunt la critiquer pour avoir invité Mlle Martin à Vauxhall.

— Wilma a reproché à Joseph de l'avoir laissée se promener avec le duc de McLeith hier soir pendant que lui-même jouait les galants avec Mlle Martin, enchaîna Lily. Elle a peur que le duc et Portia ne se plaisent.

— Mlle Hunt et le duc ? fit Lauren, incrédule. Sûrement pas. Il a l'air d'un homme tout à fait aimable.

— Voilà qui en dit long. Hélas, je ne peux m'empêcher de partager votre sentiment ! Mlle Hunt me fait penser à Wilma, en pire. Au moins, Wilma adore ses fils. Je n'imagine pas Portia adorer qui que ce soit, et vous ? Je pensais que peut-être vous et moi nous pourrions…

Une lueur s'était allumée dans le regard de Lauren, qui s'écria :

— Lily, vous n'êtes pas en train de combiner un mariage – et de rompre des fiançailles, n'est-ce pas ? Si ? Je peux jouer, moi aussi ?

— Vous pourriez inviter le duc à Alvesley.

— À une fête de famille ? Cela ne paraîtrait pas bizarre ?

— Utilisez votre ingéniosité, suggéra Lily.

— Mon Dieu, en ai-je seulement ? répliqua Lauren en riant avant d'ajouter : Christine m'a dit tout à l'heure que Mlle Martin va passer une partie de l'été à Lindsey Hall – la sœur de Christine y emmène en vacances des élèves de leur école de Bath. Le duc de McLeith et Mlle Martin ont grandi dans la même maison, comme frère et sœur, et viennent tout juste de se retrouver après des années de séparation. Lui en particulier est très heureux de ces retrouvailles, et j'imagine qu'elle aussi. Je pourrais peut-être lui proposer de passer quelques semaines près de Lindsey Hall avant qu'il regagne l'Écosse et qu'elle rentre à Bath.

— Brillante idée, déclara Lily. Faites-le, Lauren, nous réfléchirons plus tard à l'étape suivante.

— C'est diabolique ! Et savez-vous ce que Susanna pense ? Que Joseph éprouve une certaine tendresse pour Mlle Martin. Il l'a emmenée se promener plusieurs fois, il passe du temps avec elle chaque fois qu'il la rencontre à une réception, y compris hier soir à Vauxhall. Ils valsaient ensemble tout à l'heure. Où est-il en ce moment, vous le savez ? Et elle, où est-elle ?

— C'est l'histoire d'amour la plus improbable, fit Lily dont les yeux pétillaient. Mais, ô mon Dieu, elle lui conviendrait parfaitement, vous ne trouvez pas ? Bien plus que Mlle Hunt, en tout cas.

— Wilma serait folle de rage, ajouta Lauren.

Elles échangèrent un sourire, et Neville, comte de Kilbourne, qui était à portée de voix, pinça les lèvres et afficha un air innocent.

13

Claudia et Susanna venaient juste de rentrer de la bibliothèque, le lendemain matin, lorsque le duc de McLeith se fit annoncer. Il fut introduit dans le petit salon où Claudia feuilletait le livre qu'elle avait emprunté. Le colley se rua sur le nouveau venu en agitant la queue.

— Bonjour, Claudia, la salua Charlie. C'est votre chien ?

— Je dirais plutôt que je suis sa personne. Jusqu'à ce que je lui trouve une bonne maison pour l'accueillir, je lui appartiens.

— Vous vous souvenez d'Horace ?

Horace ! C'était un épagneul qu'elle avait adoré, enfant. Il la suivait comme son ombre. Souriant à ce souvenir, elle invita McLeith à s'asseoir.

— Hier soir, le vicomte et la vicomtesse Ravensberg m'ont invité à passer quelques semaines à Alvesley Park avant de regagner l'Écosse. Une grande fête est prévue en l'honneur du quarantième anniversaire de mariage du comte et de la comtesse Redfield. Je dois avouer que j'ai été surpris – après tout, je les connais à peine. Mais la vicomtesse m'a expliqué que vous alliez séjourner à Lindsey Hall, et qu'après notre longue séparation, je serais peut-être heureux de passer un peu de temps avec vous.

Il adressa un regard interrogateur à Claudia.

Elle soutint son regard sans répondre. Susanna et tous ses amis semblaient sous le charme de l'histoire qu'il avait racontée – histoire vraie, mais en partie seulement. Elle l'avait aimé jadis avec toute l'ardeur de son jeune cœur. Mais si leur idylle avait été innocente et convenable, on ne pouvait en dire autant de leur séparation.

Elle avait offert sa virginité à Charlie sur une colline derrière la maison de son père.

Il avait juré que, dès qu'il en aurait la possibilité, il reviendrait pour l'épouser. Il avait aussi juré, en l'étreignant tandis que tous deux pleuraient, qu'il l'aimerait à jamais, qu'aucun homme n'avait aimé comme il l'aimait. Elle avait dit la même chose, bien sûr.

— Alors, qu'en pensez-vous ? demanda-t-il. Dois-je accepter ? Nous avons eu si peu l'occasion de parler, alors que nous avons tant à nous dire, tant de souvenirs à évoquer et tant de choses à découvrir. Je crois que j'aime la nouvelle Claudia autant que celle d'autrefois. Nous avons eu de bons moments, n'est-ce pas ? D'authentiques frère et sœur n'auraient pu être plus heureux que nous l'avons été ensemble.

La colère que Claudia avait crue en voie de rémission pointa son nez.

— Nous n'étions *pas* frère et sœur, Charlie, répliqua-t-elle, et nous ne considérerions pas comme tels l'année précédant votre départ. Nous étions amoureux l'un de l'autre.

— Nous étions très jeunes, lui rappela-t-il tandis que son sourire s'évanouissait.

— Les moins jeunes estiment que leurs cadets sont incapables d'aimer vraiment et que, par conséquent, leurs sentiments importent peu.

— Les jeunes gens n'ont pas la sagesse qui vient avec l'âge. Il était inévitable que nous éprouvions des sentiments romantiques, Claudia. La maturité nous en aurait débarrassés. J'avais presque oublié.

La colère de Claudia se réveilla tout à fait – non pour défendre la femme qu'elle était aujourd'hui, mais à cause de la jeune fille inconsolable qu'elle avait été, et qui ne méritait pas d'être traitée avec autant de désinvolture.

— Nous pouvons en rire aujourd'hui, acheva-t-il.

Il sourit. Elle, non.

— Je ne ris pas. *Pourquoi* avez-vous oublié, Charlie ? Parce que je représentais si peu à vos yeux ? Parce que vous en souvenir était par trop inconfortable ? Parce que vous aviez honte de la dernière lettre que vous m'avez écrite ?

Je suis duc maintenant, Claudia. Vous devez comprendre que cela fait une grande différence.

… Je suis duc…

— Avez-vous aussi oublié que nous avons été amants ? ajouta-t-elle, enfonçant le clou.

Une rougeur partie du cou gagna les joues de McLeith. Claudia s'obligea à soutenir son regard.

— Ce n'était pas raisonnable, dit-il en se frottant la nuque. Ce n'était pas raisonnable de la part de votre père de nous laisser autant de liberté. Ce n'était pas raisonnable de votre part alors que je m'en allais et qu'il pouvait y avoir des conséquences. Et ce n'était pas raisonnable de ma part…

— Parce que, suggéra-t-elle comme il hésitait, s'il y avait eu des conséquences, elles auraient compliqué votre nouvelle vie – ce qui était on ne peut plus clair dans votre dernière lettre ?

Je ne dois pas être lié trop étroitement avec des gens d'un statut social inférieur. Je suis duc à présent…

— Je ne m'étais pas rendu compte, Claudia, que vous étiez amère, soupira-t-il. Je suis désolé.

— J'ai laissé l'amertume derrière moi il y a des années, rétorqua-t-elle, pas vraiment sûre que ce soit strictement vrai. Mais je ne peux vous permettre de continuer à me traiter comme une sœur bien-aimée, Charlie, sans vous rappeler ce que vous avez si aisément oublié.

— Cela n'a pas été aisé, avoua-t-il en baissant les yeux. Je n'étais qu'un jeune garçon et, tout à coup, je me suis retrouvé avec des devoirs et des responsabilités, dans un milieu dont j'ignorais tout.

Elle demeura silencieuse. Il disait la vérité, elle le savait, et pourtant…

Et pourtant cela n'excusait pas la cruauté de sa dernière lettre. Et, elle, comment pouvait-elle se dire débarrassée de la souffrance et de l'amertume alors que, depuis lors, elle détestait, haïssait, exécrait tous les hommes affublés du titre de duc ?

— Je me suis demandé parfois si ce duché valait les sacrifices qu'il m'a coûtés. Mon rêve d'une carrière de juriste. Vous.

Silence.

— Je me suis mal conduit, admit-il enfin en se levant pour aller se planter devant la fenêtre. Pensez-vous que je ne m'en suis pas rendu compte ? Et croyez-vous que je n'ai pas souffert ?

Elle comprenait. Elle avait toujours compris la détresse qui avait dû être la sienne. Mais certains actes, s'ils n'étaient pas au-delà du pardon, méritaient un peu plus qu'une simple excuse.

Elle avait détruit cette dernière lettre, ainsi que toutes celles qui l'avaient précédée. Mais elle pensait pouvoir encore la réciter de mémoire.

— Si cela peut vous consoler, Claudia, mon mariage n'a pas été heureux. Mona était une mégère. Je passais le plus de temps possible loin de chez moi.

— La duchesse de McLeith n'est pas là pour se défendre.

— Ah, fit-il en se retournant, je vois que vous êtes déterminée à me chercher querelle, Claudia.

— Pas à vous chercher querelle, simplement à obtenir que certaines vérités soient dites. Comment pourrons-nous renouer si nous acceptons de déformer le passé ?

— Nous pourrons renouer, alors ? Vous me pardonnerez le passé, Claudia ? Vous mettrez cela sur le compte de la jeunesse, de la stupidité et de la pression d'une vie à laquelle je n'avais pas été préparé ?

Ce n'était pas vraiment une excuse. Du reste, il s'excusait lui-même. La jeunesse était-elle moins responsable que l'âge mûr ? Mais il y avait eu de longues d'années d'amitié, quelques-unes d'amour, et un après-midi de passion. Et avant la lettre qui avait brisé le cœur de Claudia, il y en avait eu des dizaines pleines d'amour et d'ardeur. Peut-être était-il absurde de le juger aujourd'hui sur la base de cette unique lettre. Peut-être était-il temps de pardonner.

— Très bien, dit-elle après un silence.

Il s'approcha d'elle, lui prit la main.

— J'ai fait la plus grande erreur de ma vie quand... Mais peu importe. Que dois-je faire au sujet de cette invitation ?

— Que désirez-vous ?

— J'aimerais accepter. J'aime beaucoup les Ravensberg, leur famille, leurs amis. Et j'ai envie de passer plus de temps avec vous. Permettez-moi de venir, Claudia. D'être à nouveau votre frère. Non, pas votre frère. Votre ami. Nous avons toujours été amis, n'est-ce pas ? Même à la fin ?

À quelle fin faisait-il référence ?

— Je suis resté éveillé une grande partie de la nuit en me demandant ce que je devais faire, et je me suis rendu compte que ma vie s'était vraiment appauvrie le jour où j'ai quitté la maison de votre père, où je vous ai quittée. Et j'ai su que je ne pouvais accepter cette invitation qu'avec votre accord.

Elle était restée éveillée, elle aussi, une partie de la nuit, mais n'avait pas accordé une pensée à Charlie. Elle avait songé à deux personnes assises sous un saule pleureur, l'habit du gentleman encore chaud sur les épaules de la dame, le bras du même sur les épaules de la même, leurs mains jointes posées sur le banc entre eux, sans qu'un mot ait été échangé pendant près d'une demi-heure. C'était un souvenir presque aussi intense que celui de leur baiser à Vauxhall. Peut-être plus. L'un avait été de pur désir. L'autre, pas, mais elle s'interdit de réfléchir à sa signification.

— Allez à Alvesley, dit-elle en libérant sa main. Peut-être pourrons-nous y forger de nouveaux souvenirs à évoquer ensuite. Des souvenirs plus aimables.

Une boule se forma dans sa gorge lorsqu'il lui sourit – un sourire ardent qui lui rappela le jeune garçon qu'il avait été. Jamais elle n'aurait imaginé que ce jeune garçon puisse se montrer cruel. Avait-elle raison de lui rendre sa confiance ? D'un autre côté, il ne demandait que de l'amitié, et ce pourrait être agréable d'être de nouveau son amie, de laisser enfin le passé derrière elle.

— Merci, murmura-t-il. Je ne vais pas vous retenir plus longtemps. Je vais regagner mon hôtel et envoyer un mot à lady Ravensberg.

Lorsqu'il fut parti, Claudia lissa machinalement la couverture en cuir du livre posé sur ses genoux jusqu'à ce que le chien décide qu'elle avait mieux à faire et grimpe près d'elle.

— Eh bien, Horace, fit-elle en lui grattant le cou. J'ai l'impression d'être à califourchon sur un gigantesque cheval à bascule d'émotions. Ce n'est pas du tout confortable pour quelqu'un de mon âge. En vérité, si Lizzie Pickford refuse de m'accompagner à Lindsey Hall, je rentre tout droit à Bath, et que Charlie aille au diable – si tu me pardonnes ce langage. Et *idem* pour le marquis d'Attingsborough. Mais que diable vais-je faire de toi ?

Il leva les yeux sur elle sans bouger la tête et émit un profond soupir.

— Exactement ! acquiesça-t-elle. Décidément, vous autres mâles, vous vous trouvez irrésistibles.

Des cousins de lady Balderston étaient arrivés du Derbyshire, et Joseph avait été invité à dîner avant d'accompagner toute la famille à l'opéra.

Il n'avait toujours pas pris rendez-vous pour parler avec Balderston, mais il le ferait. Peut-être ce soir. Ses atermoiements commençaient à lui faire honte.

Et peut-être ce soir aussi essaierait-il à nouveau de courtiser Portia Hunt. Il y avait sûrement chez elle une faille, un côté tendre qu'il n'avait pas encore découvert. En général, les dames le trouvaient à la fois charmant et séduisant même s'il usait rarement de ces atouts pour flirter ou badiner. *Rarement* étant le mot clé. Ses rapports avec Mlle Martin le mettaient mal à l'aise. Et cependant, on ne pouvait parler ni de flirt ni de badinage. De quoi, alors ? Mieux valait ne pas y penser.

Résultat, il fut de mauvaise humeur toute la matinée tandis qu'il s'entraînait à la salle de boxe de Gentleman Jackson. Lorsqu'il arriva à l'hôtel Whitleaf dans l'après-midi, il était déterminé à ne parler qu'affaires. Il emmènerait Mlle Martin voir Lizzie et lui faire sa proposition pour l'été. Ce serait à sa fille de prendre la décision, lui-même n'aurait pas à s'impliquer.

Elle portait la robe toute simple qu'elle avait lorsqu'ils avaient goûté dans le parc et le même grand chapeau de paille. Tandis qu'elle descendait l'escalier, le chien dans les bras, il eut l'impression étrange de retrouver quelqu'un qu'il aurait connu toute sa vie, une femme qui évoquait la maison, le cocon douillet d'un univers familier – que diable signifiait cette étrange idée ?

— Nous sommes prêts, annonça-t-elle.

— Vous êtes sûre de vouloir emmener le chien, Claudia ? demanda Whitleaf. Vous pouvez très bien nous le laisser.

— Une promenade lui fera du bien, mais je vous remercie, Peter. Vous êtes d'une gentillesse remarquable dans la mesure où vous n'aviez le choix qu'entre l'accueillir ou me mettre dehors, fit-elle en riant.

— Passez un bon après-midi, lui dit Susanna, tout en jetant à Joseph un regard songeur.

Pour la première fois, celui-ci comprit qu'ignorant la vraie raison de leurs sorties, Whitleaf et sa femme devaient se demander ce qu'il mijotait – d'autant qu'ils le savaient sûrement sur le point de se fiancer officiellement. Il avait mis Mlle Martin dans une position délicate, se rendit-il compte.

— Où avez-vous dit à Susanna que vous alliez aujourd'hui ? demanda-t-il, une fois dans la voiture.

— Me promener au parc.

— Et les autres fois ?

— Me promener au parc.

— Et qu'a-t-elle dit de toutes ces promenades ?

Il eut le temps de la voir rougir avant de baisser la tête.

— Oh, rien ! Pourquoi dirait-elle quelque chose ?

Ils devaient penser qu'il flirtait avec elle tout en courtisant Mlle Hunt. Et le pire, c'était qu'ils n'étaient pas loin de la vérité. Il grimaça intérieurement. Tout ceci devait être très pénible pour Mlle Martin.

Le silence tomba entre eux. Qu'il se hâta de rompre. Ils occupèrent le reste du trajet à parler livres. Ce ne fut pas une discussion guindée et ennuyeuse comme il l'avait craint, mais animée et intelligente. Il n'aurait pas regretté que le voyage dure plus longtemps.

Lizzie attendait son père dans le salon du premier étage. Elle l'étreignit, les bras noués autour de son cou comme toujours, puis, tendant l'oreille, elle inclina la tête de côté.

— Vous avez amené quelqu'un, papa ? Est-ce que c'est Mlle Martin ?

— Oui, c'est elle, répondit-il, et il vit le visage de sa fille s'éclairer.

— Et il n'y a pas que moi, ajouta Mlle Martin. J'ai amené quelqu'un d'autre, Lizzie. Enfin, c'est presque « quelqu'un ». J'ai amené Horace.

Horace ? Joseph lui jeta un regard amusé.

— Vous avez amené votre chien ! s'écria Lizzie.

Le colley se décida à aboyer.

— Il veut être votre ami, expliqua Mlle Martin à la fillette qui reculait. Il ne vous fera aucun mal. De toute façon, je le tiens. Donnez-moi votre main.

Elle prit la main de la fillette et la posa sur la tête du chien, puis la fit glisser le long de son dos. Horace tourna la tête afin de la lui lécher. Lizzie l'écarta vivement, mais éclata de rire.

— Il m'a *léchée* ! Oh, encore !

— C'est un colley, expliqua Mlle Martin en reprenant la main de Lizzie pour la guider. C'est l'un des chiens les plus intelligents qui soient. On utilise les colleys pour garder les moutons, les empêcher de se disperser, les retrouver quand ils s'égarent, les ramener au bercail quand ils descendent des collines où on les a emmenés paître. Bien sûr, Horace est à peine plus qu'un chiot et il n'a pas été dressé.

Bouleversé, Joseph contemplait sa fille en train de tomber amoureuse du petit animal. Elle s'assit sur le canapé et entreprit de faire sa connaissance, le palpant doucement, et riant lorsqu'il lui léchait la main ou le visage.

— Oh, papa, regardez-moi ! Et regardez Horace !

— Je regarde, mon cœur, dit-il.

Il regardait aussi Mlle Martin qui racontait comment elle avait acquis le chiot, mais en embellissant l'histoire de façon à la rendre comique. Il avait l'impression qu'elle avait complètement oublié sa présence. Il comprenait mieux pourquoi elle était un si bon professeur et d'où provenait l'atmosphère heureuse qu'il avait sentie dans son école.

— Vous m'avez dit qu'il y avait toujours un chien dans les histoires que vous inventez. Voudriez-vous m'en raconter une et que je l'écrive pour vous ? proposa-t-elle à Lizzie.

— Maintenant ? demanda la fillette en évitant un énième coup de langue amical.

— Pourquoi pas ? Votre papa pourrait peut-être me trouver du papier, une plume et de l'encre, fit-elle en arquant les sourcils à l'adresse de Joseph, qui hocha la tête et sortit.

Lorsqu'il revint, toutes deux étaient assises sur le tapis, et, têtes rapprochées, caressaient le ventre du chien qui était couché entre elles, les quatre pattes en l'air.

Quelque chose frémit au plus profond de lui.

Puis Mlle Martin s'installa à une petite table et écrivit sous la dictée de Lizzie une horrible histoire de sorcières qui pratiquaient leur art maléfique au fond d'une forêt dans laquelle une petite fille s'était égarée. Tandis que les arbres se rapprochaient pour l'emprisonner, que les racines jaillissaient du sol pour la faire trébucher, que diverses plantes lançaient des tentacules pour lui agripper les chevilles, que le tonnerre ébranlait le ciel et que d'autres épouvantables catastrophes la menaçaient de toutes parts, son unique espoir de survie tenait à son cœur intrépide et à un chien perdu qui jaillit soudain de nulle part et entreprit de la défendre en attaquant tous les monstres – sauf le tonnerre – jusqu'à ce que, sanguinolent et épuisé, il conduise la fillette à la lisière de la forêt, d'où elle put entendre sa mère chanter dans son jardin empli de fleurs aux parfums délicieux. Apparemment, l'orage était resté au-dessus de la forêt.

— Voilà, conclut Mlle Martin en reposant sa plume. J'ai tout noté. Est-ce que je vous relis l'histoire ?

Ce qu'elle fit, à la grande joie de Lizzie.

— C'est mon histoire, mot pour mot, s'écria-t-elle quand Mlle Martin se tut. Vous avez entendu, papa ?

— Oui, j'ai entendu.

— Vous me la lirez ?

— Bien sûr, mais pas avant de dormir, Lizzie. Tu pourras peut-être dormir après, mais moi, sûrement pas. J'en tremble encore dans mes bottes. J'ai eu peur qu'ils ne meurent tous les deux.

— Oh, papa ! À la fin des histoires, les personnages principaux vivent toujours heureux à jamais, vous le savez bien.

Il croisa le regard de Mlle Martin. Dans les histoires, peut-être. Mais rarement dans la vraie vie.

— Et si nous emmenions Mlle Martin dans le jardin et que tu lui nommes toutes les fleurs ? Avec le chien, bien sûr.

La fillette bondit sur ses pieds et lui tendit la main.

— Venez avec moi, il faut que j'aille chercher mon chapeau.

Il fit un pas vers elle et s'arrêta.

— Sois ma courageuse petite fille et va le chercher sans moi. Tu peux y arriver ?

— Bien sûr que je le peux, répondit-elle tandis que son visage s'éclairait. Comptez jusqu'à cinquante, papa, et je serai revenue. Mais pas trop vite quand même, ajouta-t-elle comme il débitait les chiffres à toute allure.

— Un... deux... trois, recommença-t-il plus lentement.

Voyant la fillette qui sortait d'un pas hésitant, le chien se releva et la suivit.

— Elle est vraiment capable de beaucoup de choses, n'est-ce pas ? observa le marquis. J'ai été négligent. J'aurais dû lui proposer des activités intéressantes beaucoup plus tôt. C'est juste que c'était une toute petite fille, et que l'aimer et la protéger me semblait suffisant.

— Ne vous faites pas de reproches. L'amour vaut plus que tout ce que vous auriez pu lui donner d'autre. Et il n'est pas trop tard. Onze ans est le bon âge pour découvrir qu'elle a des ailes.

— Pour s'envoler loin de moi ? dit-il avec un sourire triste.

— Oui, et pour revenir auprès de vous.

— La liberté... Lui est-elle accessible ?

— Cela dépend d'elle, uniquement.

Il entendit les pas de Lizzie dans l'escalier.

— ... quarante... quarante et un... quarante-deux... reprit-il d'une voix sonore.

— Me voilà ! lança-t-elle avant de jaillir, les joues rouges, les paupières battantes, tandis que le chien la dépassait en courant. Et voici mon chapeau, ajouta-t-elle en l'agitant.

— Bravo, Lizzie, dit Mlle Martin.

L'amour étreignit presque douloureusement la poitrine de Joseph.

Ils passèrent une heure dans le jardin en attendant que Mme Smart leur apporte le thé. Lizzie se lança dans l'un de ses jeux préférés : elle se penchait sur les fleurs, les tâtait, les humait et les identifiait. Parfois, elle nouait les mains dans le dos et les nommait rien qu'à leur parfum. Mlle Martin tenta d'y jouer, les yeux fermés, mais elle fit autant d'erreurs que d'identifications correctes, ce que Lizzie trouva fort drôle. Elle écouta ensuite la leçon de botanique de Mlle Martin qui lui signala les parties et les fonctions de chaque plante, la lui faisant palper afin d'assimiler ce qu'elle entendait.

Joseph observait. Il avait rarement le loisir d'observer sa fille. Quand il lui rendait visite, elle ne s'occupait que de lui. Aujourd'hui, elle avait Mlle Martin et le chien, et tout en lui demandant fréquemment s'il avait bien remarqué ceci ou cela, elle avait moins besoin de lui.

Était-ce ce que la vie de famille aurait pu être, se demandait-il, s'il avait été libre de se marier… avec Barbara ? Aurait-il été aussi heureux avec sa femme et ses enfants qu'il l'était en ce moment, avec Mlle Martin et Lizzie ? Aurait-il connu cette satisfaction, ce bonheur ?

Penchées au-dessus d'une pensée, les deux têtes se touchaient. Mlle Martin avait passé le bras autour de la taille de la fillette, laquelle entourait du bras l'épaule de la maîtresse d'école. Se lassant d'aboyer sans succès autour d'elles, le chien courut derrière un papillon.

Juste ciel, se dit Joseph, c'était exactement le genre de réflexions qu'il s'était interdit !

Il aurait une vie de famille. L'épouse et mère de ses enfants ne serait ni Barbara ni Mlle Martin, et aucun de ses enfants ne serait Lizzie. Mais il se marierait et aurait des enfants. Dès ce soir, il entreprendrait de courtiser sérieusement Portia Hunt. Et, demain matin, il irait voir Balderston et ferait sa demande. Portia se détendrait sûrement une fois qu'ils seraient officiellement fiancés. Et elle attendait sûrement du mariage un peu d'affection, un peu de chaleur humaine, un peu d'intimité familiale. Cela allait de soi.

Le thé arriva, ce qui le tira de ces réflexions. Les dames revinrent s'asseoir et Mlle Martin remplit les tasses.

— Lizzie, j'aimerais que vous preniez un peu l'air cet été, commença-t-elle. Vous avez apprécié notre après-midi à Richmond Park, n'est-ce pas ? J'aimerais vous voir marcher, courir, sauter de nouveau, et découvrir d'autres fleurs et d'autres plantes. J'aimerais que vous veniez passer quelques semaines à la campagne avec moi.

Lizzie, qui était assise à côté de son père, le chercha à tâtons. Il s'empara de sa main et la serra.

— Je ne veux pas aller à l'école, papa, dit-elle.

— Ce n'est pas l'école, expliqua Mlle Martin. L'une
de mes institutrices, Mlle Thompson, emmène dix de
nos élèves à Lindsey Hall dans le Hamsphire pour
quelques semaines. C'est une grande demeure entourée d'un vaste parc. Elles y vont en vacances, et je
serai là, moi aussi. Certaines de mes élèves n'ont ni
parents ni maisons et doivent rester avec nous
durant les vacances. Nous essayons de les distraire,
d'organiser quantité d'activités intéressantes et amusantes. Je pensais que cela pourrait vous plaire.

— Vous y allez aussi, papa ?

— Je serai dans une maison qui se trouve à
quelques kilomètres de Lindsey Hall. Il me sera
facile de venir te voir.

— Et qui m'emmènera là-bas ?

— Ce sera moi, répondit Mlle Martin.

Joseph scruta le visage de sa fille. Ses joues, que
l'heure passée au jardin avait rosies, étaient de nouveau très pâles.

— J'ai peur, murmura-t-elle.

Il lui serra la main plus étroitement.

— Tu n'es pas obligée d'y aller. Tu n'es obligée d'aller nulle part. Je trouverai quelqu'un pour te tenir
compagnie, quelqu'un que tu aimeras, et qui sera
gentil avec toi.

Mlle Martin n'allait pas être d'accord. Elle pensait
sûrement qu'il devrait insister pour que sa fille
découvre ses ailes, qu'il devrait la jeter hors du nid,
en quelque sorte. Mais elle ne dit rien. En fait, se
rappela-t-il, elle avait dit juste le contraire. Que la
décision appartenait à Lizzie.

Les autres filles vont me détester, lâcha Lizzie.

— Et pourquoi donc ? demanda Mlle Martin.

— Parce que j'ai une maison et un papa.

— Je ne crois pas qu'elles vous détesteront, dit Mlle Martin.

— Je ne parlerai pas de mon papa, suggéra Lizzie, dont le visage s'éclaira. Je ferai semblant d'être comme elles.

Ce qui était exactement ce que Mlle Martin avait dit d'elle à la duchesse de Bewcastle – une enfant abandonnée que lui avait signalée son homme d'affaires. Joseph frémit. Il n'allait pas protester ? Il avait donc vraiment honte d'elle ? Ou se soumettait-il simplement aux règles édictées par la bonne société ?

— Est-ce qu'elles m'embêteront ? demanda l'enfant en tournant le visage vers Mlle Martin. Est-ce qu'elles me trouveront ennuyeuse ou encombrante ?

De nouveau Joseph admira la franchise de Mlle Martin. Elle ne se hâta pas de nier.

— C'est ce que nous découvrirons, répondit-elle. Elles seront sûrement polies. Dans mon école, elles apprennent les bonnes manières. Mais ce sera à vous d'en faire des amies.

— Mais je n'ai jamais eu d'amies !

— Eh bien, ce sera l'occasion ou jamais.

— Et je reviendrai ici après ces quelques semaines ?

— Si vous le décidez, oui.

Lizzie demeura immobile. Elle ne touchait plus son père. Elle triturait sa robe – preuve de son agitation – et balançait le buste d'avant en arrière, comme elle le faisait parfois lorsqu'elle était profondément troublée. Ses paupières frémissaient et ses yeux erraient dessous. Ses lèvres remuaient silencieusement.

Joseph dut lutter pour ne pas la prendre dans ses bras.

— Mais j'ai tellement peur, murmura-t-elle.

— Alors tu resteras ici, déclara-t-il fermement. Je vais me mettre tout de suite en quête d'une personne pour te tenir compagnie.

— Je n'ai pas dit que je ne voulais pas y aller, papa, juste que j'avais peur.

Elle continua à se balancer et à tripoter sa robe fébrilement tandis que Mlle Martin gardait le silence et que Joseph en voulait à cette femme de troubler son enfant – tout à fait injustement, bien sûr.

— J'ai appris ce qu'était le courage dans des histoires que vous m'avez racontées, papa, reprit Lizzie. Vous ne pouvez montrer du courage que quand vous avez peur. Si vous n'avez pas peur, vous n'avez pas besoin de courage.

— Et vous avez toujours eu envie de faire quelque chose de courageux, n'est-ce pas, Lizzie ? intervint Mlle Martin. Comme Amanda, la petite fille de votre histoire, qui aurait pu s'enfuir à temps de la forêt si elle ne s'était pas arrêtée pour libérer le chien du collet à lapin ?

— Le courage, ce n'est pas seulement se battre contre les sorcières et les monstres, n'est-ce pas ? s'enquit l'enfant.

— C'est aussi s'aventurer dans l'inconnu, alors qu'il serait plus rassurant de s'accrocher à ce que l'on connaît déjà, répondit Mlle Martin.

— Je pense alors que je vais être courageuse, dit Lizzie après un bref silence. Vous serez fier de moi, papa, si je le suis ?

— Je suis *toujours* fier de toi, mon cœur. Mais, oui, je serai particulièrement fier de toi si tu as le courage d'y aller. Et je serai très heureux si tu t'y amuses beaucoup, comme je le crois.

— Alors, j'irai, décréta la fillette en cessant de se balancer. J'irai, mademoiselle Martin.

Puis elle se tourna vers son père et se hissa sur ses genoux pour se blottir contre lui.

Il referma les bras sur elle et, penchant la tête en arrière, ferma les yeux pour retenir ses larmes. Lorsqu'il les rouvrit, il vit que Mlle Martin les regardait avec l'air placide d'une maîtresse d'école disciplinée – ou d'une amie très chère.

Sans réfléchir, il tendit la main à travers la table qui les séparait. Elle la regarda une seconde, puis y posa la sienne.

Dieu, que la vie pouvait être amèrement ironique parfois ! Il avait de nouveau l'impression d'avoir trouvé une famille là où il ne pouvait y en avoir – au moment où l'honneur lui commandait de demander en mariage une femme qui refusait qu'on l'embrasse.

Sa main se referma sur celle de Mlle Martin et la serra avec force.

14

Deux semaines plus tard, en fin d'après-midi, Claudia avait revêtu sa fidèle robe du soir bleu foncé et se coiffait, ayant refusé l'aide de la cameriste que la duchesse de Bewcastle lui avait proposée. Elle se sentait étrangement déprimée alors qu'elle avait toutes les raisons d'être euphorique.

Elle était traitée en invitée de choix à Lindsey Hall et non en institutrice en charge d'un groupe d'enfants défavorisées. Et d'ici une demi-heure, elle accompagnerait la famille Bedwyn à une soirée précédée d'un dîner à Alvesley Park. Elle y retrouverait Susanna, et Anne, qui était arrivée la veille du pays de Galles avec Sydnam et leurs enfants.

Le voyage depuis Londres, quelques jours auparavant, s'était déroulé sans incident, bien que Lizzie ait pleuré en quittant sa maison et son père, puis se soit cramponnée à Claudia durant tout le trajet. Heureusement, Susanna et Peter, avec qui elles avaient voyagé, s'étaient montrés extrêmement gentils avec elle, le chien s'était blotti contre elle, et, lorsque, à un arrêt, la nurse de Harry avait apporté le bébé à sa mère, elle avait été ravie de caresser sa main et sa petite tête duveteuse.

Revoir Eleanor Thompson et les filles avait fait grand plaisir à Claudia. Ces dernières avaient salué Lizzie avec un mélange de méfiance et de curiosité, mais dès le premier soir Agnes Ryde, l'aînée et la plus autoritaire des pupilles, avait décidé de prendre la nouvelle sous son aile, et Molly Wiggins, la plus jeune et la plus timide, l'avait choisie pour amie. Elle avait spontanément proposé de lui brosser les cheveux et, la prenant par la main, l'avait emmenée dans la chambre qu'elles devaient partager tandis qu'Agnes lui prenait l'autre main.

Claudia avait aussi été heureuse de revoir Flora et Edna, et de constater qu'elles avaient l'air d'aimer leur nouvelle vie et étaient enchantées de pouvoir épater leurs anciennes camarades par le prestige attaché à leur situation.

La duchesse avait été aimable. De même que lord et lady Aidan Bedwyn, le comte et la comtesse de Rosthorn, et le marquis de Hallmere. Le duc de Bewcastle avait été poli. Il avait même discuté dix minutes avec Claudia lors d'un dîner, et elle avait dû admettre que ses manières étaient irréprochables. En outre, un matin, alors qu'elle sortait de la cour des écuries, lady Hallmere avait traversé la pelouse pour la saluer, après quoi, elle avait brièvement complimenté Molly et Lizzie qui tressaient des colliers de pâquerettes tandis que le chien prenait en chasse sa propre queue et toute créature volante assez imprudente pour s'approcher.

Elle se comportait comme une reine s'adressant avec condescendance aux plus modestes de ses sujets, s'était dit Claudia avant de se reprocher son injustice, car lady Hallmere aurait pu aisément les ignorer. Et sa remarque faisait encore honte à Claudia – *Vous êtes fort rancunière, mademoiselle Martin*.

Charlie venait tous les jours d'Alvesley Parc et, à l'occasion d'une grande promenade autour du lac, ils n'avaient pas arrêté de parler. C'était comme autrefois – enfin, pas tout à fait, car à l'époque, il était son héros, son idole, un garçon incapable de faire quelque chose de mal ou de honteux. Aujourd'hui, elle ne se faisait plus d'illusions. C'était un homme comme les autres, avec ses faiblesses. Il n'en restait pas moins que discuter avec lui de nouveau était très agréable. Elle n'était pas certaine de pouvoir un jour lui faire totalement confiance, mais il ne le lui demandait pas.

Et puis l'invitation pour Alvesley était arrivée. Tout le monde y allait, sauf Eleanor, qui s'était portée volontaire pour garder les fillettes, ce qui n'était pas un sacrifice, avait-elle assuré à Claudia et sa sœur, car les mondanités l'ennuyaient à périr.

C'était précisément cette invitation qui avait fait chuter le moral de Claudia, car l'événement à fêter n'était pas l'anniversaire de mariage du comte et la comtesse de Redfield qui n'avait lieu que dans une semaine, mais des fiançailles.

Celles de Mlle Hunt et du marquis d'Attingsborough.

Il fallait s'aveugler délibérément pour se dire qu'elle souffrait d'une dépression inexplicable.

Elle aurait pu aisément éviter d'aller à ce dîner, mais fuir la réalité aurait été lâche, ce qui était contraire à son caractère. En outre, elle avait sincèrement envie de revoir Anne et Susanna.

Une heure plus tard, dans l'euphorie des salutations et des retrouvailles avec Anne, elle ne regretta plus du tout d'être venue.

— Claudia! sanglotait Anne. Dieu, que je suis heureuse de vous revoir! Vous êtes superbe et, s'il faut en croire Susanna, vous avez conquis Londres.

Claudia éclata de rire.

— C'est un peu exagéré. Mais, vous aussi, vous êtes magnifique. Et éclatante de santé! N'auriez-vous pas exposé votre visage au soleil?

— C'est l'air de la mer, expliqua Anne. L'air du pays de Galles, dirait Sydnam.

Ce dernier se tenait à côté de son épouse et, se souvenant qu'il n'avait plus de bras droit, Claudia lui tendit la main gauche. Il la lui serra en souriant – de ce sourire plutôt charmant, un peu de travers, car de graves brûlures avaient aussi ravagé le côté droit de son visage.

— Claudia, je suis content de vous revoir.

Prenant le bras de son mari, Anne regarda Claudia, les yeux brillants.

— Nous avons de merveilleuses nouvelles à annoncer à tous ceux qui veulent bien écouter. Plutôt, c'est moi qui les annonce, corrigea-t-elle en levant les yeux sur son mari. Sydnam est trop modeste. Trois de ses tableaux vont être exposés à la Royal Academy cet automne. Avez-vous jamais entendu quelque chose de plus excitant ?

Un cri s'éleva derrière eux, et la comtesse de Rosthorn se rua vers Sydnam Butler et l'étreignit.

— Sydnam ! C'est vrai ? Oh, je suis si heureuse, je pourrais en pleurer. Et, regardez, c'est exactement ce que je fais. Quelle sotte ! Je savais que vous y arriveriez. Je le *savais*. Gervase, venez écouter cela ! Et, s'il vous plaît, apportez-moi un mouchoir.

M. Butler avait été un artiste talentueux avant de perdre le bras et l'œil droits durant les guerres d'Espagne. Revenu en Angleterre, il avait persuadé le duc de Bewcastle de lui confier la direction de son domaine du pays de Galles. Et, peu après son mariage, deux ans plus tôt, il s'était remis à la peinture avec les encouragements de son épouse, en s'aidant de la main gauche et de la bouche.

Claudia prit le bras d'Anne et le pressa.

— Je suis si heureuse pour vous deux. Comment va mon petit David ? Et Megan ?

David Jewell était le fils d'Anne, né neuf ans avant qu'elle ne rencontre M. Butler, et qui vivait à l'école avec sa mère quand celle-ci y enseignait. Lorsqu'ils étaient partis, l'enfant avait manqué à Claudia presque autant que sa mère.

Elle entendit à peine la réponse d'Anne, car elle avait aperçu le marquis d'Attingsborough en grande conversation avec la duchesse de Bewcastle et lady Hallmere. Il semblait plus grand et séduisant que jamais. Et heureux.

Il avait l'air d'un inconnu, se dit Claudia. Mais lorsque leurs regards se rencontrèrent à travers le vestibule encombré, elle retrouva l'homme qui lui était devenu étrangement cher durant les deux semaines qu'elle avait passées à Londres.

Il se dirigeait vers elle, vit-elle un instant plus tard. Elle se détourna d'Anne pour l'accueillir.

— Mademoiselle Martin, la salua-t-il en lui tendant la main.

— Lord Attingsborough.

— Comment va Lizzie ? demanda-t-il à mi-voix.

— Elle s'en tire merveilleusement bien. Elle s'est fait des amies et fabrique des tresses de pâquerettes. Horace s'est révélé déloyal – il m'a abandonnée et la suit comme son ombre. Le palefrenier en chef du duc va lui fabriquer un collier et une laisse pour qu'il puisse guider Lizzie. À mon avis, ce chien a compris qu'elle avait besoin d'aide. Avec un peu de dressage, il saura lui être utile.

— Des tresses de pâquerettes ?

— C'est tout à fait dans ses capacités. Elle sait trouver les pâquerettes dans l'herbe, et les tresser est très facile. Elle s'est déjà fabriqué des guirlandes et des diadèmes.

— Et les amies ?

— Agnes Ryde, la plus rebelle de mes élèves, s'est nommée sa protectrice particulière, et Molly Wiggins et Doris Chalmers rivalisent pour le poste de meilleure amie. Je crois que la compétition est déjà gagnée, car c'est Molly qui en a eu l'idée la première, et c'est elle qui partage la chambre de Lizzie. Elles sont devenues inséparables.

Il lui adressa un sourire rayonnant. Mais avant que l'un ou l'autre ait pu en dire plus, Mlle Hunt apparut, toute de rose vêtue, et prit le bras du marquis. Claudia n'eut droit qu'à un hochement de tête distant.

— Il faut que vous alliez parler avec le duc et la duchesse de Bewcastle, dit-elle. Ils sont là-bas, avec mes parents.

Il s'inclina devant Claudia, puis s'éloigna avec sa fiancée.

Claudia s'efforça fermement de chasser la dépression qui la menaçait depuis le début de la journée. C'était tout à fait humiliant – et stupide – de convoiter l'homme d'une autre femme. Tout sourires, Susanna se dirigeait vers elle, de même que Charlie, tout aussi souriant. Elle avait toutes les raisons d'être heureuse.

Et, en vérité, elle l'était.

Joseph, lui, se sentait raisonnablement heureux. Sa demande en mariage avait été favorablement accueillie à la fois par Balderston et par Portia elle-même. Lady Balderston avait été extatique.

Le mariage serait célébré à Londres à l'automne. Ainsi en avaient décidé lady Balderston et Portia. Il était dommage, avaient-elles dit toutes deux, que cet événement ne puisse avoir lieu à l'époque de l'année où la bonne société au grand complet se trouvait dans la capitale, mais, vu l'état de santé du duc d'Anburey, mieux valait ne pas repousser au printemps.

Depuis, les conversations étaient exclusivement consacrées aux listes d'invités, à la tenue de la mariée et au voyage de noces. Joseph en avait conçu l'espoir que tant d'intérêt pour les préparatifs annonçait un mariage heureux. Toute cette agitation, puis le déménagement à Alvesley l'avaient empêché d'avoir le moindre moment d'intimité avec sa fiancée, mais ils se rattraperaient à coup sûr après le dîner de fiançailles. Et voir toute sa famille rassemblée pour l'occasion, y compris ses parents qui avaient momentanément déserté Bath, lui faisait grand plaisir.

Ainsi que le voulait l'usage, Portia ne resta pas à ses côtés lorsque, après le dîner, tout le monde se rassembla dans le salon. Elle alla boire son thé près de Neville, Lily et McLeith. À la grande surprise de Joseph, c'était Neville qui lui avait fait signe de les rejoindre. Peut-être Lily et lui avaient-ils décidé de faire l'effort de la connaître un peu mieux.

Une seule chose menaçait son moral – enfin, peut-être deux s'il comptait sur la présence de Mlle Martin dont il s'était un peu trop entiché à Londres. Lizzie lui manquait terriblement. Il avait envie de la serrer dans ses bras, de la border dans son lit, de lui lire des histoires. Mais, voilà, la bonne société avait décrété que les enfants naturels devaient non seulement être élevés à l'écart de la famille légitime, mais, en plus, dans le secret.

— Vous êtes dans les nuages, Joseph, remarqua sa cousine, lady Muir, en s'asseyant à côté de lui.

— D'où la bonne société tient-elle son pouvoir, Gwen ? demanda-t-il à brûle-pourpoint.

— C'est une question intéressante. La société est composée d'individus et, en même temps, elle forme une entité collective spécifique, n'est-ce pas ? Qu'est-ce qui lui donne son pouvoir ? Je ne sais pas. L'histoire, peut-être ? L'habitude ? Une combinaison des deux ? Ou la peur collective que si nous renonçons à une seule de ses règles draconiennes nous soyons submergés par les classes inférieures ? Ce qui s'est passé en France nous effraie. Mais c'est absurde. C'est pourquoi je me tiens à l'écart de la bonne société autant que faire se peut. Avez-vous un problème particulier avec elle ?

Il faillit se confier à elle. Que dirait-elle s'il lui parlait de Lizzie, comme il l'avait fait à Neville, son frère, des années auparavant ? Il était presque sûr qu'elle ne serait ni choquée ni désagréable. Mais il ne pouvait le faire. C'était sa cousine et son amie – mais c'était aussi une dame. Il répondit à sa question par une autre.

— Avez-vous jamais souhaité partir au bout du monde et commencer une nouvelle vie, là où personne ne vous connaît et n'attend quoi que ce soit de vous ?

— Si, bien sûr, mais je doute sérieusement qu'il existe un endroit aussi reculé… Vous regrettez, Joseph ? demanda-t-elle en baissant la voix. Oncle Webster vous a forcé la main ?

— Mes fiançailles ? Non, bien sûr que non, répondit-il avec un petit rire. Portia fera une duchesse admirable.

— Et une épouse admirable aussi ? risqua-t-elle en le scrutant. Je veux vous voir heureux, Joseph. Vous avez toujours été mon cousin préféré, je l'avoue. Lauren est ma cousine préférée, mais c'est normal puisque nous avons été élevées comme des sœurs.

Comme si elle obéissait à l'appel de son nom, Lauren apparut, accompagnée de Mlle Martin.

— Gwen, dit-elle, pourriez-vous venir avec moi une minute dans la salle du buffet, s'il vous plaît ? Il y a une chose sur laquelle je voudrais votre opinion.

Neville et Lily venaient de franchir l'une des portes-fenêtres, nota Joseph, en compagnie de Portia et de McLeith, sans doute pour une promenade dans le parc.

Ils se retrouvaient donc virtuellement seuls, Mlle Martin et lui. Elle portait la robe bleu foncé qu'il lui avait vue plus d'une fois à Londres. Ses cheveux étaient coiffés aussi strictement que d'ordinaire. Elle avait repris son allure de maîtresse d'école, qui tranchait avec la frivolité affichée des autres femmes. Mais, désormais, son austérité ne le choquait plus. Il ne voyait que la fermeté de son caractère, sa générosité, son intelligence, la... oui, la passion pour la vie qui la lui rendait chère.

— Êtes-vous heureuse d'avoir retrouvé certaines de vos élèves ? s'enquit-il.

— Oui. C'est avec elles que je me sens le mieux.

— J'aimerais les voir. J'aimerais voir Lizzie.

— Elle aussi aimerait vous voir. Elle sait que vous n'êtes pas loin. En même temps, elle est convaincue que les autres filles ne l'aimeront plus si elles apprennent qu'elle a un papa, un papa riche, de surcroît. Elle m'a dit que, si vous veniez, elle ferait semblant de ne pas vous connaître. Elle pense que ce serait un jeu amusant.

C'était parfait, bien sûr, mais l'idée de cacher leur lien l'attristait.

Mlle Martin lui toucha brièvement la main.

— Elle est vraiment heureuse, assura-t-elle. Elle voit ce séjour comme une merveilleuse aventure, même si elle m'a dit hier soir qu'elle n'avait pas envie d'aller en pension ensuite. Elle préfère rentrer à la maison.

Il se sentit étrangement réconforté – étrangement, car ç'aurait été tellement plus commode pour lui qu'elle soit pensionnaire.

— Elle peut changer d'avis, reprit Mlle Martin.

— Il est donc possible de l'éduquer ?

— Je pense que oui, et Eleanor est aussi de cet avis. Cela demanderait bien sûr un peu d'ingéniosité de l'adapter à notre quotidien en lui offrant des tâches qui soient à la fois intéressantes et possibles, mais nous n'avons jamais fui les défis.

— Quelle satisfaction personnelle tirez-vous de la vie que vous menez ? demanda-t-il en se penchant sur elle.

Et, aussitôt, il regretta d'avoir posé une question aussi indiscrète.

— J'ai dans ma vie quantité de personnes que je peux aimer de façon à la fois abstraite, émotionnelle, et concrète, lord Attingsborough. Tout le monde ne peut en dire autant.

— Mais ne devrait-il pas y avoir une personne en particulier ? insista-t-il.

— Comme Lizzie pour vous ?

Ce n'était pas ce qu'il avait voulu dire. Même Lizzie ne lui suffisait pas. Il lui manquait une âme sœur, une égale, une partenaire sexuelle.

Il oubliait complètement qu'il avait déjà une telle personne dans sa vie. Il avait une fiancée.

— Oui.

— Mais ce n'est pas ce que vous vouliez dire, n'est-ce pas ? observa-t-elle en cherchant son regard. Nous ne sommes pas tous destinés à rencontrer cette personne, lord Attingsborough. Ou si nous la rencontrons, il arrive que le destin nous l'enlève. Et que faire alors ? Pleurer jusqu'à la fin de nos jours ? Ou chercher d'autres personnes à aimer, sur qui répandre la tendresse qui ne cesse de jaillir de notre cœur ?

Il avait une telle personne dans sa vie, songea-t-il, les yeux fixés sur Mlle Martin, mais seulement à la périphérie de sa vie – et condamnée à y demeurer. Elle était arrivée trop tard. Non, cela n'aurait jamais été le bon moment. Mlle Martin n'était pas de son milieu, ni lui du sien.

— J'ai choisi d'aimer les autres, poursuivit-elle. J'aime toutes mes élèves, même celles qui sont les moins aimables. Et croyez-moi, ces dernières sont nombreuses, ajouta-t-elle avec un sourire.

Mais elle avait admis ce qu'il avait soupçonné, à savoir qu'elle était profondément seule. Comme lui-même ce soir, au milieu de ses parents et amis rassemblés pour fêter ses fiançailles, ce soir où, un peu plus tôt, il avait tenté de se persuader qu'il était heureux.

Il ne lui restait plus qu'à aimer résolument Portia et à s'en faire aimer. Coûte que coûte.

— Je devrais essayer de vous imiter, mademoiselle Martin.

— Il est peut-être suffisant que vous aimiez Lizzie.

Ah, elle avait donc compris qu'il n'aimait pas Portia comme il l'aurait dû.

— Mais est-il suffisant que je ne la reconnaisse pas publiquement ?

Elle pencha la tête de côté et réfléchit – une réaction caractéristique, là où tant d'autres auraient jeté n'importe quelle réponse désinvolte.

— Je sais que vous vous sentez coupable, et peut-être avec raison – mais pas pour celle que vous craignez. Vous n'avez *pas* honte d'elle. Je vous ai vus ensemble et je peux vous l'assurer. Mais vous êtes coincé entre deux mondes : celui auquel vous êtes lié par l'héritage qui vous attend et celui dans lequel vous êtes entré en engendrant Lizzie. Ces deux mondes comptent énormément pour vous – l'un parce que vous êtes un homme de devoir, l'autre parce que vous aimez votre fille. Et vous serez toujours tiraillé entre les deux.

— Toujours, répéta-t-il avec un sourire triste.

— Oui. L'amour et le devoir. Mais surtout l'amour.

Oubliant où ils se trouvaient, il allait prendre la main de Mlle Martin lorsque Portfrey et Elizabeth les rejoignirent. Cette dernière voulait des nouvelles de la petite fille aveugle dont elle avait appris l'arrivée à Lindsey Hall.

Mlle Martin lui parla de Lizzie, de sa joie, de ses progrès.

— Comme c'est courageux et admirable de votre part, mademoiselle Martin, dit Elizabeth. J'aimerais beaucoup la rencontrer, ainsi que les autres pupilles. Est-ce possible ? Ou est-ce que ce serait ressenti comme une intrusion, une curiosité malsaine ? Lyndon et moi avons créé une école pour les enfants du village, mais je joue avec l'idée d'ouvrir un pensionnat pour héberger ceux qui habitent trop loin.

— Je pense que mes élèves seraient enchantées de vous rencontrer, répondit Mlle Martin.

— Je viens juste de persuader Mlle Martin de me laisser venir pour les mêmes raisons, intervint Joseph. J'ai fait la connaissance de deux de ses anciennes élèves lorsque je les ai escortées jusqu'à Londres, il y a quelques semaines, et elles sont à présent à Lindsey Hall, l'une comme préceptrice des enfants Hallmere, l'autre des enfants d'Aidan Bedwyn.

— Dans ce cas, nous irons ensemble, proposa Elizabeth. Est-ce que demain après-midi vous conviendrait, mademoiselle Martin, si le temps le permet ?

Et tout fut arrangé – aussi simplement que cela.

Le lendemain, il verrait Lizzie.

Et Mlle Martin.

Lily et Neville rentraient, remarqua-t-il.

Portia et McLeith étaient restés dans le parc.

Lorsqu'elle reviendrait, se dit Joseph, il s'arrangerait pour passer le reste de la soirée avec elle. Il allait l'aimer, sacrebleu, même si en tomber amoureux lui semblait impossible. Il lui devait bien cela.

Sur ce, Mlle Martin lui souhaita une bonne soirée, et alla rejoindre les Butler et les Whitleaf. De loin, il la vit s'animer et resplendir.

15

Quelques-unes des élèves les plus âgées étaient allées se promener. L'une des plus jeunes jouait laborieusement de l'épinette dans la salle d'étude de Lindsey Hall. Blottie sur le rebord d'une fenêtre, une autre lisait. Une troisième brodait une pâquerette dans le coin d'un mouchoir. Molly lisait *Robinson Crusoé* à Becky, la fille aînée de lady Aidan, qui écoutait avec grand intérêt. Claudia apprenait à tricoter à Lizzie, le colley couché à leurs pieds.

La porte s'ouvrit sur Eleanor, qui revenait d'un petit déjeuner prolongé avec la duchesse.

— Mademoiselle Martin, le duc de McLeith aimerait vous voir. Je vais rester avec les filles. Oh, Lizzie apprend à tricoter ? Est-ce que je peux aider ? Et excusez-moi, Molly, d'avoir interrompu votre lecture. Continuez, je vous en prie.

Elle adressa un regard espiègle à Claudia. Elles avaient eu une longue conversation après la dernière visite de Charlie. Eleanor était convaincue que l'intérêt de ce dernier était plus que fraternel.

Claudia le trouva dans le petit salon du rez-de-chaussée, en conversation avec le duc de Bewcastle et lord Aidan, lesquels se retirèrent peu après.

Elle s'assit. Charlie non. Se campant devant la fenêtre, il noua les mains dans le dos.

— Depuis que vous m'avez obligé à penser au passé, les vannes de ma mémoire se sont ouvertes, commença-t-il. Pas seulement en ce qui concerne les événements, lesquels s'oublient facilement, mais aussi les sentiments, qu'on ne peut qu'enfouir. Cette dernière semaine, je n'ai fait que me rappeler le chagrin que j'ai éprouvé après vous avoir quittée, la détresse qui m'empêchait de revenir vous affronter lorsque j'ai compris que je devrais épouser quelqu'un d'autre.

— Quelqu'un de votre monde, précisa-t-elle. Quelqu'un dont la naissance et les manières ne vous feraient pas honte.

Il se retourna vers elle.

— Je n'ai jamais pensé cela de vous, Claudia.

— Vraiment ? Quelqu'un a imité votre écriture pour rédiger cette dernière lettre, alors ?

— Je n'ai pas écrit cela ! protesta-t-il.

— Vous étiez désolé d'être aussi franc avec moi, mais, en vérité, vous n'auriez pas dû être élevé chez nous dans la mesure où la possibilité que vous héritiez d'un duché existait. Vous auriez dû recevoir dès le début un environnement et une éducation plus conformes à votre statut. Le fait d'avoir vécu avec nous toutes ces années vous mettait dans une situation embarrassante vis-à-vis de vos pairs. Je devais comprendre pourquoi il vous semblait nécessaire de rompre tout lien avec moi. Vous étiez *duc* désormais. Vous ne deviez pas entretenir des relations trop étroites avec des inférieurs. Vous alliez épouser lady Mona Chesterton, qui était tout ce que devait être une duchesse.

— Claudia ! s'écria-t-il, abasourdi. Je n'ai pas écrit cela !

— Alors, je me demande qui l'a fait. Perdre quelqu'un qu'on aime est le pire qui puisse vous arriver, Charlie. Mais être rejetée parce qu'on est jugée inférieure, indigne, méprisable... Recouvrer confiance en moi m'a pris des années. Recoller les morceaux de mon cœur aussi. Vous êtes étonné que je n'aie pas été enchantée de vous revoir à Londres il y a quelques semaines?

— Claudia! souffla-t-il en se passant la main dans les cheveux. Seigneur! Je devais être bouleversé au point de ne plus savoir ce que je faisais.

Elle n'en croyait rien. Devenir duc lui était monté à la tête. Cela l'avait rendu vaniteux et arrogant, et toutes sortes de choses odieuses dont elle ne l'aurait jamais cru capable.

Il s'assit sur un fauteuil près de la fenêtre et la regarda.

— Pardonnez-moi, Claudia. Pour l'amour de Dieu, pardonnez-moi. J'ai été encore plus stupide que je ne m'en souvenais. Mais vous, vous avez surmonté tout cela. Vous avez même magnifiquement réussi, en fait.

— Ah bon?

— Vous avez prouvé que vous étiez la personne forte que j'avais soupçonnée. Et, moi, j'ai payé mon tribut au destin qui avait décrété que, par deux fois, je serais arraché à mon environnement familier. Mais, aujourd'hui, rien ne nous empêche de retourner là où nous étions lorsque j'avais dix-huit ans et vous, dix-sept. Non?

Que voulait-il dire? Retourner à quoi?

— J'ai une vie, avec des responsabilités envers d'autres personnes. J'ai mon école. Et vous avez des devoirs que vous seul pouvez accomplir. Vous avez votre fils.

— Aucun de ces obstacles n'est insurmontable. Nous avons été séparés pendant dix-huit ans, Claudia – la moitié de ma vie. Allons-nous le rester encore jusqu'à la fin de nos jours juste parce que vous avez une école et moi un fils – qui, à propos, est presque un adulte? Ou bien allez-vous enfin m'épouser?

Elle eut peur après coup que sa mâchoire ne se soit décrochée.

Si seulement elle l'avait vu venir, si seulement elle avait cru Eleanor, elle se serait préparée. Au lieu de quoi, elle le fixait stupidement, sans mot dire.

Il s'approcha d'elle et se pencha pour lui prendre les mains.

— Rappelez-vous comme nous étions heureux ensemble, Claudia. Rappelez-vous comme nous nous aimions avec cette passion dévorante dont les très jeunes gens n'ont pas peur. Rappelez-vous comme nous avons fait l'amour sur cette colline – sûrement la seule fois de ma vie où j'ai vraiment *fait l'amour*. C'était il y a très longtemps, mais il n'est pas trop tard pour nous. Épousez-moi, ma chérie, et je me rachèterai pour cette maudite lettre et le vide de dix-huit années de votre vie.

— Ma vie n'a pas été vide, Charlie.

Si, elle l'avait été. Dans certains domaines du moins.

— Dites-moi que vous ne m'aimiez pas, fit-il.

— Je vous aimais, murmura-t-elle en fermant les yeux. Vous le savez.

— Et vous m'aimez aujourd'hui.

Les souvenirs de cet amour de jeunesse l'assaillirent de toutes parts, bouleversants. Mais il n'était pas possible de faire machine arrière, d'oublier qu'à peine sorti de l'enfance, il avait été capable de détruire l'unique personne qu'il avait promis d'aimer plus que la vie.

Il arrivait trop tard. Il n'était pas l'homme qu'il lui fallait.

— Charlie, nous avons tous deux changé au cours de ces dix-huit ans. Nous sommes des êtres différents.

— Oui. J'ai moins de cheveux et vous êtes une femme, et non plus une jeune fille. Mais dans le cœur, Claudia ? Ne sommes-nous pas les mêmes, ne le serons-nous pas toujours ? Vous ne vous êtes pas mariée alors que, avant même mon départ, quantité de jeunes gens auraient bien voulu accéder au statut de prétendant. Cela en dit long. Et j'ai admis que je n'avais pas été heureux avec Mona, bien que je lui aie été rarement infidèle.

Rarement ? Oh, Charlie !

— Je ne peux pas vous épouser, dit-elle en s'inclinant vers lui. Si nous nous étions mariés à cette époque, Charlie, nous aurions mûri ensemble, et je pense que je vous aurais aimé toute ma vie. Mais voilà, cela n'a pas eu lieu.

— L'amour peut donc mourir ? M'avez-vous jamais aimé vraiment, alors ?

Une bouffée de colère la submergea. L'avait-il, *lui*, aimée vraiment ?

— Certaines formes d'amour meurent lorsqu'elles ne sont pas alimentées. Je me suis remise à vous aimer peu à peu après vous avoir revu à Londres, mais en ami d'enfance.

Charlie crispa la mâchoire, comme jadis lorsqu'il était en colère ou bouleversé.

— J'ai parlé trop tôt, dit-il. J'avoue que la violence de mes sentiments m'a surpris. Je vous donnerai le temps de me rattraper sur ce chemin. Ne dites pas un non définitif aujourd'hui. Vous l'avez déjà fait, mais oublions-le. Laissez-moi vous courtiser… et vous faire oublier ce que je vous ai écrit un jour.

Il lui pressa les mains, puis les lâcha.

— Mon Dieu, Charlie, regardez-moi. Je suis une vieille fille de trente-cinq ans, maîtresse d'école de surcroît.

Il eut un lent sourire.

— Vous êtes Claudia Martin, la fille hardie et pleine de vie que j'aimais, mais qui se cache dans la peau d'une maîtresse d'école. Quelle mascarade ! auriez-vous dit alors, si vous aviez pu lire l'avenir.

Si elle l'avait pu, elle aurait été saisie d'horreur.

— Ce n'est pas une mascarade, dit-elle.

— Permettez-moi de ne pas être d'accord. À présent, il faut que je m'en aille. On m'attend à Alvesley pour le déjeuner. Mais je reviendrai si je peux.

Comme la vie était étrange ! songea-t-elle, une fois seule. Pendant des années, elle n'avait eu que l'école pour tout univers, ayant supprimé depuis longtemps toute idée d'amour et de mariage. Puis, un beau jour, elle avait pris la décision apparemment innocente d'accompagner Flora et Edna à Londres, et son univers entier en avait été bouleversé.

Comment parviendrait-elle à recouvrer la tranquillité et la relative satisfaction de sa vie habituelle lorsqu'elle aurait regagné Bath ? s'interrogea-t-elle non sans inquiétude.

On frappa un coup bref à la porte, et Eleanor entra.

Ah, vous êtes toujours là ! fit-elle. Je viens de voir le duc partir. Louise joue encore de l'épinette, mais les autres sont sorties – sauf Molly et Lizzie. Becky les a emmenées à la nursery pour leur montrer sa petite sœur, Hannah, et ses innombrables cousins. Lizzie se débrouille très bien, Claudia, quand bien même vous l'avez trouvée en train de pleurer dans son lit, ce matin.

— Tout est à la fois si ahurissant et passionnant pour elle, dit Claudia.

— Pauvre enfant... On se demande quelle vie elle a eue avant de venir ici. Est-ce que M. Hatchard en a parlé ?

— Non.

— Le duc de McLeith n'est pas resté longtemps.

— Il m'a demandé de l'épouser.

— Non ! s'écria Eleanor. Et ?

— J'ai refusé, bien entendu.

— *Bien entendu* ? répéta Eleanor en s'asseyant dans le fauteuil le plus proche. Vous êtes sûre, Claudia ? C'est à cause de l'école ? Je ne vous en ai jamais parlé parce que cela semblait inapproprié, mais j'avoue que cela ne me déplairait pas de vous succéder. Et je pense être capable de diriger l'école d'une manière qui soit digne de vous. J'en ai d'ailleurs touché un mot à Christine qui a trouvé que c'était une merveilleuse idée. Elle serait prête à m'aider, soit par un prêt, soit même par un don, si je voulais bien l'accepter – et si l'occasion se présentait. Wulfric, qui lisait un livre dans la même pièce, a levé la tête et déclaré que ce serait un don, bien sûr. Donc, si votre refus est motivé par des inquiétudes au sujet de l'école...

— Oh, Eleanor, ce n'est pas cela ! Encore que j'en aurais sans doute éprouvé si j'avais eu envie d'accepter, admit Claudia en riant.

— Mais vous n'en aviez pas envie ? Il est si aimable et semble tellement attaché à vous. Et il doit avoir beaucoup d'argent, ce qui n'est pas une tare. Certes, il est *duc*, le pauvre homme, ce qui est un horrible désavantage.

— Je l'ai aimé autrefois, reconnut Claudia, mais ce n'est plus le cas. Et la vie que je mène me convient parfaitement. Le temps où je pouvais songer au mariage est révolu. Je préfère garder mon indépendance, même si ma fortune est minuscule.

— Moi, j'ai aimé autrefois – passionnément, murmura Eleanor. Mais il a été tué en Espagne, pendant les guerres napoléoniennes, et je n'ai jamais été tentée de le remplacer. Je préfère être seule. Si jamais vous changez d'avis, cependant, sachez que l'école ne doit pas être un obstacle.

Claudia lui sourit.

— Je m'en souviendrai si jamais je tombe violemment amoureuse. Merci, Eleanor.

Avant midi, les nuages s'étaient dissipés, si bien que Lily, Portfrey, Portia et trois des cousins de Kit décidèrent d'accompagner Joseph et Elizabeth à Lindsey Hall. Lily tenta bien de persuader McLeith de venir aussi, mais il y était déjà allé le matin même.

Presque tout le monde était dehors, nota Joseph en remontant l'allée de Lindsey Hall. Et, aussitôt, il chercha les enfants des yeux.

Après avoir laissé leurs chevaux à l'écurie, Portia, Lily, Elizabeth et lui traversèrent la pelouse tandis que les autres se dirigeaient vers la maison.

Une fillette chantait pendant que les autres dansaient avec moult éclats de rire et confusion autour d'un mât enrubanné. Joseph ne vit sa fille nulle part jusqu'à ce qu'il se rende compte, non sans surprise, qu'elle était parmi les danseuses. En fait, c'était elle qui causait la confusion – et les rires.

Elle s'accrochait à l'un des rubans des deux mains et dansait avec une gaucherie non dénuée de vigueur, suivie de Mlle Martin qui, un peu décoiffée et les joues roses, la guidait, les mains sur sa taille. Lizzie riait plus fort que tout le monde.

— Que c'est charmant ! commenta Elizabeth.

— C'est la fillette aveugle dont j'ai entendu parler ? demanda Portia sans s'adresser à quiconque en particulier. Elle gâche la danse des autres. Et elle se donne en spectacle, la pauvre enfant.

Lily se contenta de rire, en frappant dans ses mains en rythme.

Remarquant leur présence, les enfants s'arrêtèrent de danser et leur firent des révérences.

Lizzie s'accrocha à la jupe de Mlle Martin.

— Quelle bonne idée que cette danse autour d'un mât ! s'exclama Lily.

— C'est l'idée d'Agnes, expliqua Mlle Martin. Pour remplacer la partie de ballon prévue. C'est sa façon d'inclure dans nos jeux Lizzie Pickford, qui nous a rejointes cet été.

Son regard croisa brièvement celui de Joseph.

— Lizzie a pu tenir le ruban et danser en cercle sans buter sur les autres ni s'éloigner, poursuivit-elle.

— On devrait lui apprendre à danser, pour qu'elle soit plus gracieuse, suggéra Portia.

— J'ai trouvé qu'elle se débrouillait remarquablement bien, déclara Elizabeth.

— Moi aussi, renchérit Joseph.

Lizzie inclina la tête et son visage s'éclaira, et il eut presque envie qu'elle lui tende les bras et mette un terme à cette odieuse comédie.

Mais, l'air malicieux, elle leva le visage vers Mlle Martin qui posa le bras sur ses épaules.

— Continuez, dit Elizabeth. Nous ne voulions pas vous déranger.

Quelques enfants plus jeunes – qui n'étaient pas des élèves de Mlle Martin – prenaient Hallmere d'assaut en poussant des cris de joie, encouragés par lady Hallmere. Attaché à un arbre, Horace observait la scène avec placidité, tout en frappant le sol de la queue. S'arrachant à un groupe d'enfants, la duchesse se dirigea vers les nouveaux venus.

— Nous sommes toutes hors d'haleine, observa Mlle Martin. Il est temps de faire quelque chose de moins épuisant.

— Une partie de ballon ? suggéra l'une des filles les plus âgées.

Mlle Martin ne put retenir un gémissement, mais la personne en qui Joseph reconnut Mlle Thompson, s'approcha avec la duchesse.

— Je vais surveiller celles qui veulent jouer, proposa-t-elle.

— Horace a un collier et une laisse, annonça Lizzie fièrement. Je le tiens, et il m'emmène partout, et je ne me cogne pas, et je ne tombe pas.

— Comme c'est intelligent, chérie, fit Elizabeth. Vous pourriez peut-être nous faire une démonstration ?

— Cette enfant devrait apprendre à ne parler que lorsqu'on s'adresse à elle, remarqua Portia à mi-voix à l'intention de Joseph. La cécité n'est pas une excuse aux mauvaises manières.

— Mais peut-être que l'exubérance enfantine en est une, répliqua-t-il en regardant Lizzie chercher à tâtons la laisse que Mlle Martin finit par lui tendre.

Il eut toutes les peines du monde à ne pas lui venir en aide le premier.

— Je vais me promener avec vous, si vous voulez, Lizzie, proposa une fille de son âge en prenant sa main libre.

Lizzie se tourna dans la direction où elle avait entendu la voix de son père.

— Vous aimeriez vous promener aussi... monsieur ? hasarda-t-elle.

— Oh, vraiment ! s'exclama Portia. Quelle impudence !

— J'en serais enchanté, répondit Joseph. Mademoiselle... Pickford, n'est-ce pas ?

— Oui, répondit-elle dans un éclat de rire.

— Peut-être serait-il plus prudent que Mlle Martin vienne aussi, suggéra Lily.

— Quant à nous, nous allons nous reposer un instant ici, déclara la duchesse. Avant de rentrer prendre le thé. Comme je suis heureuse de vous voir tous !

Le chien s'élança au trot, et les deux fillettes le suivirent en poussant des cris. Soudain, il parut se souvenir de la mission qu'on lui avait confiée et ralentit l'allure. Il traversa une allée, puis contourna le bassin ayant apparemment pour objectif d'emmener son escorte de l'autre côté de la maison.

— J'espère, mademoiselle Martin, que vous n'êtes pas trop attachée à ce chien, observa Joseph, les mains dans le dos. Je doute que Lizzie s'en sépare de bon cœur à la fin de l'été. Il a l'air en bonne santé. Son poids a doublé, non, ou c'est un effet de mon imagination ?

— C'est un effet de votre imagination, Dieu merci ! Mais ses côtes ne sont plus visibles, et son pelage a retrouvé son lustre.

— Et Lizzie ! Est-ce bien elle, marchant main dans la main avec une autre fillette tout en tenant un chien en laisse ? Après avoir dansé autour d'un mât enrubanné, qui plus est ?

— Et tricoté, ajouta Mlle Martin.

— Comment pourrais-je jamais vous remercier ? fit-il en baissant les yeux sur elle.

— Je pourrais vous renvoyer votre question, avoua-t-elle en lui souriant. Vous m'avez lancé un défi. Parfois, on se laisse aveugler par la routine – ah, le jeu de mots n'était pas intentionnel.

Constatant qu'ils approchaient d'un lac, Joseph allongea le pas, mais Mlle Martin lui attrapa le bras.

— Voyons ce qui se passe, dit-elle. Il est peu probable que Horace file droit dans l'eau et, s'il le fait, Molly les retiendra.

Le chien s'arrêta bien avant d'atteindre la berge. Menant Lizzie un peu plus loin, Molly la fit s'agenouiller et tremper les mains dans l'eau.

Joseph les rejoignit et s'accroupit à côté de sa fille.

— Il y a quelques pierres le long de la berge, expliqua-t-il en en ramassant une. Si on les jette – le plus loin possible c'est encore mieux –, on entend le petit *plop* qu'elles font en fendant la surface de l'eau. Écoutez !

Sous le regard inquiet de Molly, il fit une démonstration tandis que Lizzie inclinait la tête et inhalait son odeur. Lorsque la pierre toucha l'eau, elle sourit et chercha sa main.

— Aidez-moi à trouver une pierre.

Il lui pressa la main et elle fit de même, mais à son sourire espiègle, il devina qu'elle prenait plaisir à leur petit jeu secret.

Durant quelques minutes, elle lança des pierres qu'il l'aidait à trouver. L'autre fillette les imita bientôt. Toutes deux riaient aux éclats lorsque l'une d'entre elles faisait un *plop* particulièrement sonore. Puis Lizzie en eut assez.

— Si on rejoignait les autres, Molly? suggéra-t-elle. Vous avez peut-être envie de jouer au ballon. Cela ne me gêne pas. Je m'assiérai et j'écouterai.

— Non, je les regarderai jouer avec vous, répondit Molly. Je n'arrive jamais à attraper le ballon, de toute façon.

— Mademoiselle Martin, fit Lizzie, est-ce que, vous et p... et ce monsieur, vous voulez bien rester ici? Je voudrais vous montrer qu'on peut rentrer seules. Pensez-vous que nous en soyons capables, monsieur?

— Je serai très impressionné si vous y arrivez, avoua-t-il. Allez-y. Mlle Martin et moi allons regarder.

Elles partirent, le chien en tête.

— Est-ce que ses ailes ne poussent pas trop vite? demanda-t-il tristement lorsque les enfants se furent éloignées.

— Ma foi, j'espère qu'elle ne deviendra pas trop hardie trop vite, reconnut Mlle Martin. Mais je ne suis pas inquiète. Elle sait qu'elle a besoin de Molly ou d'Agnes, ou de l'une des autres filles. Et d'Horace, bien sûr. Cet été sera une bonne expérience pour elle.

— Asseyons-nous un instant, voulez-vous? proposa-t-il, et ils s'assirent côte à côte sur la berge du lac.

Elle plia les genoux et les entoura de ses bras.

Il ramassa une autre pierre et fit des ricochets.

— Oh, j'étais capable de faire cela quand j'étais enfant, dit-elle. Je me souviens encore du jour où j'ai fait ricocher la pierre six fois. Mais il n'y avait pas de témoin, hélas, et personne ne m'a crue.

— Vos élèves ont vraiment de la chance de vous avoir pour directrice, déclara-t-il en riant.

— Ah, mais n'oubliez pas que ce sont les vacances ! Je suis différente pendant l'année scolaire. Je mène mes élèves à la baguette, lord Attingsborough. Il le faut.

Il se rappela comme toutes les jeunes filles s'étaient pétrifiées lorsque leur directrice était sortie de l'école juste avant de quitter Bath avec lui.

— La discipline peut être obtenue sans humour ni sentiment, ou avec les deux, dit-il. Vous l'obtenez avec les deux. J'en suis convaincu.

Elle resserra les bras autour de ses genoux et ne répondit pas.

— Avez-vous jamais eu envie d'une vie différente ? demanda-t-il.

— J'aurais pu en avoir une. Ce matin encore, j'ai reçu une demande en mariage.

McLeith ! Qui était venu ce matin lui rendre visite.

— McLeith ? Et vous *auriez pu* ? Vous avez donc dit non ?

— En effet.

À sa grande honte, il en fut heureux.

— Vous n'arrivez pas à lui pardonner ?

— Pardonner n'est pas simple. On peut pardonner certaines choses, mais pas les oublier. Je lui ai pardonné, et je peux être son amie, mais rien de plus. Je n'aurai jamais la certitude qu'il ne fasse pas de nouveau ce qu'il a fait.

— Vous ne l'aimez plus ?

— Non.

— L'amour ne dure donc pas toujours ?

— Il m'a posé la même question ce matin. Non, l'amour ne dure pas toujours. En tout cas, pas après avoir été trahi. On s'aperçoit qu'on a aimé un mirage, quelqu'un qui n'existait pas vraiment. Oh, cet amour ne meurt pas immédiatement, loin de là ! Mais, quand cela arrive, c'est pour de bon.

— Je ne pensais pas que je cesserais un jour d'aimer Barbara, confessa-t-il. Mais, c'est arrivé. Je la regarde avec tendresse lorsque je la rencontre, mais je doute de pouvoir l'aimer de nouveau, même si nous étions libres, elle et moi.

Sentant qu'elle le fixait, il tourna la tête et soutint son regard.

— C'est une consolation de savoir que l'amour finit par mourir. Pas une très grande consolation au début, c'est vrai, mais un réconfort tout de même.

— Vraiment ? fit-il doucement.

Il ne savait pas si elle parlait d'eux. Mais l'atmosphère entre eux parut soudain se charger de tension.

— Non, admit-elle dans un souffle. Pas du tout, en réalité. Que d'absurdités nous débitons parfois... L'indifférence future ne console pas du chagrin présent.

Lorsqu'il se pencha et posa les lèvres sur les siennes, elle ne se déroba pas. Sa bouche frémit et l'accueillit sans réticence.

— Claudia, murmura-t-il un instant plus tard en appuyant le front contre le sien.

— Non ! s'écria-t-elle.

Elle s'écarta et se leva, les yeux rivés sur le lac.

— Je suis désolé.

Et c'était vrai. Il était désolé pour ce qu'il lui avait fait et pour l'outrage fait à Portia. Et désolé aussi de n'avoir pas su se contrôler.

— Suis-je condamnée à revivre tous les dix-huit ans la même histoire ? demanda-t-elle. Un duc ou un duc en puissance choisit une épouse qui convient à sa position et me laisse derrière avec mon chagrin.

Oh, horreur !

Il inspira lentement. Profondément.

— Et qu'ai-je dit ? reprit-elle. Qu'est-ce que je viens d'avouer ? Mais peu importe, n'est-ce pas ? Vous aviez sûrement deviné. Comme je dois sembler pathétique !

— Grands dieux ! cria-t-il en se levant à son tour. Vous croyez que je vous ai embrassée par pitié ? Je vous ai embrassée parce que je...

240

— *Non !* s'écria-t-elle en faisant volte-face, la main levée pour l'interrompre. Ne le dites pas. S'il vous plaît, ne le dites pas, même si vous le pensez. Je ne supporterais pas de l'entendre.

— Claudia… fit-il avec douceur.

— Mlle Martin pour vous, lord Attingsborough, répliqua-t-elle, endossant de nouveau son personnage de maîtresse d'école en dépit de son chignon un peu défait. Nous oublierons ce qui s'est passé ici, à Vauxhall et au bal Kensington. Nous *oublierons*.

— Le pourrons-nous ? Je suis désolé de vous avoir bouleversée. C'est inexcusable de ma part.

— Je ne vous reproche rien. Je ne suis pas née de la dernière pluie. Je ne peux même pas me raconter que je suis tombée dans les rets d'un débauché, même si c'est ce à quoi je m'attendais lorsque je vous ai vu pour la première fois. Au lieu de quoi, vous êtes un vrai gentleman que j'apprécie et que j'admire. C'est là le problème, je suppose. Mais je jacasse. Retournons auprès des autres sinon tout le monde – et Mlle Hunt en particulier – se demandera ce que je mijote.

Et pourtant, songea-t-il comme ils regagnaient la pelouse, sans se toucher ni se parler, ils n'étaient pas restés plus de quelques minutes seuls après le départ des fillettes.

Minutes qui avaient causé de graves dégâts dans leurs vies respectives. Il ne pouvait même plus prétendre ne pas l'aimer. Elle ne pouvait plus feindre de ne pas l'aimer.

Et ils n'avaient plus assez confiance en eux-mêmes pour rester seuls.

Cette perte fit à Joseph l'effet d'un coup de poing dans l'estomac.

16

De retour de Lindsey Hall, Joseph et Portia s'assirent sur un banc devant les parterres fleuris qui ornaient le côté est de la maison. Il se sentait mortellement déprimé. Parce qu'il avait passé très peu de temps avec Lizzie, et que la comédie, qui avait paru amuser sa fille, l'avait, lui, écœuré. Parce que Claudia Martin et lui devaient à présent demeurer à distance l'un de l'autre. Il ne pourrait même plus jouir de son amitié.

Et enfin, parce qu'il n'était toujours pas parvenu à découvrir la moindre étincelle de chaleur, de générosité, de passion sous la façade irréprochable que Portia présentait au monde. Ce n'était pourtant pas faute d'avoir essayé.

Je suis content que vous aimiez monter à cheval, avait-il dit tandis qu'ils revenaient à Alvesley. C'est l'une de mes activités préférées. Ce sera quelque chose que nous pourrons faire ensemble.

— Oh, avait-elle répliqué, je ne m'attends pas que vous traîniez autour de moi toute la journée ni moi autour de vous. Nous aurons chacun nos obligations et nos plaisirs.

— Et ces plaisirs ne peuvent pas être pris ensemble ?

— Quand cela sera nécessaire, avait-elle dit. Nous recevrons beaucoup, bien sûr, surtout quand vous serez duc d'Anburey.

Il avait insisté.

— Mais les plaisirs privés ? Marcher ensemble, dîner ensemble, ou simplement passer une soirée à lire ou discuter au salon ? Nous ne prévoirons pas du temps pour cela ?

Il n'avait pas ajouté faire l'amour aux autres plaisirs privés auxquels ils pourraient aimer à se livrer une fois mariés.

— J'imagine que vous serez très occupé, avait-elle riposté. Et je le serai aussi sûrement en tant que marquise d'Attingsborough, puis duchesse d'Anburey. Je ne veux pas que vous vous sentiez obligé de me distraire.

Décontenancé, il n'avait pas insisté.

À présent, il tentait de la faire se détendre et prendre plaisir à la beauté qui les entourait.

— Écoutez ! avait-il dit quelques minutes plus tôt en levant la main. Avez-vous jamais pensé à tout ce que nous manquons dans la vie à force d'être constamment occupés ? Écoutez, Portia.

Un ruisseau, que franchissait un pont en bois, traversait le fond du jardin. Les oiseaux s'égosillaient aussi énergiquement que ceux de Richmond Park. Joseph entendait le clapotis de l'eau, sentait la chaleur de l'air, l'odeur des fleurs.

Elle avait observé un silence poli durant quelques minutes.

— C'est en étant occupé, avait-elle finalement déclaré, que nous nous montrons dignes de notre humanité. L'oisiveté doit être évitée, et même méprisée. Elle nous rabaisse au niveau des animaux.

— Comme le chien de Lizzie Pickford assis au pied d'un arbre et attendant de l'emmener où elle le désire en toute sécurité ? avait-il demandé avec un sourire.

Évoquer Horace avait été une erreur.

— Cette enfant n'aurait pas dû être récompensée pour s'être montrée aussi audacieuse en présence de ses supérieurs. La cécité n'est pas une excuse. C'était très bien de votre part de l'accompagner jusqu'au lac, du reste, la duchesse de Bewcastle a tenu à souligner votre gentillesse et votre bon caractère, mais elle s'est sûrement étonnée de votre manque de discrimination.

— Mon manque de *discrimination* ?

— Son propre fils, le marquis de Lindsey, était là, ainsi que les enfants du marquis de Hallmere, du comte de Rosthorn et de lord Aidan Bedwyn. Il aurait peut-être été plus approprié de vous intéresser à l'un d'eux.

— Aucun d'eux ne m'a demandé d'aller me promener avec lui, avait-il dit. Et aucun d'eux n'est aveugle.

Et aucun d'eux n'était son enfant.

— La duchesse de Bewcastle est fort aimable, avait repris Portia. Je ne peux cependant m'empêcher de me demander si le duc ne regrette pas de l'avoir épousée. Elle était institutrice de village. Son père aussi. Sa sœur exerce le même métier dans l'école de Mlle Martin. Et voilà leur maison encombrée de toutes ces pauvresses dont elle en parle comme si elles lui donnaient autant de plaisir que les enfants de la famille du duc. Elles ne devraient pas être là. Pour leur propre bien, elles ne le devraient pas.

— Pour leur propre bien ?

— Il leur faut apprendre ce qui les sépare de leurs supérieurs. Et comprendre que des endroits comme Lindsey Hall ne sont pas pour elles. Il est très cruel de leur y faire passer des vacances.

— Elles devraient donc rester à l'école à coudre et à raccommoder tout en se régalant de pain et d'eau fraîche ?

— Ce n'est pas du tout ce que je veux dire, avait-elle protesté. Vous serez sûrement d'accord avec moi pour dire que ces créatures ne devraient pas fréquenter la même école que les élèves payantes, qui ne sont, certes, que les filles de marchands, d'avocats, de médecins, mais qui appartiennent à la classe moyenne, et non la basse, ce qui est très différent.

— Ainsi, vous n'aimeriez pas que votre fille aille là-bas ?

Elle l'avait regardé, puis avait ri, l'air sincèrement amusé.

— Nos filles seront éduquées à la maison, comme, j'en suis sûre, vous le souhaitez.

— Par une préceptrice qui sortira peut-être de l'école de Mlle Martin ?

— Bien sûr. Par une servante.

Voilà pourquoi Joseph sentait son moral glisser jusque dans ses bottes. Il n'avait aucun espoir, aucun rayon de lumière auquel se raccrocher. Il aurait dû exiger une période de cour convenable avant de s'engager à faire sa demande. Il aurait dû...

Mais à quoi bon tout cela ? Il était fiancé à Portia Hunt. Il était aussi irrémédiablement lié à elle que si les noces avaient été célébrées.

Des voix féminines leur parvinrent de la terrasse et, peu après, Lauren, Gwen, Lily et Anne Butler apparurent.

— Ah, nous dérangeons votre paix, fit Lauren en les apercevant. Mais n'ayez crainte, nous ne restons pas.

— Nous allons grimper sur la colline pour admirer la vue et mettre au point un nouveau projet, expliqua Lily. Un grand pique-nique, la veille de l'anniversaire. Au retour de Lindsey Hall, Elizabeth et moi avons décrit la scène délicieuse à laquelle nous avons assisté à notre arrivée, avec tous ces enfants qui s'amusaient sur la pelouse.

— Et ma belle-mère et moi avons réalisé qu'il y a aussi beaucoup d'enfants ici, et qu'ils seront exclus de cette fête d'anniversaire, enchaîna Lauren. Aussi avons-nous décidé de leur offrir un goûter en plein air.

246

— Comme c'est charmant ! murmura Portia.

— À présent, il faut l'organiser, intervint Mme Butler. Et en tant qu'ex-institutrice, je suis censée être une experte.

— Lauren et lady Redfield vont inviter tous les enfants de Lindsey Hall et du voisinage, dit Gwen. Une véritable petite armée !

— Les élèves de Mlle Martin aussi ? demanda Joseph.

— Bien sûr que non, répliqua Portia, choquée.

— Bien sûr que oui, répondit simultanément Lily. Elles étaient charmantes, n'est-ce pas, lorsqu'elles dansaient autour du mât ? Surtout cette petite fille aveugle que son infirmité ne décourageait pas.

— Lizzie ?

— Oui, Lizzie Pickford, répondit-elle. Lauren va les inviter toutes.

— Alvesley pourrait bien ne plus jamais être la même maison, déclara Lauren en riant. Et je ne parle pas de nous.

Joseph lui sourit. Il se souvenait de l'époque où elle était aussi hautaine et apparemment dépourvue d'humour que Portia. L'amour l'avait transformée en une femme chaleureuse et gaie. Y avait-il une étincelle d'espoir pour lui après tout ? Il devait persévérer. Il devait trouver le chemin du cœur de Portia. C'était impératif. L'alternative était trop sinistre à envisager.

— Vous venez avec nous ? proposa Gwen en s'adressant à Portia.

— Le soleil est trop chaud. Nous allons retourner à la maison.

Les dames repartirent d'un bon pas sur le chemin qui montait vers la colline, même Gwen qui pourtant boitait des suites d'un accident de cheval.

— Il reste à espérer qu'elles organiseront ce pique-nique avec soin, commenta Portia comme Joseph lui offrait le bras pour rentrer. Il n'y a rien de pire que des enfants surexcités.

— Rien n'est pire pour les adultes qui s'en occupent, rectifia-t-il en riant. Mais rien n'est plus divin pour les enfants eux-mêmes.

Lizzie viendrait-elle ? se demandait-il.

Et Claudia Martin ?

Quatre jours durant, Claudia ne vit pas le marquis d'Attingsborough. Ce qui lui convenait parfaitement. Elle devait l'oublier – c'était aussi brutal et aussi simple que cela – et la meilleure façon d'y parvenir était de ne plus le voir.

Mais Lizzie en souffrait.

Oh, extérieurement elle semblait s'épanouir. Elle était moins pâle et moins fluette. Elle avait des amies toujours prêtes à lui faire la lecture ou à l'emmener quelque part. Elle pouvait écouter de la musique, car certaines des fillettes aimaient jouer de l'épinette et d'autres chanter. Claudia lui racontait des anecdotes historiques, puis l'interrogeait. Heureuse découverte, Lizzie avait une bonne mémoire. Elle pouvait donc être éduquée. Elle dicta deux autres histoires, l'une à Claudia, l'autre à Eleanor, et ne se lassa pas de les écouter. Elle aimait tricoter, bien que son incapacité à voir une maille filée et à la récupérer quand on la lui signalait, était un problème pour lequel personne n'avait encore trouvé de solution.

Horace était un compagnon fidèle et un guide de plus en plus efficace. La fillette devenait de jour en jour plus audacieuse, faisant de courtes promenades avec le chien pour toute compagnie tandis que Claudia, Agnes ou Molly les suivait des yeux ou, au contraire, les précédait pour entraîner Horace dans la direction désirée.

Elle était plus ou moins la préférée des adultes qui venaient lui parler ou l'incluaient dans leurs activités lorsqu'elle ne pouvait participer aux jeux des autres. Lord Aidan Bedwyn l'emmena un jour en promenade, l'installant devant lui, sur sa selle, tandis que ses enfants montaient leurs chevaux, sauf la plus petite, que leur mère avait prise avec elle.

Mais en dépit de tout cela, Lizzie souffrait.

Un après-midi où Eleanor et les enfants étaient parties pour une longue randonnée, Claudia la trouva roulée en boule sur son lit, les joues mouillées de larmes.

— Lizzie ? fit-elle en s'asseyant près d'elle. Vous êtes triste d'avoir dû rester à la maison ? Voulez-vous que nous fassions quelque chose ensemble ?

— Pourquoi est-ce qu'il ne revient pas ? gémit la fillette. C'est à cause de quelque chose que j'ai fait ? C'est parce que je l'ai appelé monsieur au lieu de papa ? C'est parce que je lui ai demandé de rester avec vous près du lac pour qu'il voie que je pouvais rentrer avec juste Horace et Molly ?

Claudia lui caressa les cheveux.

— Ce n'est pas à cause de vous ni à cause de quelque chose que vous avez fait. Votre papa est très occupé à Alvesley. Je sais que vous lui manquez autant qu'il vous manque.

— Il va m'envoyer dans votre école. Je *sais* qu'il va le faire. Il va épouser Mlle Hunt – il me l'a dit à Londres. Est-ce que c'est la dame qui a dit que je dansais mal ?

— Et vous ne voulez pas aller dans mon école ? demanda Claudia. Même si Molly, Agnes et les autres filles y sont, ainsi que Mlle Thompson et moi ?

— Je veux être à la maison avec mon papa. Et je veux que vous et Horace veniez nous voir. Tous les jours. Et je veux que papa reste la nuit. Toutes les nuits. Je veux… je veux être à la maison.

Claudia continua à lui caresser la tête. Elle ne dit rien, mais son cœur saignait pour cette petite fille qui ne désirait que ce que tout enfant devrait avoir. Au bout de quelques minutes, Lizzie s'endormit.

Mais le lendemain, Claudia fut en mesure de lui annoncer des nouvelles plus gaies. Elle venait de les apprendre de Susanna et d'Anne qui arrivaient tout juste d'Alvesley avec lady Ravensberg. Et Lizzie, avait décidé Claudia, serait la première des filles à être au courant. Elle se tenait près de la fontaine avec Molly. Malgré un vent frais, les deux fillettes s'amusaient à tremper les doigts dans l'eau.

— Nous sommes toutes invitées à un pique-nique demain à Alvesley Park.

— Un pique-nique ? répéta Molly, les yeux comme des soucoupes. Nous toutes, mademoiselle ?

— Vous toutes, déclara Claudia en souriant. Et ce sera très amusant.

— Les autres le savent ? demanda Molly, d'une voix stridente.

— Vous êtes les premières.

— Je vais leur dire, s'écria Molly avant de s'éloigner en courant.

Le visage de Lizzie semblait s'être éclairé de l'intérieur.

— Moi aussi, j'y vais ? À Alvesley ? Là où est mon papa ?

— Absolument.

— Oh, souffla Lizzie.

Elle s'accroupit et tâtonna à la recherche de la laisse.

— Est-ce qu'il sera heureux de me voir ?

— À mon avis, il compte les heures, répondit Claudia.

— Emmène-moi dans ma chambre, Horace, ordonna la fillette. Mademoiselle Martin, combien d'heures cela fait-il ?

La ramener à sa chambre était trop demander à Horace, bien sûr, bien qu'avec le temps il en fût certainement capable. Il veillait à ce que Lizzie ne bute sur aucun obstacle, mais n'avait pas véritablement le sens de l'orientation, malgré la foi que Lizzie avait en lui. Claudia ouvrit donc la marche, et Horace trotta derrière elle, tirant Lizzie à sa suite.

La fillette eut du mal à s'endormir ce soir-là. Claudia dut s'asseoir à son chevet et lui lire l'une de ses histoires, Horace blotti entre elles.

Claudia doutait de pouvoir dormir elle aussi. Elle avait décidé à contrecœur qu'elle devait accompagner les filles à Alvesley – Eleanor ne pourrait en assumer seule la responsabilité. Mais elle n'en avait vraiment, vraiment pas envie.

Il était inutile d'espérer que le marquis d'Attingsborough se tiendrait à l'écart des enfants. Il devait se languir de Lizzie autant qu'elle de lui.

Était-ce juste dans son imagination que le second chagrin d'amour était pire que le premier ? Probablement, admit-elle. Mais, alors qu'à l'âge de dix-sept ans, elle avait voulu mourir, aujourd'hui elle voulait vivre – elle voulait retrouver la vie qu'elle menait avant cet après-midi où elle avait découvert le marquis d'Attingsborough dans le salon réservé aux visiteurs de son école.

Elle reprendrait cette vie-là. Elle vivrait, et réussirait à être de nouveau heureuse. Oui, elle le ferait. Cela prendrait juste un peu de temps, c'est tout.

Mais le revoir n'allait pas l'aider.

Pour Joseph, le désir de voir Lizzie était comme une douleur physique qui le taraudait. Chaque jour, il devait lutter contre l'envie de galoper jusqu'à Lindsey Hall. Il s'était retenu en partie parce qu'il n'arrivait pas à trouver un prétexte pour s'y rendre, et en partie parce qu'il devait autant à Claudia Martin qu'à Portia Hunt de rester à l'écart.

Mais c'était à Mlle Martin qu'il pensait lorsque les voitures de Lindsey Hall arrivèrent en convoi, l'après-midi du goûter, et que la moitié des habitants d'Alvesley et tous les enfants sortirent accueillir les invités. Il y eut bientôt une bruyante mêlée d'adultes et d'enfants, ces derniers se faufilant entre les jambes des premiers et s'adressant les uns aux autres d'un ton aussi strident que s'ils se trouvaient à des kilomètres de distance.

Joseph, qui était sorti lui aussi, aperçut Claudia Martin descendant de l'un des véhicules. Elle portait une robe de coton qu'il lui avait déjà vue à Londres et son chapeau de paille habituel. Elle arborait aussi une expression sévère, presque sombre, qui suggérait qu'elle aurait préféré être n'importe où ailleurs. Elle se retourna pour aider quelqu'un à descendre de voiture.

Lizzie ! Toute belle avec sa robe blanche et ses cheveux retenus par un nœud blanc.

Il se précipita vers elles.

— Vous permettez, dit-il en tendant les bras pour soulever sa fille.

Elle inspira profondément.

— Papa, murmura-t-elle.

— Chérie…

Le chien sauta de la voiture et courut autour d'eux en aboyant, et Molly descendit derrière lui.

— Merci, monsieur, dit Lizzie avec un sourire malicieux. Êtes-vous le gentleman qui nous a accompagnées au lac la semaine dernière ?

— C'est moi, en effet, répondit Joseph qui, par mesure de précaution, noua les mains dans le dos. Et vous êtes… mademoiselle Pickford, je crois ?

— Vous ne vous trompez pas.

Là-dessus, elle pouffa de rire – un rire joyeux de petite fille espiègle.

Puis d'autres fillettes jaillirent de la voiture, et l'une des plus âgées prit Lizzie par la main tandis que Molly lui prenait l'autre. Elles l'emmenèrent vers une autre voiture d'où sortaient le reste du groupe et Mlle Thompson.

Joseph regarda Mlle Martin avec incrédulité. Était-ce bien cette maîtresse d'école, à l'air sévère et collet monté, qu'il avait embrassée et dont il s'était épris ?

Puis leurs yeux se rencontrèrent, et ce ne fut plus du tout incroyable. Il retrouva instantanément la femme passionnée et chaleureuse qui se cachait sous la façade austère.

— Bonjour, Claudia, dit-il à mi-voix.

— Bonjour, lord Attingsborough, répondit-elle d'un ton brusque.

Puis elle regarda par-dessus l'épaule de Joseph et sourit.

— Bonjour, Charlie.

Sentant que l'on tirait sur le pompon d'une de ses bottes, Joseph baissa les yeux, et découvrit le plus jeune fils de Wilma et de Sutton qui lui tendait la main.

— Oncle Joseph, bras, bras, ordonna-t-il.

Oncle Joseph se baissa obligeamment pour soulever l'enfant qu'il hissa ensuite sur ses épaules.

Les voitures vides de Lindsey Hall s'éloignèrent pour céder la place à d'autres venant de propriétés voisines. Dix minutes plus tard, une véritable armée d'enfants – pour reprendre le terme de Gwen – se rendait en ordre dispersé sur une pelouse, à droite de la maison, les plus âgés courant en tête, les plus jeunes sur les épaules des adultes.

Ils seraient tous sourds avant que la journée soit finie, songea gaiement Joseph.

Lizzie et ses deux amies *sautillaient*, remarqua-t-il.

17

C'était vraiment très courageux de la part du comte et de la comtesse de Redfield, et de lord et lady Ravensberg d'avoir organisé un tel goûter la veille de leur anniversaire, songea Claudia tandis que l'après-midi se déroulait. Car, les parents ayant accompagné leurs enfants, il y avait probablement autant de personnes sur la pelouse qu'il y en aurait le lendemain soir dans la salle de bal.

Elle aurait aisément pu éviter le marquis d'Attingsborough au milieu de cette foule si tous deux n'avaient voulu garder un œil sur Lizzie.

Il n'était cependant pas nécessaire d'être trop vigilant. Lizzie, suivie comme son ombre par Horace, passait une journée merveilleuse. Personne ne l'oubliait. Lady Redfield, la duchesse d'Anburey, Mme Thompson et quelques-unes des vieilles dames l'auraient volontiers prise sous leur aile et parvinrent à la faire s'asseoir quelques minutes à côté d'elles. Bientôt Molly et d'autres filles vinrent la chercher pour la présenter à David Jewell, qui se réjouissait ouvertement de retrouver ses anciennes amies.

Après le goûter, quelques messieurs organisèrent une partie de cricket pour ceux des enfants que cela intéressait. Molly n'en eut pas envie et Lizzie ne le pouvait pas, bien sûr, mais elles restèrent à proximité, l'une racontant à l'autre ce qui se passait. Il y eut un moment extraordinaire lorsque ce fut le tour de lady Hallmere – l'unique dame à avoir voulu jouer – de prendre la batte. Après beaucoup de facéties et sous les huées de l'équipe adverse, elle bloqua deux balles lancées par lord Aidan Bedwyn. Avant qu'il puisse lui en lancer une autre, elle se redressa et se tourna vers les deux fillettes.

— Attendez, dit-elle. J'ai besoin d'aide. Lizzie, venez et tenez la batte avec moi, vous me porterez chance.

Elle la prit par la main et la mena devant les guichets tandis que Claudia retenait Horace. Lady Hallmere se pencha pour expliquer quelque chose à la petite fille.

— Oui ! Lizzie est à la batte. Vas-y, Lizzie ! cria avec une pointe d'accent cockney Agnès Ryde, qui attendait son tour.

Sourcils froncés, Claudia vit lady Hallmere se camper derrière Lizzie, placer leurs mains sur la batte, puis regarder lord Aidan.

— Très bien, Aidan. Servez de votre mieux. Nous allons marquer six points, n'est-ce pas, Lizzie ?

Le visage de Lizzie était rouge d'excitation.

Claudia tourna brièvement la tête et vit que le marquis d'Attingsborough avait cessé de lancer en l'air et de rattraper les enfants qui attendaient leur tour, et observait la scène d'un regard intense.

Lord Aidan courut sur la moitié de la longueur du terrain avant de lancer la balle très doucement. Lady Hallmere, les mains serrées sur celles de Lizzie, leva la batte, manquant les guichets d'un cheveu, et frappa la balle avec un bruit sonore fort satisfaisant.

Lizzie poussa un hurlement et éclata de rire.

La balle fusa dans les airs et droit dans les mains tendues du comte de Kilbourne qui, inexplicablement, ne parvint pas à l'attraper et la laissa rouler sur le sol.

Mais lady Hallmere n'avait pas attendu ce qui semblait une inévitable élimination. Agrippant Lizzie par la taille, elle courut jusqu'au bout du terrain, puis en sens inverse, marquant deux points.

Elle riait. Lizzie aussi, éperdument. Leur équipe poussa des cris de joie.

Le marquis riait, applaudissait, sifflait.

— Bravo, mademoiselle Pickford !

Lady Hallmere se pencha pour embrasser Lizzie sur la joue, puis la duchesse de Bewcastle vint chercher la fillette pour l'emmener jouer à autre chose.

C'est alors que Claudia croisa le regard de lady Hallmere. Chacune tint bon durant un bref instant inconfortable puis, haussant les sourcils d'un air hautain, lady Hallmere reporta son attention à la partie de cricket.

Faire jouer Lizzie avait été un geste de pure gentillesse, Claudia était obligée de l'admettre. Ce qui la perturbait. Pendant presque toute sa vie, elle avait détesté et méprisé lady Freyia Bedwyn, marquise de Hallmere. L'idée qu'elle ait pu changer et devenir une femme honorable lui semblait impensable. *Vous êtes fort rancunière, mademoiselle Martin*.

La duchesse organisa une grande ronde dans laquelle elle inséra Lizzie.

— Faites-nous une place ! cria le marquis d'Attingsborough en accourant, une petite fille sur les épaules.

Il posa la petite fille à terre et se glissa entre elle et Lizzie, qui leva vers lui un visage rayonnant à croire que tout le soleil se déversait sur elle. Il lui adressa un regard d'une telle tendresse que Claudia se demanda comment les adultes présents pouvaient ne pas deviner leurs liens.

Le petit groupe se mit à tourner en chantant et se laissa tomber avec des cris de joie avant de recommencer. Sauf qu'à aucun moment les mains de Lizzie et de son père ne se lâchèrent.

Debout à côté de Sydnam et d'Anne qui portait la jeune Megan dans ses bras tout en encourageant David dont c'était le tour de tenir la batte, Claudia se sentait au bord des larmes sans trop savoir pourquoi. Ou peut-être le savait-elle, mais les causes étaient si nombreuses qu'elle ignorait laquelle l'emportait.

— Lizzie est une enfant délicieuse, commenta Susanna. Elle est devenue la chérie de chacun, vous ne trouvez pas ? Et Joseph est rudement gentil, non ? Il n'a cessé de jouer avec les plus petits… Dieu, que je regrette qu'il épouse Mlle Hunt ! Je pensais que peut-être vous et lui… Mais peu importe. Je mise encore sur le duc de McLeith, bien que vous l'ayez déjà repoussé.

— Vous êtes une incorrigible romantique, Susanna, déclara Claudia.

Cependant, imaginer le marquis d'Attingsborough et Mlle Hunt heureux ensemble était difficile. Si celle-ci était présente, elle s'était tenue à l'écart des enfants et de leurs activités, qu'elle observait de loin en compagnie du comte et de la comtesse de Sutton, et de deux invités que Claudia ne connaissait pas. Et comment oublier que Mlle Hunt trouvait les baisers inutiles ?

Quant au marquis, il était plus séduisant que jamais tandis qu'il s'ébattait avec les plus jeunes et contemplait sa fille avec ravissement.

Il méritait mieux que Mlle Hunt.

Puis Charlie s'approcha.

— Je ne crois pas avoir jamais vu autant d'enfants aussi heureux en même temps, dit-il. Tout a été très bien organisé, n'est-ce pas ?

Effectivement. En plus des nombreux jeux proposés avant le thé, du cricket et de la ronde ensuite, il y eut un concours de statues, présidé par Eleanor et lady Ravensberg. La comtesse de Rosthorn donnait une leçon de tir à l'arc aux plus âgés des enfants. Le marquis de Hallmere et un autre gentleman en emmenèrent quelques-uns en barque. D'autres s'ébattaient sur la rive du lac, surveillés par les vieilles dames. D'autres encore grimpaient aux arbres. Les bébés étaient pris en charge par leurs parents ou leurs grands-parents.

L'heure tournait, mais personne ne semblait pressé de partir.

— Claudia, que diriez-vous d'une promenade près du lac ? s'enquit Charlie.

Sa présence n'était pas nécessaire, dut-elle admettre, car il y avait suffisamment d'adultes pour surveiller les fillettes. Elle aurait tout aussi bien pu ne pas venir. Susanna l'encourageant d'un sourire, elle répondit :

— Merci, ce serait très agréable.

Et ce le fut. Au cours des derniers jours, Charlie et elle étaient redevenus amis. Il évoquait des souvenirs de leur enfance, parlait de l'Écosse et racontait sa vie en tant que duc. Elle décrivait son existence à l'école. Ils partageaient points de vue et opinions. La vieille camaraderie était de retour. Il n'avait pas renouvelé de demande en mariage. Il semblait se satisfaire de leur amitié.

Les enfants ne se fatiguaient pas aisément. Lorsque Claudia et Charlie revinrent de promenade, ils étaient encore nombreux à jouer sur la pelouse, au milieu d'adultes qui les surveillaient en bavardant.

Claudia remarqua avec soulagement que le marquis d'Attingsborough n'était pas là. En revanche, elle s'agaça de constater que ce fut la première personne qu'elle chercha des yeux. La suivante fut Lizzie. Elle balaya la pelouse du regard par deux fois avant de se rendre à l'évidence : l'enfant n'était pas là non plus.

Son estomac fit un bond inconfortable.

— Où est Lizzie ? demanda-t-elle à Anne.

— Elle porte Harry, répondit Anne en pointant le doigt vers Susanna... qui tenait Harry sur ses genoux. Oh, elle *portait* Harry !

— Où est Lizzie ? répéta Claudia en élevant la voix.

— La fillette aveugle ? fit Charlie. Il y a toujours quelqu'un qui veille sur elle. Ne vous inquiétez pas.

— *Où est Lizzie ?*

— Morgan lui montre comment tenir un arc, mademoiselle Martin, lui cria lady Redfield.

Lady Rosthorn était en effet en train de tirer une flèche sur une cible, mais Lizzie ne figurait pas parmi la troupe d'enfants qui l'entouraient.

Elle devait s'être éloignée avec son père.

— Oh, je crois qu'elle est allée se promener avec Mlle Thompson et un groupe de filles de votre école, mademoiselle Martin, intervint la comtesse douairière de Kilbourne. Puis-je vous féliciter pour vos élèves ? Elles ont toutes d'excellentes manières.

— Merci, dit Claudia en soupirant de soulagement tandis que Charlie lui pressait le coude avec sollicitude.

En effet, Eleanor n'était pas là, ainsi que certaines de leurs élèves. Lizzie avait dû les accompagner. Ainsi qu'Horace.

Charlie la guida vers un siège et, comme elle s'asseyait, elle aperçut le marquis d'Attingsborough, Mlle Hunt au bras. Le comte et la comtesse de Sutton et un autre couple étaient avec eux. Mais pas Lizzie, bien sûr.

Claudia commençait à se détendre, en se reprochant ses frayeurs puisque Lizzie avait une douzaine ou plus de chaperons, lorsque Eleanor et les enfants revinrent de promenade.

Eleanor, Molly, Doris, Miriam, Charlotte, Becky – la fille de lord Aidan –, une fillette inconnue, une autre, David Jewell, Davy – le frère de Becky...

Claudia se leva, scrutant le groupe qui approchait.

Lizzie n'était pas parmi eux.

— Où est Lizzie ?

Personne ne répondit.

— *Où est Lizzie ?*

Lizzie avait été merveilleusement heureuse. Elle était venue à Alvesley avec plaisir, sachant que son père y serait, mais sans en attendre trop. D'abord, elle ne voulait pas que ses nouvelles amies cessent de l'aimer, ce qui risquait d'arriver si elles apprenaient qu'elle avait un papa qui l'aimait. Aussi devait-elle prendre garde à ne pas éventer le secret. Elle savait en outre que son papa ne pouvait pas la reconnaître. Elle était la fille bâtarde d'un aristocrate et d'une danseuse d'opéra – sa mère le lui avait seriné. Elle savait qu'elle ne pourrait jamais appartenir au monde de son papa, qu'elle ne devrait jamais y apparaître ouvertement. Et elle savait qu'il était sur le point d'épouser une dame, quelqu'un de son monde – ce qui, selon sa mère, devait forcément arriver un jour ou l'autre.

Elle n'avait donc pas trop attendu de ce grand goûter. Elle avait été heureuse qu'il la soulève de la voiture, et qu'il l'encourage lorsqu'elle avait frappé la balle de cricket avec l'aide de lady Hallmere. Elle avait débordé de joie lorsqu'il s'était joint à la grande ronde. Il lui avait tenu la main, avait ri et était tombé dans l'herbe avec elle. Le jeu fini, il avait gardé sa main dans la sienne et lui avait dit qu'il allait l'emmener faire un tour en bateau.

Son cœur avait failli exploser.

Et puis voilà qu'une dame était venue lui parler d'une voix qu'elle n'avait pas aimée pour lui dire qu'il négligeait Mlle Hunt, que celle-ci était sur le point de s'évanouir à cause de la chaleur et qu'il devait la raccompagner dans la maison et rester avec elle. Il avait soupiré et appelé la dame Wilma, et dit à Lizzie que la promenade en bateau devrait attendre, mais qu'il ne l'oublierait pas.

Il oublierait, pensa Lizzie après son départ. Et s'il n'oubliait pas, la dame appelée Wilma et Mlle Hunt veilleraient à ce qu'il ne joue plus avec elle.

Elle aurait voulu retrouver Mlle Martin mais, lorsque lady Whitleaf vint la prendre par la main, elle apprit que Mlle Martin était allée se promener.

Lady Whitleaf la laissa porter Harry, ce qu'elle n'avait jamais fait, et elle faillit en pleurer de joie. Mais au bout d'une minute ou deux, c'est le bébé qui se mit à pleurer, et lady Whitleaf expliqua qu'elle devait aller le nourrir. Lady Rosthorn lui demanda alors si elle voulait venir toucher les arcs et les flèches, et écouter le sifflement que faisaient celles-ci lorsqu'on tirait et le bruit sourd lorsqu'elles atteignaient la cible.

Mlle Thompson lui demanda presque au même moment si elle aimerait aller se promener avec d'autres enfants, mais Lizzie se sentait un peu abattue et refusa. Ce qu'elle regretta un peu plus tard. Cela lui aurait fait passer le temps jusqu'à ce que son papa revienne – s'il revenait. En tout cas, jusqu'à ce que Mlle Martin rentre de promenade.

Puis elle eut une idée. C'était quelque chose dont elle serait très fière – et papa et Mlle Martin sûrement aussi.

Mlle Thompson n'avait pas dû aller bien loin.

Agrippant la laisse d'Horace, elle se pencha sur lui et lui ordonna dans un murmure :

— Emmène-moi auprès de Mlle Thompson et de Molly.

— Vous allez quelque part, Lizzie ? s'enquit lady Rosthorn comme elle s'éloignait.

Craignant qu'elle ne propose de l'accompagner, ce qui gâcherait tout, Lizzie répondit un vague :

— Je vais rejoindre des amies.

Au même moment, quelqu'un appela lady Rosthorn à l'aide pour tenir son arc.

— Et vous pouvez les trouver toute seule ? demanda lady Rosthorn. Brave petite fille, enchaîna-t-elle sans attendre la réponse.

Lizzie à sa suite, Horace partit droit devant. La fillette savait qu'il y avait beaucoup de monde à ce pique-nique. Elle savait aussi qu'on y changeait constamment d'activités. Elle espéra que personne ne la verrait s'éloigner ni ne lui proposerait son aide pour retrouver Mlle Thompson. Elle pouvait très bien se débrouiller avec le chien.

Une fois la foule derrière elle, elle respira plus librement.

— Cherche-les, Horace, dit-elle d'une voix pressante.

Au bout d'un moment, elle sentit sous ses pieds non plus de l'herbe, mais le sol dur d'une allée qu'Horace suivit avec enthousiasme.

Il ne fallut pas longtemps pour que l'euphorie initiale de l'aventure se dissipe. Le groupe s'était éloigné bcaucoup plus que Lizzie ne l'avait imaginé. Aucune voix, aucun rire ne lui parvenait. Elle obligea Horace à s'arrêter, tendit l'oreille et appela Mlle Thompson. Seul le silence lui répondit.

Ils se remirent en marche et bientôt, Lizzie entendit que cela sonnait creux sous ses pieds. Ils étaient sur un pont, comprit-elle. En tâtonnant, elle trouva la rambarde.

Elle se rappelait avoir roulé sur un pont en arrivant de Lindsey Hall, ce que Mlle Martin avait confirmé.

Se pouvait-il que les promeneurs aient franchi ce pont ? Horace la menait-il bien à eux ? Ou bien étaient-ils allés ailleurs ?

S'était-elle perdue ?

Elle sentit la panique sourdre en elle, et se traita d'idiote. Dans les histoires que son papa lui lisait les héroïnes ne cédaient pas à la panique. Au contraire, elles étaient très courageuses. Il lui suffisait de rebrousser chemin. Horace saurait comment faire. Et une fois qu'elle serait près de la maison, elle entendrait les voix des invités.

Comme elle se penchait pour parler au chien, elle se prit le pied dans la laisse, chancela et s'étala sur le sol. Horace s'approcha en émettant des petits gémissements plaintifs et lui lécha le visage. Elle mit les bras autour de son cou et l'étreignit.

— Espèce d'idiot! Tu as pris la mauvaise direction. Tu vas devoir me ramener. J'espère que personne n'aura remarqué notre absence. Je me sentirais très bête.

Elle se releva, la laisse du chien serrée dans la main, et hésita quant à la direction à prendre.

Le plus sage était de laisser Horace décider, non?

— Ramène-nous, lui ordonna-t-elle.

Il ne lui fallut pas longtemps pour constater qu'ils n'étaient pas revenus sur leurs pas. Sentant la fraîcheur de l'ombre sur son visage et ses bras, elle devina que ce n'était pas parce que le soleil s'était caché derrière des nuages, mais parce qu'il y avait des arbres au-dessus de sa tête. D'ailleurs, elle en sentait l'odeur.

Il n'y avait pas d'arbres de l'autre côté du pont.

Soudain, Horace dut voir ou entendre quelque chose à l'écart du chemin, car il partit comme une flèche sur un terrain inégal en tirant Lizzie derrière lui. Il aboyait avec excitation.

Il courait si vite à présent qu'elle dut lâcher la laisse.

Heurtant le tronc d'un arbre, elle s'y cramponna. Ce fut sans doute le moment le plus effrayant de sa courte vie.

— Mademoiselle Thompson! Molly!

Cela faisait pourtant un moment qu'elle savait que ce n'était pas par là que Mlle Thompson et les filles étaient allées.

— Papa! hurla-t-elle. *Papa!*

Mais papa était retourné à la maison avec MlleHunt.

— *Mademoiselle Martin!*

Elle sentit la truffe fraîche d'Horace contre sa main, l'entendit gémir doucement.

— Horace! hoqueta-t-elle en se baissant pour ramasser la laisse. Ramène-moi à la grande allée.

Si elle pouvait la retrouver, elle ne la quitterait plus. Même en la suivant dans la mauvaise direction, elle finirait forcément par arriver quelque part. Elle n'était pas si loin que cela.

Mais *où* était-elle?

Horace la tira en avant, plus prudemment, cette fois. Il semblait attentif à ce qu'elle ne heurte pas d'arbre ni ne trébuche sur une racine. Ils marchèrent ainsi plusieurs minutes, sans atteindre le sol dur de l'allée. Sans doute même s'enfonçaient-ils plus profondément dans les bois.

Lizzie se rappela son histoire, la première qu'elle ait dictée à MlleMartin. Cette fois, la panique fut la plus forte, et elle éclata en sanglots.

Horace s'arrêta brusquement avec un halètement triomphal. Lizzie tendit sa main libre, et sentit les pierres d'un mur sous ses doigts. Un instant, elle crut que, par quelque miracle, ils avaient réussi à regagner la maison, puis elle comprit que c'était impossible. Elle se mit alors en devoir d'explorer le mur jusqu'à rencontrer le chambranle d'une porte, puis la porte elle-même, et enfin la poignée de cette porte. Elle la tourna, le battant s'ouvrit.

— Bonjour, fit-elle d'une voix larmoyante, car qui pouvait se cacher au fond des bois, sinon une sorcière? Il y a quelqu'un?

Personne ne répondit, et elle ne s'entendit pas la moindre respiration, à part la sienne et celle d'Horace.

Elle entra et, les mains en avant, partit à la découverte des lieux.

Ce n'était qu'une cabane peu meublée. Des gens y vivaient-ils ? Si c'était le cas, ils rentreraient bientôt et lui diraient comment regagner le château. Ce n'étaient peut-être pas des ogres, mais de braves gens. Les ogres, les sorciers et les monstres n'existaient pas vraiment, n'est-ce pas ?

— S'il vous plaît, revenez, supplia-t-elle, en sanglotant, les habitants absents de la cabane. *S'il vous plaît !*

Heurtant un lit recouvert d'une couverture, elle s'y laissa tomber et se roula en boule, le poing sur la bouche.

— Papa, gémit-elle. Papa. Mademoiselle Martin. Papa.

Horace sauta à côté d'elle et lui lécha le visage en gémissant.

— Papa...

Épuisée, elle s'endormit.

18

Joseph passa une bonne demi-heure dans le salon d'Alvesley à converser avec Portia, Wilma, George et les Vreemont, des cousins de Kit. Il faisait plus frais et c'était plus calme, bien sûr, mais moins amusant. Et surtout, il était agacé.

Tout d'abord, Portia ne dit rien à propos d'un éventuel évanouissement dû à la chaleur et parut un peu surprise lorsqu'il lui demanda avec sollicitude comment elle se sentait. Il s'agissait bien sûr d'une ruse de Wilma. Elle avait dû décider qu'il était de son devoir d'accorder plus d'attention à sa fiancée en dépit du fait que la journée était dédiée aux enfants et que la plupart des autres adultes s'efforçaient de les distraire.

Il était d'autant plus agacé qu'il avait dû remettre à plus tard le tour en barque promis à sa fille. L'incident lui rappelait avec une acuité dérangeante que Lizzie passerait toujours après sa famille, qu'elle n'aurait droit à son attention que lorsque femme et enfants légitimes ne les solliciteraient pas.

Pour couronner le tout, il avait eu envie d'envoyer son poing dans la figure de McLeith lorsque celui-ci avait emmené Claudia se promener. L'homme allait finir par avoir raison de sa résistance et la persuader de l'épouser – conclusion qui aurait dû réjouir Joseph. Car plus il y pensait, plus il lui semblait qu'elle était faite pour aimer, se marier et fonder un foyer, quand bien même elle prétendait trouver le bonheur dans son école et son existence solitaire.

Ce qui ne l'empêchait pas d'avoir eu envie de flanquer un bon coup de poing à McLeith.

Ils finirent par regagner la pelouse. Dès que possible, il emmènerait Lizzie faire une balade sur le lac. Cela ne semblerait pas bizarre dans la mesure où beaucoup d'adultes s'étaient occupés d'elle à tour de rôle.

Mais tandis qu'il cherchait sa fille des yeux, une voix s'éleva – la voix forte d'une maîtresse d'école habituée à se faire entendre par-dessus les bavardages d'une classe de filles.

— Où est Lizzie ? demandait Mlle Martin, debout près de son siège.

Joseph s'alarma aussitôt.

— *Où est Lizzie ?* répéta Mlle Martin d'une voix pressante.

— Dieu du ciel ! s'exclama-t-il en lâchant le bras de Portia. Où est-elle ?

Il se hâta vers le groupe en la cherchant du regard. L'inquiétude gagna et tout le monde se mit à parler.

— Elle jouait avec Christine.

— C'était il y a une éternité.

— Elle est avec Susanna et le bébé.

— Non. J'ai dû rentrer le nourrir.

— Lady Rosthorn l'a emmenée avec les archers.

— Elle a dû aller se promener avec Eleanor et d'autres enfants.

— Non. Elle a préféré écouter la leçon de tir à l'arc. Ensuite, elle est partie rejoindre des amies.

— En tout cas, elle n'est pas avec Mlle Thompson, qui revient, justement.

— Elle a dû rentrer dans la maison.

— Elle a dû...

— Elle est sûrement...

Joseph regardait éperdument autour de lui.

Où était Lizzie ?

La panique s'empara de lui, lui coupant le souffle et l'empêchant de réfléchir. Il se retrouva aux côtés de Claudia Martin sans savoir comment il l'avait rejointe.

— J'étais dans la maison, dit-il en lui agrippant le poignet.

— J'étais allé me promener, fit-elle, livide.

Ils avaient laissé Lizzie seule.

Surgissant de nulle part, Bewcastle prit la situation en main. Il émanait de lui une telle autorité naturelle que tous se turent – y compris les enfants.

— Elle n'a pas pu aller bien loin, déclara-t-il. Elle s'est égarée et ne parvient pas à retrouver son chemin. Il faut que nous nous déployions en éventail, deux par deux, d'un côté et de l'autre du lac, vers les écuries, dans la maison…

Il poursuivit, tel un général distribuant ses ordres.

— Sydnam, dit Kit, explorez les écuries. Vous en connaissez tous les recoins. Lauren et moi fouillerons la maison – c'est nous qui la connaissons le mieux. Aidan, allez…

Joseph descendit vers le lac et, la main en visière, scruta un bateau qui revenait vers la berge. Mais aucun des deux enfants à bord n'était Lizzie.

— *Lizzie !* hurla-t-il.

— Elle n'a pas pu aller aussi loin, dit une voix douce et tremblante près de lui, et il s'aperçut qu'il tenait toujours le poignet de Claudia Martin.

« Elle n'a pas pu aller aussi loin, répéta-t-elle et il comprit qu'elle essayait désespérément de se dominer – en bonne directrice d'école habituée à affronter des crises. Et Horace est sûrement avec elle – il n'est nulle part en vue. Elle le croit capable de l'emmener où elle veut.

Tout le monde – adultes et enfants – se déployait en éventail dans toutes les directions en appelant

Lizzie. Même les Redfield, vit Joseph, ainsi que ses propres parents et tante Clara, s'étaient joints aux recherches.

La panique et l'indécision le paralysaient. Par où commencer ? Il aurait aimé pouvoir être partout en même temps.

Où était-elle ? Où était-elle, sacrebleu ?

Et, soudain, son cœur manqua un battement. Bewcastle et Hallmere avaient ôté leurs bottes et se déshabillaient jusqu'à la taille. Ils plongèrent dans le lac.

— Elle ne peut pas être tombée dans l'eau, dit Claudia Martin d'une voix à peine reconnaissable. Horace serait en train de courir sur la rive en aboyant.

— Partons à sa recherche, décréta-t-il en lui prenant la main.

Ils se retournèrent, prêts à s'élancer, et se retrouvèrent face à Wilma et à Portia.

— Je suis vraiment désolée, mademoiselle Martin, mais vous auriez dû la surveiller plus attentivement, déclara Portia. Vous êtes responsable de ces pupilles, non ?

— Une petite aveugle n'a rien à faire ici, ajouta Wilma.

— Taisez-vous ! lâcha Joseph d'un ton dur. Toutes les deux.

Sans se soucier de leur réaction, il entraîna Claudia dans son sillage.

Mais *où* aller ?

— Où a-t-elle bien pu aller ? réfléchit Claudia à voix haute. Essayons de nous mettre à sa place. Dans la maison, pour vous rejoindre ?

— J'en doute, répondit Joseph en regardant Kit et Lauren se ruer vers la grande demeure.

— Retrouver Eleanor et les autres enfants ?

— Je les ai vus passer devant la fenêtre quand j'étais à l'intérieur. Ils se dirigeaient vers le petit pont et le sentier qui serpente à travers bois.

— Eleanor l'aurait croisée en revenant, supposa Claudia. En tout cas, quatre personnes sont parties explorer cette partie-là. Inutile de les suivre.

Arrivés à l'allée, ils s'arrêtèrent, indécis. Le nom de Lizzie retentissait de tous côtés.

Joseph s'obligea à respirer calmement. S'affoler ne lui serait d'aucune utilité.

— L'unique direction que personne n'a prise est celle qui mène hors d'Alvesley, observa-t-il.

Claudia se retourna et parcourut du regard la vaste pelouse, l'allée, le pont de style palladien, la rivière et, au-delà, le bois touffu.

— Elle n'a sûrement pas voulu aller par là, fit-elle.

— Elle, non. Mais le chien ?

— Ô Seigneur, où est-elle ? Où est-elle ? répéta Claudia, dont les yeux s'emplirent de larmes.

— Venez, ordonna-t-il en l'entraînant résolument vers l'allée. Il n'y a que cette partie-là du parc que personne n'explore.

— Comment cela a-t-il pu arriver ?

— J'étais dans la maison, répondit-il abruptement.

— J'étais allée me promener.

— Je n'aurais pas dû lui la laisser quitter Londres, dit-il. Là-bas, elle a toujours été en sécurité.

— Je n'aurais pas dû la quitter des yeux. C'est uniquement pour elle que je suis venue ici. Elle était sous ma responsabilité. Mlle Hunt a eu parfaitement raison de me réprimander.

— Ne commençons pas à nous faire des reproches. Elle avait d'innombrables chaperons cet après-midi. Tout le monde avait l'œil sur elle.

— C'est là, le problème. Quand tout le monde surveille un enfant, personne ne le fait vraiment, en réalité. Chacun pense que d'autres s'en chargent. En tant que directrice d'école, je devrais le savoir. Oh, Lizzie, où êtes-vous ?

Parvenus au pont, ils montèrent dessus et regardèrent dans toutes les directions.

Pourquoi ne répondait-elle pas à l'appel de son nom ? On l'entendait de partout.

— Lizzie ! cria-t-il d'un côté du pont, les mains en porte-voix.

— Lizzie ! appela Claudia de l'autre côté.

Silence.

Il sentit ses genoux flageoler.

— On continue ? demanda-t-il en indiquant le sentier qui serpentait dans les bois. Elle n'a pas pu aller bien loin.

Peut-être même était-elle déjà retournée près du lac. Il éprouva l'irrésistible envie d'aller voir.

— Allons-y, décréta Claudia en lui reprenant la main. Que faire d'autre ?

Leurs yeux se rencontrèrent, et, l'espace d'un bref instant, Claudia appuya le front contre la poitrine du marquis.

— Nous la retrouverons, murmura-t-elle.

Mais comment ? Et où se diriger ? Ce chemin menait-il à un village ? Quelqu'un remarquerait-il la petite fille aveugle et son chien, et s'occuperait-il d'elle le temps qu'on envoie un message à Alvesley ?

Autre hypothèse : elle avait pu s'écarter de l'allée et se perdre dans le bois ? Dans ce cas, il faudrait appeler des renforts et…

— Regardez ! cria-t-elle soudain en désignant un ruban blanc accroché à une branche. C'est à Lizzie. Elle est bien passée par là.

Joseph s'en empara et y pressa les lèvres en fermant les yeux.

— Merci, mon Dieu, murmura-t-il. Elle n'est pas au fond du lac.

Il rouvrit les yeux et ils échangèrent un regard. Depuis qu'ils avaient vu Hallmere et Bewcastle plonger, ils partageaient les mêmes craintes.

— *Lizzie !* cria-t-il de nouveau.

— Lizzie ! fit-elle en écho.

Pas de réponse. Comment savoir quelle direction elle avait prise ? Et s'ils s'enfonçaient dans le bois, ne risquaient-ils pas de s'égarer à leur tour ? Mais il n'était pas question de rester les bras ballants, ni de repartir chercher de l'aide. Le temps pressait.

Ils se remirent donc en marche, s'arrêtant fréquemment pour appeler Lizzie.

Tout à coup, un bruissement se fit entendre, suivi d'un aboiement joyeux. Une fraction de seconde plus tard, Horace déboulait, langue pendante et queue fouettant l'air.

— Horace ! s'exclama Claudia en s'agenouillant. Où est Lizzie ? Où l'as-tu laissée ? Emmène-nous vite auprès d'elle.

Il eut d'abord l'air de vouloir jouer, lui mordiller la main, sauter sur place. Aussi, prenant des mains de Joseph le ruban de Lizzie, elle l'agita sous sa truffe.

— Retrouve-la, Horace. Emmène-nous auprès d'elle.

Le chien fit demi-tour en aboyant comme s'il s'agissait du jeu le plus amusant qui soit et s'enfonça entre les arbres. Joseph attrapa la main de Claudia et tous deux s'élancèrent derrière lui.

Un petit bâtiment apparut au détour d'un buisson – une cabane de garde-chasse, vraisemblablement. La porte était entrouverte. Horace se rua à l'intérieur.

Claudia cramponnée à sa main, Joseph s'approcha d'un pas hésitant, comme s'il craignait d'être déçu. Poussant davantage la porte, il jeta un œil à l'intérieur. Il y avait juste assez de lumière pour qu'il puisse voir que la pièce était décemment meublée et que, sur un lit étroit poussé contre le mur, sa fille dormait, recroquevillée.

Joseph se tourna vers Claudia et l'étreignit sauvagement.

Lorsqu'il s'écarta, leurs yeux se soudèrent et, très brièvement, leurs bouches aussi.

Puis il pénétra dans la cabane et s'agenouilla près du lit. Posant une main tremblante sur la tête de Lizzie, il s'aperçut qu'elle ne dormait pas, mais gardait résolument les yeux fermés en tétant son poing. Ses épaules voûtées étaient raides de tension.

— Chérie, murmura-t-il.

— Papa ? fit-elle en ôtant le poing de la bouche. C'est vous, papa ?

— Oui. Nous t'avons retrouvée, Mlle Martin et moi. Tout va bien, maintenant.

— Papa ?

Avec un gémissement déchirant, elle se redressa et se jeta à son cou. Il la souleva dans ses bras, pivota pour s'asseoir sur le lit, sa fille blottie sur ses genoux. Cédant à une impulsion, il tendit la main vers Claudia et la fit s'asseoir à côté d'eux. Elle caressa les jambes de Lizzie.

— Vous ne risquez plus rien, murmura-t-elle.

— Mlle Thompson a emmené Molly et d'autres enfants se promener, expliqua Lizzie d'une petite voix haletante. Elles m'ont proposé de venir, mais j'ai dit non, et puis j'ai regretté parce que vous étiez rentré dans la maison et que Mlle Martin était allée se promener. Je me suis dit qu'Horace et moi, on pouvait les rattraper. Je pensais que vous seriez fier de moi. Je pensais que Mlle Martin serait fière de moi. Mais Horace n'a pas pu les retrouver. Et il y avait un pont, et je suis tombée, et je ne savais plus dans quelle direction aller, et ensuite il y a eu des arbres, et Horace s'est sauvé, et j'ai essayé d'être courageuse, et j'ai pensé aux sorcières, mais je savais bien qu'il n'y en avait pas, et Horace est revenu, et nous sommes arrivés ici, mais je ne savais pas qui habitait là, si c'étaient des gentils ou des méchants, et, quand vous êtes entrés, j'ai eu peur que ce soit des ogres, même si je sais que c'est idiot et…

— Chérie.

Il l'embrassa sur la joue et la berça tandis qu'elle tétait de nouveau son poing – ce qu'elle n'avait pas fait depuis six ou sept ans.

— Il n'y a que Mlle Martin et moi, souffla-t-il.

— Mais comme vous avez été courageuse, Lizzie, de vous aventurer toute seule et de ne pas vous affoler lorsque vous vous êtes perdue, dit Claudia. Nous devrons dresser davantage Horace avant que vous tentiez de nouveau de vous promener seule, mais je suis extrêmement fière de vous.

— Je suis *toujours* fier de toi, assura Joseph, mais je le suis encore plus aujourd'hui. Ma petite fille grandit et devient indépendante.

Elle avait cessé de téter son poing. Se serrant contre son père, elle ne put retenir un bâillement. La journée au grand air, les multiples jeux, et les frayeurs éprouvées avaient eu raison d'elle.

Joseph se mit à la bercer doucement, comme lorsqu'elle était toute petite, et ferma les yeux pour refouler ses larmes.

Sentant une caresse sur sa joue, il rouvrit les paupières, et s'aperçut que Claudia avait cueilli du doigt une larme solitaire dont il n'avait pas eu conscience qu'elle lui avait échappé.

Ils se regardèrent, et il eut l'impression qu'il pouvait pénétrer au-delà de ce regard gris, jusqu'au plus profond de son être, dans son âme même. Et il y demeura.

— Je vous aime, dit-il, bien qu'aucun son ne sortît de sa bouche.

Elle lut sur ses lèvres. Elle s'écarta de quelques centimètres, leva le menton, pinça la bouche, mais ses yeux ne changèrent pas. Ils ne le *pouvaient* pas. Ils étaient la fenêtre dans l'armure dont elle s'était revêtue. Ses yeux disaient ce que le reste de sa personne tentait de nier.

Moi aussi, je vous aime.

— Nous ferions bien de ramener Lizzie et de rassurer tout le monde, dit-il. Ils doivent être en train de la chercher.

— Me chercher ? s'écria Lizzie. Ils me cherchent ?

— Tout le monde t'aime, mon ange, dit-il en l'embrassant de nouveau avant de se mettre debout. Et je ne peux pas le leur reprocher.

Il lui paraissait évident qu'un chemin devait mener à la cabane. Elle était meublée, propre et confortable. On devait donc l'utiliser souvent et, par conséquent, de fréquents passages avaient dû dessiner une piste. Ils la trouvèrent sans mal et, en un rien de temps, ils rejoignirent l'allée qui menait au pont.

Claudia précéda le père et sa fille en agitant les bras pour attirer l'attention des groupes les plus proches. Ils comprirent le message. Les recherches s'arrêtèrent : on avait retrouvé Lizzie.

Le temps qu'ils arrivent au lac, Horace bondissait devant eux en aboyant, tout le monde les attendait et Lizzie dormait à moitié.

Ils furent accueillis comme des héros. Tous voulaient toucher Lizzie, s'inquiétaient de son état, demandaient ce qui s'était passé, chacun tenant à expliquer qu'il avait cherché, cherché et failli perdre espoir.

— Vous devez être fatigué de la porter, Attingsborough, dit Rosthorn. Passez-la-moi. Venez, ma chérie.

— Non, fit Joseph en resserrant son étreinte. Je vous remercie, mais elle est bien là où elle est.

— On devrait la ramener immédiatement à Lindsey Hall, suggéra Wilma. Cette histoire idiote a bien failli gâcher ce magnifique goûter. Vous auriez dû être plus consciencieuse, mademoiselle Martin, et garder un œil sur cette enfant au lieu de vous promener avec vos supérieurs.

— Wilma, intervint Neville, fermez-la, voulez-vous ?

— Mais enfin ! J'exige des exc...

— Le moment est mal choisi pour les récriminations et les propos cruels, coupa Gwen. Taisez-vous, Wilma.

— Mais il faut quand même dire que c'est manquer de respect envers lady Redfield et lady Ravensberg que d'avoir amené ces *pupilles* dans une réunion aussi distinguée, et de les avoir abandonnées aux soins d'autrui. Quant à une pupille aveugle, cela dépasse les bornes, renchérit Portia. Nous devrions vraiment…

— *Lizzie Pickford* est *ma fille*, interrompit Joseph d'une voix ferme et claire à un public éberlué, lequel se composait de ses parents, de sa sœur, de sa fiancée, ainsi que de nombreux cousins, amis et étrangers. Et je l'aime plus que ma vie.

La main de Claudia se posa sur son bras tandis que celle de Neville lui étreignait l'épaule avec force. Inclinant la tête, il embrassa Lizzie.

Puis il devint conscient de l'affreux silence que seuls perçaient les cris des enfants qui jouaient un peu plus loin.

19

Les mots de lady Sutton et de Mlle Hunt firent à Claudia l'effet d'un coup de poignard. Elle n'avait rien à leur opposer. Sa culpabilité était évidente. Elle était allée se promener avec Charlie – ah, oui, avec quelqu'un d'un rang supérieur au sien – alors qu'elle aurait dû garder un œil sur Lizzie.

Mais plus que l'insulte personnelle et la culpabilité, elle ressentit une profonde colère en entendant ces propos méprisants à l'égard de ses précieuses élèves alors même que celles-ci étaient à portée d'oreilles. Et qu'elle-même ne pouvait prendre leur défense. Lady Ravensberg aurait pu s'en charger et informer Mlle Hunt qu'elles étaient venues sur son invitation. Le marquis d'Attingsborough ne lui en laissa pas le temps.

Lizzie Pickford est ma fille. Et je l'aime plus que ma vie.

Colère et culpabilité disparurent sous le désarroi. Claudia posa la main sur le bras du marquis et regarda Lizzie avec inquiétude.

Les plus jeunes des enfants continuaient à jouer avec l'énergie infatigable de leur âge sans se rendre compte du drame qui se déroulait près d'eux. Curieusement, le bruit qu'ils faisaient n'avait pour effet que de souligner le terrible silence des adultes.

— Oh, Wilma, dit lady Muir, regardez ce que vous avez fait ! Et vous aussi, mademoiselle Hunt. Vraiment, ce n'est pas bien de votre part.

— Les élèves de Mlle Martin sont venues sur mon invitation, rappela fort opportunément la comtesse de Redfield.

— Et la mienne, ajouta lady Ravensberg. Cela a été un plaisir de les recevoir. *Toutes*.

Le duc d'Anburey fit un pas, et tous les regards se tournèrent vers lui.

— Qu'est-ce que cela signifie ? gronda-t-il d'un air féroce. Mon fils faisant un aveu aussi vulgaire en une telle compagnie ? En présence de lord et de lady Redfield et chez eux ? En présence de sa mère et de sa sœur ? En présence de sa fiancée ? Devant le monde entier ?

Claudia laissa retomber sa main. Lizzie se cacha la figure dans le gilet de son père.

— Jamais de ma vie, je n'ai été traitée aussi grossièrement que cet après-midi, dit Mlle Hunt. Et, maintenant, je dois entendre *cela* ?

— Calmez-vous, ma chère, intervint la comtesse de Sutton en lui tapotant le bras. J'ai honte de vous, Joseph, et mon seul espoir est que vous ayez parlé sous le coup de l'émotion et que vous éprouviez déjà les remords qui conviennent. Je pense que des excuses publiques à notre père, à Mlle Hunt et à lady Redfield sont de rigueur.

— Je présente volontiers mes excuses pour la détresse que j'ai causée et pour la façon avec laquelle j'ai enfin reconnu Lizzie, commença Joseph. Mais je ne peux regretter le fait qu'elle est ma fille et que je l'aime.

— Oh, Joseph ! fit la duchesse d'Anburey en s'approchant de lui. Cette enfant est la *tienne* ? C'est ta fille ? Ma *petite-fille* ?

— Sadie ! lâcha le duc d'un ton coupant.

— Mais elle est ravissante ! reprit la duchesse en caressant la joue de Lizzie. Je suis tellement heureuse qu'elle soit saine et sauve. Nous étions tous si horriblement inquiets.

— Sadie, répéta le duc.

Le vicomte Ravensberg se racla la gorge.

— Je suggère que cette discussion se poursuive à l'intérieur de la maison, où les personnes les plus directement concernées pourront trouver un peu d'intimité. Et j'imagine que Lizzie a besoin de se reposer. Lauren ?

— Je lui vais trouver une chambre. Elle a l'air épuisée, la pauvre enfant.

— Je vais l'installer dans ma chambre, si vous le permettez, Lauren, intervint le marquis d'Attingsborough.

Le duc d'Anburey avait déjà pris son épouse par le coude et l'emmenait fermement vers la maison. Mlle Hunt rassembla ses jupes et les suivit, encadrée par lord et lady Sutton.

— Veux-tu que je la porte, Joseph ? s'enquit le comte de Kilbourne.

— Non, mais je te remercie, Neville.

Il fit quelques pas, puis s'arrêta et se tourna vers Claudia.

— Vous venez avec nous ? Vous me remplacerez auprès de Lizzie.

Elle hocha la tête et lui emboîta le pas. Quelle triste fin de goûter pour ceux qu'ils laissaient derrière eux, songea-t-elle. Mais peut-être pas, au fond. Car, à coup sûr, personne n'oublierait cet après-midi de sitôt.

Ce fut une procession solennelle qui se dirigea vers la maison, à l'exception d'Horace qui allait et venait en courant, comme s'il s'agissait d'un nouveau jeu inventé pour le distraire. Le vicomte et la vicomtesse Ravensberg, qui marchaient les derniers, rattrapèrent le marquis peu avant d'arriver à la maison.

— Où l'avez-vous retrouvée, Joseph ? demanda la vicomtesse à mi-voix.

— Dans la petite cabane de l'autre côté du pont.

— Ah, fit le vicomte. Nous avons dû oublier de la verrouiller la dernière fois que nous y sommes allés. Cela nous arrive parfois.

— Eh bien, voilà qui est heureux, déclara Lauren. Elle est si mignonne, Joseph, et, bien sûr, elle vous ressemble.

Laissant les autres se diriger vers la bibliothèque, le marquis emmena Lizzie et Claudia jusqu'à sa chambre, une belle pièce, très confortable. Claudia rabattit le dessus-de-lit et il installa Lizzie contre les oreillers. Puis il s'assit près d'elle et lui prit la main.

— Papa, vous leur avez dit.

— Eh bien, oui, je l'ai fait.

— Et maintenant, tout le monde va me détester.

— Pas ma mère, et mon cousin Neville, non plus. Ma cousine Lauren sûrement pas puisqu'elle vient de me dire que tu es mignonne et que tu me ressembles. Si tu avais pu regarder autour de toi il y a quelques minutes, tu aurais vu que la plupart des gens te regardaient avec affection, et semblaient heureux que tu sois saine et sauve.

— Elle me déteste. Mlle Hunt.

— Je pense que c'est moi qu'elle déteste en ce moment, Lizzie.

— Est-ce que les autres filles vont me détester ?

Ce fut Claudia qui répondit :

— Molly ne vous déteste pas. Elle pleurait de bonheur qu'on vous ait retrouvée. Je ne peux pas parler pour les autres, bien sûr, mais écoutez-moi : finalement, je ne pense pas que ce soit une bonne idée de tenter de se faire aimer en feignant d'être ce que l'on n'est pas – vous n'êtes pas une orpheline, n'est-ce pas ? Il vaut sans doute mieux courir le risque d'être aimé – ou de ne pas l'être – pour ce que nous sommes réellement.

— Je suis la fille de papa, dit Lizzie.

— Oui.

— Sa fille *bâtarde*, précisa-t-elle.

Claudia vit le marquis froncer les sourcils et ouvrir la bouche pour protester. Elle le devança.

— Oui, admit-elle. Mais ce mot suggère quelqu'un qui est rejeté et n'est pas aimé. Il serait peut-être plus approprié de vous décrire comme la fille illégitime de votre papa ou, mieux, son enfant de l'amour. C'est exactement ce que vous êtes. Bien que cela ne suffise pas à vous décrire. Personne ne peut se résumer à des étiquettes – pas même à une centaine ou à un millier d'étiquettes.

Lizzie sourit et leva la main pour caresser le visage de son père.

— Je suis votre enfant de l'amour, papa.

— Tu l'es assurément, murmura-t-il en lui embrassant la paume. À présent, mon cœur, je dois descendre. Mlle Martin va te tenir compagnie mais, à mon avis, tu dormiras dans moins d'une minute. Tu as eu une longue journée.

Un immense bâillement lui donna raison.

Il se leva et regarda Claudia, qui lui adressa un sourire triste. En réponse, il haussa à demi les épaules d'un air résigné et sortit.

— Mmm, fit Lizzie tandis qu'Horace sautait sur le lit pour se blottir à côté d'elle. L'oreiller a gardé l'odeur de papa.

Claudia jeta au chien un regard sévère. La tête posée sur les pattes, il le soutint sans se départir de son air satisfait. Si elle ne s'était pas précipitée pour prendre sa défense à Hyde Park, rien de tout cela ne serait arrivé. Comme c'était étrange! Une succession d'événements apparemment mineurs et sans rapport les uns avec les autres avait abouti à ce dénouement lourd de conséquences.

Lizzie bâilla de nouveau, puis s'endormit abruptement.

Et maintenant ? se demanda Claudia. Allait-elle emmener la fillette à Bath ? Même si celle-ci n'en avait pas envie ? Quel autre choix y avait-il pour cette enfant ? Et quel choix avait-elle, elle ? Elle aimait Lizzie et redoutait ce qui était en train de se décider au rez-de-chaussée.

On frappa un petit coup discret à la porte et, sans attendre de réponse, Susanna et Anne entrèrent sur la pointe des pieds.

— Oh, elle dort, souffla Susanna en jetant un coup d'œil à Lizzie. Je suis rassurée. Elle avait l'air sous le choc.

— La pauvre chère petite, murmura Anne. Quelle triste fin d'après-midi pour elle ! Pourtant, tout à l'heure, elle s'amusait beaucoup. Rien qu'à la voir rire, j'ai été plusieurs fois au bord des larmes.

Elles s'assirent toutes trois près de la fenêtre, à quelque distance du lit pour ne pas réveiller la fillette.

— Tout le monde s'en va, soupira Susanna. Les enfants doivent être épuisés. Il est déjà tard et ils ont joué des heures et des heures.

— Lizzie avait peur que tout le monde ne la déteste, dit Claudia.

— C'est l'inverse, assura Anne. C'était certes une révélation choquante, surtout pour les proches du marquis, mais la plupart des personnes présentes ont été secrètement charmées d'apprendre qu'elle était sa fille. Tout le monde s'est entiché d'elle.

— Je me demandais si Lizzie et moi étions toujours les bienvenues à Lindsey Hall, fit Claudia. Après tout, je l'ai amenée là-bas en mentant sur son identité.

— J'ai entendu le duc de Bewcastle dire à la duchesse que certaines personnes méritent qu'on leur cloue le bec et que ce spectacle est gratifiant, l'informa Susanna. Il faisait visiblement allusion à lady Sutton et à Mlle Hunt.

— Et lady Hallmere a déclaré sans détour que la révélation du marquis a été un moment merveilleux dont elle se souviendrait longtemps, renchérit Anne. Et tout le monde voulait savoir comment Lizzie en était arrivée à se perdre et où vous l'aviez trouvée. Où était-elle, à propos ?

Claudia le leur raconta.

— Je suppose que vous l'avez rencontrée à Londres, Claudia, hasarda Susanna.

— Plusieurs fois, admit celle-ci.

— Et moi qui pensais que si Joseph vous emmenait si souvent en promenade, c'était parce qu'il avait le béguin... Fin de l'histoire. C'est peut-être aussi bien, finalement. Elle aurait eu une fin tragique, puisqu'il était obligé de demander Mlle Hunt en mariage. Bien que mon opinion sur elle se détériore de jour en jour.

Anne regardait Claudia attentivement.

— Je ne suis pas sûre que la tragédie a été évitée, Susanna, observa-t-elle. Le marquis d'Attingsborough est un gentleman extrêmement séduisant. Et un homme gagne encore en charme lorsqu'il se révèle dévoué à son enfant, n'est-ce pas, Claudia ?

— Quelle sottise ! répliqua celle-ci avec brusquerie. Le marquis et moi sommes en affaires, c'est tout. Il envisageait d'inscrire Lizzie dans mon école, et je l'ai amenée ici avec Eleanor et les autres filles à titre d'essai. Il n'y a rien d'autre entre nous. Rien du tout.

Ses deux amies la contemplèrent avec sympathie comme si elle venait de confesser une passion éternelle pour le marquis.

— Oh, Claudia, murmura Susanna, je suis désolée. Francesca et moi, nous en plaisantions à Londres, mais ce n'est pas drôle du tout. Je suis sincèrement désolée.

Anne se contenta de prendre la main de Claudia et de la presser.

— Eh bien, n'ai-je pas toujours dit que les ducs n'apportaient que des ennuis ? grommela Claudia. Le marquis d'Attingsborough n'est pas encore duc, mais j'aurais quand même dû me sauver en courant lorsque je l'ai découvert dans mon salon.

— Et c'est ma faute, reconnut Susanna.

Impossible de nier la vérité devant elles, songea Claudia en pinçant les lèvres. Désormais et à jamais elle serait l'objet de leur pitié.

Lorsque Joseph pénétra dans la bibliothèque, il n'y trouva que ses parents. Sa mère était assise près de la cheminée tandis que son père faisait les cent pas, les mains dans le dos. Il s'immobilisa en le voyant, une ride profonde se creusant entre ses sourcils.

— Eh bien, qu'avez-vous à dire pour votre défense ? demanda-t-il après qu'ils eurent échangé un long regard

— Lizzie est ma fille, répondit Joseph sans bouger. Elle a presque douze ans, bien qu'elle en paraisse moins. Elle est née aveugle. Je l'entretiens depuis sa naissance, et j'ai toujours fait partie de sa vie. Je l'aime.

— Elle a l'air d'une très gentille petite fille, Joseph, intervint sa mère. Mais quelle tristesse qu'elle...

Le duc la fit taire d'un regard.

— Je n'ai demandé qu'un résumé des faits, Joseph. Bien entendu, tu as assumé tes responsabilités pour l'entretien de ta bâtarde. Je n'en attendais pas moins de mon fils. Ce qu'il faut m'expliquer, c'est la présence de cette enfant à Alvesley où elle ne manquerait pas de rencontrer ta mère, ta sœur et ta fiancée.

Comme si Lizzie risquait de leur transmettre une maladie contagieuse. Ce qui, aux yeux de la bonne société, était le cas, bien sûr.

— J'espère l'inscrire dans l'école de Mlle Martin, expliqua-t-il. Sa mère est morte à la fin de l'année dernière. Lauren a proposé à Mlle Martin et à Mlle Thompson d'amener leurs élèves au pique-nique.

— Et tu n'as pas jugé utile de les informer qu'emmener cette petite aveugle avec elles serait le comble de la vulgarité ? rugit son père, rouge de fureur. N'essaie pas de me fournir une réponse. Je ne veux pas l'entendre. Et n'essaie pas non plus de justifier ta réaction honteuse lorsque Wilma et Mlle Hunt ont réprimandé cette maîtresse d'école. Il ne peut y avoir aucune explication.

— Webster, calmez-vous, je vous prie, intervint la mère de Jospeh. Vous allez vous rendre de nouveau malade.

— Alors, vous saurez à qui en faire reproche, Sadie ! Joseph pinça les lèvres.

— Ce que j'exige, reprit le duc d'Anburey en revenant à son fils, c'est que ni votre mère, ni Wilma, ni Mlle Hunt n'entendent plus jamais parler de tes affaires privées. Tu vas t'excuser auprès de ta mère en ma présence. Ensuite, tu iras t'excuser auprès de Wilma, de lady Redfield, de Lauren, et de la duchesse de Bewcastle, dont tu as souillé la maison en y introduisant ta bâtarde. Et, enfin, tu feras la paix avec Mlle Hunt et lui promettras qu'elle n'aura plus jamais à subir cet outrage.

— Maman, je vous ai causé un grand chagrin aujourd'hui, dit Joseph se tournant vers la duchesse. Je suis profondément désolé.

— Oh, Joseph, tu as dû être beaucoup plus inquiet que n'importe lequel d'entre nous quand cette pauvre enfant a disparu, répondit sa mère. Est-ce qu'elle va bien ?

— Sadie… grommela le duc.

— Elle est choquée et épuisée, mais elle va bien, répondit Joseph. Mlle Martin est avec elle. Je pense qu'elle dort à présent.

— Pauvre enfant, répéta-t-elle.

Joseph se tourna vers son père.

— Je vais chercher Portia.

— Elle est dans le jardin, avec ta sœur et Sutton.

C'était *lui* que son père avait réprimandé, se rappela Joseph en quittant la bibliothèque – d'avoir laissé Lizzie venir à Lindsey Hall et Alvesley Park où elle se retrouverait forcément en présence de sa famille et de sa fiancée. Et d'avoir admis publiquement que Lizzie était sa fille.

Ce n'était pas Lizzie elle-même qu'il avait critiquée. Mais, bon sang, cela y ressemblait.

... ta bâtarde...

... cette petite aveugle...

Certes, il avait enfreint les lois non écrites, mais admises de la bonne société. Ses *affaires privées*, avait dit son père comme s'il était normal qu'un homme ait de tels secrets. Mais il n'aurait pas honte. S'il admettait avoir eu tort de reconnaître Lizzie, il lui refusait le droit de vivre avec lui et de fréquenter d'autres enfants.

Décidément, la vie n'était pas facile.

Quelle pensée profonde ! ricana-t-il.

Il trouva Portia dans le jardin avec Wilma et Sutton. Sa sœur le fusilla du regard.

— Tu nous as tous odieusement insultés, Joseph ! s'exclama-t-elle. Faire un tel aveu devant tous ces gens ! Je n'ai jamais été aussi mortifiée de ma vie. J'espère que tu as honte.

Il regretta de ne pouvoir lui dire de la fermer, comme Neville l'avait fait un peu plus tôt, mais elle avait la morale de son côté. Même s'il s'agissait du bien de Lizzie, son aveu avait été brutal et inapproprié.

Sauf que les mots avaient été les plus libérateurs qu'il ait jamais prononcés, se rendit-il compte avec surprise.

— Et qu'as-tu à dire à Mlle Hunt ? enchaîna Wilma. Tu auras vraiment de la chance si elle consent à t'écouter.

— Je pense, Wilma, que ce que j'ai à dire et ce qu'elle me répondra doivent rester entre nous deux.

Elle inspira à fond, comme pour protester mais Sutton ne lui en laissa pas le temps. La prenant par le coude, il l'entraîna vers la maison.

Dans sa robe de mousseline jaune, Portia semblait aussi fraîche et charmante qu'au début de l'après-midi. Elle paraissait aussi fort calme.

Il la regarda, en plein dilemme. Il lui avait fait grand tort. Il l'avait humiliée devant toute sa famille et de nombreux amis. Mais comment s'excuser sans renier à nouveau Lizzie ?

Elle prit la parole la première.

— Vous nous avez dit, à lady Sutton et à moi, de nous taire.

Juste ciel ! Il avait vraiment dit cela ?

— Je vous demande pardon. C'était lorsque nous avons appris que Lizzie avait disparu, n'est-ce pas ? J'étais affolé. Non que ce soit une excuse pour une telle grossièreté. Pardonnez-moi, je vous en prie. Et, si vous voulez bien, pour…

— Je ne veux plus jamais entendre *ce nom*, lord Attingsborough, coupa-t-elle en affichant un air de dignité offensé. Je compte sur vous pour qu'elle ait quitté cette maison aujourd'hui et Lindsey Hall demain au plus tard. Ensuite seulement, je déciderai d'oublier ce malheureux incident. Peu m'importe où vous l'envoyez, elle et les autres comme elle, et les… *femmes* qui les fabriquent. Je ne désire pas le savoir.

— Il n'y a pas d'autres enfants. Ni de maîtresses. La révélation de cet après-midi vous a-t-elle laissé croire que je suis un débauché ? Je vous assure que ce n'est pas le cas.

— Vous avez beau nous croire naïves, les dames sont moins sottes que vous le pensez. Nous sommes parfaitement conscientes des passions animales auxquelles sont sujets les hommes et cela nous est égal qu'ils les assouvissent aussi souvent qu'ils le désirent, à condition que ce ne soit pas avec nous et que nous n'en sachions rien. Tout ce que nous demandons – tout ce que *je* demande – c'est que les convenances soient respectées.

Juste ciel ! Il se sentit glacé. Mais, sûrement, connaître la vérité allait la rassurer et la convaincre qu'elle n'épousait pas un animal déguisé en gentleman.

— Portia, commença-t-il en la regardant franchement, je crois sincèrement aux relations monogames. Après la naissance de Lizzie, je suis restée avec sa mère jusqu'à sa mort, l'année dernière. D'où mon célibat prolongé. Sachez qu'après notre mariage, je vous serai fidèle jusqu'à ce que la mort nous sépare.

Elle le regarda, et il remarqua soudain que ses yeux étaient très différents de ceux de Claudia. S'il y avait quelque chose derrière ce bleu pâle, une profondeur, une émotion quelconque, on n'en voyait aucune trace.

— Vous vous comporterez comme il vous plaira, lord Attingsborough, de même que tous les hommes. Je vous demande seulement de la discrétion. Et je désire que cette fille aveugle parte d'ici aujourd'hui même, et de Lindsey Hall demain.

Cette fille aveugle.

Il s'écarta de quelques pas et, tournant le dos à Portia, se campa devant un parterre de fleurs qui poussaient contre un treillage. La requête n'était pas déraisonnable, supposait-il. Aux yeux de Portia – et probablement de tous les habitants d'Alvesley et de Lindsey Hall – garder Lizzie à proximité était une grave faute de goût.

Sauf que Lizzie était une personne. C'était une enfant innocente. Et c'était la sienne.

— Non, répondit-il. Je crains de ne pouvoir vous faire une telle promesse, Portia.

Le silence de la jeune femme fut plus accusateur que des paroles.

— J'ai respecté les convenances toutes ces années, reprit-il. Ma fille avait sa mère et une maison à Londres. Je pouvais la voir chaque fois que je le voulais, c'est-à-dire tous les jours quand j'étais en ville. Personne n'était au courant en dehors de Neville, et je ne l'emmenais jamais là où nous courions le risque d'être vus. J'acceptais qu'il soit ainsi. Je n'avais pas de raison de remettre en question les règles de la bonne société jusqu'à ce que Sonia meure et que Lizzie se retrouve seule.

— Je ne veux rien entendre de tout cela ! C'est parfaitement inconvenant.

— Elle n'a pas tout à fait douze ans. Elle est beaucoup trop jeune pour n'importe quelle forme d'indépendance, même si elle n'était pas aveugle.

Il pivota pour lui faire face.

— Et je l'aime. Je ne peux pas la reléguer à la périphérie de ma vie, Portia. Je ne le ferai pas. Mais ma plus grande erreur, je m'en rends compte maintenant, a été de ne pas vous parler d'elle plus tôt. Vous étiez en droit de savoir.

Elle demeura silencieuse un moment. Aussi immobile qu'une statue, elle apparaissait délicate et d'une beauté rare.

— Je ne crois pas pouvoir vous épouser, lord Attingsborough, annonça-t-elle. Je n'ai jamais souhaité connaître l'existence de ce genre d'enfant et je suis surprise que vous regrettiez de ne pas m'avoir parlé plus tôt de cette affreuse créature, aveugle de surcroît. Je ne veux plus entendre un mot à son sujet, et je ne supporterai pas de la savoir ici, ou même à Lindsey Hall. Si vous ne pouvez me promettre de la renvoyer et que plus jamais je n'entendrai parler d'elle, je dois revenir sur ma promesse de vous épouser.

Étrangement, peut-être, ce revirement ne le soulagea pas. Pour la deuxième fois, elle rompait ses fiançailles et, même si la bonne société ne l'en rendrait pas responsable, elle allait se retrouver dans le lot des jeunes filles difficiles à marier, d'autant plus qu'elle n'était plus de première jeunesse.

Aux yeux de la bonne société, ses exigences apparaîtraient tout à fait raisonnables,

Mais… *cette affreuse créature…*

Lizzie !

— Vous m'en voyez désolé, dit-il. Je vous demande de réfléchir. Je demeure l'homme que vous connaissez depuis des années. J'avais engendré Lizzie bien avant de vous rencontrer.

— Vous ne comprenez pas, lord Attingsborough ? Je ne veux *pas* entendre son nom. Je m'en vais de ce pas écrire à mon père. Il ne sera pas content.

— Portia…

— Je pense que vous n'avez plus le droit de m'appeler par mon prénom, milord.

— Nos fiançailles sont donc rompues ?

— Je ne vois pas ce qui pourrait me faire me raviser, lâcha-t-elle avant de tourner les talons pour regagner la maison.

Il la suivit des yeux.

Ce ne fut que lorsqu'elle eut disparu à sa vue que l'allégresse s'empara de lui.

Il était libre !

20

Lorsque le marquis d'Attingsborough remonta dans sa chambre, Lizzie était profondément endormie. Lady Ravensberg lui conseilla de ne pas la déranger et lui proposa de dormir sur le lit d'appoint qu'elle allait lui faire installer dans son dressing-room.

Les autres invités étant déjà tous partis, il insista pour raccompagner Claudia à Lindsey Hall. La vicomtesse, Anne et Susanna promirent de garder un œil sur la fillette pendant son absence.

Claudia assura qu'elle pouvait rentrer seule, mais il ne voulut rien entendre. Anne et Susanna non plus, qui lui firent remarquer l'heure tardive. Et, le ciel lui vienne en aide, se dit Claudia tandis qu'ils descendaient l'escalier et sortaient sur la terrasse, elle était trop fatiguée pour discuter.

Le vicomte et la vicomtesse Ravensberg ainsi que lady Redfield les accompagnèrent.

— Mademoiselle Martin, fit lady Redfield, j'espère que vous ne tiendrez aucun compte de ce qu'ont dit lady Sutton et Mlle Hunt tout à l'heure. Mon mari et moi avons été enchantés de vous recevoir, vous et vos élèves – *et* Lizzie Pickford –, et vous ne négligiez pas vos devoirs en vous promenant avec votre ami d'enfance, le duc de McLeith. Nous étions tous censés la surveiller et c'est donc notre faute à tous si elle s'est égarée.

— Mlle Martin n'est certainement pas à blâmer, renchérit le marquis d'Attingsborough. Lorsqu'elle est partie se promener, je jouais avec Lizzie. Elle était en droit de penser que je la surveillais.

Il aida Claudia à monter dans la voiture, puis se hissa près d'elle.

— Mademoiselle Martin, fit la vicomtesse Ravensberg en passant la tête à l'intérieur du véhicule, vous viendrez à la réception d'anniversaire de demain, n'est-ce pas ?

Claudia n'en avait pas la moindre envie.

— Il serait peut-être préférable que je reste à l'écart.

— Vous ne devriez pas. Vous feriez croire à certains de nos invités qu'ils ont le pouvoir de décider qui est le bienvenu chez nous et qui ne l'est pas.

— Lauren a raison, mademoiselle Martin. Venez, je vous en prie, insista lady Redfield. Vous ne m'avez pas l'air d'une personne qui manque de courage, ajouta-t-elle, le regard pétillant.

Claudia croisa le regard du vicomte Ravensberg qui lui décocha un clin d'œil.

— Vous êtes tous fort gentils, dit-elle. Très bien, dans ce cas, je viendrai.

Mais ce qu'elle désirait vraiment, c'était rentrer à Lindsey Hall, faire ses bagages et partir à la première heure. Comme la portière se refermait et que la voiture s'ébranlait, elle se rappela la dernière fois qu'elle avait quitté Lindsey Hall. Dieu qu'elle aimerait pouvoir répéter cette sortie !

Le marquis d'Attingsborough semblait emplir toute la voiture de sa présence et, comme lors de leur voyage de Bath à Londres, elle fut douloureusement consciente de sa virilité. Et de bien plus que cela.

Et elle se rappela ce que – incroyablement – elle avait presque oublié dans le bouleversement émotionnel des dernières heures.

Je vous aime, avait-il articulé en silence, dans la cabane où ils avaient retrouvé Lizzie.

La tristesse allait probablement virer à la peine de cœur avant que tout cela soit fini. Et c'était une évaluation optimiste. Cela tournerait bel et bien au grand chagrin. En réalité, c'était déjà le cas.

— Mlle Hunt a rompu nos fiançailles, annonça-t-il comme la voiture franchissait le pont de style palladien.

Parfois, même une courte phrase n'avait pas le pouvoir de s'imprimer immédiatement dans l'esprit. Claudia eut l'impression d'entendre les mots séparément et eut besoin d'une seconde pour les rassembler et en comprendre la signification.

— Irrévocablement ? hasarda-t-elle enfin.

— Elle a dit qu'elle n'imaginait pas ce qui pourrait la faire se raviser.

— Parce que vous avez une enfant illégitime ?

— Apparemment, ce n'est pas la raison. Je peux avoir autant de maîtresses et d'enfants naturels que je le souhaite, cela lui est égal. En fait, elle semble attendre cela de moi – comme de tous les hommes. C'est le fait que j'ai enfreint l'une des règles cardinales de la bonne société en reconnaissant Lizzie publiquement qui l'a offensée. Ensuite, lorsque j'ai refusé de renvoyer Lizzie d'Alvesley ce soir et de Lindsey Hall demain, et de ne plus jamais parler d'elle, elle m'a informé qu'elle ne pourrait pas m'épouser.

— Peut-être qu'en réfléchissant froidement elle changera d'avis.

— Peut-être, admit-il.

Ils gardèrent le silence un moment.

— Et ensuite ? risqua-t-elle. Qu'arrivera-t-il à Lizzie ? Eleanor et moi la croyons tout à fait capable d'être éduquée. Ce serait un plaisir de relever le défi de l'accueillir dans notre école. Néanmoins, je ne suis pas sûre que ce soit ce que souhaite Lizzie, même si elle a été heureuse de partager les activités des autres fillettes.

— Ce que j'avais en tête après la mort de Sonia, c'était d'installer Lizzie à Willowgreen, ma propriété du Gloucestershire. Cela m'a toujours semblé un rêve impossible, mais peut-être vais-je pouvoir le réaliser, à présent. Son existence n'est plus secrète, et j'ai découvert que je me moque éperdument de ce que la bonne société pense de moi. Et puis, celle-ci n'est pas toujours aussi mesquine qu'on le pense. Anne et Sydnam Butler ont amené à Alvesley le fils qu'elle a eu hors mariage – mais, bien sûr, vous connaissez tout cela. David Jewell n'est pas traité différemment des autres enfants.

— Oh, je pense que Willowgreen – la campagne –, ce serait parfait pour Lizzie.

Un désir indéfinissable l'envahit, qui ne le resterait pas si elle laissait ses pensées s'y attarder.

— Quelles dispositions prendriez-vous pour son éducation ? demanda-t-elle.

— J'embaucherais une personne qui lui tiendrait compagnie tout en l'instruisant. Et je m'arrangerais pour passer beaucoup de temps avec elle. Je lui donnerais des leçons d'histoire, de botanique, de zoologie. Je lui trouverais un maître de musique pour lui enseigner le pianoforte, ou le violon, ou la flûte. Peut-être qu'au bout d'un ou deux ans de ce régime, elle serait plus apte à aller dans une école qu'aujourd'hui. Quant à moi, je serais moins oisif, plus utile. Vous en viendriez peut-être même à m'approuver.

Claudia s'autorisa à le regarder. La voiture sortait de l'allée ombragée et franchissait les grilles du domaine. Les rayons obliques du soleil éclairaient le visage du marquis. Elle nota qu'il parlait au conditionnel, comme s'il doutait d'être totalement libre.

— Oui, peut-être, admit-elle. Encore que je vous approuve déjà, ajouta-t-elle comme il lui adressait un lent sourire. Ce n'est pas pour des motifs frivoles que vous passez tant de temps à Londres. C'est par amour. Il n'y a pas de motif plus noble. Et maintenant, vous avez reconnu publiquement votre fille. Cela aussi, je l'approuve.

— Vous avez repris l'air de la maîtresse d'école collet monté qui m'a accueilli à Bath.

— C'est ce que je suis.

— N'était-ce pas vous qui disiez à ma fille il y a peu que personne ne pouvait se réduire à des étiquettes ?

— J'ai une vie riche, lord Attingsborough. Je l'ai bâtie moi-même, et elle me rend heureuse. Elle est totalement différente de celle que j'ai vécue ces dernières semaines. Et j'ai hâte de la retrouver.

Elle avait détourné la tête pour regarder par la fenêtre.

— Je suis désolé d'avoir causé un tel bouleversement dans votre vie, Claudia.

— Vous n'avez rien causé que je n'ai permis.

Le silence qui tomba entre eux était à la fois tendu et agréable. La tension, bien sûr, était due à une attirance physique que Claudia ne pouvait ignorer. Mais il y avait plus que du désir. L'amour imprégnait l'atmosphère, un amour qui pouvait virer au tragique, car Mlle Hunt pouvait encore se raviser.

Et si elle s'obstinait ? Non, mieux valait ne pas se laisser aller à de folles supputations.

Le duc et la duchesse de Bewcastle apparurent sur le perron de Lindsey Hall lorsque la voiture s'immobilisa.

— Oh, le marquis d'Attingsborough vous a raccompagnée, mademoiselle Martin ! dit la duchesse tandis que le cocher dépliait le marchepied. Nous nous inquiétions à l'idée que vous rentriez seule. Mais Lizzie n'est pas avec vous ?

— Elle dormait, expliqua le marquis en aidant Claudia à descendre. J'ai pensé qu'il valait mieux ne pas la déranger. Elle quittera Alvesley Hall demain ; je l'emmènerai ailleurs, si vous le souhaitez.

— Ailleurs qu'à Lindsey Hall ? demanda la duchesse. Je ne le souhaite absolument pas. C'est ici qu'elle doit être jusqu'à ce qu'Eleanor et Mlle Martin regagnent Bath. Je l'ai invitée.

— J'ai pensé que, moi aussi, je devrais peut-être partir demain, risqua Claudia.

— Mademoiselle Martin, intervint le duc, j'ose espérer que vous n'avez pas l'intention de nous quitter de la même manière que la dernière fois ? Il est vrai que Freyia croit que le chagrin et la honte qu'elle en a éprouvés ont fait d'elle un être humain acceptable, mais je n'ai pu tirer un tel réconfort de l'incident. Surtout quand j'ai appris qu'après avoir refusé l'une de mes voitures vous aviez accepté celle de Redfield.

Il s'exprimait d'un ton à la fois hautain et nonchalant, son face-à-main à mi-chemin de ses yeux. La duchesse s'esclaffa.

— Je regrette de ne pas avoir été là ! Freyia nous a raconté la scène en rentrant d'Alvesley. Mais entrez, nous sommes tous au salon. Et, si vous craignez de devoir affronter des regards désapprobateurs, lord Attingsborough, c'est que vous ne connaissez pas les Bedwyn – ni leurs conjoints. N'est-ce pas, Wulfric ?

— En effet, approuva le duc avec un haussement de sourcils.

— Je vous remercie, mais je dois rentrer à Alvesley, répondit le marquis. Mademoiselle Martin, voudriez-vous faire quelques pas avec moi, avant que je ne reparte ?

— Volontiers.

Elle eut le temps d'apercevoir le sourire chaleureux que leur adressait la duchesse avant de rentrer dans la maison au bras de son époux.

Ils se dirigèrent en silence vers le lac et s'arrêtèrent sur la rive, près de l'endroit où le marquis avait appris à Lizzie à faire des ricochets. Les rayons du couchant caressaient la surface du lac, la rendant incroyablement lumineuse. Le ciel immense était encore clair à l'horizon, sombre au-dessus d'eux. Les premières étoiles commençaient à scintiller.

— Il est tout à fait possible que mon père et ma sœur parviennent à persuader Portia que rompre nos fiançailles n'est pas dans son intérêt, dit-il.

— Oui.

— Bien qu'elle ait dit que *rien* ne pourrait la faire se raviser, et que j'aie affirmé que je ne transigerai pas. Lizzie fera désormais ouvertement partie de ma vie. Mais c'est une chose terrible pour une jeune fille du monde que la rupture de ses fiançailles – surtout quand c'est la deuxième fois. Elle peut encore réfléchir.

— Oui.

— Je ne peux vous faire aucune promesse.

— Je n'en demande pas. Car il y a d'autres obstacles. Il ne peut y avoir entre nous ni promesse ni espoir d'avenir.

Il n'était pas certain d'être d'accord avec elle, mais à quoi bon discuter ? Plus il y pensait, plus il lui semblait probable que son père et Wilma parviendraient à convaincre Portia de l'épouser.

— Nous n'avons pas d'avenir, dit-il avec douceur. Nous n'avons que le présent. Et, à présent, je suis libre.

Il s'empara de sa main et, doigts entrelacés, ils longèrent le lac jusqu'à un bosquet dont l'ombre recouvrait un épais tapis d'herbe. Il s'immobilisa et la fit pivoter face à lui. Se saisissant de son autre main, il fit se rejoindre les deux dans son dos, de sorte qu'elle se retrouva seins, ventre et cuisses pressés contre lui.

— Je veux plus que des baisers, murmura-t-il.

— Moi aussi.

Il sourit dans l'obscurité. La voix de Claudia était farouche, en désaccord avec ses paroles et la chaleur accueillante de son corps.

— Claudia.

— Joseph.

Il sourit de nouveau. C'était la première fois qu'elle prononçait son prénom. Cela lui fit l'effet d'une caresse.

Puis il se pencha et posa ses lèvres sur celles de Claudia.

Décidément, il n'en revenait pas que de toutes les femmes qu'il avait possédées ou aimées au cours de ces quinze dernières années, son cœur ait choisi Claudia Martin. Même Barbara semblait insignifiante comparée à elle. Il désirait cette femme intelligente et courageuse comme jamais il n'avait désiré qui ou quoi que ce soit.

Sa bouche était délicieusement chaude, et il l'explora avidement jusqu'à ce qu'elle émette un gémissement. Interrompant leur baiser, il lui sourit. Ses yeux s'étaient habitués à l'obscurité. Elle lui rendit son sourire, une expression rêveuse et sensuelle sur le visage.

Lui lâchant les mains, il ôta son habit, le déploya sur l'herbe, puis lui tendit la main. Elle la prit et s'allongea sur le dos.

Ceci, il en était très conscient, pourrait bien n'avoir lieu qu'une seule fois. Le lendemain tout pouvait avoir changé. Elle le savait aussi.

— Peu m'importent le passé et l'avenir, chuchotat-elle en lui tendant les bras. Nous leur permettons d'avoir bien trop de pouvoir sur nos vies. Je me soucie uniquement du présent. De *maintenant*.

Il l'embrassa avant de s'allonger près d'elle.

Ella avait vécu dix-huit ans de chasteté, et lui presque trois. Il sentit combien elle avait faim et tenta de mettre un frein à sa propre ardeur. Mais les passions n'obéissent qu'à leurs propres besoins.

Il reprit sa bouche tandis que ses mains découvraient un corps remarquablement bien fait. Puis, retroussant sa jupe, il tira sur ses bas, caressa la peau lisse et douce de ses jambes jusqu'à ce que cela ne lui suffise plus. Alors il se redressa, et entreprit de la dévorer de baisers des chevilles aux genoux. Il lécha l'intérieur de ceux-ci jusqu'à ce qu'elle pousse un petit cri et que ses doigts lui agrippent les cheveux. Les doigts tremblants, il défit un à un les boutons de sa robe avant de faire glisser corsage et chemise sur ses épaules, dévoilant ses seins.

— Je ne suis pas belle, souffla-t-elle.

— Laissez-moi en juger.

Il lui caressa les seins, avant de s'incliner sur elle pour y faire courir la langue avant d'en aspirer la pointe entre ses lèvres, lui arrachant des halètements de plaisir.

De son côté, elle ne demeura pas passive. Elle glissa les mains sous le gilet de Joseph, puis sous sa chemise, caressant son dos musclé. Puis l'une de ses mains se fraya un chemin entre leurs deux corps et recouvrit la superbe érection qui tendait l'étoffe de son pantalon.

Il lui agrippa le poignet et la repoussa fermement.

— Pitié, souffla-t-il. Je n'arrive déjà quasiment plus à me contrôler.

— Moi plus du tout.

Un petit rire lui échappa et sa main s'aventura entre les cuisses de Claudia. Elle était moite et brûlante.

Elle gémit.

Il batailla un instant avec les boutons de son pantalon, couvrit Claudia de son corps et lui écarta les jambes des siennes. Glissant les mains sous ses fesses pour amortir la dureté du sol, il s'enfonça en elle, sentit ses muscles intimes se crisper autour de lui.

Elle plia les genoux et se cambra pour l'accueillir plus profondément encore tandis qu'il s'efforçait de respirer lentement.

— Claudia, lui murmura-t-il à l'oreille.

Cela faisait si longtemps – une éternité. Et il savait qu'il ne pourrait prolonger l'instant. Mais il avait besoin de se rappeler que c'était Claudia, et que c'était là plus qu'une affaire de rapports physiques.

— Joseph, dit-elle d'une voix enrouée.

Il se retira, puis revint en elle, et le rythme de l'amour les emporta tous deux dans un crescendo rapide jusqu'à l'explosion finale.

Beaucoup trop tôt, admit-il à regret tandis que son corps rassasié se détendait.

— Comme un collégien excité, murmura-t-il.

Elle rit doucement et tourna la tête pour l'embrasser sur les lèvres.

— Un collégien ? Ce n'est pas ce que je *sens*, dit-elle.

Il bascula sur le flanc, l'entraînant avec lui si bien qu'ils se retrouvèrent face à face.

Elle avait raison. Tout avait été bien. Parfait, même.

Mais sans doute n'auraient-ils droit à rien d'autre. Il étreignit Claudia en faisant le vœu que l'instant se muât en éternité.

Il aperçut la lune au-dessus de leur tête, sentit la caresse de la brise sur son corps et la douce chaleur de la femme qu'il tenait dans ses bras, et il s'autorisa à être heureux.

Claudia savait qu'elle ne regretterait rien – pas plus qu'elle n'avait regretté le baiser à Vauxhall.

Elle savait aussi qu'il n'y aurait que cette nuit. Ce soir, plus exactement, car cette nuit, il devait la passer à Alvesley.

Elle était convaincue que Mlle Hunt ne renoncerait pas au superbe parti qu'était le marquis d'Attingsborough. Le duc d'Anburey et la comtesse de Sutton n'auraient pas de mal à lui faire entendre raison. Et, bien sûr, Joseph n'aurait d'autre choix que de la reprendre puisque les fiançailles n'avaient pas été publiquement rompues. C'était un gentleman, après tout.

Aussi, cette soirée serait-elle unique.

Elle souffrirait sûrement, mais elle aurait souffert de toute façon.

Elle s'interdit de s'assoupir. Elle contempla la lune et les étoiles au-dessus du lac, écouta le discret clapotis de l'eau sur la rive, sentit la douceur moelleuse de l'herbe contre ses jambes, respira l'odeur des arbres et de l'eau de toilette du marquis, savoura le goût de ses baisers sur ses lèvres légèrement gonflées.

Elle était fatiguée, épuisée. Et pourtant, jamais elle ne s'était sentie plus vivante.

Elle ne le voyait pas clairement dans l'obscurité, mais elle sut qu'il avait somnolé lorsqu'il se réveilla avec un léger sursaut. Elle ne put s'empêcher de regretter qu'il ne soit pas possible, parfois, d'arrêter le temps.

La semaine prochaine, elle serait de retour à Bath, et préparerait le programme de l'année scolaire à venir. C'était toujours une période excitante. Elle y prendrait plaisir. Oui.

Mais pas encore.

Je vous en prie, pas encore. Il était trop tôt pour que l'avenir empiète sur le présent.

— Claudia, s'il y a des conséquences...

— Ô Seigneur, il n'y en aura pas. J'ai trente-cinq ans.

Ce qui était une réponse ridicule, bien sûr. Elle n'avait *que* trente-cinq ans. Et était toujours capable de porter des enfants. Elle n'y avait pas pensé. Ou si elle y avait pensé, elle s'était empressée de l'oublier. Sotte qu'elle était !

— *Que* trente-cinq ans, murmura-t-il en écho à ses pensées.

Mais il n'en acheva pas pour autant la phrase qu'il avait commencée. Que pouvait-il dire ? Qu'il l'épouserait ? Si Mlle Hunt décidait de lui revenir, il ne serait plus libre. Et même s'il l'était...

— Je refuse de regretter quoi que ce soit ou d'avoir la moindre pensée déplaisante en ce moment, dit-elle.

Ce qui était exactement le genre de stupidités contre lesquelles elle mettait ses élèves en garde avant qu'elles quittent définitivement l'école, surtout les pupilles qui n'avaient pas de famille pour les protéger.

— Vraiment ? fit-il. C'est bien.

Les mains de Joseph se promenèrent lentement le long du dos de Claudia tandis qu'il lui mordillait l'oreille. Resserrant les bras autour de lui, elle lui embrassa le cou, la mâchoire et finalement la bouche. Elle sentit son sexe durcir contre son ventre et devina que la soirée n'était pas terminée.

Ils demeurèrent allongés sur le flanc, face à face. Joseph lui souleva la jambe et la cala sur sa hanche, puis la pénétra de nouveau.

Ce fut moins frénétique, moins irréfléchi, que la première fois. Les gestes de Joseph furent plus lents et plus attentifs, ceux de Claudia plus délibérés. Et tandis qu'ils s'embrassaient à pleine bouche, elle eut soudain le sentiment d'être belle, *vraiment* belle. Et féminine, et passionnée, et tout ce qu'elle avait cru être autrefois pour finir par en douter avant même d'être adulte. Il fallait bien qu'elle le soit puisqu'un homme aussi séduisant que Joseph, marquis d'Attingsborough, l'aimait et lui faisait l'amour.

À sa façon, il la libérait des doutes qui la harcelaient depuis dix-huit ans, il lui permettait de devenir la personne qu'elle était réellement. Institutrice et femme. Femme d'affaires et amante. Prospère et vulnérable. Disciplinée et passionnée.

Elle était qui elle était – sans étiquettes, sans réserve, sans limite.

Elle était parfaite.

Lui aussi.

Et *ceci* l'était aussi.

Parfait, tout simplement.

Plaquant la main au creux de son dos, il l'immobilisa tout en approfondissant ses coups de reins. Il lui baisa les lèvres, lui chuchota des mots que son cœur comprit même si elle ne les entendait pas. Et, soudain, quelque chose en elle s'ouvrit en grand, lui livrant passage... et la jouissance les balaya, et il n'y eut plus ni elle ni lui mais seulement eux.

Ils demeurèrent soudés sans mot dire un long moment avant qu'il ne la lâche, et ils furent de nouveau deux – et le resteraient à jamais, comprit-elle.

Mais elle ne regretterait rien.

— Il est temps que je vous ramène, dit-il en s'asseyant pour rajuster ses vêtements tandis qu'elle remontait ses bas, puis boutonnait sa robe.

— Oui, souffla-t-elle en fixant quelques épingles dans ses cheveux.

Il se leva et lui tendit la main.

Ils restèrent debout, face à face, sans se toucher.

— Claudia, je ne sais pas...

Elle posa l'index sur ses lèvres.

— Non, pas ce soir. Je veux que ce soir demeure parfait. Je veux pouvoir m'en souvenir ainsi. Toute ma vie.

Il referma la main sur son poignet, et lui embrassa le doigt.

— Peut-être que demain sera tout aussi parfait. Peut-être que tous nos lendemains le seront.

Elle se contenta de sourire. Elle n'en croyait pas un mot – mais elle y penserait, bien sûr...

— Vous viendrez au bal ? voulut-il savoir.

— Oui. Je préférerais ne pas venir, mais je crois que la comtesse et lady Ravensberg seraient offensées si je m'en abstenais.

Et comment pourrait-elle ne pas venir de toute façon ? Ce serait peut-être la dernière fois qu'elle le verrait. La dernière de sa vie.

Il lui embrassa le poignet et le lâcha.

— J'en suis heureux, avoua-t-il.

21

Le duc d'Anburey attendait le marquis d'Attingsborough dans la bibliothèque, annonça le majordome en ouvrant la porte à Joseph. Il fit un détour par sa chambre. Anne et Sydnam étaient au chevet de Lizzie qui ne s'était pas réveillée depuis son départ.

— Mon père veut me parler, leur dit-il.

Sydnam lui adressa un regard compatissant.

— Allez-y, fit Anne. Nous avons relevé Susanna et Peter il y a seulement une demi-heure. Nous vous attendrons.

— Merci, souffla-t-il en caressant la joue de Lizzie.

Elle avait agrippé un coin de l'oreiller et le pressait contre son nez. En dépit de la scène qui l'attendait au rez-de-chaussée, il était heureux d'avoir reconnu sa fille. Lorsqu'il se pencha pour l'embrasser, elle marmonna vaguement sans se réveiller.

La scène attendue eut bien lieu. Son père s'emporta. Comme prévu, il avait persuadé Portia que son fils se conduirait convenablement, qu'elle ne verrait plus la petite aveugle et n'en entendrait plus parler. La jeune fille avait donc accepté de revenir sur sa décision.

Mais Joseph n'était pas prêt à se laisser dicter sa conduite. Il informa son père qu'il n'était pas question qu'il cache de nouveau Lizzie. Il l'installerait à Willowgreen et passerait plus de temps avec elle. Et puisque Portia lui avait rendu sa parole dans l'après-midi, si elle voulait renouer, il lui fallait accepter ce fait nouveau.

Il tint bon, même quand son père menaça de l'expulser de Willowgreen – dont il était le propriétaire officiel. Eh bien, il s'installerait ailleurs, riposta Joseph. Étant financièrement indépendant, il trouverait une autre maison de campagne et y vivrait avec sa fille.

Ils se disputèrent un long moment – ou, plus exactement, après avoir dit ce qu'il avait à dire, Joseph observa un silence obstiné tandis que son père vociférait. Sa mère endura toute la scène sans mot dire.

Puis ses parents quittèrent la bibliothèque et lui envoyèrent Portia.

Elle entra, affichant un calme olympien, plus belle que jamais dans une robe bleu pâle qu'il ne lui connaissait pas. Les mains dans le dos, il demeura debout devant la cheminée tandis qu'elle s'asseyait et disposait ses jupes autour d'elle. Elle leva sur lui un regard dépourvu de toute émotion.

— Je suis sincèrement désolé pour tout ceci, Portia, commença-t-il. Et je suis seul à blâmer. J'ai su dès la mort de sa mère que Lizzie devait devenir un élément central de ma vie. Que je devais lui donner plus de temps, d'attention et d'amour. Mais il ne m'était pas apparu avant aujourd'hui que je ne pourrais le faire correctement en menant le genre de double vie que la société exigeait de moi. Si je l'avais compris plus tôt, j'en aurais discuté ouvertement avec mon père et le vôtre, et vous aurais ainsi évité l'affront que vous avez dû subir aujourd'hui.

— Je suis là, lord Attingsborough, car j'avais cru entendre qu'on ne me parlerait plus jamais de cette horrible petite aveugle. Je consentais à poursuivre nos fiançailles, et à vous protéger d'une complète disgrâce aux yeux de la bonne société, à la condition que tout redeviendrait comme avant vos propos inconvenants de cet après-midi. Qui n'auraient pas été prononcés si cette institutrice incompétente n'avait eu des vues sur un duc et négligé ses devoirs.

Il inspira lentement.

— Je vois que cela n'ira pas, déclara-t-il. Je comprends votre raisonnement, mais je ne puis accepter vos conditions. Je *dois* avoir mon enfant avec moi. Je *dois* me comporter en père envers elle. Le devoir le dicte, et l'amour le rend impératif. Je l'aime. Si vous ne pouvez accepter ce fait, je crains qu'un mariage entre nous ne soit impossible.

Elle bondit sur ses pieds.

— Vous êtes prêt à rompre notre engagement ? À renier vos promesses et un contrat de mariage déjà signé ? Oh, je ne le pense pas, lord Attingsborough ! Je ne vous libérerai pas. Mon père ne vous libérera pas. Le duc d'Anburey vous reniera.

Ah, elle avait eu le temps de réfléchir depuis la fin de l'après-midi. Sur le marché du mariage, ce n'était plus une jeune fille. Elle avait beau être bien née, belle et fortunée, se retrouver célibataire après deux fiançailles rompues s'annonçait inconfortable. C'était peut-être là sa dernière chance de faire un mariage aussi avantageux. Et il savait qu'elle s'était mis en tête de devenir duchesse.

Mais qu'elle veuille d'une union qui, manifestement, les rendrait malheureux tous les deux lui semblait incroyable.

Il ferma brièvement les yeux.

— Je crois que le mieux serait d'en parler avec votre père, Portia. Je regrette que vos parents ne soient pas là. Ils doivent vous manquer terriblement aujourd'hui. Faisons une trêve, voulez-vous ? Comportons-nous comme des gens civilisés, puis nous partirons dès le lendemain du bal. Je vous ramènerai chez vous et nous discuterons de toute l'affaire avec votre père.

— Il ne vous lâchera pas, l'avertit-elle. N'y comptez pas. Il vous obligera à m'épouser et à abandonner cette affreuse créature.

— Le fait que Lizzie est à présent au centre de ma vie n'est plus négociable, riposta-t-il calmement. Mais n'en parlons plus pour le moment, voulez-vous ? Bientôt vous aurez votre mère pour vous soutenir moralement, et votre père pour défendre vos intérêts. En attendant, puis-je vous escorter jusqu'au salon ?

Elle posa la main sur le bras qu'il lui offrait et ils sortirent de la bibliothèque.

Ainsi donc, il était de nouveau officiellement fiancé. Et, qui sait, il ne serait peut-être plus jamais libre, car il était fort possible que Balderston accepte ses conditions, et qu'une fois mariés, Portia ne les respecte pas.

Ah, Claudia !

Il n'avait osé penser à elle depuis son retour de Lindsey Hall.

Ah, mon amour.

Vêtue de sa robe du goûter qu'une servante avait rapportée après l'avoir lavée et repassée, les cheveux brossés et retenus par un ruban, Lizzie prenait son petit déjeuner dans la chambre de son père.

Elle devait regagner Lindsey Hall ensuite, mais une ribambelle de visiteurs se succédèrent avant son départ. Kit et Lauren furent les premiers, avec Sydnam, Anne et David. Puis ce fut le tour de Gwen, de tante Clara, de Lily et de Neville, lesquels furent suivis de Susanna et de Peter. Tous voulaient la saluer, l'embrasser, lui demander si elle avait bien dormi, si sa mésaventure de la veille ne lui avait pas donné des cauchemars. Et tous avaient des sourires pour Joseph.

Peut-être s'agissait-il seulement de sourires de compassion, car tous étaient au courant de ce qu'il avait dû endurer, quand bien même l'essentiel s'était déroulé derrière des portes closes. Il se demandait néanmoins pourquoi il avait gardé ce secret si long-temps. La société avait ses règles et ses exigences, certes, mais il appartenait à une famille aimante.

Sa mère entra. Seule. Elle l'embrassa sans mot dire, puis s'assit à la table où déjeunait l'enfant. Sentant sa présence, celle-ci leva le visage.

— Lizzie, c'est un diminutif pour Elizabeth ? fit la duchesse en prenant l'une de ses petites mains entre les siennes. J'aime les deux. Chère enfant. Tu ressembles beaucoup à ton papa. Je suis sa mère. Je suis ta grand-mère.

— Ma grand-mère ? répéta Lizzie. J'ai entendu votre voix hier.

— Oui, mon petit, fit la vieille dame en lui tapotant la main.

— C'était après que je suis allée me promener avec Horace et que je me suis perdue. Mais papa va dresser Horace pour qu'on ne se perde plus.

— Quelle petite fille aventureuse tu es ! Exactement comme ton père lorsqu'il était enfant. Il était toujours à grimper aux arbres sur lesquels on ne devait pas grimper, à nager dans les lacs où il était défendu de se baigner et à disparaître pendant des heures dans des expéditions mystérieuses. Sans prévenir personne, bien sûr. C'est un miracle que je n'aie pas succombé à une crise cardiaque.

Lizzie éclata de rire.

Joseph crut apercevoir des larmes dans les yeux de sa mère qui ne se lassait pas de tapoter la main de la fillette. Elle n'avait pas manqué de courage en venant ici contre l'avis du duc. Elle les embrassa tous deux, puis il fut temps de partir pour Lindsey Hall.

Joseph installa Lizzie devant lui sur son cheval et se mit en route, Horace courant à côté d'eux. McLeith les accompagnait, car il se rendait à Lindsay Hall pour sa visite quotidienne à Claudia. Parviendrait-il à la persuader de l'épouser ? Joseph en doutait.

Arrivé à Lindsey Hall, Joseph entra confier à un valet un mot qu'il avait écrit la veille à l'intention de Mlle Martin, puis sortit rejoindre la duchesse de Bewcastle, et lord et lady Hallmere qui discutaient avec Lizzie. McLeith se mit en quête de Claudia tandis que Joseph emmenait sa fille se promener vers le lac.

— Papa, dit-elle tout à trac, je n'ai pas envie d'aller à l'école.

— Eh bien, tu n'iras pas. Tu resteras avec moi jusqu'à ce que tu sois une grande fille, que tu tombes amoureuse, et que tu me quittes.

— Vous dites des bêtises ! s'esclaffa-t-elle. Cela n'arrivera jamais. Mais si je ne vais pas à l'école, je vais perdre Mlle Martin.

— Tu l'aimes bien ?

— Je l'adore, assura-t-elle. C'est mal, papa ? J'adorais aussi maman. Quand elle est morte, j'ai cru que mon cœur allait se briser. Et j'ai pensé que plus personne en dehors de vous ne pourrait me faire sourire et me faire sentir en sécurité.

— Mais Mlle Martin le peut ?

— Oui.

— Non, ce n'est pas mal, assura-t-il en lui pressant la main. Ta mère sera toujours ta mère. Elle vivra toujours dans ton cœur. Mais l'amour vit et grandit, Lizzie. Plus tu aimes, plus tu peux aimer. Tu ne dois pas te reprocher d'aimer Mlle Martin.

Contrairement à lui.

— Peut-être que Mlle Martin pourra venir nous rendre visite.

— Peut-être, acquiesça-t-il en regardant le carré d'herbe ombragé où la veille au soir…

— Elle me manquera, soupira Lizzie. Et aussi Molly, et Agnes, et Mlle Thompson.

— Je vais bientôt te ramener à la maison.

— À la maison de Londres ? dit-elle en appuyant la tête contre le bras de son père. Mais, papa, est-ce que Mlle Martin va reprendre Horace ?

— Je pense qu'elle sera heureuse de te le laisser.

Il aperçut Claudia Martin et McLeith qui marchaient un peu plus loin. Ils avaient dû grimper sur la colline derrière la maison et redescendre par le bois.

Reportant avec détermination son attention sur sa fille, il se réjouit de pouvoir enfin se montrer avec elle.

— Nous n'avons pas fait notre promenade en bateau, hier, mon ange. Que dirais-tu de la faire maintenant ?

— Oh, oui ! cria-t-elle, le visage rayonnant de joie.

— Je n'aurais pas été surpris de vous trouver prête à partir, n'attendant que d'emmener l'enfant avec vous, avoua Charlie. Ce qui m'aurait ennuyé. C'est à Attingsborough de l'éloigner, et vite ! Il n'aurait pas dû la faire venir ici, pour commencer. Cela a mis Bewcastle dans une position délicate et c'est une grave insulte à l'égard de Mlle Hunt – et d'Anburey.

— Ce n'est pas lui qui a eu l'idée d'amener Lizzie, dit Claudia. C'est moi.

— Il n'aurait même pas dû mentionner son existence devant vous. Vous êtes une dame.

— Et Lizzie est une personne.

— Mlle Hunt a été bouleversée même si elle est trop digne pour le laisser voir. Après une telle humiliation, en public de surcroît, je m'attendais qu'elle rompe ses fiançailles, mais apparemment, elle lui a pardonné.

Oui. Claudia le savait déjà par le bref message que Joseph lui avait fait parvenir. Elle l'avait vu arriver par la fenêtre de la salle d'étude et, remarquant à peine que Charlie et Lizzie étaient avec lui, elle avait attendu sans rien espérer. Pour se rendre compte en lisant son mot qu'elle s'était leurrée, qu'elle avait bel et bien espéré, et que c'était seulement à présent que tout espoir, toute possibilité de joie lui était arraché.

Comme ils émergeaient de sous les arbres, elle risqua un regard vers l'endroit où elle avait aimé Joseph – et le vit, un peu plus loin, au bord de l'eau avec Lizzie. Faisant appel à toute sa volonté, elle se concentra sur la conversation.

— Charlie, commença-t-elle, Lizzie a été conçue il y a plus de douze ans, lorsque le marquis d'Attingsborough était un très jeune homme, longtemps avant qu'il ne rencontre Mlle Hunt. Pourquoi se sentirait-elle menacée par l'existence de Lizzie ?

— Mais ce n'est pas qu'elle menace qui que ce soit, Claudia. C'est le fait que maintenant Mlle Hunt et un grand nombre de gens – et bientôt tous ceux qui ont quelque importance dans ce pays – savent qu'elle existe. Cela ne se fait pas. Un gentleman garde ces choses-là pour lui. Je sais ce que la bonne société attend de ses membres – je l'ai appris à l'âge de dix-huit ans. Il est normal que vous l'ignoriez. Vous avez mené une vie beaucoup plus protégée.

Une idée traversa subitement l'esprit de Claudia.

— Charlie, avez-vous d'autres enfants que votre fils ?

— Claudia ! s'exclama-t-il, visiblement embarrassé. Ce n'est pas une question qu'une dame pose à un gentleman.

— Oui, vous en avez d'autres. N'est-ce pas ?

— Je ne répondrai pas. Vraiment, Claudia, vous avez toujours dit ce que vous pensiez plus librement que vous ne l'auriez dû. C'est une chose que j'admirais chez vous, et que j'admire toujours. Mais il y a des limites…

— Vous avez des enfants naturels ! Est-ce que vous les aimez ? Est-ce que vous en prenez soin ?

Il éclata de rire et secoua la tête, l'air penaud.

— Vous êtes impossible ! Je suis un gentleman, Claudia. Je fais ce que doit faire tout gentleman.

La pauvre duchesse, songea Claudia. Car, contrairement à Lizzie, les enfants naturels de Charles avaient dû être engendrés alors qu'il était marié. Combien étaient-ils ? Et quelle sorte de vie menaient-ils ? Inutile de le demander. De cela aussi, le code d'honneur du gentleman interdisait de parler à une dame.

— Cette conversation a gâché l'atmosphère que j'espérais créer ce matin, reprit-il en soupirant. Le bal d'anniversaire a lieu aujourd'hui, Claudia. Demain ou après-demain au plus tard, je partirai. Je me rends bien compte que je suis le seul invité à Alvesley qui n'ait aucun lien avec la famille. J'ignore quand je vous reverrai.

— Nous nous écrirons.

— Vous savez bien que cela ne me suffira pas.

Elle le regarda. Ils étaient redevenus amis, non ? Elle avait résolument tourné la page du passé et lui avait rendu son affection, même s'il y avait des choses chez lui qu'elle n'approuvait pas. Sûrement, il ne continuait pas à...

— Claudia, je voudrais que vous acceptiez de m'épouser. Je vous aime, et je pense que vous éprouvez pour moi des sentiments plus profonds que vous ne l'admettez. Dites-moi que vous m'épouserez et ce soir, au bal, j'aurais l'impression d'être au paradis. Je ne ferai pas d'annonce, rassurez-vous, puisque cette fête a lieu en l'honneur des Redfield, et qu'en outre, ni vous ni moi ne leur sommes apparentés. Mais nous pourrons le faire savoir officieusement. Je serai le plus heureux des hommes. C'est un horrible cliché, je le sais, mais cela n'en sera pas moins vrai. Qu'en dites-vous ?

Sur le moment, elle ne trouva rien à dire. La déclaration de Charlie l'avait prise au dépourvu –

une fois de plus. Là où elle n'avait vu qu'un retour balbutiant à l'amitié, lui s'était pris au piège d'un amour grandissant. Et aujourd'hui moins encore qu'un autre jour elle n'était prête à affronter cela.

— Charlie, je ne vous aime pas.

Il y eut un long silence inconfortable. Ils s'étaient presque arrêtés de marcher. Au loin, une barque s'écartait de la rive du lac – avec le marquis d'Attingsborough et Lizzie à bord. Ce qui lui rappela leur promenade sur la Tamise lors de la garden-party de Mme Corbette-Hythe. Mais elle ne devait pas laisser ses pensées s'égarer ainsi. Elle regarda de nouveau Charlie.

— Vous avez dit la seule chose à laquelle je n'ai aucun argument à opposer, dit-il. Pourtant vous m'avez aimé, Claudia. Vous avez fait l'amour avec moi. Vous avez oublié ?

Elle ferma brièvement les yeux. En fait, elle ne se rappelait pas grand-chose en dehors des tâtonnements maladroits, de la douleur, et de l'heureuse certitude que, désormais, ils étaient l'un à l'autre pour toujours.

— C'était il y a très longtemps, dit-elle doucement. Nous avons changé, Charlie. J'ai de l'affection pour vous, mais…

— Au diable, votre affection, coupa-t-il, avant de lui adresser un sourire triste. Et allez au diable, vous aussi ! Et maintenant, acceptez mes très humbles excuses pour ce langage atroce.

— Mais pas pour vos atroces sentiments ?

— Non, pas pour eux. Mon châtiment est donc la perpétuité ?

— Oh, Charlie, ce n'est pas un châtiment. Je vous ai pardonné quand vous me l'avez demandé. Mais…

— Épousez-moi quand même, et peu importe l'amour. De toute façon, vous m'aimez. J'en suis sûr.

— Comme un ami.

— Aïe! Réfléchissez-y. Réfléchissez sérieusement. Je vous reposerai la question ce soir, et ensuite, je ne vous ennuierai plus. Promettez-moi que vous réfléchirez et tenterez de vous raviser.

— Je ne me raviserai pas entre maintenant et ce soir. Il est trop tard pour nous, Charlie.

— Pensez-y sérieusement quand même. Je vous reposerai la question. Réservez-moi la première danse.

— Très bien.

Le silence tomba entre eux.

— Je regrette de ne pas avoir su à dix-huit ans ce que je sais aujourd'hui, reprit-il au bout d'un instant, à savoir, qu'il y a certaines choses à propos desquelles on ne doit pas faire de compromis. Nous ferions mieux de rentrer, je suppose, enchaîna-t-il. Je me suis ridiculisé, non? Vous ne pouvez voir en moi qu'un ami. Ce n'est pas assez. Peut-être que ce soir vous aurez changé d'avis. Bien qu'il ne suffise pas que je le désire ardemment pour que cela arrive, hélas!

Et cependant, songea-t-elle tout en marchant, s'ils ne s'étaient pas retrouvés à Londres, il était probable qu'il ne lui aurait pas accordé une seule pensée jusqu'à la fin de ses jours.

Lizzie laissait sa main traîner dans l'eau, comme elle-même l'avait fait dans la Tamise. Des rires lui parvinrent, ceux de Lizzie et de Joseph.

Elle se sentit plus seule que jamais. Elle avait l'impression qu'un puits sombre et sans fond s'était creusé au centre de son être.

Portia Hunt n'avait pas de parents à Alvesley, ni d'ami en dehors de Wilma Sutton. Et voilà que Joseph était parti à Lindsey Hall pour toute la matinée.

La famille de Joseph ne se montrait pas désagréable envers elle. Si tous, hormis son père, sa sœur et son beau-frère, avaient désapprouvé ces fiançailles, ils éprouvaient une réelle compassion envers elle. Elle avait reçu un choc durant le goûter et, même si elle avait aggravé la situation par ses remarques mesquines, il était compréhensible qu'elle se sente humiliée. Et, de toute évidence, il y avait eu des discussions mouvementées l'après-midi, puis après le retour de Joseph de Lindsey Hall, tard dans la soirée. Néanmoins, les fiançailles n'avaient pas été rompues – Wilma s'était empressée d'en informer toute la maisonnée.

Susanna et Anne avaient confié à Lauren, à Gwen et à Lily que c'était bien dommage parce que Claudia était amoureuse de Joseph – et lui d'elle, elles en étaient sûres. C'était avec *elle* qu'il était parti à la recherche de Lizzie, non ? Et c'était à *elle* qu'il avait demandé de veiller sur sa fille tandis qu'il parlait avec son père et Mlle Hunt. Et il avait tenu à la raccompagner à Lindsey Hall bien que Kit se soit proposé. En outre, il n'était pas rentré tout de suite.

Mais c'étaient des personnes foncièrement gentilles. Bien qu'elles aient des quantités de choses à faire en prévision du bal, elles invitèrent Mlle Hunt, ainsi que Wilma, à se promener. Lily interrogea Portia sur ses projets de mariage, et la jeune fille développa avec entrain un sujet visiblement cher à son cœur.

— Que c'est charmant d'être aussi amoureuse ! commenta Susanna en soupirant.

— Oh, fit Portia, il ne me viendrait jamais à l'idée d'être vulgaire au point de me croire *amoureuse*, lady Whitleaf. Une dame choisit son mari avec plus de bon sens et de jugement.

— En effet, renchérit Wilma. Qui voudrait se retrouver mariée à un meunier, un banquier ou un maître d'école sous prétexte qu'on en est tombée amoureuse ?

Susanna échangea un regard avec Anne, Lauren fit de même avec Gwen, et Lily sourit.

— À mon avis, décréta celle-ci, le mieux, c'est d'épouser un homme qui a un titre, de la fortune, un physique séduisant, du charme et du caractère – et d'en être éperdument amoureuse. À condition que ce soit réciproque, bien sûr.

Toutes, excepté Portia, rirent de bon cœur. Même Wilma ne put s'en empêcher. La famille avait beau trouver le comte de Sutton ennuyeux et guindé, ce n'était un secret pour personne que Wilma et lui s'aimaient beaucoup.

— Le *mieux*, décréta Portia, est de contrôler ses émotions en permanence.

D'un accord tacite, elles rebroussèrent chemin. Bien que le ciel soit toujours bleu et que les feuillages au-dessus de leurs têtes ne soient pas assez épais pour arrêter les rayons du soleil, l'atmosphère semblait s'être brusquement refroidie.

Le duc de McLeith était sur le pont, accoudé à la rambarde, le regard errant sur la rivière. Lorsqu'il entendit les dames approcher, il se redressa et sourit.

— Vous êtes déjà rentré de Lindsey Hall ? s'étonna Susanna. Vous avez vu Claudia ?

— Oui, répondit-il, l'air triste. C'est, semble-t-il, une maîtresse d'école dévouée et une célibataire endurcie.

Susanna et Anne échangèrent un regard.

— Je trouve qu'elle devrait se montrer plus reconnaissante de l'honneur que vous lui faites en vous occupant ainsi d'elle, Votre Grâce, commenta Wilma.

— Ah, mais c'est que nous avons été élevés ensemble, lady Sutton. Elle a toujours su ce qu'elle voulait. Si elle avait été un homme, elle aurait réussi dans toutes ses entreprises. Même en tant que femme, elle a remarquablement réussi. Je suis fier d'elle. Mais je suis un peu...

— Un peu ? insista Gwen.

— Mélancolique.

— Joseph est rentré avec vous ? voulut savoir Lauren.

— Non. Il a emmené sa… un enfant faire un tour en barque. Je ne l'ai pas attendu.

— Il est incorrigible ! s'exclama Wilma. Il a eu une chance inouïe que Mlle Hunt soit assez généreuse pour lui pardonner sa grossièreté. Je le dis franchement même s'il s'agit de mon frère. Mais là, il provoque le destin. Il aurait dû rentrer *immédiatement*.

— Eh bien, fit Lauren brusquement. Il faut que je retourne à la maison. Il y a un millier de choses à faire avant ce soir. Gwen et Lily, j'ai besoin de vous pour la décoration florale.

— Je dois aller nourrir Harry, se souvint soudain Susanna.

— Et j'ai promis d'emmener Megan regarder son père et David peindre, renchérit Anne.

— Wilma, vos réceptions sont toujours de très bon goût. Venez donc nous donner votre avis sur la décoration du buffet et de la salle de bal, voulez-vous ? proposa Lauren.

Elle regarda Portia et reprit :

— Mademoiselle Hunt, vous pourriez peut-être tenir compagnie à Sa Grâce ? Sinon, il va nous reprocher de l'abandonner.

— Certainement pas, lady Ravensberg, assura-t-il. Mais on m'a dit, mademoiselle Hunt, que la vue de la colline valait l'effort d'y monter. Voudriez-vous venir la voir avec moi ?

— Avec plaisir.

— Joseph aura beaucoup de chance si le duc de McLeith ne lui vole pas Mlle Hunt sous le nez, déclara Wilma dès qu'elles se furent éloignées. Et qui pourrait le lui reprocher ? Je n'avais jamais pensé que je pourrais un jour avoir honte de mon frère, mais vraiment…

— Moi aussi, je suis un peu fâchée contre lui, avoua Gwen en nouant son bras à celui de Wilma.

320

Ne pas nous mettre dans la confidence comme si nous étions des juges impitoyables et non une famille aimante. Et j'en veux aussi à Neville. Il était au courant depuis le début, n'est-ce pas, Lily ?

— Oui, mais à moi non plus, il n'a rien dit. J'admire sa loyauté tout en regrettant d'avoir été tenue dans l'ignorance. Lizzie est une charmante enfant, vous ne trouvez pas ?

— Elle ressemble à Joseph, intervint Lauren. Elle promet d'être une beauté.

— Elle est *aveugle*, protesta Wilma.

— J'ai le sentiment qu'elle ne va pas laisser cette infirmité lui gâcher la vie, déclara Anne. Maintenant que nous sommes au courant de son existence, cela va être intéressant d'observer son développement.

Wilma préféra garder le silence.

22

— Que diable ai-je fait pour mériter un été aussi tumultueux ? demanda Claudia tout en se coiffant.

Question de pure rhétorique à laquelle Eleanor tenta cependant de répondre.

— Vous avez décidé d'aller à Londres, et je vous y ai encouragée. Je vous ai même conseillé d'y rester plus longtemps que vous ne l'aviez prévu.

— M. Hatchard se montrait évasif quant aux futurs employeurs de Flora et d'Edna, enchaîna Claudia. Là-dessus, Susanna a persuadé Francesca de chanter et m'a invitée à rester pour le concert. Quand elle a su que le marquis d'Attingsborough devait revenir de Bath où il était allé voir ses parents, elle lui a demandé de nous escorter jusqu'à Londres. Il a accepté d'autant plus volontiers qu'il a une fille qu'il pensait nous confier. Pour la première fois depuis des années, Charlie a choisi ce printemps-là pour quitter l'Écosse. Et il se trouve que vous êtes la sœur de la duchesse de Bewcastle, laquelle vous a proposé d'accueillir nos pupilles, si bien que depuis que j'ai quitté Bath, je trébuche sur des Bedwyn à chaque tournant. Et… et… et la liste continue. Comment découvrir la cause première de tout ? Faut-il remonter jusqu'à Adam et Ève ? Ceux-là formaient une paire capable de déclencher les pires catastrophes.

— Non, Claudia ! s'exclama Eleanor. Vous allez vous « déraciner » les cheveux à force de les tirer en arrière aussi sévèrement.

Elle prit la brosse des mains de Claudia, et desserra le chignon que celle-ci s'était fait sur la nuque afin que ses cheveux retombent plus souplement autour de son visage.

— Voilà, c'est mieux. Vous avez davantage l'air de vous rendre au bal. J'aime beaucoup cette robe de mousseline verte. Elle est très élégante. Vous me l'avez montrée à Bath, mais je ne l'avais pas encore vue sur vous.

— Pourquoi faut-il que j'aille à ce bal ? Pourquoi n'est-ce pas vous qui y allez et moi qui reste ?

— Parce que c'est vous que ces femmes ont insultée hier, et que c'est important pour lady Redfield et sa belle-fille que vous y fassiez une apparition, répliqua Eleanor dont le regard rencontra celui de Claudia dans le miroir. Parce que vous ne vous êtes jamais dérobée devant un défi. Parce que vous avez promis la première danse au duc de McLeith, vous lui avez même dit que vous ne l'épouseriez pas, pauvre homme. Parce qu'il faut que quelqu'un reste avec les filles, et qu'il est connu et admis que je n'assiste jamais à un bal ni à aucun événement mondain.

— Vous avez gagné, concéda Claudia en se levant. J'ajoute que si je me rends à ce genre de réception, c'est parce que j'y vois une *obligation* – contrairement à certaine personne que je ne nommerai pas.

— Et aussi parce que c'est peut-être la dernière fois que vous le verrez, acheva Eleanor.

Claudia lui jeta un regard aigu.

— Que je *le* verrai ?

Eleanor s'empara du châle de Claudia et le lui tendit.

— Je me suis trompée tout l'été, dit-elle. Je pensais qu'il s'agissait du duc de McLeith, mais j'avais tort. Je suis désolée. Vraiment. Tout le monde l'est.

— *Tout le monde ?*

— Christine, Eve, Morgan, Freyia...

— Lady Hallmere ?

Était-il possible que toutes ces personnes soient au courant ? Mais oui, bien sûr. Ils avaient tous deviné. C'était effrayant.

— Je ne peux pas y aller, déclara-t-elle. Je vais envoyer un mot d'excuse. Eleanor, allez dire...

— Mais si, vous irez, voyons. Vous êtes Claudia Martin.

Oui, elle l'était. Et Claudia Martin n'était pas du genre à ce cacher dans un recoin obscur, juste parce qu'elle était embarrassée et humiliée, qu'elle avait le cœur brisé, et encore un tas de choses affreuses et négatives qu'elle n'analyserait pas.

Elle redressa le dos, carra les épaules, releva le menton et regarda son amie avec un éclat martial dans le regard.

— Le ciel vienne en aide à quiconque se mettra en travers de votre chemin ce soir, s'esclaffa Eleanor en l'étreignant. Allez montrer à ces deux mégères qu'une directrice d'école ne se laisse pas effaroucher par la sottise et la hargne d'aristocrates en mal de distraction.

— Demain, je rentre à Bath, je retrouve mes esprits et mon univers familier. Demain, je reprends ma vie là où je l'ai quittée quand je suis montée dans la voiture du marquis d'Attingsborough il y a un millier d'années environ. Mais ce soir, Eleanor... Eh bien, *ce soir*.

Elle ne put s'empêcher de rire.

Il ne lui manquait plus qu'un bouclier dans une main et une lance dans l'autre, songea-t-elle en quittant la pièce d'un pas déterminé. Et un casque à pointe sur la tête.

Un grand dîner pour la famille et les invités à demeure avait précédé le bal. On avait bu et porté des toasts. Le comte et la comtesse de Redfield avaient eu l'air à la fois heureux et flattés des compliments qu'on leur avait adressés.

Joseph aurait emmené Portia dans la salle de bal en sortant de table, mais elle tint à regagner sa chambre pour prendre son éventail et se faire recoiffer par sa cameriste, aussi s'y rendit-il seul.

Il se mêla aux autres invités. Il ne lui était pas vraiment difficile d'être affable et d'avoir l'air de s'amuser – cela lui venait aussi naturellement que respirer.

Le comte et la comtesse de Redfield ouvrirent le bal en dansant un quadrille lent et majestueux à l'ancienne mode.

Portia le punissait en le faisant attendre, comprit Joseph, qui alla bavarder avec sa mère, tante Clara et des tantes de Kit. Et il parvint très vite à les faire rire.

Claudia ne dansait pas non plus. Il s'était efforcé de l'éviter depuis son arrivée, mais ne pouvait, bien sûr, s'empêcher de penser à elle ni de la regarder de loin.

Bien qu'elle eût mis la plus jolie de ses robes du soir, elle paraissait sévère. Elle était seule, et observait les danseurs. Décidément, elle cachait bien sa véritable nature. Ce corps droit et rigide était en réalité chaud et souple, et capable de passion, et ce visage aux traits réguliers était beau, et ce regard intelligent pouvait vous bouleverser jusqu'au tréfonds. Oui, Claudia Martin était une femme séduisante.

La veille au soir, à peu près à cette heure-ci…

Lui tournant délibérément le dos, il guetta la porte. Que faisait donc Portia ?

Pour la danse suivante, qu'il n'avait pas promise à sa fiancée, il invita Gwen qui aimait cela malgré sa claudication, et vit avec plaisir que Claudia dansait avec Rosthorn. Il emmena ensuite Gwen rejoindre un petit groupe d'amis, dont Lauren et les Whitleaf. Il félicita Lauren pour la décoration de la salle et le succès déjà assuré de la soirée. Devait-il envoyer une domestique dans la chambre de Portia pour s'assurer qu'elle allait bien ? se demanda-t-il tout en bavardant aimablement. Il trouvait étrange qu'elle manque une heure entière de bal.

Il en était encore à s'interroger lorsqu'on lui toucha discrètement l'épaule. Il se retourna. Un valet s'inclina en lui tendant un papier plié.

— On m'a demandé de vous remettre ceci, milord.

Joseph le remercia.

Était-ce une réponse au message qu'il avait fait parvenir à Claudia ?

Il s'excusa, se détourna et rompit le cachet. La lettre était de Portia.

Lord Attingsborough, lut-il, *c'est avec regret que je vous informe qu'après mûre réflexion, je pense ne pas pouvoir, et ne pas vouloir, supporter l'insulte que m'a faite mon futur époux en me jetant sa bâtarde sous les yeux. Je ne désire pas non plus m'attarder dans une demeure où seuls le duc d'Anburey, lord et lady Sutton ont été scandalisés par la vulgarité de vos propos et désireux de vous voir faire amende honorable. Je vais donc m'en aller avant que le bal ne commence. Je pars avec le duc de McLeith qui a eu l'obligeance de proposer de m'emmener en Écosse pour m'y épouser. Je ne vous flatterai pas en me déclarant votre fidèle servante.*

Suivait la signature.

Il replia la feuille.

Claudia, remarqua-t-il, faisait exactement la même chose à quelque distance.

— Quelque chose ne va pas, Joseph ? s'enquit Lauren en posant la main sur son bras.

— Non, rien, répondit-il en lui souriant. Portia est partie, c'est tout. Elle s'est enfuie avec McLeith.

Étrange façon de répondre à sa question, se rendit-il compte aussitôt.

— Si vous voulez bien m'excuser, ajouta-t-il, tandis que sa cousine écarquillait les yeux.

Il quitta en hâte la salle de bal et gravit l'escalier en courant. Il frappa à la porte de Portia et, personne ne répondant, l'ouvrit prudemment. À la lumière ténue de la lune, il vit que la jeune fille était bel et bien partie. Il n'y avait plus rien sur la coiffeuse et la table de nuit. L'armoire béante était vide.

Quelle sotte! songea-t-il. S'enfuir ainsi était stupide. Aux yeux du monde, elle rompait avec lui pour s'enfuir avec un autre. Elle dépassait les bornes de ce qui était admissible. Portia, la personne la plus attachée aux convenances qui soit, allait se retrouver ostracisée.

Avec McLeith!

Devait-il se lancer à leurs trousses? Mais ils avaient au moins une heure d'avance. Et à quoi cela servirait-il? C'étaient des adultes. Peut-être trouverait-elle un peu de bonheur auprès de McLeith. Après tout, elle serait tout de suite duchesse au lieu d'avoir à attendre la mort de son père à lui. Et, en Écosse, on ne lui tiendrait peut-être pas rigueur d'avoir fui un fiancé anglais.

Tout de même, quelle sotte! Elle aurait pu rompre officiellement, rentrer chez ses parents, et ensuite seulement annoncer ses fiançailles avec McLeith. Tant d'impulsivité ne lui ressemblait pas.

Du coup, elle lui inspirait une certaine sympathie.

La lettre que venait de lire Claudia devait venir de McLeith.

Pour la première fois depuis qu'il était rentré d'Alvesley, la veille au soir, il s'autorisa à penser à elle sans restriction.

Il osait à peine croire à sa liberté. En regagnant la salle de bal, risquait-il d'y trouver Portia qui aurait repris ses esprits ?

Il n'y avait qu'une seule façon de le savoir.

Claudia avait d'abord été soulagée que Charlie ne vienne pas réclamer la danse qu'elle lui avait promise. Elle ne souhaitait vraiment pas l'entendre lui demander de nouveau de l'épouser. Puis, comme le quadrille commençait, elle s'agaça. Un gentleman dont elle avait fait la connaissance la veille l'avait invitée et elle avait dû refuser en expliquant qu'elle n'était pas libre.

Rester seule en regardant évoluer tous les invités de moins de cinquante ans était humiliant. En outre, le gentleman allait penser qu'elle avait menti parce qu'elle ne voulait pas danser avec lui.

Charlie n'aurait pas dû la mettre dans une situation aussi embarrassante. Ce n'était pas courtois, et elle le lui dirait. Bien sûr, elle ne pensa pas une seconde qu'il la punissait peut-être pour avoir repoussé sa demande en mariage. Du reste, c'était *après* son refus qu'il lui avait fait promettre la première danse.

Elle dansa la suivante avec le comte de Rosthorn, et venait de rejoindre Anne et Sydnam lorsqu'un domestique vint lui remettre un message. De Charlie ? De Joseph ?

Elle s'éloigna après s'être excusée auprès de ses amis.

Elle rompit le cachet, déplia la lettre. Et ignora la déception que lui causa la signature.

Ma très chère Claudia, avait écrit Charlie, *sans doute n'est-il que justice que je souffre aujourd'hui comme vous avez souffert il y a dix-huit ans. Car si je souffrais aussi à cette époque, c'était moi qui vous rejetais. Et être rejeté alors qu'on aime est terrible, je le constate aujourd'hui. Je n'attendrai pas votre réponse ce soir. Vous me l'avez déjà donnée et je ne vous obli-*

*gerai pas à la répéter. Mlle Hunt est malheureuse, elle
aussi. Elle sent, à raison, qu'elle a été mal traitée ici.
Nous avons pu aujourd'hui nous réconforter un peu
mutuellement. Et peut-être pourrons-nous continuer
à le faire pour la vie. Lorsque vous lirez cette lettre,
nous serons en route pour l'Écosse, où nous nous
marierons aussitôt. Elle sera, je le crois, une épouse et
une duchesse consciencieuse, et je serai un mari
dévoué. Je vous souhaite beaucoup de bien, Claudia.
Vous serez toujours pour moi la sœur que je n'ai pas
eue, l'amie qui a fait le bonheur de mes années d'enfance, et l'amante dont le destin m'a privé. Pardonnez-
moi si vous le pouvez de n'avoir pas tenu ma promesse
de danser avec vous ce soir. Votre humble et obéissant
serviteur, McLeith (Charlie).*

Juste ciel !

Elle replia la lettre.

Bonté divine !

— Quelque chose ne va pas, Claudia ? s'inquiéta
Anne.

— Non, rien, répondit-elle en souriant. Charlie est
parti. Il s'est enfui avec Mlle Hunt.

Ne sachant que faire de la lettre, elle l'agita devant
sa figure comme un éventail.

— On sert le thé dans la salle du buffet, annonça
Sydnam qui, prenant la lettre, la glissa dans sa poche.
Venez avec nous, Claudia, je vais vous en chercher
une tasse.

— Oh, juste ciel, oui. Merci. Une tasse de thé, c'est
juste ce qu'il me faut.

Il lui offrit le bras et elle le prit avant de se rappeler qu'il n'en avait pas d'autre à offrir à Anne. Elle
regarda autour d'elle. Charlie n'était pas là, effectivement. Et Mlle Hunt non plus.

Joseph aussi avait disparu.

Était-il déjà au courant ?

Portia n'était pas dans la salle de bal. McLeith non plus.

Ni Claudia.

Les invités se mettaient en place pour la danse suivante. L'aînée des filles du pasteur n'avait pas de partenaire, ce qui ne l'empêchait pas de sourire de toutes ses dents comme si faire tapisserie était le sort le plus enviable qu'elle pût imaginer. Joseph alla s'incliner devant sa mère et demanda s'il pouvait avoir l'honneur d'inviter sa fille.

Claudia revint dans la salle avec Anne et Sydnam Butler pendant qu'il dansait en arrachant des gloussements à la fille du pasteur. Lorsqu'il ramena la jeune fille auprès de sa mère, Susanna, Whitleaf, Gwen, Lily et Neville s'étaient regroupés autour de Claudia. Il traversa la salle pour les rejoindre et, comme tous se tournaient vers lui, il comprit que Lauren avait parlé.

— Eh bien, Joseph, fit Neville en lui assenant une claque sur l'épaule.

— Eh bien, Neville, répliqua Joseph en saluant Claudia d'un hochement de tête. Je vois que la nouvelle s'est répandue.

— Seulement parmi nous, précisa Gwen. Lauren et Kit préfèrent que le comte et la comtesse ne soient pas encore mis au courant. C'est leur soirée et rien ne doit la gâcher.

— Je ne vais pas grimper sur l'estrade pour l'annoncer publiquement, promit Joseph.

— C'est un si beau bal, dit Susanna. Et la prochaine danse est une valse.

— Nous ferions bien de prendre place, dans ce cas, suggéra Whitleaf en lui prenant la main.

Personne ne bougea.

— Mademoiselle Martin, dit Joseph en s'inclinant, me ferez-vous l'honneur de valser avec moi ?

Malgré le brouhaha ambiant, Joseph eut l'impression que le petit groupe retenait son souffle en attendant la réponse.

— Volontiers. Je vous remercie, lord Attingsborough.

En d'autres circonstances, il aurait éclaté de rire, car elle avait pris sa voix de maîtresse d'école. Au lieu de quoi, il sourit et lui offrit son bras. Soulagé, le petit groupe se dispersa. Un cousin de Kit vint inviter Gwen, Whitleaf entraîna Susanna au milieu de la salle. Neville et Lily, Sydnam Butler et sa femme firent de même. Joseph et Claudia leur emboîtèrent le pas.

Il lui fit face et leurs regards se soudèrent.

— Vous êtes contrariée ? demanda-t-il.

Comme à son habitude, elle réfléchit avant de répondre.

— Oui. Je l'aimais tendrement quand j'étais jeune, et, à ma grande surprise, au cours des dernières semaines, j'en suis venue à l'apprécier de nouveau. Je pensais que nous allions vivre une longue amitié. Cela semble compromis, à présent. Il n'est pas parfait, comme je le pensais autrefois. Il a des défauts, dont une certaine faiblesse morale et une inaptitude à tenir bon face aux changements ou aux déceptions. Mais nous avons tous nos faiblesses. Je suis contrariée à cause de lui, certes, mais surtout, je suis inquiète pour lui. Il ne sera pas heureux, je le crains.

Elle avait parlé avec gravité, le front soucieux.

— Et vous ? reprit-elle. Êtes-vous contrarié ?

— Je me suis mal conduit. J'aurais dû lui parler de Lizzie avant de la demander en mariage. En privé. Au lieu de quoi, j'ai gardé le silence et je l'ai humiliée en reconnaissant publiquement ma fille. Ensuite, je n'ai pas accepté ses exigences, lesquelles lui semblaient parfaitement raisonnables – et apparaîtraient comme telles aux yeux de la plupart des membres de la bonne société. En outre, elle n'avait personne de sa famille vers qui se tourner pour demander conseil ou trouver soutien et réconfort.

Résultat, elle s'est montrée d'une imprudence qui ne lui ressemble pas. Oui, je suis contrarié. J'ai peut-être causé sa perte.

C'était un moment et un lieu étranges pour une conversation aussi grave. Ils étaient entourés de couleurs, de parfums, de voix et de rires, tous les éléments festifs d'une grande célébration. Puis la musique commença. Il l'enlaça, lui prit la main droite tandis qu'elle posait la gauche sur son épaule, et ils s'abandonnèrent au rythme de la valse.

Durant plusieurs minutes, il eut la sensation que tous deux étaient le centre de l'attention générale. Mais lorsqu'il jeta un coup d'œil autour de lui, il vit Bewcastle danser avec la duchesse, et Hallmere avec la marquise, et aucun d'eux ne les observait. Ni Lauren et Kit, ni les Rosthorn, ni Aidan Bedwyn et son épouse. Ils étaient tous apparemment absorbés par la danse.

Et pourtant...

Pourtant, il avait l'étrange impression qu'ils faisaient tous extrêmement attention à lui. Pas seulement à lui. Et pas seulement à Claudia. Mais à Claudia et à lui. Comme s'ils n'étaient pas seulement en train de se demander comment ils allaient réagir à la fuite de Portia et de McLeigh. Comme s'ils se demandaient ce qu'il allait advenir d'eux à présent – Joseph et Claudia.

Comme s'ils *savaient*.

— Je suis dans mes petits souliers, confessa Claudia qui avait l'air plus guindée que jamais.

— À cause de la valse ?

— Non. Parce que j'ai l'impression que tout le monde nous regarde. Ce qui est absurde. Personne ne nous regarde. D'ailleurs, pourquoi le feraient-ils ?

— Parce qu'ils savent que nous venons tous deux d'être libérés ? suggéra-t-il.

Elle croisa son regard et prit une inspiration pour parler. Mais ne dit qu'un seul mot :

— Oh.

— Claudia, fit-il avec un sourire, profitons de cette valse, voulez-vous ? Et que ceux qui nous observent aillent au diable.

— Oui. Qu'ils aillent tous au diable, approuva-t-elle sans se départir de son air réservé.

Le sourire de Joseph s'élargit et, rejetant la tête en arrière, elle éclata de rire – attirant de nombreux regards sur eux.

Après quoi, ils se livrèrent au plaisir de la danse, tourbillonnant, les yeux dans les yeux, à peine conscients du kaléidoscope de couleurs et de lumières qui les environnait. Sans cesser de sourire.

— Oh, souffla-t-elle, déçue, lorsque la musique s'arrêta, la projetant hors du monde qu'ils avaient habité pendant près d'un quart d'heure.

— Sortons, proposa-t-il.

Elle ouvrit de grands yeux.

— Le souper n'aura lieu que dans une demi-heure, et il y aura d'autres danses ensuite. Personne ne retournera à Lindsey Hall avant deux bonnes heures.

— Ce n'est pas une simple promenade sur la terrasse que vous suggérez, alors ?

— Non.

Il la lâcha et noua les mains dans le dos. Autour d'eux, les conversations avaient remplacé la musique.

— L'alternative consiste à passer le reste de la soirée à danser avec d'autres partenaires et à se montrer aimable avec une foule de gens.

Elle le fixa un instant, l'air de nouveau sévère, puis :

— Je vais chercher mon châle.

Il la suivit des yeux. La situation ne s'annonçait pas confortable. Ni pour l'un ni pour l'autre. Être amoureux quand on savait que cela ne pouvait mener nulle part était une chose. Être libre d'en faire quelque chose en était une autre. Mais la liberté pouvait être trompeuse. Portia avait beau ne plus faire partie du paysage, les obstacles ne manquaient pas.

L'amour suffirait-il à les surmonter tous ?

Les obstacles, avait-il appris en trente-cinq ans d'expérience, même immenses, ne pouvaient être surmontés que l'un après l'autre, en faisant preuve de patience et de détermination.

Si tant est qu'ils puissent être surmontés.

Il se dirigea vers la porte de la salle, ignorant délibérément Wilma qui lui faisait signe de la main, et sortit attendre Claudia.

23

Pendant qu'elle dansait avec Joseph, Claudia avait eu la nette impression qu'on les regardait avec intérêt comme un couple possible. Mais tandis qu'elle allait chercher son châle, il lui apparut que ces regards – s'il y en avait eu – ne trahissaient peut-être que de l'incrédulité devant son audace à viser aussi haut. À moins qu'ils ne soient emplis de pitié.

Mais depuis quand se jugeait-elle indigne d'un homme, quel qu'il soit ?

Elle n'était l'inférieure de personne.

Lorsqu'elle rejoignit Joseph, ce fut d'une démarche décidée et avec une lueur farouche dans le regard.

— Nous ferions peut-être mieux de nous limiter à une courte promenade, suggéra-t-elle.

Il se contenta de sourire. D'un sourire ironique qui la hérissa. Elle se donnait en spectacle devant une grande partie de l'aristocratie anglaise, et il trouvait cela *amusant*.

Lui prenant le coude, il la guida vers la porte d'entrée.

— J'ai une théorie, dit-il. Je pense que si toutes vos élèves vous obéissent sans discuter, ce n'est pas parce qu'elles vous craignent, mais parce qu'elles vous aiment.

— Beaucoup d'entre elles trouveraient cette théorie désopilante, lord Attingsborough, répliqua Claudia avec flegme. Elles pourraient même en rire jusqu'à Noël.

La terrasse était déserte, mais pas du tout silencieuse. En plus de la musique qui provenait de la salle de bal, il y avait le bruit des réjouissances se déroulant dans les communs où les palefreniers, les cochers et ceux des domestiques qui n'étaient pas de service s'amusaient en attendant de ramener leurs maîtres chez eux.

— Je suis donc de nouveau lord Attingsborough, mademoiselle Martin ? fit-il en se dirigeant vers les écuries. Ce n'est pas un peu ridicule vu ce que nous avons fait hier soir ?

Céder à la passion lui avait paru alors excusable puisque cela ne devait jamais se renouveler – Mlle Hunt ne romprait pas définitivement ses fiançailles, elle en avait la certitude. Ce qui s'était passé la veille avait été un événement unique dans une vie, quelque chose dont elle se souviendrait jusqu'à son dernier souffle, une tragédie personnelle qu'elle chérirait sans amertume.

Le départ définitif de Mlle Hunt aurait dû lui simplifier l'existence, lui donner des raisons d'espérer, la rendre heureuse, d'autant que Joseph l'avait invitée à valser aussitôt après, puis à sortir avec lui.

Or sa vie lui semblait plus compliquée que jamais.

— Si vous pouviez revenir en arrière, demandat-il, et refuser mon offre de vous emmener à Londres avec vos élèves, le feriez-vous ?

Le ferait-elle ? Une partie d'elle répondait un oui ferme. Sa vie serait restée telle qu'elle était : tranquille, ordonnée, familière. Ou peut-être pas. Car cela ne l'aurait pas empêchée de retrouver Charlie au concert donné par Susanna et Peter. Et sans Joseph, elle aurait pu retomber amoureuse de son ami d'enfance. Et, en ce moment, ce serait à son sujet qu'elle devrait prendre une décision. Et alors…

Non, impossible. Cela ne serait jamais arrivé. Encore que…

— Cela ne sert à rien de vouloir modifier un détail du passé, répondit-elle. Il est certain que ma vie aurait évolué différemment si j'avais refusé votre offre, mais comment ? Je l'ignore.

Il rit, puis l'abandonna un instant, et disparut dans un appentis dont il ressortit peu après avec une lanterne allumée.

— Et, vous, agiriez-vous différemment ? demanda-t-elle.

— Non, dit-il en lui offrant son bras, qu'elle prit.

Elle retrouva avec émotion le contact solide et chaud de ce grand corps viril. Mon Dieu, était-ce bien elle qui marchait au bras de ce bel homme, charmant, fortuné et de haute naissance ? Un futur duc ! Si elle avait jamais rêvé d'amour et de tendresse – et bien sûr qu'elle en avait rêvé –, le personnage principal était un homme complètement différent.

— À quoi pensez-vous ? voulut-il savoir comme ils descendaient l'allée en direction du pont de style palladien.

D'épais nuages cachaient la lune et les étoiles, et il faisait beaucoup plus froid que la veille au soir.

— À l'homme de mes rêves.

Il leva la lanterne pour éclairer son visage. Elle affichait un regard indéchiffrable.

— Mais encore ? insista-t-il.

— C'est un gentleman très ordinaire, sans titre et ni fortune. Mais intelligent et cultivé, et ayant de la conversation.

— Plutôt ennuyeux, non ?

— Oui, ennuyeux aussi. Être ennuyeux est une qualité sous-estimée.

Je ne suis donc pas l'homme de vos rêves ?

— Non. Pas du tout.

Ils avaient atteint le pont et s'appuyèrent au para-pet pour regarder l'eau noire qui coulait vers le lac. Joseph posa la lanterne.

— Et il est impossible que je sois la femme de vos rêves.

— Pourquoi cela ?

La lanterne étant derrière lui, elle ne distinguait pas ses traits et, d'après son ton, elle n'aurait su dire s'il était amusé ou mélancolique.

— Je ne suis pas belle, répondit-elle.

— Vous n'êtes pas *jolie*, corrigea-t-il. Mais belle, vous l'êtes assurément.

Décidément, en matière de galanterie, il ne désar-mait pas.

— Je ne suis pas jeune, reprit-elle.

— Question de perspective. Pour vos élèves, vous êtes sans doute un fossile. Pour un octogénaire, vous seriez une charmante petite chose. Mais nous avons presque le même âge, vous et moi, et puisque je ne me trouve pas vieux – loin de là –, je vous trouve jeune.

— Je ne suis ni élégante ni animée ni…

Elle s'interrompit, à court d'idées.

— Vous êtes une femme qui, tôt dans sa vie, a perdu foi en sa beauté, son charme, sa séduction. Vous êtes une femme qui a sublimé son énergie amoureuse dans une brillante carrière. Vous êtes une femme volontaire et intelligente, et très instruite. Vous êtes une femme débordante de compassion et d'amour pour vos semblables. Et vous êtes une femme sensuelle que votre tranquille érudit ne pour-rait satisfaire – à moins, bien sûr, qu'il ne cache un tempérament de feu sous ses dehors ennuyeux. Pour le bien de cette discussion, supposons qu'il n'a que sa conversation et son ennui à vous offrir. Aucune passion. Ce n'est pas un personnage de rêve, Claudia, mais de cauchemar.

Elle ne put retenir un sourire.

— Voilà qui est mieux, fit-il, et elle se rendit compte que *lui* voyait son visage. J'aime bien Mlle Martin, l'institutrice, mais il est possible qu'elle choisisse d'être au lit une partenaire plutôt froide. Claudia Martin, la femme, ne le serait pas. D'ailleurs, j'en ai déjà eu la preuve.

— Lord Attinsgborough…

— Claudia, l'interrompit-il. Nous avons fait une petite promenade. Nous pouvons regagner la salle de bal si vous le désirez. Il est fort possible qu'à peine la moitié des invités aient remarqué notre absence. Nous pouvons passer une bonne soirée – à distance prudente l'un de l'autre afin de ne pas susciter de commérages parmi ceux qui n'ont rien vu. Demain, je viendrai rechercher Lizzie et vous rentrerez à Bath. Et chacun de son côté, nous évoquerons des souvenirs qui se dissiperont au fil des mois. À moins que nous ne poursuivions notre promenade.

Elle le fixa dans l'obscurité.

— Voilà l'un de ces moments où une décision peut changer radicalement le cours d'une vie, reprit-il.

— Tous les moments sont décisifs, et tous les moments nous poussent inexorablement dans une direction précise.

— Comme vous voudrez. Mais cette décision-*là* nous concerne tous deux. Quelle sera-t-elle ? Une tentative désespérée de retourner à l'état où nous étions avant que je me présente à l'École de jeunes filles de Mlle Martin ? Ou un saut dans l'inconnu, et l'occasion de vivre quelque chose de nouveau, et très probablement de merveilleux ? De parfait même ?

— Rien n'est parfait dans la vie.

— Je ne suis pas d'accord. Rien n'est parfait de façon *permanente*. Mais certains moments le sont. Hier soir était parfait. Vraiment, Claudia. Et je ne vous permettrai pas de le nier. C'était tout simplement parfait.

Elle soupira.

— Il y a tant de complications.

— Il y en a toujours. C'est la vie. Vous devriez le savoir à présent. Une complication éventuelle serait que la cabane soit verrouillée, contrairement à hier.

Elle en demeura sans voix – bien qu'elle ait su ce qu'il avait en tête dès qu'il avait évoqué une promenade.

— Ils laissent peut-être la clé sur le linteau, ou à côté de la marche, ou dans un autre endroit facile à trouver, suggéra-t-elle.

Si elle ne pouvait voir son visage, elle remarqua brièvement l'éclat de ses dents.

— Allons voir, fit-elle en resserrant son châle autour de ses épaules.

— Vous êtes sûre ? murmura-t-il.

— Oui.

Cette fois, il entrelaça ses doigts aux siens et, s'emparant de la lanterne, la leva bien haut. C'était nécessaire, car de l'autre côté du pont, les arbres obscurcissaient le peu de clarté qui venait du ciel. Ils retrouvèrent le sentier par lequel ils étaient rentrés la veille et le suivirent à travers bois jusqu'à la cabane.

La porte n'était pas verrouillée.

À l'intérieur – Claudia l'avait à peine remarqué la veille –, un feu n'attendait que d'être allumé, et il y avait une réserve de bûches près de la cheminée. Quelques livres, un briquet à amadou et une lampe étaient posés sur une table. Il y avait aussi un fauteuil à bascule avec une couverture, et, contre un mur, le lit étroit sur lequel ils avaient découvert Lizzie.

Tout semblait plus joli, plus douillet, que la veille. Joseph posa la lanterne sur la table, s'empara du briquet et s'accroupit devant l'âtre pour allumer le feu. Claudia s'assit dans le fauteuil et se balança doucement tout en le regardant faire. Penser à ce qui allait suivre était un plaisir en soi. Toute la journée, son corps lui avait rappelé leurs ébats nocturnes.

Cela allait recommencer.

Quel délice ce serait d'être son épouse...

Elle appuya la tête contre le dossier du fauteuil.

Le feu prit. Joseph se releva et se tourna vers elle. À la lumière de la lanterne, ses yeux paraissaient très bleus, ses cheveux très noirs, et ses traits parfaitement ciselés. Posant le pied sur un patin du fauteuil, il interrompit le balancement et se pencha, les mains sur les accoudoirs, pour embrasser Claudia à pleine bouche.

— Claudia, murmura-t-il en relevant la tête, je veux que vous sachiez que vous êtes belle. Vous en doutez parce que les circonstances ont poussé un individu sans caractère à vous quitter, et parce que vous avez trente-cinq ans, et que vous êtes célibataire et institutrice. Vous estimez impossible qu'un homme puisse vous trouver physiquement attirante désormais. Vous vous dites probablement que, si nous avons fait l'amour hier soir, c'est uniquement parce que je pensais que je ne serais pas libre aujourd'hui et ne pourrais donc pas poursuivre notre relation. Vous vous trompez sur tous ces points. Je veux que vous sachiez que vous êtes incroyablement belle – parce que vous êtes la femme que vous êtes devenue au fil des ans. Je ne vous trouverais pas aussi belle si vous étiez plus jeune, figurez-vous. Et je veux que vous sachiez que vous êtes physiquement infiniment attirante.

Elle le regarda au fond des yeux.

— Attirante à ce point, ajouta-t-il en lui prenant la main pour la poser, paume ouverte, sur son érection.

— Oh, fit-elle.

— *Infiniment* attirante.

Il lui lâcha la main, et entreprit d'ôter les épingles qui retenaient son chignon. Comment ferait-elle pour se recoiffer sans l'aide d'une brosse et d'un miroir ? se demanda-t-elle avant de se dire qu'elle s'en inquiéterait plus tard.

— C'est un crime que de se coiffer aussi sévèrement, observa-t-il comme sa chevelure retombait en vagues souples sur ses épaules.

Il lui prit les mains et l'obligea à se lever.

— Vous n'êtes pas la femme de mes rêves. Vous avez raison. Jamais je n'aurais pu rêver de vous, Claudia. Vous êtes unique. Je suis empli d'admiration et de respect.

Elle scruta son visage pour détecter l'ironie, mais n'en vit pas trace. De toute façon, elle ne voyait plus grand-chose. Elle cilla pour retenir ses larmes. En vain. Il s'inclina et les cueillit du bout de la langue avant de la gratifier d'un baiser profond.

Elle était belle, se répéta-t-elle tandis qu'ils se déshabillaient l'un l'autre sans hâte, s'arrêtant fréquemment pour se caresser ou s'embrasser. Elle était *belle*. Une fois qu'elle l'eut débarrassé de son habit de soirée, de son gilet, de sa cravate et de sa chemise, elle fit courir ses mains sur son torse. De son côté, il promena les mains sur tout son corps avant de prendre ses seins en coupe. Il en caressa les extrémités des pouces, puis s'inclina pour les aspirer l'un après l'autre dans sa bouche et les sucer si ardemment qu'elle sentit le désir la poignarder en plein ventre.

Elle ne serait ni gênée ni intimidée. Elle était belle.

Et désirable. Elle ne put en douter lorsque Joseph se tint nu devant elle.

Nouant les bras autour de son cou, elle pressa son corps nu contre le sien, et chercha sa bouche. Il avait raison, songea-t-elle comme il répondait avec ardeur à son baiser, il existait dans la vie des moments parfaits, même si, en cet instant, le désir qui palpitait en était presque douloureux à force d'intensité.

— Je pense que nous aurions intérêt à faire usage de ce lit, suggéra-t-il en interrompant leur baiser. Il sera plus confortable que le sol hier soir.

— Mais plus étroit.

— Si nous comptions dormir, peut-être, admit-il avec un sourire qui la chamboula. Mais ce n'est pas le cas, n'est-ce pas ? Il est bien assez large pour ce que nous avons en tête.

Il repoussa les couvertures et la fit s'étendre.

— Venez, souffla-t-elle en lui tendant les bras.

Il s'allongea sur elle, et elle mêla ses jambes aux siennes tandis qu'il l'embrassait et lui chuchotait des mots tendres à l'oreille. Elle lui rendit son baiser, les doigts enfouis dans ses cheveux. Puis il glissa les mains sous elle, elle arqua le dos, et il la pénétra.

Elle inspira lentement pour s'accoutumer à sa présence tout en ajustant sa position afin de lui permettre un accès total. Ses muscles intimes se crispèrent autour de lui. Il n'existait sans doute pas de sensation plus délicieuse au monde, se dit-elle.

Enfin, si, peut-être, rectifia-t-elle lorsqu'il se retira, puis revint, encore et encore, jusqu'à ce qu'elle s'adapte à son rythme, se délectant de l'absolue volupté que lui procurait leur union. Il ne pouvait y avoir de sensation plus délicieuse que celle des premières minutes de plaisir contrôlé et de la dernière minute, lorsque l'étreinte prenait un tour plus pressant à l'approche de la jouissance.

Eh bien, non ! découvrit-elle. Celle de la reddition éperdue les surpassait toutes, quand l'extase les emporta simultanément, bien que cette seconde-là se situât presque au-delà de la sensation – et bien au-delà de toute pensée rationnelle.

Elle était belle.

Elle était désirable.

Et… femme, tout simplement.

N'était-ce pas cela, la perfection ?

Non, songea-t-elle comme elle reprenait peu à peu ses esprits, elle ne reviendrait pas en arrière, ne changerait *rien* à sa vie, même si elle en avait le pouvoir. Toutes sortes de complications et d'impossibilités l'attendaient, mais l'heure n'était pas encore venue. Il fallait vivre l'instant.

Joseph inspira à fond et relâcha son souffle dans un soupir.

— Claudia, mon amour, murmura-t-il.

Deux mots qu'elle chérirait toute sa vie.

Mon amour.

Adressés à *elle*, Claudia Martin. Elle était l'amour d'un homme. Quelques semaines plus tôt seulement, elle en aurait ri tant cela lui aurait paru incroyable. Plus maintenant. Elle était belle, elle était désirable, et… Elle sourit.

Il avait soulevé la tête et la contemplait, les paupières lourdes.

— Dites-moi à quoi vous pensez, murmura-t-il en repoussant une mèche de son visage.

— Je suis une femme.

— Eh bien, c'est peut-être difficile à croire, mais je m'en étais aperçu, fit-il avec une lueur amusée dans le regard.

Elle rit. Il déposa un baiser sur ses paupières, puis sur ses lèvres.

— La seule chose qui me surprend, enchaîna-t-il, c'est que vous en parlez comme d'une découverte.

Elle rit de nouveau.

— Vous n'avez pas idée comme la féminité est liée aux yeux d'autrui à un mariage jeune, à la production d'un certain nombre d'enfants et à la bonne tenue d'une maison.

— Vous auriez pu avoir toutes ces choses si vous l'aviez voulu. McLeith n'est sûrement pas le seul homme à vous avoir manifesté de l'intérêt.

— J'ai eu d'autres opportunités, admit-elle.

— Pourquoi ne les avez-vous pas saisies ? À cause de l'amour que vous lui portiez ?

— En partie, et en partie parce que je refusais de choisir le confort aux dépens de… de l'intégrité. Je voulais être une personne autant qu'une femme. Je sais que cela peut sembler étrange. Que c'est difficile à comprendre. C'est pourtant ce que je voulais – être une *personne*. Mais il semblerait qu'on ne puisse être les deux : une personne *et* une femme. J'ai dû sacrifier ma féminité.

— Vous le regrettez ? Bien que vous n'y soyez pas vraiment parvenue, je dois le préciser.

— Je le referais sans hésiter, mais ç'a été un sacrifice.

— Je suis content que vous l'ayez fait, dit-il en lui picorant le visage de petits baisers.

Elle haussa les sourcils.

— Sinon, vous n'auriez pas vécu à Bath, expliqua-t-il. Et même si je vous avais rencontrée ailleurs, vous n'auriez pas été libre. Et je ne vous aurais peut-être pas reconnue de toute façon.

— Reconnue ?

— Comme le battement même de mon cœur.

Je rêve d'amour. D'une famille – une femme et des enfants – qui me soit aussi chère et proche que les battements de mon propre cœur, avait-il répondu à Edna et à Flora qui lui demandaient quels étaient ses rêves. Claudia l'avait trouvé parfaitement hypocrite.

— Ne dites pas ce genre de choses, souffla-t-elle.

— Qu'y a-t-il eu entre nous, alors ? demanda-t-il en basculant sur le flanc, le dos contre le mur, les bras autour de Claudia pour l'empêcher de tomber. Uniquement des rapports sexuels ?

Elle réfléchit un instant.

— Des rapports sexuels *très* satisfaisants.

— Soit. Mais je ne vous ai pas amenée ici pour cela. Enfin, pas uniquement, et même pas essentiellement pour cela.

Elle ne lui demanderait pas pourquoi. Il répondit néanmoins.

— Je vous ai amenée ici parce que je vous aime et que je crois que vous m'aimez. Parce que je suis libre et vous aussi. Parce que…

Elle posa les doigts sur ses lèvres. Il les embrassa et sourit.

— Je ne suis *pas* libre, protesta-t-elle. J'ai une école à diriger. Des enfants et des professeurs dépendent de moi.

— Et vous dépendez d'eux ?

Elle fronça les sourcils.

— C'est une question pertinente, insista-t-il. Est-ce que vous dépendez d'eux ? Est-ce que, pour être heureuse, vous avez besoin de continuer à diriger cette école ? Si c'est le cas, j'en tiendrai compte. Vous avez autant le droit de poursuivre votre bonheur que moi le mien. Heureusement, Willowgreen peut être géré de loin, ce qui est le cas depuis un bon nombre d'années. Lizzie et moi, nous nous installerons à Bath. Avec vous.

— Ne dites pas de bêtises.

— J'en dirai autant qu'il le faudra pour que les choses marchent entre nous, Claudia. Je me suis contenté d'une piètre relation pendant douze ans même si j'aimais bien la pauvre Sonia – qui, après tout, m'a donné Lizzie. Tout récemment, j'ai failli me fourvoyer dans un mariage qui m'aurait rendu très malheureux. Et, tout à coup, me voilà libre. Eh bien, cette fois, je veux choisir le bonheur. Et l'amour.

— Joseph, vous êtes un aristocrate. Un jour, vous serez *duc*. Mon père était un gentilhomme campagnard. J'ai été préceptrice et institutrice pendant dix-huit ans. Vous ne pouvez pas renoncer à tout ce que vous êtes pour vivre dans une école avec moi.

— Je n'aurais à renoncer à rien. D'ailleurs, même si je le voulais, je ne le pourrais pas. Mais aucun de nous n'a à sacrifier sa vie. Nous pouvons vivre l'un et l'autre, Claudia – et nous aimer.

— Votre père en ferait une crise d'apoplexie.

— Probablement pas. Mais il faudra, je l'admets, aborder le sujet avec prudence – et fermeté. Je suis son fils, certes, mais je suis aussi un être humain qui a ses droits.

— Votre mère…

— … est prête à adorer quiconque me rendra heureux, affirma-t-il.

— La comtesse de Sutton…

— Wilma peut penser ou dire ce qu'elle veut. Il n'est pas question que ma sœur dirige ma vie, Claudia. Ou la vôtre. Vous êtes plus forte qu'elle.

— La bonne société…

— … peut aller se faire pendre, pour ce que je m'en soucie. Du reste, il y a des précédents. Bewcastle a épousé une institutrice de campagne en toute impunité. Pourquoi ne pourrais-je épouser la propriétaire et directrice d'une école réputée ?

— Allez-vous me laisser finir une phrase, oui ou non ?

— Je vous écoute.

— Je serais incapable de mener la vie d'une marquise ou d'une duchesse. Je ne pourrais pas non plus me consacrer aux mondanités. Et je ne pourrais vous épouser. Il vous faut des héritiers. J'ai trente-cinq ans.

— Moi aussi. Et un seul héritier suffira. Ou aucun. Je préfère vous épouser et n'avoir que Lizzie que d'épouser quelqu'un d'autre qui me donnerait douze fils.

Tout cela semble très bien, mais ce n'est pas pragmatique.

— Juste ciel, non ! Avec tous ces garçons, je n'aurais plus un instant de paix dans ma propre maison.

— Joseph !

— Claudia !

Il sourit.

Une bûche craqua dans l'âtre et s'effondra. Le feu commençait à mourir, mais il régnait une douce chaleur dans la cabane.

— Il y a quelques problèmes, évidemment, reconnut-il. Nous appartenons à des milieux différents et il y aura une période d'adaptation. Mais rien d'impossible. L'idée que l'amour peut tout semble peut-être stupidement idéaliste, mais j'y crois. Comment ne pas y croire ? Si l'amour ne peut pas tout, qu'est-ce qui le peut ? La haine ? La violence ? Le désespoir ?

— Joseph, soupira Claudia. Et qu'en est-il de Lizzie ?

— Elle vous aime beaucoup. Et si vous m'épousez et que vous venez vivre avec nous, elle n'aura plus à craindre que vous ne repreniez le chien.

— C'est tout à fait impossible, vous le savez.

— Mais il y a moins de conviction dans votre voix. Je suis en train de l'emporter. Admettez-le.

— Joseph, ce n'est pas un duel. C'est impossible.

— Attendons demain pour en reparler, lorsque je viendrai à Lindsey Hall voir Lizzie. Mais je vous suggère d'interroger mes cousins sur mon compte – Neville, Lauren, Gwen. Évitez Wilma, quoiqu'elle vous dise la même chose. À savoir qu'enfant, je n'acceptais pas de perdre, quitte à tricher. J'étais odieux. Encore aujourd'hui, quand je veux vraiment quelque chose, je fais feu de tout bois.

Il avait resserré son étreinte, et lui mordillait l'oreille et le cou tout en lui caressant le dos et les hanches.

— Nous ferions mieux de nous habiller et de regagner le château, dit-elle. Quelle honte si les invités de Lindsey Hall me cherchaient pour rentrer et ne me trouvaient pas.

— Mmm. Dans un moment. Ou plusieurs.

Il changea de position afin de se retrouver sous elle.

— Aimez-moi, souffla-t-il. Au diable ce qui est pragmatique et ce qui est impossible. Aimez-moi, Claudia. Mon amour.

À califourchon sur lui, elle se redressa en s'appuyant sur les mains. Ses cheveux retombèrent en rideau autour d'eux.

— Dire qu'il y a peu, je me croyais volontaire, observa-t-elle.

— Aurais-je une mauvaise influence sur vous ?

— Sans aucun doute.

— Bien, dit-il avec un sourire narquois. Aimez-moi.

Ce qu'elle fit.

24

C'était une journée venteuse. Des nuages blancs traversaient à toute allure le ciel, laissant le soleil inonder la terre un instant, avant de la plonger brusquement dans l'ombre. Les arbres agitaient leurs branches et les fleurs secouaient la tête. Mais il faisait chaud. Et c'était potentiellement le plus beau jour de sa vie, songea Joseph en arrivant à Lindsey Hall en fin de matinée.

Potentiellement.

Jusqu'à présent, la journée n'avait pas été facile.

Son père avait frémi de fureur en apprenant que Portia s'était enfuie avec McLeith. Pas une seconde il n'avait excusé son geste – loin de là. Mais il n'avait pas non plus pardonné à Joseph de l'avoir poussée à prendre des mesures aussi radicales.

— Sa disgrâce pèsera sur ta conscience jusqu'à la fin de tes jours, avait-il déclaré à son fils. Si tant est que tu aies une conscience, bien sûr.

Joseph avait ensuite abordé le sujet de Claudia Martin. Au début, son père avait été simplement incrédule.

— Cette vieille fille qui joue les maîtresses d'école ?

Puis, quand il avait compris qu'il s'agissait bien d'elle, il était entré dans une telle colère que Joseph et la duchesse s'étaient sérieusement inquiétés.

Joseph avait tenu bon. Puis, sans vergogne, il avait sorti son atout.

— M. Martin, son père, était le tuteur du duc de McLeith. Ce dernier a grandi chez eux. Il traite Claudia comme sa sœur.

Vu les derniers événements, McLeith ne jouissait pas de la faveur du duc, mais il était d'un rang semblable au sien, même s'il ne s'agissait que d'un titre écossais.

La mère de Joseph avait posé l'unique question qui comptait pour elle.

— Est-ce que tu aimes Mlle Martin, Joseph ?

— Oui, maman. De tout mon cœur.

— Je n'ai jamais vraiment apprécié Mlle Hunt, avait-elle reconnu. Il y avait quelque chose de froid chez elle. Espérons qu'elle aime le duc de McLeith.

— Sadie !

— Non, Webster, avait-elle répliqué. Je ne garderai pas le silence quand le bonheur de mon fils est en jeu. Je suis un peu surprise, je dois l'avouer. Mlle Martin n'est plus de première jeunesse et elle a un physique plutôt austère, non ? Mais si Joseph l'aime et qu'elle l'aime en retour, je suis heureuse. Et elle accueillera Lizzie dans votre famille à bras ouverts, cela ne fait aucun doute. Si j'étais chez moi, je les inviterais toutes deux à venir prendre le thé.

— Sadie…

— Mais je ne suis pas chez moi. Tu vas à Lindsey Hall ce matin, Joseph, j'imagine ? Dis à Mlle Martin, s'il te plaît, que je lui rendrai visite cet après-midi. Je pense qu'entre Clara, Gwen et Lauren, il y en aura bien une pour m'accompagner si ton père s'y refuse.

— Merci, maman, avait-il dit en portant sa main à ses lèvres.

Il avait encore eu Wilma à affronter avant de partir pour Lindsey Hall. Impossible de l'éviter. Elle l'attendait à l'extérieur de la bibliothèque et l'avait entraîné dans le petit salon. Curieusement, elle s'était répandue en récriminations au sujet de l'infortunée Portia. Mais elle avait été profondément choquée par les rumeurs qui couraient la veille au soir – rumeurs qu'aucun de ses cousins n'avait confirmées ni niées. Ce qui n'était d'ailleurs pas nécessaire, les faits parlant d'eux-mêmes.

— Tu as valsé avec cette institutrice, Joseph, comme s'il n'y avait qu'elle au monde.

— Il n'y avait qu'elle, avait-il confirmé.

— C'était proprement indécent. Tu t'es donné en spectacle.

Il s'était contenté de sourire.

— Et ensuite vous avez *disparu* ensemble. Tout le monde a dû le remarquer. C'était parfaitement scandaleux. Tu ferais bien d'être très prudent ou tu vas te faire prendre au piège du mariage en moins de temps qu'il n'en faut pour le dire. Tu n'imagines pas ce dont sont capables les femmes comme elle, Joseph. Elle...

— C'est *moi* qui essaie de la prendre au piège du mariage, Wilma. Ou de la persuader de m'épouser, en tout cas. Cela ne s'annonce pas facile. Elle n'aime pas les ducs, ni même les futurs ducs, et elle n'a pas du tout envie d'être duchesse – même si un tel destin ne nous menace pas tant que nous gardons notre père en bonne santé. Mais elle aime ses élèves – et tout particulièrement les pupilles. Elle se sent une obligation envers elles et l'école qu'elle a fondée, et dirige avec succès depuis presque quinze ans.

Wilma l'avait fixée avec des yeux comme des soucoupes avant de balbutier :

— Tu... tu vas l'épouser ?

— Si elle veut bien de moi.

— Bien sûr qu'elle voudra de toi !

— Mon Dieu, Wil, j'espère que tu as raison.

— Wil, avait-elle répété, sidérée. Cela fait des années que tu n'as pas employé ce surnom.

Cédant à une impulsion, il l'avait prise par les épaules et l'avait étreinte.

— Souhaite-moi bonne chance.

— Elle compte à ce point pour toi, Joseph ? Je ne vois pas ce qui te plaît en elle.

— Tu n'es pas obligée. Souhaite-moi juste bonne chance.

— Je doute que tu en aies besoin, avait-elle dit, ce qui ne l'avait pas empêchée de lui rendre son étreinte. Épouse-la s'il le faut. Je la supporterai si elle te rend heureux.

— Merci, Wil, avait-il murmuré en la lâchant.

Neville lui avait flanqué une claque sur l'épaule lorsqu'il l'avait croisée en sortant du salon.

— Toujours vivant, Joseph ? avait-il dit. Tu as besoin d'une oreille compatissante ? D'un ami avec qui galoper à bride abattue ? De quelqu'un avec qui prendre une cuite en dépit de l'heure matinale ? Je suis ton homme.

— Je pars pour Lindsey Hall, avait expliqué Joseph. Enfin, lorsque ma famille aura cessé de me retarder.

— Entendu, avait dit Neville. J'ai laissé Lily, Lauren et Gwen dans notre chambre, au bord des larmes toutes les trois à cause des rugissements qui montaient de la bibliothèque, mais se réjouissant de ce qu'enfin, malgré oncle Webster, ce cher Joseph allait être heureux. Je pense qu'elles faisaient allusion à ton possible mariage avec Mlle Martin.

Il avait assené une nouvelle claque sur l'épaule de Joseph avant de s'éloigner.

Joseph arrivait donc à Lindsey Hall, empli d'espoir tout en sachant que rien n'était encore décidé. Claudia elle-même était le dernier obstacle – et le plus grand. Elle l'avait aimé la nuit passée avec un abandon plein de passion, surtout la seconde fois lorsqu'elle avait pris l'initiative d'une manière dont le souvenir seul l'échauffait. Elle l'aimait. Il n'en doutait pas. Mais lui faire l'amour, et même l'aimer, n'était pas la même chose que l'épouser.

En se mariant elle ferait un pas énorme – plus que n'importe quelle autre femme. Pour la plupart, le mariage était un pas vers une plus grande indépendance, une vie plus active et plus intéressante, un accomplissement personnel plus profond. Ce que Claudia possédait déjà.

Il la fit demander en arrivant à Lindsey Hall, et elle lui envoya Lizzie. La fillette descendit seule, guidée par le chien, et, le visage rayonnant, entra dans le salon dont un valet lui ouvrit la porte.

— Papa?

Il la rejoignit, la souleva dans ses bras et la fit tourbillonner.

— Comment va mon adorable petite fille ce matin?

— Je vais bien. Est-ce que c'est *vrai*, papa? Edna et Flora l'ont entendu d'une servante, qui l'avait entendu d'une autre, qui l'avait entendu d'une dame – peut-être la duchesse, mais je n'en suis pas sûre. Mais elles disent toutes que c'est vrai. Est-ce que Mlle Hunt est partie?

Ah.

— C'est vrai, acquiesça-t-il en la reposant à terre.

— Pour ne plus jamais revenir?

— Jamais.

— Oh, papa! s'écria-t-elle, ravie. Je suis si contente.

— Moi aussi.

— Et est-ce que c'est vrai que vous allez épouser Mlle Martin à la place?

Bonté divine!

— C'est ce que disent Fora, Edna et les servantes?

— Oui.

— Et qu'en dit Mlle Martin?

— Rien. Elle s'est fâchée quand je le lui ai demandé. Elle m'a dit qu'il ne fallait pas écouter les commérages des domestiques. Et quand les autres filles l'ont interrogée à leur tour, elle s'est vraiment mise en colère et leur a dit qu'elles feraient des exercices de mathématiques toute la journée si elles ne se taisaient pas, et tant pis si c'était les vacances. Alors Mlle Thompson les a emmenées dehors, sauf Julia qui jouait de l'épinette.

— Et sauf toi.

— Oui. Je savais que vous alliez venir, papa. Je vous attendais. Je voulais que Mlle Martin descende avec moi, mais elle a refusé. Elle a dit qu'elle avait à faire.

— Elle n'a pas dit qu'elle avait *mieux* à faire, par hasard ?

— Si.

Apparemment, Claudia Martin était aussi hérissée qu'un porc-épic, ce matin.

— J'envisage de vendre la maison de Londres, dit-il. Et de t'installer à Willowgreen. C'est une grande maison à la campagne, entourée d'un beau parc. Il y aura là-bas de l'espace, de l'air frais, des fleurs et des oiseaux, des instruments de musique, et…

— Et vous, papa ?

— Et moi. Nous vivrons sous le même toit. Tu n'auras plus à attendre mes visites, et moi, je n'aurai plus à attendre d'être libéré de mes obligations pour te voir. Nous serons ensemble tous les jours. Je serai à la maison, et ce sera ta maison aussi.

— Et celle de Mlle Martin ?

— Cela te plairait ?

— Cela me plairait *plus que tout*, papa. Elle m'apprend des tas de choses, et c'est très amusant. J'aime sa voix. Je me sens en sécurité avec elle. Je pense qu'elle m'aime bien. Non, je pense qu'elle m'aime beaucoup.

— Même quand elle est fâchée ?

— Je pense qu'elle était fâchée ce matin parce qu'elle veut vous épouser, papa.

Ce qui était la logique même, supposait-il.

— Cela ne t'ennuierait donc pas si je l'épousais ?

— Que vous êtes bête, mon papa ! Si vous l'épousez, elle sera une sorte de maman pour moi, non ? J'aimais ma mère. Je l'aime toujours. Elle me manque terriblement. Mais j'aimerais bien avoir une nouvelle maman – si c'est Mlle Martin.

— Ce ne sera pas une sorte de maman, mais ta belle-mère.

— Ma sorte-de-belle-mère. Je suis une bât… – je suis votre enfant de l'amour. Je ne suis pas votre fille légitime. Mère me l'a dit.

Lui prenant fermement la main, Joseph l'entraîna au premier étage, le chien trottant derrière eux.

Claudia était toujours dans la salle d'étude. Seule, car Julia Jones avait fini de jouer de l'épinette et était sortie.

— J'ai besoin de votre avis sur un problème de vocabulaire, dit Joseph en fermant la porte derrière lui tandis que Claudia se levait, le dos droit, la bouche pincée. Lizzie prétend que, si vous m'épousiez, vous seriez sa sorte-de-belle-mère. Pas vraiment sa belle-mère puisqu'elle n'est pas ma fille légitime, mais mon enfant de l'amour, ce qu'elle prend pour un euphémisme de bâtarde. A-t-elle raison ? Ou a-t-elle tort ?

— Oh, Lizzie, soupira Claudia, et aussitôt la maîtresse d'école austère céda la place à une femme chaleureuse, je ne serais pas votre « sorte-de-belle-mère », ni même votre belle-mère sinon sur le plan légal. Je serais votre *maman*. Je vous aimerais aussi tendrement qu'une mère aime son enfant. Vous êtes une enfant de l'amour dans le meilleur sens du terme.

Joseph regardait sans ciller Claudia qui regardait sans ciller n'importe quoi sauf lui. Non, c'était injuste – elle regardait fixement sa fille.

— Et si vous et papa avez des enfants ? Des enfants légitimes.

— Eh bien, je les aimerais aussi, répondit Claudia dont les joues avaient pris une intéressante teinte rosée. Aussi tendrement. Ni plus ni moins. L'amour n'a pas à être partagé en portions, Lizzie. C'est la seule chose qui ne diminue pas lorsqu'on en donne. Au contraire, il grandit. Aux yeux du monde, c'est vrai, vous seriez toujours différente des enfants que votre père et… et moi pourrions avoir si nous étions mariés. Mais, à *mes* yeux, il n'y aurait aucune différence.

— Ni aux miens, ajouta fermement Joseph.

— Nous allons vivre tous les trois à Willowgreen, dit Lizzie, qui s'avança vers Claudia les mains tendues jusqu'à ce que celle-ci les prenne dans les siennes. Avec Horace. C'est la maison de campagne de papa. Et vous m'apprendrez des choses, et papa aussi, et toutes mes histoires seront écrites et on pourra en faire un livre, et peut-être que mes amies viendront nous voir de temps en temps, et, quand il y aura un bébé, je pourrai le tenir dans mes bras et le bercer tous les jours, et…

Les joues de Claudia étaient à présent écarlates.

— Lizzie, l'interrompit-elle en lui pressant les mains, j'ai une école à diriger, avec des élèves et des professeurs. J'ai une vie qui m'attend là-bas.

Les paupières de Lizzie frémirent et ses lèvres remuèrent avant qu'elle ne parle.

— Ces élèves sont plus importantes que moi, alors? Et ces professeurs sont plus importants que papa? Cette école est plus agréable que Willowgreen?

Joseph décida d'intervenir.

— Lizzie, ce n'est pas juste. Mlle Martin a sa propre vie. Nous ne pouvons nous attendre qu'elle m'épouse et vienne avec nous à Willowgreen juste parce que nous le voulons – parce que nous l'aimons et ne savons pas comment nous pourrons vivre sans elle.

Il regardait Claudia qui était visiblement en plein désarroi – jusqu'à ce qu'il prononce ces derniers mots. Là, elle eut l'air indignée. Il risqua un sourire espiègle.

Lizzie libéra ses mains.

— Vous n'aimez pas papa ? hasarda-t-elle.

— Oh, si ! avoua Claudia dans un soupir. Mais la vie n'est pas aussi simple, Lizzie.

— Pourquoi ? Les grandes personnes disent toujours cela. Pourquoi est-ce que la vie n'est pas simple ? Si vous m'aimez et que vous aimez papa et que nous vous aimons, c'est très simple, non ?

— Je suggère que nous allions nous promener, dit Joseph. Cette discussion n'est pas juste pour Mlle Martin, Lizzie. Nous sommes à deux contre un. J'aborderai de nouveau le sujet lorsque nous serons seuls, elle et moi. Tiens, prends la laisse du chien et montre-nous comment tu arrives à sortir de la maison et à aller jusqu'au lac sans aide.

— Oh, j'y arrive très bien. Regardez-moi !

— C'est mon intention, assura-t-il.

Mais comme ils sortaient tous les trois de la maison, Lizzie s'arrêta et inclina la tête, tendant l'oreille.

— Molly ? appela-t-elle. Doris ? Agnes ? Vous êtes là ?

Le petit groupe, qu'accompagnait Mlle Thompson, s'approcha et salua les grandes personnes d'une révérence.

— Je vais aller avec vous, décréta Lizzie. Mon papa veut être seul avec Mlle Martin. Il dit que c'est injuste pour elle qu'on soit à deux contre un.

Mlle Thompson se mordit la lèvre et jeta un regard narquois à sa directrice.

— Vous ne partez pas aujourd'hui, finalement, Claudia ? dit-elle. Je vais prévenir Wulfric. Bonne promenade.

Et elle fit rentrer les filles – Lizzie comprise – dans la maison.

— Parfait, déclara Joseph. Nous sommes à un contre un, un combat équitable. Enfin, si vous tenez à vous battre. Je préférerais de loin faire des projets de mariage.

Ignorant le bras qu'il lui offrait, Claudia prit la direction du lac, le bord de son chapeau de paille frémissant dans le vent.

Eleanor l'avait attendue jusque tard dans la nuit – ou plutôt tôt le matin. Claudia lui avait raconté la plupart des événements de la soirée, et Eleanor avait sans doute deviné le reste.

Elle avait renouvelé son offre d'assumer la direction de l'école, et même de l'acheter. Elle avait pressé Claudia de réfléchir soigneusement, de prendre son temps, et, surtout, de ne pas se demander ce qu'elle devait faire, mais ce qu'elle avait *envie* de faire.

— Je suppose que c'est un cliché de vous conseiller de suivre votre cœur, Claudia, et je ne suis pas du tout qualifiée pour offrir un tel conseil, n'est-ce pas ? Mais… Bien, tout ceci ne me regarde vraiment pas, et il y a longtemps que je devrais être au lit. Bonne nuit.

Quelques secondes plus tard, elle passait la tête dans l'entrebâillement.

— Je vais le dire quand même. Écoutez votre cœur, pour l'amour de Dieu, Claudia, petite sotte que vous êtes !

Au matin, Claudia eut l'impression que tout le monde savait.

Ce qui était extrêmement embarrassant, pour ne pas dire plus.

— Je me fais l'effet d'être sur une scène de théâtre, devant un public nombreux, commença-t-elle tandis qu'elle marchait à côté de Joseph.

— En attendant de prononcer vos dernières répliques ? Je n'arrive pas à savoir si je suis un spectateur, Claudia, ou votre partenaire sur scène. Si je suis ce dernier, j'ai dû sauter des répétitions, car j'ignore quelles sont ces dernières répliques.

Ils marchèrent en silence jusqu'à la rive du lac.

— C'est impossible, dit-elle, les yeux rivés sur les vaguelettes blanches que le vent faisait naître.

— Non, ce n'est pas impossible. Ni même improbable. Je dirais que c'est probable sans être certain. C'est cette petite part d'incertitude qui fait que mon cœur cogne violemment dans ma poitrine, que mes genoux paraissent incapables de me soutenir et que mon estomac s'amuse à faire des sauts périlleux.

— Votre famille ne m'accepterait jamais.

— Ma mère et ma sœur l'ont déjà fait, et mon père ne m'a pas déshérité.

— Il le pourrait ?

— Non, admit-il en souriant. Mais il pourrait me rendre la vie sacrément pénible. Il ne le fera pas. Il aime beaucoup plus ses enfants qu'il ne l'admettra jamais. Et il est beaucoup plus sous la coupe de ma mère qu'il ne le sait.

— Je ne peux pas vous donner d'enfants.

— Vous en êtes sûre ?

— Non, reconnut-elle.

— N'importe quelle gamine tout juste sortie de la salle d'étude pourrait ne pas en être capable si je l'épousais. Beaucoup de femmes ne le peuvent pas, vous savez. Et peut-être le pouvez-vous. J'espère que vous le pouvez, je l'avoue. Il y a toute cette sordide histoire de succession à assurer, bien sûr, mais surtout, j'aimerais avoir des enfants de vous, Claudia. Mais ce que je désire par-dessus tout, c'est passer le reste de ma vie avec vous. Et nous ne serions pas sans enfant. Nous aurions Lizzie.

— Je ne peux pas être marquise, ni duchesse. J'ignore ce qu'on attendrait de moi, et je suis beaucoup trop vieille pour apprendre. Je ne suis pas sûre de vouloir l'apprendre, de toute façon. Je m'aime comme je suis. C'est présomptueux à dire, car cela suggère un refus de changer, de chercher à s'améliorer. Je désire faire les deux, mais je préfère choisir quels changements effectuer.

— Alors choisissez de changer suffisamment pour me permettre d'entrer dans votre vie. Je vous en prie, Claudia. C'est tout ce que je demande. Si vous ne voulez pas que Lizzie et moi venions vivre avec vous à Bath, venez vivre avec nous à Willowgreen. Faites-en votre maison. Faites-en votre vie. Faites-en tout ce que vous voudrez. Mais venez. Je vous en prie, venez.

L'irréalité de la situation frappa Claudia. C'était comme si elle sortait d'elle-même, s'écartait et voyait de nouveau l'inconnu qu'elle avait découvert dans le salon des visiteurs de l'école. Un très bel homme, un aristocrate élégant et sûr de lui. Était-il vraiment en train de la supplier de l'épouser ? Se pouvait-il qu'il l'aime réellement ? Elle savait que oui. Cette image de lui s'effaça très vite et elle ne vit plus que son Joseph bien-aimé.

— Évidemment, nous pourrions ouvrir une école à Willowgreen, dit-elle d'un air pensif. Éduquer Lizzie est tout à fait possible, je l'ai constaté, et elle aime apprendre. J'ignore pourquoi je n'avais pas pensé à inclure des enfants souffrant d'infirmités parmi mes élèves. Nous pourrions en accueillir, et même en adopter quelques-uns – des enfants souffrant de cécité ou d'autres infirmités physiques et mentales. Anne s'est occupée de la cousine du marquis de Hallmere, que l'on croyait simple d'esprit. C'est aujourd'hui une délicieuse jeune femme. Elle a épousé un pêcheur et lui a donné deux beaux garçons ; elle tient remarquablement bien sa maison et est aussi heureuse qu'il est possible de l'être.

— Nous adopterons une douzaine de ces enfants, dit Joseph posément, et Willowgreen sera leur maison et leur école. Nous les aimerons, Claudia.

Elle le regarda et soupira.

— Cela ne marcherait pas. C'est un rêve trop ambitieux.

— Mais c'est cela la vie, répliqua-t-il. Rêver et s'efforcer de réaliser ses rêves à force de détermination... et d'amour.

Elle le fixa sans mot dire.

C'est à ce moment-là qu'ils furent interrompus.

Le marquis et la marquise de Hallmere accompagnés de leurs deux aînés du comte et de la comtesse de Rosthorn et de leurs garçons sortirent des sous-bois, revenant semblait-il de promenade. Ils les saluèrent de loin et auraient rapidement disparu si la marquise ne s'était soudain arrêtée, les yeux rivés sur eux. Puis elle se détacha du groupe et se dirigea vers eux. Le marquis la suivit plus lentement tandis que les autres continuaient vers la maison.

Durant la semaine écoulée, Claudia avait dû admettre à contrecœur que l'ancienne lady Freyia Bedwyn n'était plus le monstre qu'elle avait été enfant. Elle lui en voulut néanmoins d'interrompre ce qui était dc toute évidence un tête-à-tête.

— Mademoiselle Martin, fit la marquise après avoir gratifié Joseph d'un simple hochement de tête, j'ai entendu dire que vous pensiez transmettre votre école à Eleanor.

Claudia haussa les sourcils.

— Je suis contente de voir que vous savez ce que je pense.

Elle nota du coin de l'œil les regards impassibles qu'échangèrent les deux hommes.

— C'est bizarre de faire une telle chose au moment où vous venez d'acquérir une totale indépendance, commenta lady Hallmere. Mais j'approuve, je dois dire. Je vous ai toujours admirée d'avoir eu le courage de me planter là, mais je ne vous aimais pas... jusqu'à ces derniers jours. Vous méritez d'être heureuse.

— Freyia, intervint le marquis en la prenant par le coude, j'ai l'impression que nous interrompons quelque chose. Et vos paroles ne font que mettre nos amis dans l'embarras.

Claudia l'entendit à peine. Elle fixait lady Hallmere d'un regard intense.

— Comment savez-vous que je viens juste d'acquérir une totale indépendance ? demanda-t-elle. Comment savez-vous que l'école avait un bienfaiteur ?

Lady Hallmere haussa les épaules.

— Tout le monde ne le sait pas ? fit-elle avec désinvolture.

Eleanor en avait peut-être parlé. Ou Susanna. Ou Anne. Ou même Joseph. Non, se dit Claudia, qui avait l'impression d'avoir reçu un coup de maillet sur la tête. Sauf qu'un tel coup aurait dû lui brouiller les idées, alors que jamais son cerveau n'avait fonctionné aussi bien. Au point qu'elle fut capable de penser à plusieurs choses à la fois.

Elle pensa au hasard extraordinaire qui lui avait envoyé Anne comme institutrice, Anne qui vivait tout près de la demeure du marquis de Hallmere, en Cornouailles.

Elle se rappela qu'avant d'arriver à Bath, Susanna avait tenté de se faire embaucher comme domestique par lady Freyia.

Elle revit celle-ci lui rendant une visite inopinée des années plus tôt. Comment avait-elle eu connaissance de l'existence de l'école et de son adresse ?

Elle se rappela qu'Edna lui avait dit quelques semaines plus tôt que lady Freyia savait que ses parents avaient été assassinés.

Elle pensa à Anne et à Susanna qui, à plusieurs reprises, avaient essayé de lui faire admettre que son ancienne élève n'était peut-être pas aussi odieuse que dans son souvenir.

Et lorsque lady Hallmere et sa belle-sœur avaient eu besoin de préceptrices, n'était-ce pas dans son école qu'elles les avaient cherchées ?

Elle pensa…

Si la vérité était un gros maillet, elle lui aurait fait rentrer la tête dans les épaules.

— C'était vous, souffla-t-elle. *C'était vous !*

Lady Hallmere arqua un sourcil hautain.

— C'était vous, répéta Claudia. Vous étiez le bienfaiteur de l'école.

— Bonté divine ! s'exclama Joseph.

— Eh bien, vous avez vendu la mèche, commenta le marquis de Hallmere d'un ton narquois. Ce n'est plus un secret, bravo, Freyia.

— C'était vous, dit à nouveau Claudia en regardant son ancienne élève d'un air horrifié.

— Je suis très riche, se contenta de répondre Lady Hallmere.

— Vous n'étiez qu'une très jeune fille quand j'ai ouvert l'école.

— Wulfric a été un tuteur moyenâgeux dans beaucoup de domaines, mais remarquablement éclairé en ce qui concernait l'argent. Nous avons tous eu accès très jeunes à notre fortune.

— *Pourquoi ?* murmura Claudia.

Lady Hallmere se tapota la hanche des doigts, et Claudia eut l'impression qu'elle aurait été plus à l'aise avec une cravache à la main. Elle haussa de nouveau les épaules, puis répondit :

— Jusqu'à ce que je rencontre Joshua, vous seule m'avez tenu tête. Wulfric aussi, bien sûr, mais c'était différent. C'était mon frère. J'étais furieuse que mon père et ma mère soient morts, et nous aient abandonnés, je suppose. Je voulais qu'on fasse attention à moi. Je voulais que quelqu'un d'autre que Wulfric m'oblige à me conduire bien. Vous l'avez fait en me laissant en plan. Mais, vous, vous n'étiez pas morte, mademoiselle Martin. Je pouvais me venger de vous, contrairement à ma mère. Vous ne pouvez pas savoir quelle satisfaction j'ai tirée au fil des ans de savoir que vous dépendiez de moi alors que vous me méprisiez.

— Je ne…

— Oh, si.

— Oui, c'est vrai.

Joseph se racla la gorge et le marquis de Hallmere se gratta la tête.

— C'était une magnifique vengeance, dit Claudia.

— C'est ce que j'ai toujours pensé, admit lady Hallmere.

Elles se dévisageaient, Claudia la bouche pincée, lady Hallmere feignant une nonchalance hautaine qui n'était pas très convaincante.

— Que puis-je dire ? murmura finalement Claudia.

Elle était horriblement embarrassée. Elle devait beaucoup à cette femme. Ses pupilles aussi. Susanna aurait été définitivement perdue sans elle. Anne aurait pu continuer à mener une existence misérable avec David en Cornouailles. L'école aurait peut-être périclité.

Oh, juste ciel, il n'était pas possible qu'elle doive tout à *lady Hallmere* !

Mais si.

— Je crois, mademoiselle Martin, que vous avez tout dit dans la lettre que vous avez confiée à M. Hatchard. J'apprécie vos remerciements bien que je n'en aie pas besoin. Je regrette d'avoir parlé sans réfléchir. J'aurais préféré que vous ne sachiez jamais. Quoi qu'il en soit, vous ne devez pas vous sentir redevable envers moi. Ce serait absurde. Venez, Joshua. Nous sommes de trop, je crois.

— Ce que j'ai essayé de vous dire il y a un instant, ma chérie.

Claudia tendit la main droite. Lady Hallmere la regarda sans se départir de son expression hautaine, puis s'en saisit et la serra.

— Eh bien, fit Joseph comme le couple s'éloignait, voilà une pièce pleine de rebondissements. Mais je crois qu'il est temps de prononcer les dernières paroles, et que c'est à vous de le faire. Quelles sont-elles ?

Elle le regarda droit dans les yeux.

— Que la notion d'indépendance est vaine ! Cela n'existe pas, n'est-ce pas ? Personne n'est jamais indépendant. Nous avons tous besoin les uns des autres… Avez-vous besoin de moi ? ajouta-t-elle.

— Oui.

— Et j'ai besoin de vous. Oh, Joseph, Dieu, que j'ai besoin de vous ! Changer de vie et prendre un nouveau départ va être aussi terrifiant que lorsque j'avais dix-sept ans, j'en suis sûre, mais, si j'ai réussi à le faire après avoir perdu un amour, j'en suis certainement capable alors que j'en ai trouvé un. Je vais le faire. Je vais vous épouser.

Il lui adressa un lent sourire.

— Nous voilà donc arrivés à l'épilogue.

Tournant le dos au lac, il posa un genou en terre dans une attitude délibérément théâtrale.

— Claudia, mon très cher amour, fit-il en lui prenant la main. Me ferez-vous l'honneur de devenir ma femme ?

Elle rit – encore que le son émis ressemblât à un gargouillement.

— Vous avez l'air absurdement romantique. Et incroyablement séduisant. Oh, bien sûr que oui. Je viens de le dire, non ? Levez-vous, Joseph. Vous allez tacher votre pantalon.

— Tacher pour tacher, autant que ce soit les deux genoux.

Sur ce, il la força à s'agenouiller face à lui et l'enlaça.

— Ah, Claudia, dit-il tout contre sa bouche, oserons-nous croire à un tel bonheur ?

— Oh, oui, assura-t-elle. Certainement. Je ne renoncerai pas à ma carrière pour moins que cela.

— Non, madame, acquiesça-t-il avant de capturer ses lèvres.

25

Bath n'avait probablement jamais connu jour plus grandiose que celui où fut célébré le mariage de Mlle Claudia Martin, propriétaire et directrice de l'École de jeunes filles, avec le marquis d'Attingsborough.

Il y eut tellement de personnes titrées parmi les invités qu'un plaisantin, guettant avec d'autres curieux le passage de la mariée, demanda si le reste de l'Angleterre en était momentanément dépourvu.

— Et ils ne manqueront à personne, ajouta-t-il, ce qui incita une grosse dame munie d'un panier encore plus volumineux à se demander pourquoi diable il était venu les regarder dans ce cas.

Tous ceux qui pouvaient prétendre à une quelconque parenté avec le marquis figuraient sur la liste des invités. Ainsi qu'un grand nombre de ses amis et relations, dont tous les Bedwyn à l'exception de lord et de lady Rannulf qui attendaient un heureux événement d'un jour à l'autre. Le duc de Bewcastle avait autorisé son épouse à l'accompagner parce que Bath n'était pas très loin de chez eux et qu'elle jouissait d'une excellente santé en dépit de son état.

L'ironie de la situation n'échappa pas à Claudia.

En vérité, tandis que la caministe de Francesca, dépêchée de toute urgence à l'école pour coiffer

Claudia, était en train de mettre la touche finale à un chignon d'une élégante simplicité, ladite Claudia fut prise d'un fou rire inextinguible.

Susanna, Francesca et Anne étaient présentes, mais Eleanor et Lila Walton étaient déjà parties pour l'abbaye avec un cortège de pensionnaires et de pupilles endimanchées et décidées à faire montre de leurs bonnes manières. Les externes s'y rendraient avec leurs parents. Les maîtres non résidents seraient là aussi.

— Cela va être le plus absurde des mariages, balbutia Claudia entre deux hoquets. Je n'aurais pu imaginer quelque chose de plus bizarre dans mes rêves les plus étranges.

— Absurde, répéta Susanna en jetant un coup d'œil à Anne et à Francesca. C'est le terme adéquat, je suppose. Claudia Martin va se marier en présence des trois quarts de la bonne société.

— Elle va avoir un *duc* pour beau-père, ajouta Francesca.

— Et l'héritier d'un duché pour mari, conclut Anne.

Elles se regardèrent, le visage impassible, avant de pouffer de rire.

— C'est absolument désopilant, admit Francesca. Notre Claudia, *duchesse* !

— C'est un juste châtiment pour tous mes péchés, dit celle-ci.

Reportant son attention sur le miroir, elle cessa de rire. Sa robe couleur abricot était une merveille et le nouveau chapeau de paille que la caillériste était en train d'épingler sur ses boucles était absolument ravissant. Un chapeau de paille au début d'octobre !

Juste ciel ! Avait-elle vraiment l'air d'avoir dix ans de moins qu'au printemps dernier ? C'était sûrement un effet de son imagination. Pourtant, ses yeux lui semblaient plus grands que dans son souvenir, et ses lèvres plus pleines. Sans parler de ses joues, délicatement colorées.

Mais qui pourrait résister au charme de Joseph ? dit Susanna. Je l'ai toujours beaucoup aimé, mais il a grandi dans mon estime lorsqu'il a eu la bonne idée de s'éprendre de vous, Claudia.

— Et qui pourrait résister à un homme qui raffole autant de son enfant ? renchérit Anne.

— Heureusement que nous avons Lucius, Sydnam et Peter, s'écria Francesca. Sinon nous serions mortellement jalouses de vous, Claudia.

Cette dernière pivota sur son tabouret tandis que la femme de chambre quittait la pièce.

— Est-ce normal qu'un mariage suscite tant d'émotions contradictoires ? demanda Claudia. Je suis si heureuse que je pourrais exploser. Et je suis si triste que je pourrais pleurer.

— Surtout pas, lui conseilla Susanna. Vos yeux seraient rouges et gonflés.

Comme la veille au soir. Cela avait commencé avec le dîner d'adieu dans la salle à manger de l'école, auquel les élèves externes avaient pris part, puis le concert surprise et les discours qui avaient suivi. Cela avait continué avec les embrassades et les dernières paroles échangées avec chaque enfant et chaque professeur. Et cela s'était achevé dans le salon privé de Claudia – bientôt celui d'Eleanor – par deux heures d'évocation de souvenirs avec ses trois amies, ainsi que Lila et Eleanor.

— J'ai été heureuse d'enseigner ici, dit Anne, et je n'étais pas du tout sûre d'être heureuse avec Sydnam quand je l'ai épousé. Mais je le suis, et vous le serez avec Joseph, Claudia. Vous le savez déjà.

— Il est tout à fait naturel d'être triste, assura Francesca. J'avais Lucius et la perspective d'une carrière de cantatrice lorsque je me suis mariée, mais j'ai été très heureuse ici. C'était chez moi, et mes plus chères amies s'y trouvaient.

Susanna se leva et vint serrer Claudia dans ses bras en veillant à ne pas déranger sa coiffure.

— Cette école a été ma maison et ma famille, dit-elle. J'ai été accueillie à l'âge de douze ans alors que je n'avais nulle part où aller, et j'ai été éduquée et aimée. Je ne l'aurais jamais quittée si je n'avais pas rencontré Peter. Mais je suis très contente de l'avoir rencontré – pour une raison évidente, et parce que je n'aurais pas supporté d'être la dernière de nous quatre à y rester. Vous voyez comme je suis égoïste. Mais je ne peux vous dire à quel point je suis heureuse pour vous, Claudia.

— Nous ferions bien de partir, lança Anne. La mariée ne doit pas arriver en retard, et nous devons être à l'abbaye avant elle. Et quelle jolie mariée ! Cette couleur vous va à ravir, Claudia.

— J'adore le chapeau, déclara Susanna.

Claudia retint ses larmes tandis que ses amies l'embrassaient l'une après l'autre, avant d'aller rejoindre la voiture qui les attendait.

Une fois seule, elle enfila ses gants, puis balaya sa chambre du regard une dernière fois. Elle avait l'air déjà d'une coquille vide – sa malle et ses sacs avaient été emportés un peu plus tôt dans la matinée. Elle passa dans son salon et regarda autour d'elle. Sa bibliothèque était vide. Elle n'était plus chez elle.

Quelques jours plus tôt, l'école était devenue officiellement celle d'Eleanor. Le lendemain, on l'appellerait l'École de jeunes filles de Mlle Thompson.

C'était une chose terrible que d'abandonner sa vie derrière soi. Elle l'avait fait jadis, et voilà qu'elle le faisait de nouveau. C'était comme renaître, quitter l'abri douillet d'une matrice pour affronter l'inconnu.

C'était une chose terrible même si elle désirait ardemment sa nouvelle vie, la maison qui l'attendait, l'enfant courageuse et intelligente qui serait sa fille, l'autre enfant qui viendrait au monde dans un peu moins de six mois – Joseph était le seul à savoir, il ne l'avait appris que la veille, en arrivant de Willowgreen –, et l'homme qui était entré dans l'école près de quatre mois auparavant, et dans son cœur peu de temps après.

Joseph !

Elle descendit au rez-de-chaussée où les domestiques s'étaient alignés pour lui dire au revoir. Beaucoup fondirent en larmes, mais elle parvint à garder son calme et à dire un mot à chacun. M. Keeble ne pleura pas. Debout stoïquement près de la porte d'entrée, il attendait de la lui ouvrir.

Et, curieusement, dire au revoir à son vieux portier, loyal et grognon, lui parut extrêmement difficile. Il s'inclina devant elle dans un ultime couinement de souliers. Refusant cet adieu trop formel, elle l'étreignit, l'embrassa sur la joue, lui fit signe d'ouvrir et se hâta de rejoindre la voiture de Joseph rangée au bord du trottoir.

Elle ne pleurerait pas, se répéta-t-elle tandis que la portière se refermait, que l'attelage s'ébranlait, et qu'elle laissait derrière elle l'école et quinze années de sa vie. Elle cligna des yeux plusieurs fois.

Elle ne pleurerait pas.

Joseph l'attendait à l'Abbaye.

Ainsi que Lizzie.

Et une foule d'aristocrates.

Ce fut cette pensée qui la sauva. Elle commença par sourire, puis pouffa de rire tandis que le véhicule s'engageait dans Great Pulteney Street.

Oui, c'était vraiment absurde.

L'une des petites farces de Dieu, peut-être ? Si c'était le cas, elle appréciait son sens de l'humour.

Il n'y avait pas si longtemps, c'était Joseph qui se tenait à côté de Neville, lequel attendait sa future épouse. Il était le garçon d'honneur alors, et Neville le marié. Aujourd'hui, la situation était inversée, et Joseph comprenait pourquoi, ce jour-là, son cousin avait été incapable de rester assis ou de se tenir tranquille, et pourquoi il s'était plaint que sa cravate était trop serrée.

C'était absurde d'imaginer que Claudia ne viendrait pas. Elle avait accepté de l'épouser et, depuis juillet, elle lui avait écrit tous les jours, sauf fin août lorsqu'il avait amené Lizzie à Bath. En outre, elle avait vendu l'école à Mlle Thompson et avait demandé à M. Hatchard d'ouvrir l'œil pour repérer les petites infirmes abandonnées.

Et si tout cela ne suffisait pas à le rassurer, il y avait le nouveau fait étourdissant qu'elle lui avait confié la veille seulement : elle était enceinte ! Ils allaient avoir un enfant. Il n'avait pas encore complètement assimilé cette nouvelle – bien qu'il lui en ait voulu durant au moins trente secondes de ne pas l'avoir prévenu plus tôt. Bonté divine, s'il l'avait su, il l'aurait poussée à accepter un mariage précipité avec dispense de bans, et tant pis pour ce grand mariage que son armée de cousines, avec Wilma en général en chef, avaient concocté sans lui demander la permission.

Il y avait eu un autre mariage avec dispense de bans deux mois plus tôt. Soit McLeith soit Portia, soit les deux, avait recouvré son bon sens en quittant Alvesley. Ils avaient pris la direction de Londres au lieu de l'Écosse, avaient annoncé leurs fiançailles aux Balderston, et avaient eu droit à un petit, mais très respectable mariage quelques jours plus tard.

Sous le regard compatissant de Neville, Joseph se sentit de plus en plus nauséeux.

Et puis Claudia arriva, il le sut aux chuchotements derrière lui. Il se retourna et la regarda remonter l'allée centrale.

Elle était belle. Elle était... Comment s'était-elle décrite après qu'ils avaient fait l'amour ? Ah oui ! Elle était femme. Institutrice, femme d'affaires, amie, amante – tout ce qu'elle était et avait toujours été comptait peu en face de ceci.

Elle était simplement femme.

Comme à son habitude, elle était vêtue avec simplicité, sobriété, et élégance, à l'exception du petit chapeau légèrement incliné en avant qui ajoutait une note frivole à sa tenue. Il sourit – au chapeau, à elle.

Elle lui rendit son sourire et il oublia le chapeau.

Ah, Claudia !

Ils se tournèrent vers le pasteur.

— Mes chers frères… commença celui-ci d'une voix sonore qui emplit l'abbaye.

Et en un rien de temps, ils furent mari et femme, lui et Claudia Martin, à présent Claudia Fawcitt, marquise d'Attingsborough. Pour le reste de leurs vies. Jusqu'à ce que la mort les sépare. Pour le meilleur et pour le pire.

Les yeux de Claudia cherchèrent les siens.

Il lui sourit.

Elle lui sourit en réponse, un éclat dans le regard à faire pâlir le soleil d'envie.

Ils signèrent le registre, puis redescendirent lentement la nef entre les invités souriants qui, bientôt, se rassembleraient dans l'*Upper Assembly Rooms* pour le repas de noces.

Ce fut Claudia qui s'arrêta devant le deuxième banc où, toute de rose et de blanc vêtue, Lizzie était assise entre Anne Butler et David Jewell. Se penchant devant son amie, Claudia chuchota quelques mots à l'oreille de la petite fille et la fit se lever.

Et ainsi, sous les yeux des trois quarts de la haute société, ils se remirent en marche, une Lizzie radieuse entre eux.

Il y avait ceux que ce spectacle scandaliserait. Qu'ils aillent se faire pendre, pour ce que Joseph s'en souciait. Il avait vu sa mère leur sourire et Wilma essuyer une larme. Il avait vu son père les regarder sévèrement, une lueur d'affection féroce dans les yeux.

Il sourit à Claudia par-dessus la tête de Lizzie.

Elle lui rendit son sourire, et ils sortirent dans la cour aussi bondée que l'Abbaye elle-même. Quelqu'un les applaudit et presque tout le monde l'imita. Les cloches de l'Abbaye se mirent à sonner à la volée, tandis que le soleil choisissait cet instant pour percer la couverture nuageuse.

— Je vous aime, articula Joseph en silence en regardant Claudia, et il lut dans ses yeux qu'elle avait entendu.

Lizzie tourna la tête vers l'un puis vers l'autre comme si elle pouvait les voir. Et rit de bonheur.

— Papa, dit-elle. Et maman.

— Oui, ma chérie, souffla Joseph en s'inclinant pour l'embrasser.

Puis, à la grande joie des badauds et des quelques invités qui étaient déjà sortis de l'Abbaye, il se pencha au-dessus de sa fille et embrassa Claudia sur les lèvres.

— Mes *deux* chéries.

Les yeux de Claudia brillaient de larmes contenues.

— Ce n'est quand même pas aujourd'hui que je vais me transformer en fontaine, dit-elle de sa voix de maîtresse d'école. Emmenez-nous vite à la voiture, Joseph.

Lizzie pressa la tête contre sa hanche.

— Tout de suite, insista Claudia d'un ton qui avait dû faire frémir quinze générations d'élèves.

— Bien, madame la marquise, s'esclaffa-t-il.

Ils se ruèrent en riant entre la haie de cousins et de Bedwyn qui étaient sortis discrètement un peu plus tôt afin de lancer des pétales de roses sur leur passage.

Lorsqu'ils atteignirent la voiture, Claudia avait une excuse pour les larmes qui ruisselaient sur ses joues. C'était parce qu'elle avait trop ri, aurait-elle répondu à Joseph s'il l'avait interrogée.

Il ne le fit pas.

Il installa Lizzie sur une banquette, s'assit à côté de Claudia sur l'autre, lui entoura les épaules du bras, et l'embrassa avec ardeur.

— Que faites-vous, papa ? s'enquit Lizzie.

— J'embrasse ta maman. C'est aussi ma femme, ne l'oublie pas.

— Oh, bon, d'accord, fit l'enfant en riant.

Claudia l'imita.

— Tout le monde va voir, observa-t-elle.

— Cela vous ennuie ?

Il s'écarta légèrement pour la contempler, remarquant de nouveau combien elle était belle.

— Pas du tout, dit-elle en l'attirant à elle tandis que la voiture s'ébranlait. C'est le plus beau jour de ma vie et peu m'importe que le monde entier le sache.

Elle se pencha en avant, prit la main de Lizzie et la serra, avant d'embrasser Joseph.

Il posa la main sur son ventre, qui s'était déjà un peu arrondi. Toute sa famille était là. Son présent et son avenir. Son bonheur.

L'amour. Je rêve d'amour. D'une famille – une femme et des enfants – qui me soit aussi proche et chère que les battements de mon propre cœur.

Avait-il prononcé ces mots un jour ?

S'il ne l'avait pas fait, il l'aurait dû.

Sauf qu'il n'avait plus à rêver ce rêve-là.

Puisqu'il venait de se réaliser.

Découvrez les prochaines nouveautés
de nos différentes collections J'ai lu pour elle

AVENTURES
&PASSIONS

Le 2 juin :
Une passion en Afrique ∞ Linda Francis Lee

Matthew Hawthorne ne se préoccupe de rien ni de personne jusqu'au jour où Fiona Winslet débarque à Boston. Élevée en Afrique, Fiona peine à se sentir chez elle parmi les Bostoniens.
Pourtant, résolue à s'intégrer, Fiona s'en remet à Matthew pour l'aider à comprendre cette étrange société. N'est-ce pas lui qui lui a une fois sauvé la vie, un jour, en Afrique ?

La ronde des saisons —4. Scandale au printemps
∞ Lisa Kleypas

INÉDIT

Trois saisons passées à Londres sans avoir déniché le moindre fiancé pour sa fille Daisy ! Lord Bowman est formel : soit elle trouve un époux, soit elle devra épouser Matthew Swift, le jeune homme froid et austère qui lui sert d'associé.
Tout d'abord horrifiée par l'idée d'une telle union, Daisy se prend peu à peu à penser à Matthew.

La légende des quatre soldats —3. Le reclus ∞ Elizabeth
Hoyt

Atrocement mutilé, Alistair vit en reclus dans son château d'Écosse. Un soir, une femme et deux enfants frappent à sa porte. Helen a fui son amant et emmené avec elle les deux enfants qu'elle a eus de lui. Elle propose à Alistair de travailler comme gouvernante. Celui-ci refuse, mais Helen, qui n'a pas d'autre endroit où aller, s'impose.

INÉDIT

Le 16 juin :
La promise du clan Kincardine ∞ Shana Abé

Pour libérer les siens de la malédiction qui les hante, d'après une légende, le terrible Marcus Kincardine doit épouser une guerrière douée d'un pouvoir extraordinaire. Avalon de Farouche voit des choses que les autres ne peuvent voir ; elle sait qu'elle est la fameuse guerrière de la légende mais refuse de se plier aux caprices du destin. Son avenir lui appartient. Aussi Marcus va-t-il devoir se battre pour vaincre son cœur.

La chronique des Bridgerton —5. Eloïse ∞ Julia Quinn

Se pourrait-il qu'Eloïse Bridgerton trouve en sir Phillip, jeune hobereau avec lequel elle entretient une correspondance, le prince charmant ? En effet, cet homme qu'elle n'a jamais vu lui propose le mariage. Surprise, mais en même temps troublée, elle quitte Londres en secret pour le rejoindre dans son manoir.

L'homme qui ne craignait personne ∞
Robin Lee Hatcher

Quoi de plus atroce que d'être réveillée en pleine nuit écrasée par le poids d'un inconnu ? Une main calleuse se plaque sur la bouche de Rose. Mad Jack, l'ami de son père ! De sa main libre, l'homme déchire la chemise de nuit. D'un bond, elle se précipite, toute nue, dans le couloir. Où aller ? La porte la plus proche est celle de la chambre de Michael Rafferty. Tant pis, Rose n'a pas le choix !

> ### 2 rendez-vous mensuels
> ## *aux alentours du 1ᵉʳ et du 15 de chaque mois.*

Passion intense
Quand l'amour vous plonge dans un monde de sensualité

Le 16 juin :
Les SBC Fighters —3. Le dernier combat
Lori Foster

Après avoir été blessé sur le ring, Hardley Handleman, lutteur de la SBC de renommée nationale, se remet peu à peu au combat. Afin de l'aider, son oncle loue en secret les services d'Anastasia Kelley, une entraîneuse sexy, qui connaît bien Hardley.

Voyage au jardin des sens ∞ **Robin Schone**

Mariée à un homme froid par la volonté de son père, Elizabeth a pourtant toutes les qualités de l'épouse idéale. Après quinze ans de mariage, déterminée à respecter ses vœux maritaux, Elizabeth aimerait éveiller l'intérêt de son époux indifférent. Afin de le séduire, elle a recours aux services d'un homme expert en la matière, Ramiel, qui va lui enseigner les secrets de la séduction.

> ### 2 romans tous les 2 mois
> ## *aux alentours du 15 de chaque mois.*

Et toujours la reine du roman sentimental :

Barbara Cartland

Le 16 juin :
Séréna
Je ne veux pas te perdre
Pour quelques brins de bruyère

*Une toute nouvelle collection,
cocktail de suspense et de passion*

FRISSONS

Le 2 juin :
Le secret des Appalaches ❧ **Vicki Lane**

Elizabeth Goodweather sait que le Mal se tapit parfois dans les endroits les plus anodins. Dans les collines de Caroline du Nord, les plus vieux résidents côtoient les jeunes artistes en quête d'inspiration : Kyra, Aidan et Boz, plus connus comme « Les trois », réalisent une œuvre d'art pour la nouvelle aile du Musée d'Asheville. Mais quand Boz est retrouvé mort, Elizabeth est entraînée malgré elle vers de mystérieux dangers...

Mercy street ❧ **Judith Henry-Wall**

Conroy, Pennsylvanie. La détective privée Mallory Russo et le policier Charlie Wanamaker enquêtent en secret sur la disparition de deux adolescents après la fusillade qui a coûté la vie à deux de leurs amis. Sont-ils des coupables en fuite ou de futures victimes ? Mallory a quitté la police de Conroy et Charlie s'y est engagé. Alors que leur relation se développe, ils vont découvrir que leur affaire pourrait être liée à un ancien meurtre non résolu...

> *Nouveau ! 2 romans tous les 2 mois
> aux alentours du 1ᵉʳ de chaque mois.*

*Sous le charme
d'un amour envoûtant*

CRÉPUSCULE

Le 2 juin :
Le cercle des immortels. Les chasseurs de rêves —1 ❧ **Sherrilyn Kenyon**

Dans le monde éthéré des rêves, le rêveur est en proie à des démons qui le pourchassent... Arikos est l'un de ces prédateurs. Condamné à vivre sans ressentir la moindre émotion, il se réfugie dans les rêves des autres, où il peut alors éprouver des sentiments. Pendant des millénaires, il a ainsi voyagé au travers de l'inconscient humain à la recherche de sensations. Or, il a maintenant trouvé l'âme d'une rêveuse qui comble son sentiment de vide...

Le royaume des Carpathes —1. Le prince de l'ombre ❧ **Christine Feehan**

En venant se réfugier dans les Carpathes, Raven Whitney, une voyante au service de la police, espérait trouver le calme et l'anonymat qu'elle ne pouvait avoir aux États-Unis. Elle commence à sentir la présence d'un être blessé. Le prince Mikhaïl Dubrinsky est accablé par la solitude et le désespoir car, au fil des années, s'étiolent les chances de survie des siens ; aucune femme ne naît plus parmi eux. C'est alors qu'une voix réconfortante se fraye un chemin dans les confins de son âme pour le consoler. Mikhaïl se met à la recherche de la femme qui hante son esprit.

> *Nouveau ! 2 romans tous les 2 mois
> aux alentours du 1ᵉʳ de chaque mois.*

9276

Composition
CHESTEROC LTD
Achevé d'imprimer en Italie
par Grafica Veneta
le 19 avril 2010
Dépôt légal avril 2010. EAN 9782290016534

Éditions J'ai lu
87, quai Panhard-et-Levassor, 75013 Paris
Diffusion France et étranger : Flammarion